Acera tu corazón,
da el golpe
PUNTA EXTRÉMITAS
Fuerte Castillion
Claro de los Verecundai
Bahía de Stiria
Percival
Asamblea
Silvis
Aylward
PROTECTORADO DE CASTILLION
Ruinas de Achleva
Ingram
Morais
BOSQUE DE EBONWILDE
Heredad de Rosetta
Gaskin
Hallet
RÍO URSO
ZONA DE MEDIANOCHE
El Canario Silencioso
Greythorne
De Lena
RENALT
Fimbria
Graves
RÍO SENTIS
Parik
Bahía de Cálidi
LAS ISLAS
N
O
E
S
Syric

REINOS
OCCIDENTALES
1621

El Tesoro

Estudio de
Castillion

Gran Salón

Jardín
Nocturno

Isla de
las Viudas

Aldea de
Castillion

Bosque de
Ebonwilde

Foso en llamas

Campo de refugiados

FUERTE CASTILLION

Ébano Salvaje

GRANTRAVESÍA

CRYSTAL SMITH

Ébano Salvaje

Traducción de
Marcelo Andrés Manuel Bellon

GRANTRAVESÍA

ÉBANO SALVAJE

Título original: *Ebonwilde*

© 2022, Crystal Smith

Traducción: Marcelo Andrés Manuel Bellon

Ilustración de portada: Chantal Horeis
Diseño de portada: Celeste Knudsen
Mapa: Francesca Baerald

D.R. © 2022, Editorial Océano de México, S.A. de C.V.
Guillermo Barroso 17-5, Col. Industrial Las Armas
Tlalnepantla de Baz, 54080, Estado de México
www.oceano.mx
www.grantravesia.com

Primera edición: 2022

ISBN: 978-607-557-592-6

IMPRESO EN MÉXICO / *PRINTED IN MEXICO*

A mis padres,
John y Lillian Campbell,
por haberme permitido leer
hasta pasada la medianoche

TRECE AÑOS ATRÁS

Recita tus virtudes.

Eso fue lo último que le dijo su madrastra antes de desaparecer en su trineo rojo hacia la inmensidad nevada. *Recita tus virtudes*, dijo. *Esto habrá terminado muy pronto.*

Dominic hizo lo que se le dijo: comenzó la familiar letanía mientras los últimos ecos de las campanas de su trineo tintineaban inquietas a través de la fría extensión. Se había visto forzado a memorizarlas como penitencia por haber sido sorprendido con una baraja cuando tenía nueve años; su padre lo obligó a quedarse en una pequeña silla sin comida o agua hasta que pudiera recitarlas todas sin pausas, sin errores. Le había tomado dos días enteros.

—Humildad —entonó. Echó una última mirada al horizonte del norte, antes de voltear hacia el sur—. Liberarse del orgullo y la arrogancia.

El sombrío Ebonwilde, que también era conocido como Ébano Salvaje, se encontraba frente a él. Levantó su linterna y dio un paso en la nieve.

—Abnegación —dijo—. Renunciar a los deseos mundanos —otro paso.

El viento había estado quieto durante todo el trayecto desde el Fuerte Castillion hasta el punto de descenso, donde los brotes plateados de flores encaje de escarcha crecían de la nieve, desplegando sus pálidos pétalos irregulares hacia el cielo helado. El encaje de escarcha sólo florecía en Pleno Invierno, en la más larga y más fría noche del año. Para el amanecer ya habrían desaparecido... pero él también.

Cuando Dominic pasó frente a las flores, cada vez más cerca del bosque, el viento comenzó a soplar y a golpearlo con cristales de nieve que mordían su piel como si fueran miles de sanguinarios insectos helados.

—Fortaleza: la capacidad de soportar el dolor y la adversidad con valor.

En este punto, la recitación de Dominic se detuvo por un instante. Las palabras de su madrastra, cuando ella lo sacó de la cama, volvieron a su mente. *Levántate, niño. La hora se acerca. No arrastres los pies, vamos. Esto es un honor. Fuiste elegido para un gran propósito. Enorgulleces a tu familia.*

Pero la manera en que ella lo había dicho —con la sombra de una mueca desdeñosa arrugando sus estrechas facciones— lo hizo preguntarse qué parte de aquello era mentira.

Pensó en ello mientras caminaba a través de la nieve que le cubría hasta las pantorrillas. *¿Es esto un honor o un castigo? ¿Estoy aquí porque soy importante? ¿O fui elegido para esto porque no lo soy?*

No es que la razón importara mucho, en realidad; él moriría esta noche de cualquier manera.

Su mente divagó. ¿Habría hecho tanto frío la última vez que se había realizado este sacrificio? ¿Le habrían dolido los huesos a su tío abuelo tanto como a él ahora? ¿Era mejor morir cuando se es joven, sin los lazos adicionales de la progenie o de la comunidad o del hogar que pudieran tentarte a evadir tu responsabilidad? ¿O dejar todo atrás se volvía más fácil cuando eras viejo, una vez que ya habías experimentado todas esas alegrías y esos dolores?

Aprovechó la repetición de las virtudes para devolver sus rastreras dudas de vuelta hasta los rincones más oscuros de su mente.

—Honestidad —murmuró a través de sus labios inflamados y entumecidos—: rectitud de conducta. Juicio: la capacidad de tomar decisiones sabias y meditadas, y de llegar a conclusiones sensatas.

Fue en ese momento cuando vio el emblema de araña tallado en la corteza negra de un viejo árbol torcido. El hielo se incrustaba en la cicatriz, haciendo que cada una de las siete patas de la araña brillara blanquecina a la luz de la luna. Ésta era la marca del principio del fin; una vez que caminara más allá, no habría vuelta atrás.

Hizo una pausa en ese lugar y se sacudió las lágrimas ardientes que habían comenzado a acumularse en las comisuras de sus ojos. Quería cumplir con su deber. Quería ser la encarnación de la fortaleza, de la abnegación, de la valentía. Pero, para su vergüenza, estaba asustado.

No temía a la muerte, él conocía su destino. Su mayor temor era que, una vez que cumpliera con esto, una vez que su sacrificio tuviera lugar, fuera olvidado. Que él fuera olvidado.

Sollozó, preguntándose si ya tendrían una tumba vacía, como lo habían hecho cuando el cuerpo de su padre se perdió en el derrumbe de la mina, o si su madrastra y sus pequeños medios hermanos pelearían por sus galletas mañana en el desayuno, ajenos por completo a la ausencia del otro lado de la mesa. A fin de hacerlo más fácil para ellos, había colocado sus propias velas conmemorativas junto al altar del Jardín Nocturno. Doce velas: una por cada año de su vida. No debería ser demasiado pedir. Cuando su padre murió, su madrastra mantuvo las cuarenta y seis velas encendidas durante un mes. Dominic no quería tanto... sería feliz si las mantenían encendidas un solo día.

Y entonces se reprendió por su vanidad. ¿Qué le importaba a él, de todos modos? Los ritos funerarios eran para el consuelo de los vivos, no de los muertos. No era asunto de él si encendían sus velas funerarias o colocaban una lápida sobre una tumba vacía.

Pero esperaba que lo hicieran, de cualquier manera.

Fue entonces cuando oyó un crujido; miró alrededor en busca de la causa del sonido y vio un rápido destello de pelaje rojo. Algún tipo de animal en busca de comida en medio del desolado bosque, en una fría noche de invierno. Se sacudió el temor y dio el primer paso más allá de la marca de la araña.

La niebla surgió lentamente, adentrándose en la cuenca como un fantasma; ahora flotaba en grandes franjas blancas alrededor de él. Las estrellas sobre su cabeza se estaban atenuando más y más, y muy pronto la única luz del lugar era el centelleo de la flama de su lámpara y sus destellos dispersos a través de las ramas heladas. La mordedura del viento se hizo más aguda y, a medida que Dominic se acercaba al lúgubre claro que era su destino final, le pareció escuchar voces dentro de él. Susurraban un cántico en una lengua extraña, extranjera, transformando el bosque en una catedral helada, apuntalada por pinos y abetos en forma de aguja.

Bienvenido, decían los vientos con voces secas y rasposas, como escarabajos escabulléndose sobre un hueso. *Bienvenido, Hijo de Castillion.*

Al otro lado del claro, un viejo manzano retorcido y ennegrecido se erigía como centinela, con sus largas y desnudas ramas cargadas de nieve.

Dominic giró y volvió a girar, de pronto consciente de todo a la vez: la sensación de congelación royendo los dedos de sus pies dentro de unas botas demasiado delgadas; el chasquido de las hojas de los árboles chocando entre sí, y la impresión de rostros sombríos formándose detrás de la difusa neblina.

Temblando, inclinó su cabeza intentando no mirar a las figuras espectrales que lo estaban rodeando.

—Estoy aquí para enfrentarme a los Verecundai, los Siete Rostros de la Vergüenza —gritó Dominic—. ¡Muéstrense!

Nosotros somos criaturas de la oscuridad, susurró el discordante coro de voces. *Apaga la luz y entonces saldremos.*

Él abrió la puertecilla de su lámpara y la flama grabó su silueta en sus ojos, pero Dominic dudó antes de soltar el aliento necesario para apagarla. Si era la luz a lo que temían, este pequeño fuego era el último resquicio de poder que tenía sobre ellos hasta que se completara el ritual.

Los Verecundai alguna vez habían sido hombres. Poderosos magos, siervos favorecidos por Empírea. Pero cuando conspiraron para traicionarla, para reclamar una porción de su divinidad para ellos, ella los castigó con una maldición: no morirían, pero tampoco vivirían. Existirían como espectros sombríos por toda la eternidad.

Se decía que el ancestro de Dominic, Marcellus Castillion los había atado a este solitario y árido claro del Ebonwilde.

Marcellus había sido un mago de sangre y proclamó que una vez cada cien años, en Pleno Invierno, un hijo de su estirpe regresaría al lugar y se sacrificaría para mantener a los espectros en su prisión, lo cual aseguraría paz y prosperidad para la siguiente generación.

Recita tus virtudes. Esta vez, era la voz del propio Dominic la que se lo recordó, dentro de su cabeza. Un hábito familiar al que podía recurrir. Estaba demasiado triste, demasiado asustado, demasiado asombrado para hacer otra cosa. Había pasado de la humildad a la abnegación, la fortaleza, la honestidad y el juicio. ¿Qué quedaba en la lista? Cerró los ojos, rebuscando febrilmente en su memoria para encontrarlas.

La obediencia, pensó. *El cumplimiento sumiso de la autoridad.*

Al recordar la razón por la que había venido, dejó de lado sus temores y sopló sobre el fuego de su lámpara para apagarlo.

Los espectros se materializaron lentamente, uniéndose a partir de la sombra y elevándose sobre Dominic, compuestos de una niebla siempre cambiante que hacía que sus rostros fueran imposibles de desentrañar. Sólo parecía capaz de vislumbrar algunos destellos —dedos demasiado largos, dientes demasiado afilados, ojos demasiado negros—, antes de que la imagen se disolviera en vapor otra vez.

¿Nos ve ahora?, se preguntaron las voces, como si se tratara de una sola voz. *¿Nos conoce?*

—Los conozco —dijo Dominic—. Ustedes son los herejes que traicionaron a Empírea. Los que reclamaron para sí una porción de su luz divina.

Ah. Se produjo una ondulación en la niebla y un ruido bajo, como si estuvieran hablando entre ellos. *Pero ¿se conoce él mismo? ¿Sabe por qué está aquí?*

—Soy Dominic Castillion, hijo de Bentham Castillion. He venido a sacrificarme para mantenerlos dentro de su prisión por otra generación, como tantos en mi línea hicieron antes de mí.

¿Sacrificarte?, preguntaron ellos. *Esto no es un sacrificio.*

—Si no es un sacrificio —respondió él—, ¿qué es?

Una prueba.

¿Una prueba? Su sangre Castillion era necesaria para mantenerlos atados a ese remoto lugar, de manera que ellos y su malicia permanecieran en los confines de su prisión en el bosque. Eso es lo que decían todas las lecciones. Este mismo proceso había sido completado docenas de veces a lo largo de la genealogía de los Castillion. Ninguno de los que habían venido antes que él habían regresado jamás... ¿qué parte era una prueba?

—No lo entiendo —dijo—. He venido aquí a morir.

Los Verecundai preguntaron, con sus voces frías y teñidas de muerte: *¿Deseas morir?*

Y a pesar de toda su preparación para este momento de tentación, Dominic respondió con ferocidad:

—No deseo morir. No deseo ser olvidado. Deseo vivir. Vivir y ser recordado.

Extiende tu mano, Hijo de Castillion.

Dominic hizo lo que se le pedía, y las sombras se aglutinaron alrededor de su palma abierta hasta fundirse en la forma de una araña. Era brillante y de color negro plateado, con siete patas enjutas, afiladas como cuchillos. Su abdomen relucía desde su interior, tenuemente, como si un trozo de la aurora se hubiera quedado atrapado bajo un cristal ahumado. Él tembló cuando la araña subió por debajo de su manga, a través de su brazo y hasta el pecho, justo encima de su corazón.

Lloró cuando ésta lo apuñalo y gritó cuando el veneno destrozó su cuerpo. Se contorsionó por el dolor, rezando para que la muerte llegara antes de que su cuerpo se desmoronara.

Resistencia, recitó. Apretó sus brazos contra su vientre sin parar de toser, dejando un rastro de sangre sobre la nieve. *Soportar la dificultad y el dolor sin rendirse.* La sangre se unió en finas líneas de brillante carmesí que serpentearon bajo la corteza helada de la nieve, salieron disparadas a través del suelo hasta arremolinarse en el tronco del árbol, en las extremidades retorcidas, y bajaron hasta el punto más lejano de la rama más afilada. Un blanco brote se formó, floreció y se marchitó al tiempo que la fruta maduraba debajo de ella.

Cuando todo terminó, una sola manzana rojo rubí colgaba de las viejas ramas del árbol. Casi en trance, Dominic se acercó al árbol y levantó la mano para arrancar la fruta de su rama. Era perfectamente simétrica, redonda, estaba madura y tenía el color de la sangre.

Come, pidieron las voces.

Dominic le dio una mordida.

La fruta era dulce y madura, y tenía un sabor ligeramente salado y cobrizo. En cuanto tragó el bocado, su mente se vio inundada por imágenes y pensamientos extraños. Voces de personas que nunca había conocido se entremezclaban con imágenes de lugares en los que nunca había estado. Era un caleidoscopio de color y sonido mientras la tierra parecía girar hacia atrás y las estrellas salían disparadas a través del arco del cielo hasta caer en un círculo perfecto de ocho puntos con la luna en el centro.

Y entonces aparecieron unas manos esparciendo tinta dorada por un mapa de pergaminos de los cielos, conectando las estrellas en la constelación de una araña. *Aranea,* escribieron al lado. *La Araña.*

Dominic observó a las manos atravesar un desierto indómito para recoger a la niña que había nacido bajo esa extraña configuración cósmica: una niña con el cabello tan negro como el ébano, labios tan rojos como una rosa, y un espíritu tan puro como la blanca nieve. Su nombre era Vieve.

Has sido elegida por Empírea, dijeron los magos a la niña.

Tú serás su heredera.

La primera reina de un mundo nuevo y perfecto.

La llevaron de regreso a su gran observatorio, donde le enseñaron magia bajo la atenta mirada del infinito cielo estrellado; el paso de los años estaba marcado por el movimiento de los engranajes en un gigantesco modelo planetario aéreo, en el que los planetas de latón giraban alrededor de un reluciente sol dorado con la misma devoción que los magos mostraban hacia su diosa celestial.

El más joven de los magos era un chico llamado Adamus. Él se sentía atraído por la chica, y ella por él. Llegaron a la edad adulta juntos como árboles jóvenes, sin parangón en su poder y belleza juvenil, tan fascinados la una con el otro como si hubieran sido encantados, dos mitades de un único todo.

Si voy a ser reina, le dijo ella a él, *tú deberías ser mi consorte.*

Dime cuáles son tus órdenes, mi reina, susurró él en respuesta, *yo obedeceré.*

Cuando llegó el día de la ascensión de Vieve, Dominic observó cómo los magos vestían a la chica con ropas de la más fina seda y las sujetaban con un broche en forma de araña, la tocaban con una corona de plata y la llevaban a un claro del bosque bajo la misma alineación portentosa de estrellas que había acompañado su nacimiento. El chico-mago al que ella amaba la condujo al centro antes de ocupar su lugar entre sus compañeros, que formaron un anillo alrededor de ella.

Ella comenzó su hechizo tal y como le habían enseñado: desenganchó el broche para extraer una gota de sangre de la yema de su dedo y luego hizo girar la magia que ésta contenía en un hilo. Cada uno de los magos hizo lo mismo, y ella extrajo la magia de su sangre en hilos plateados, y trenzó sus esencias juntas, una con otra.

Por encima de ellos, las estrellas comenzaron a agitarse y temblar mientras empezaban a sangrar, ellas también, en largos y brillantes chorros de luz que se vertían en los magos desde arriba y que luego se desprendían desde los dedos de sus manos en los hilos del hechizo. La chica estaba incandescente, como si ella misma estuviera hecha de luz de estrellas.

Un grito sonó desde los cielos desagarrando el tejido del cielo, al tiempo que una forma comenzaba a surgir de las agitadas nubes verde azuladas del firmamento.

Empírea estaba por llegar.

Sus alas se extendían de uno a otro extremos del horizonte, y cada pisada de sus cascos enviaba arcos de relámpagos a través de la cúpula de cristal del cielo. Levantó su cabeza equina en un grito y Dominic se estremeció con su estruendo. Toda su vida le habían enseñado que Empírea había tocado la tierra en su amanecer, que la humanidad había seguido sus pasos. Que de su amor y de su luz la humanidad había sido creada. Pero eso no podía ser cierto; cuanto más se acercaba Empírea a la tierra, mejor podía ver Dominic el *odio* que se cocía a fuego lento en los pozos de fuego que eran sus ojos.

Ella no descendía para salvar, sino para arrasar. No venía a crear, sino a destruir.

Vieve se quedó quieta, con los hilos de su magia flotando en el aire agrietado, con el tapiz de su hechizo todavía inacabado.

¡No!, Dominic intentó gritar su advertencia, pero era un simple observador sin voz, incapaz de cambiar este resultado. El joven mago Adamus, sin embargo, abrió los ojos como si lo hubiera escuchado. Se separó del círculo y saltó al centro para salvarla.

Demasiado tarde.

Al darse cuenta de las verdaderas intenciones de Empírea, los otros siete magos ya habían desenvainado sus espadas. Todo terminó rápidamente. Las alas de Empírea se disolvieron en franjas nubosas, los relámpagos cesaron y el viento se aquietó; el desgarramiento en el cielo se reparó solo, sellando a la diosa detrás de él.

Y en el centro del claro, Vieve yacía muerta. Asesinada por los magos que la habían criado, que la habían amado, que le habían enseñado todo lo que sabía, de manera que Empírea no pudiera utilizarla como un arma para destruir a la humanidad.

Adamus se había arrastrado hasta el centro del círculo y estaba acunando el desmadejado cuerpo de Vieve, con la mirada fija, aunque ciega, en el cielo. Tomó el broche de araña que aún brillaba suavemente con los rescoldos de la luz estelar robada, y lo utilizó para pincharse un dedo. Luego miró a los otros siete y profirió una maldición sobre ellos:

Así como me han despojado, así los despojaré yo a ustedes. No morirán, pero tampoco vivirán. Los maldigo a caminar por esta tierra yerma hasta su final, cuando yo y mi amor hayamos renacido y nos reunamos por fin, monarca y consorte, para reinar en el nuevo mundo y de Empírea, libre de dolor y de muerte.

Fidelidad, pensó Dominic mientras observaba al hombre llorar. *Lealtad y devoción inquebrantables a través de toda adversidad.*

Los siete magos gritaron cuando sus cuerpos se desintegraron y se arremolinaron hacia delante, a través de Dominic, robando su aliento y su calor, y sumergiéndolo en una oscuridad impenetrable.

Lo último que escuchó antes de perder el conocimiento fueron las palabras susurradas: *La larga espera ha terminado. Ellos, por fin, han regresado.*

Cuando Dominic despertó, estaba tendido sobre la nieve, con la cara volteada hacia la luna. El viento había amainado. Los blancos espectros se habían disipado. Todo estaba en calma, en silencio.

¿Se había quedado dormido en la nieve? Parecía no tener ningún sentido... pero ¿de qué otra forma podría explicar nada de esto? Las cosas que se habían quedado flotando en su cabeza desafiaban toda lógica. Había sido un sueño, por supuesto. Una pesadilla.

Sin embargo, entre sus manos yacía una manzana roja mordida. Sobre la costra de la nieve helada, la llama de su lámpara todavía ardía con fuerza. A su lado, estaba un broche con forma de araña, cuya piedra central aún brillaba suavemente.

Todo era real. Se había adentrado en el bosque del Ebonwilde, se había enfrentado a las sombras que se escondían en él, y había salido vivo.

Pero transformado.

La nieve ya no parecía tan fría, el viento tenía un sabor menos amargo. Y pensó que, si escuchaba con la suficiente atención, todavía podría percibir esas voces secas y susurrantes en sus oídos.

En el cielo comenzaron a aparecer los primeros y suaves rayos del amanecer; alrededor del borde del claro podían verse ahora los marchitos pétalos de las flores encaje de escarcha consumidas. La noche más larga del año había pasado. De aquí en adelante, la oscuridad iría disminuyendo lentamente.

Le tomó casi un día atravesar los bosques para regresar al Fuerte Castillion solo. Escaló las curvas ocultas en el lado oeste de la montaña y se deslizó en el fuerte por la entrada trasera, a través del laberinto secreto de túneles y cuevas que los antepasados de Dominic habían construido sobre su hogar. Adentro, sin embargo, todo estaba en calma. No había perros que salieran a recibirlo. No había mozos de cuadra trabajando en los establos. No había guardias en las puertas.

Todos se encontraban reunidos en el atrio y entraban y salían con gestos sombríos de la catedral de cristal que era el Jardín Nocturno. Fue recibido por un guardia.

—Lord Dominic, gracias a las estrellas que está aquí. Cuando encontramos así a Milady y nos dimos cuenta de que usted no estaba en ninguna parte, temimos lo peor —hizo una pausa y se quedó con la boca abierta cuando Dominic se quitó su sombrero—. ¿Qué le sucedió a su cabello? Tiene un mechón blanco como la nieve.

—¿Mi cabello? —dijo él con tono distante, apenas registrando el comentario—. ¿Milady? —preguntó, confundido.

El guardia se inclinó junto a él y le explicó con amabilidad:

—Sí, mi querido muchacho. Lamento ser yo quien le dé esta noticia, pero su madrastra murió esta mañana, temprano. La encontramos muerta de frío en su trineo, justo a las afueras del pueblo.

Dominic corrió hacia el invernadero, apartando a la gente para lograr llegar hasta el frente. El soldado corrió detrás de él preocupado por el chico que tendría que hacerse responsable de su provincia a una edad tan temprana y sin ninguna figura paterna que le sirviera de guía.

El cuerpo de su madrastra yacía bajo la cúpula de cristal del Jardín Nocturno para ser velado; a su alrededor ardían treinta y dos velas, una por cada año de su vida.

El guardián dijo con rudeza:

—Ella nunca tuvo muy buena salud. Ni humor —sacudió su cabeza—. Mis disculpas, muchacho, no debería hablar mal de los muertos —y enseguida añadió—: Cuando se encuentre listo para comenzar a tomar decisiones, nosotros estaremos listos para seguirlas.

—Estoy listo ahora —dijo Dominic de manera abrupta. Y enseguida hizo su primer decreto—: El luto ha terminado —dijo—. Retiren el cuerpo.

—¿Qué deberíamos hacer con él? —preguntó otro de los hombres de armas que observaban.

—Encuentren una fosa —dijo Dominic—, arrójenlo dentro —y entonces, una por una, apagó todas las velas.

PRIMERA PARTE

EL ATAQUE DE MEDIANOCHE

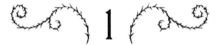

1

AHORA

AURELIA
Diez días antes del Pleno Invierno
1621

Mis dientes estaban en su cuello.

Podía percibir el sabor a sal de su piel; sólo un poco, por una fina capa de sudor. Por debajo, la sangre latía a través de la arteria carótida. Podía escucharla cantando para mí, llamándome, suplicándome que la liberara. Que rompiera esa frágil barrera de piel y permitiera que la magia fluyera ardiente contra mis labios, como un beso. Y yo deseaba hacerlo.

Oh, cómo lo deseaba.

—Aurelia —la palabra fue apenas un poco más que una exhalación, pero me impactó de forma extraña, como una nota discordante de una cuerda mal afinada. Me detuve, a punto de asestar el golpe mortal, y recordé el nombre.

Mi nombre.

Mis ojos bajaron por su cuello, donde un frasco de sangre colgaba de un cordón acurrucado contra su pecho. La conocía. Sabía cómo se sentía, conocía su olor.

Mi sangre.

Mi agarre se aflojó. Tomé el frasco y le di un fuerte tirón, hasta que el cordón se rompió y se liberó. Entonces mis ojos se dirigieron al hombre que lo había estado portando. Capa de terciopelo carmesí, abrigo de brocado blanco, guantes negros de piel de cordero, oscuros ojos castaños y cabello del color del hielo.

Dominic Castillion.

Los bordes de mi conciencia se agudizaron de repente. No estábamos solos aquí... dondequiera que fuera *aquí*. Castillion y yo estábamos siendo observados por un círculo de personas que se habían reunido en torno a nosotros; algunos estaban vestidos como hombres de estado, otros como soldados. Todos llevaban el emblema de Castillion. Estaban congelados, mirándome, atrapados como insectos en una telaraña, demasiado aturdidos o asustados para moverse.

—Calma —dijo Castillion, pero no estaba segura de si se dirigía a mí o al público.

—¿Dónde está Zan? —grazné, con la voz quebrada por la falta de uso, con su capa apretada entre mis puños—. ¿Dónde está?

Uno de los hombres del círculo se adelantó, con la mano en su espada.

—No —dijo Castillion—. Quédense atrás. Yo me encargo.

Castillion retiró con suavidad mis manos de su capa.

—Aurelia —dijo lentamente—, sé que esto es extraño. Sé que estás asustada. Sé que tienes muchas preguntas. Las responderé todas, lo prometo. Pero primero, necesito que dejes que mis guardias salgan del jardín. Permite que llevemos a los heridos a la enfermería, y luego tú y yo podremos hablar durante todo el tiempo que sea necesario. ¿Puedes hacerlo? ¿Por favor? Sé que no quieres lastimar a nadie más.

Inclinó su cabeza hacia un lado y seguí la línea del gesto con mi mirada, hasta girarme para ver a tres hombres en el suelo, detrás de mí, gimiendo. Uno de ellos apretaba un brazo contra su pecho, otro tenía un corte en la cabeza del que escurría sangre hasta su ojo. El último sostenía una mano en su cuello, donde la sangre se derramaba entre los dedos.

—Yo no hice eso —dije frenéticamente, dándome la vuelta—. Yo no pude haber hecho eso —intenté limpiar mis manos en la túnica, pero sólo conseguí que se vieran todavía más ensangrentadas—. Esto no está bien. No es real —pero era real, porque allí estaba mi vítreo ataúd luminoso, abierto y torcido sobre un estrado fúnebre.

Esto no era la Asamblea, donde los bancos del santuario estaban repletos de los restos de los magos que Cael había matado al salir de ese ataúd, pero no resultaba difícil superponer la imagen de esos esqueletos postrados a esta violencia y reconocer las similitudes. Era un horror. Una muestra de depravación. Y era *mía*.

Sentí una mano en mi brazo.

—Aurelia…

—¡Atrás! —grité, encogiéndome ante el toque de Castillion—. ¡*Aléjate* de mí!

—Pero, espera…

—¡*Vete!* —extendí mi brazo, pero ni siquiera yo sabía si era un movimiento para atacar o para asustarlo y hacer que se retirara. Sin embargo, la magia extraída de la sangre involuntaria de los soldados, estalló como un viento de enorme fuerza, y lo envió volando hasta el grupo de temerosos observadores. Cuando fue capaz de ponerse de pie, su rostro registró finalmente una pizca de preocupación.

Entonces, asintió y se dirigió al hombre que estaba más cerca de él.

—Sáquenlos —ordenó—. No permitan que nadie los vea y no hablen de esto con nadie. ¿Entendido?

Los vigilantes, sin embargo, no se movieron, así que Castillion añadió:

—Ésta es mi responsabilidad. Yo me encargaré de ella. Sólo necesitamos espacio, ¿de acuerdo? Todo el espacio posible.

Los hombres y las mujeres comenzaron a retirarse y yo me arrodillé, abatida, con las manos ensangrentadas vueltas hacia arriba sobre mi regazo y el cordón del frasco enredado entre mis dedos.

—Aurelia —dijo Castillion agachándose a mi lado—. Voy a revisar que se vayan todos. No tardaré mucho. Estarás a salvo aquí, en el Jardín Nocturno, hasta que regrese.

En cuestión de segundos, el invernadero —pues eso era el Jardín Nocturno: un enorme y elaborado invernadero— quedó vacío de toda vida. Salvo por mí, pero apenas calificaba como tal.

Cerraron la puerta tras ellos.

Era inusual como jardín, con sus bosquecillos de abedules y abetos de color verde plateado, adornado con flores que se abrían por la noche. Las gardenias y las onagras vespertinas brotaban de los cestos colgantes, y las flores de la luna, de más de diez centímetros de ancho, se enroscaban en los pilares de hierro que se ramificaban en los contrafuertes. Velas blancas ardían en las ramas, sostenidas en su alto lugar por riachuelos de cera endurecida. Por encima, flores púrpuras de wisteria formaban un dosel de ensueño y, a cada lado del estrado, grandes urnas rebosaban de las hojas brillantes y los capullos cerrados de flores encaje de escarcha que se abrirían en la Noche de Pleno Invierno; sus suaves venas blancas eran visibles a través de los diáfanos pétalos color amatista, como delicadas telarañas nevadas.

A juzgar por la floración, faltaban sólo unas cuantas semanas para Pleno Invierno.

La pieza central del jardín era una estatua de mármol blanco, de al menos tres metros de altura, que representaba a un hombre y a una mujer en un intenso abrazo, cada uno con un halo de estrellas coronando sus hermosas frentes. Yo podría haber creído que la obra retrataba un momento de pasión carnal, si no fuera por la empuñadura de un cuchillo que sobresalía de la espalda de la mujer. No se trataba de una representación del amor, sino de su cruel extinción.

A sus pies, el escultor había cincelado una sola manzana blanca. Una veta de sangre dividía la fruta, como si la piedra se hubiera desgastado en ese punto para revelar su verdadero color por debajo. Encima, una cúpula brillaba, con el negro cielo nocturno detrás.

Qué curioso, pensé con tristeza, *que haya salido de una prisión de cristal sólo para encontrarme atrincherada en otra.*

Mis recuerdos de cuando había entrado en el ataúd eran extraños: dos perspectivas diferentes se superponían en una sola. Una versión de mí recostada en su interior, la otra de pie, observando. Tomando algo de alrededor de mi cuello y colocándolo bajo las manos de mi otro yo. Un anillo. El anillo de Zan.

¿Dónde estaba?

Me incliné sobre el ataúd y pasé mis dedos por cada centímetro de su interior, luego me dirigí al piso de mármol y me moví rápidamente a través de las pegajosas manchas de sangre. Todavía estaba rebuscando en aquel desorden cuando escuché que la puerta del invernadero se abría y que un solo par de pasos pesados subían hasta donde me encontraba.

Miré a Castillion por encima de mi hombro.

—¿Dónde está? —grazné—. ¿Dónde está mi anillo?

—Si tenías un anillo, yo lo ignoraba —dijo él—. Tampoco podrían habértelo quitado mientras dormías. La caja estaba sellada cuando la sacamos de la Asamblea y permaneció así hasta el momento en que saliste de ella. Aquí…

Extendió una mano para intentar ayudarme a ponerme en pie, pero me aparté con un gruñido.

—No te acerques —le advertí, recordando a los hombres a los que había herido, cuya sangre todavía cubría el suelo.

—No te tengo miedo —dijo Castillion en voz baja, como si estuviera leyendo mi mente—. Estabas asustada. Confundida. No albergo ningún recelo contra ti, Aurelia. Tampoco los otros que estuvieron aquí y lo presenciaron.

Solté una risita gutural.

—Tienes suerte de que no te haya matado enfrente de tus amigos —dije—. Porque quería hacerlo. Quería matarte, de la misma manera en que maté a tus hombres.

—Mis hombres no están muertos —dijo él—. Gravemente heridos, sí, pero sobrevivirán. Y lo volverían a hacer, todos y cada uno de ellos, sin dudarlo.

Ignoré su mano y me levanté torpemente por mi cuenta, manteniendo todo el tiempo la mirada fija sobre él. En nuestro último encuentro había hecho un pacto con él: lo salvaría de una tumba de agua si se unía a Zan para sacarme de la mía. Pero como Zan seguía sin aparecer, seguía sintiendo un poco de curiosidad sobre la razón por la que Castillion no me había dejado pudrirme dentro de mi ataúd por el resto de la eternidad. Podría haberse ido. Tendría que haberse ido.

—¿Por qué? —pregunté al fin.

—Ellos confían en mí. Y yo les dije que podemos confiar en ti.

—Pero no pueden confiar en mí —dije—. Porque si yo descubro que lastimaste a Zan de alguna manera...

—No he tocado a Valentin. De hecho, lo he invitado a venir en múltiples ocasiones, incluida ésta, y lo ha rechazado cada vez —me lanzó una mirada de lástima y luego añadió—: Tu príncipe nunca vino a buscarte.

2

ANTES

ZAN
Noche de Pleno Invierno, 1620

—**M**i abuela solía adornar la casa con salvia y ruda para alejar a los espíritus de Pleno Invierno... y aquí estás tú, pasando las vacaciones en una tumba.

La enérgica voz de Jessamine resonó en la silenciosa oscuridad de la cripta como el golpe de un martillo contra un yunque. Zan gruñó y se apartó de la luz titilante de la vela de Jessamine, dado que la suya se había consumido horas atrás.

—¿Pleno Invierno? —preguntó, encogiéndose.

—Supongo que no debería sorprenderme que no sepas qué día es —dijo ella con tono seco—. Lorelai y Delphinia prepararon algo de pan y jamón ahumado para ti, y dejé un fardo de heno en el establo para Madrona. No es mucho, por supuesto, pero es algo —las botellas tintinearon a los pies de Jessamine, que frunció el ceño al verlas—. Sin embargo, no habrá vino con la comida. Parece que alguien ya se encargó de vaciar los almacenes de vino de la Stella.

—Dijiste que algunas botellas eran de Aurelia —Zan levantó el brazo para proteger sus ojos tanto de la vela de Jessamine como del fulminante resplandor que ésta producía—. Creo que ella querría que yo las tuviera.

—Si por "tenerlas" quieres decir "que te las estrellen en la cabeza, idiota", entonces sí. Sí creo que ella querría que las tuvieras —lanzó una mirada más allá de donde él estaba sentado, en la base del sarcófago de piedra de Aurelia, hacia la alcoba que ocultaba el resto de la larga caja—. Por todas las estrellas… ¿esto es lo que has estado haciendo aquí abajo?

La losa que ocultaba los restos mortales de Aurelia era lisa y llana, sin los elaborados rostros tallados que adornaban los ataúdes más antiguos que se extendían como rayos en el vestíbulo central. Él no podía dejarlo así; era un artista, ¿cierto? Y aunque el carbón era su medio habitual, conocía lo suficiente la técnica pictórica como para hacerle a Aurelia algo de justicia al menos.

La representó tal y como se veía el Día de las Sombras, mientras exhalaba sus últimos suspiros: el cabello oscuro ondeando alrededor de sus sienes, las pestañas abanicándose contra sus mejillas rosadas, una leve y serena sonrisa en sus labios. Trabajó a partir de eso: añadió pétalos de hoja de sangre arremolinándose como la nieve en torno a su corona, estrellas de muchas puntas enredadas en su cabello y estelas de campanillas de gravidulce rojo-violeta creciendo en enredaderas alrededor de sus pies.

Pleno Invierno, pensó mirando su rostro. *¿En verdad ya pasaron seis semanas?*

—¿Qué es eso? —preguntó Jessamine señalando las manos de Aurelia—. ¿Está sosteniendo… una araña?

—Se supone que es una flor —dijo él con enfado—. Y está en proceso todavía. Se verá mejor cuando la haya terminado —él apenas recordaba haberla pintado. La verdad es que *sí* se veía un poco como una araña. Algunos de los vinos de los sacerdotes eran más fuertes que otros.

—Apuesto a que, con un entrenamiento adecuado, podría convertirte en un excelente forjador. Dejando de lado la flor —dijo Jessamine con voz suave—. Luce exactamente como ella —luego miró a Zan, despeinado y cetrino, con pronunciadas ojeras y cubierto de vetas de suciedad y pintura entremezcladas, y soltó un suspiro exasperado—. Aunque me sorprende que hayas tenido los recursos para conseguirlo.

—Trabajo mejor borracho —dijo Zan encogiéndose de hombros.

—Tienes que salir de este lugar —dijo Jessamine—. Lávate. Vístete. Come.

—No he terminado —dijo él tercamente—. No puedo mostrárselo a Conrad hasta que…

—Conrad ya se fue —replicó Jessamine—. Él y Kellan partieron hacia Syric hace semanas. Yo regresaré al Canario esta noche. Después, no quedará nadie aquí, salvo tú y los muertos.

Esto dio a Zan una pausa.

—¿Semanas? —hizo una mueca—. Deberían haber esperado…

—No había tiempo para esperar. Éstos son tiempos extraños y problemáticos en Renalt. Conrad es rey. Y sin importar su dolor, debe dejar de lado sus sentimientos y regir.

—Estás intentando compararme con un niño de ocho años? —Zan tomó una lata de pintura negra y suspiró. Estaba vacía.

—Nada de intentando. Te estoy comparando *sin duda alguna*, y te encuentro deficiente.

—Mi país no me necesita; tiene a Dominic Castillion —levantó una lata cerrada de pintura y comenzó a trabajar con un pequeño cuchillo bajo su tapa, pero sus manos estaban temblando.

Jessamine le arrebató el cuchillo.

—Esto es ridículo —dijo ella—. Si Aurelia pudiera verte así, cómo estás, se sentiría...

Con el solo sonido de su nombre, la mano de Zan fue instintivamente hasta su pecho, donde sintió el afilado frasco contra la tela de su camisa. Lo último de la sangre mortal de Aurelia colgaba como un peso alrededor de su cuello, un desesperado deseo y una atormentadora duda envueltos en una sola cosa.

Todavía podía oír su voz en su oído, un tímido susurro.

Ven y encuéntrame.

La esperanza era algo tan pernicioso y peligroso. Una cuerda que prometía seguridad y que, en cambio, podía llevarlo hasta el borde de un abismo, sin refugio para la retirada o red para atraparlo en su caída.

Aurelia era la hacedora de milagros, no él. Aurelia era la que tenía el poder y el dominio de sí que se requería para ejercerlo. Zan no dudaba de que si fuera su errático cuerpo el que se encontrara sepultado en la Asamblea, ella habría encontrado la forma de llegar hasta él y resucitarlo. Ella era intrépida y poseía la voluntad suficiente para romper el universo completo y rehacerlo a su gusto.

Ella había entrado en su vida como un cometa, brillante y luminoso, haciendo arder todo su mundo. Él había creído que ella también había despertado algo en su interior. Por primera vez en su vida, Zan veía su propio potencial. Con ella a su lado, él podía en verdad imaginar una versión de sí mismo lo suficientemente valiente para liderar un ejército, gobernar una nación, ser un rey.

Él había confundido el brillo de ella con el suyo propio, y su ausencia lo dejaba en una oscuridad todavía más cerrada.

Aun así, sus palabras lo perseguían. *Ven y encuéntrame.*

No... Aurelia estaba muerta. Creer otra cosa era un tormento. Un truco. Una mentira disfrazada de posibilidad. Y si dejaba que ésta se impusiera, él se perdería por completo.

En ese momento, el reloj de la torre de la Stella comenzó a dar la hora: medianoche. El sonido, proyectado hacia abajo por las escaleras del campanario hasta la cavernosa tumba, se amplificaba con la piedra, y cada campanada hizo que el dolor se disparara en su mente empañada por el vino, como una flecha en el agua. Apoyó ambas manos en la pared de piedra y gritó con toda la fuerza que pudo reunir:

—¡Por todas las estrellas sangrantes, *cállate*!

Como si respondieran a su orden, las campanas se quedaron quietas a la mitad de su repique.

Jessamine levantó una ceja.

—¿Ya terminaste? —preguntó después de un largo minuto.

—Necesito más pintura —respondió él en un susurro.

—Lo que tú necesitas —dijo Jessamine— es sacar la cabeza de tu trasero.

—Estoy bien —espetó Zan.

Jessamine exhaló un profundo e irritado suspiro.

—Dejaré la comida en la despensa de los sacerdotes. No dejes que se arruine o Lorelai nunca te perdonará. Y no mueras aquí abajo, por favor, o Aurelia nunca me perdonará.

Zan le dio la espalda, observando su pintura a medio terminar.

Demasiado tarde, pensó. *Ya estoy como si hubiera muerto.*

★

Fue la luz la que lo despertó: el suave y tambaleante resplandor de una vela al otro lado de la tumba. Zan parpadeó presa del cansancio, levantando su pesada y palpitante cabeza de sus entumecidos brazos, doblados sobre la parte superior del ataúd. Se había vuelto a quedar dormido, pero ¿por cuánto tiempo? Recordaba que Jessamine había bajado a reñirlo, pero no recordaba cuándo —o incluso *si*— ella se había ido. ¿Ya había regresado?

—Jessamine —dijo con dificultad, frotándose los ojos—. Bien. Tú ganas. Subiré.

La luz se detuvo al pie de la escalera del campanario, pero ella no dijo nada en respuesta.

Zan se puso de pie con dificultad, con los miembros agarrotados y doloridos, y tuvo que sostenerse de la pared para mantener el equilibrio tras tropezar con algunas de sus botellas de vino vacías. Maldiciendo, se apresuró a seguir la luz menguante a medida que la vela se alejaba por la escalera, como si le advirtiera que debía seguirla rápidamente o se vería obligado a tantear el terreno de la cripta en la oscuridad.

—Jessamine —dijo él otra vez—. Te lo dije: ya *voy*. Siéntete libre de ir más despacio.

Cuando la luz continuó subiendo las escaleras en espiral, él comenzó a murmurar obscenidades en voz baja. Esa mujer era una tirana.

La capilla de la Stella, cuando entró a trompicones desde la puerta del campanario, estaba increíblemente callada. Suponía que encontraría a Jessamine esperándolo con los brazos cruzados, chasqueando la lengua a manera de disgusto por su aspecto desaliñado.

—¿Jessamine? —volvió a llamarla moviéndose lentamente entre los bancos; su voz sonó como una chillona intrusión en la quietud de la semioscuridad azul acerada. Empírea lo miraba fija y fríamente, la superioridad personificada en un cristal de colores. ¿Cuántas veces, durante aquella larga noche bajo las crueles garras de Arceneaux, había suplicado por la intervención de la diosa? Pero había sido Aurelia, no Empírea, quien había respondido a sus plegarias. Aurelia, quien lo había rescatado. Quien lo había sostenido. Quien lo había sanado. Y luego, había muerto en sus brazos.

Lleno de una súbita ira, Zan tomó una de las sillas del coro, detrás del altar, y la golpeó contra el rostro burlón de Empírea.

El vidrio se quebró y se vino abajo con una ola cacofónica. Después de que el polvo se asentó, lo único que quedó del marco en forma de arco puntiagudo fue el cielo nocturno y la luna de Pleno Invierno...

Y una figura adentrándose en el seto sosteniendo una vela titilante.

No era Jessamine, Zan estaba seguro ahora: esta persona era demasiado alta, demasiado ancha. Sus botas hacían crujir los cristales rotos y se escabulló por el marco de la ventana detrás de ellos.

—¡Espera! —exigió Zan—. ¿Quién eres? ¿Qué haces aquí?

Después del incendio de la mansión y de la masacre del Tribunal en la aldea, nadie, aparte de Zan, era tan miserable como para querer quedarse. ¿Quién, entonces, vagaba ahora por las ruinas en medio de la noche, nada menos que en Pleno Invierno?

Sin sus hojas, el seto era poco más que una cubierta vegetal de ramas enmarañadas y espinosas, y Zan pudo seguir la luz a través de él, mientras aceleraba el paso para mantener el ritmo. Cuando logró salir de la espesura, no fue al intruso lo primero que vio, sino a Madrona, la yegua malhumorada de Aurelia. Estaba husmeando alrededor de un muro bajo de piedra, buscando entre los restos congelados del huerto. Cuando él se acercó, Madrona resopló y dos columnas de aire helado salieron de su hocico. Él le dio una palmadita en el lomo.

—¿Cómo conseguiste salir del establo?

La yegua intentó morderlo en respuesta, pero él logró apartarse antes de que sus dientes alcanzaran su piel. Estaba a punto de regañarla, cuando vio al intruso de nuevo en el borde del jardín, observando la aldea vacía. Un hombre, determinó Zan. Un hombre grande, al parecer vestido con la túnica de un monje, lo cual tal vez significaba que esta persona había estado hurgando en las pocas pertenencias que les habían quedado a los sacerdotes ursonianos.

Zan se balanceó sobre el muro y gritó:

—¡Hey! —los monjes habían sido fundamentales para ayudar a Aurelia a escapar del Tribunal unos meses atrás; eran sus amigos. Aparte de las bodegas de vino que él había tomado prestadas libremente, había tratado el resto de sus pertenencias con una respetuosa reverencia. El hecho de que alguien hubiera perturbado las reliquias de su vida en la Stella Regina lo llenó de una rabia ardiente e irracional—. ¡Hey, tú! ¡Te estoy hablando!

Puso una mano en el hombro del hombre y la retiró de inmediato, jadeando, al sentir una ráfaga de frialdad amarga subiendo por su brazo hasta su propio hombro.

Lentamente, el hombre se giró y su rostro redondo reflejó la luz como una luna creciente. Zan retrocedió atónito. La última vez que había visto ese rostro, éste lo miraba desde abajo mientras su dueño se desangraba en el altar de la Stella.

El padre Cesare.

La túnica del sacerdote estaba empapada de sangre en su parte central y sus entrañas abultadas sobresalían por una herida visible a través de la tela desgarrada. Volvió a acercarse a Zan, con sus gruesos dedos extendidos como si fuera a depositar una bendición sobre su cabeza. Zan retrocedió y los dedos comenzaron a transformarse, estirándose y adelgazándose, a medida que se acercaban a su rostro. La piel de Cesare comenzó a palidecer y su rostro comenzó a hundirse y debilitarse hasta que dejó de ser Cesare.

Era Isobel Arceneaux. Los ojos de ónix y los labios morados, con lívidas venas negras corriendo por debajo de su pálida piel. El cabello alguna vez brillante ahora se apelmazaba en opacas madejas. Su mandíbula se abrió como si estuviera a punto de hablar, pero no emitió sonido alguno.

Con el estómago revuelto por la repugnancia, Zan se tambaleó hacia atrás y saltó sobre el bajo muro del jardín. El movimiento espantó a Madrona, que comenzó a correr junto a él. Desesperado, se abalanzó sobre ella, pero cuando aterrizó de costado sobre el lomo de la yegua, Zan perdió todo el aire de sus pulmones.

Madrona relinchó con indignación, pero él consiguió enderezarse y rodear su cuello con ambas manos antes de que ella pudiera lanzarlo volando. Cuando se aventuró a mirar por encima de su hombro, vio que Arceneaux ya había desaparecido, pero el reloj de la Stella Regina brillaba reluciente, con sus dos agujas congeladas apuntando al número doce.

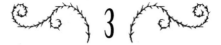

ANTES

KELLAN
Noche de Pleno Invierno, 1620

Kellan tosió y escupió. Las motas de sangre salpicaron el suelo sucio como si fueran constelaciones. Su agresor era un hombre con la complexión de un toro, con gruesa musculatura y un puño como mazo, lleno de una rabia roja e inexpresiva que se ubicaba detrás de sus ojos, mientras se abalanzaba sobre Kellan, listo para ponerle fin a la pelea.

En lo que el hombre se acercaba, Kellan se puso de nuevo en pie, con una sonrisita desquiciada a pesar de la sangre que brotaba de su labio roto y llenaba su boca de sabor a hierro. El hombre se arrojó hacia el frente y lanzó un gran golpe, pero Kellan lo esquivó y le propinó una patada baja que hizo que perdiera el equilibrio y se desplomara como un árbol caído. Ésta era la oportunidad que Kellan había estado esperando durante todo el combate. Antes de que el hombre pudiera enderezarse, Kellan ya había rodeado desde atrás su cuello con su brazo derecho.

Se revolvió y lanzó patadas, pero Kellan siguió apretando, cada vez más fuerte, sabiendo que, si no acababa con él entonces, no tendría otra oportunidad. Cuando el agarre del hombre por fin aflojó, Kellan lo soltó y el cuerpo inerte cayó con pesadez al suelo. Los espectadores aplaudieron.

—Y en el tercer asalto —dijo Malcolm, el maestro de ceremonias—, ¡el Grifo ha derrotado al Mastín! ¡El Grifo es el ganador de esta noche!

Ésta era la parte favorita de Kellan. Pasó por encima del cuerpo inerte del Mastín y se retiró cuidadosamente los guantes antes de levantar ambos brazos en señal de triunfo.

Hubo varios jadeos y un instante de pausa embarazosa antes de que la multitud completa estallara en una estruendosa ovación.

No sólo había derribado al más poderoso de los combatientes, sino que lo había hecho con una sola mano.

Estaba dando vueltas de un lado al otro de la arena, empapándose en la adulación, cuando sus ojos captaron un destello de brillante cabello rojo mientras una figura envuelta en una capa giraba y se movía en sentido contrario, a través de la multitud, hacia la puerta. Su júbilo se desvaneció y dejó que sus brazos cayeran a sus costados; el cansancio de la pelea y de las seis semanas previas lo atrapó entre sus redes una vez más.

Recolectó las ganancias con Malcolm y se adentró en la fría noche; se puso la capucha y encorvó los hombros para convertirse en uno más de los agobiados habitantes de la ciudad, moviéndose sin prisa por sus caminos ordenados y monótonos, como hormigas sin conciencia. Al otro lado de la ciudad, el castillo de Syric vigilaba a la gente con una imperiosidad indiferente, lo suficientemente cerca para que los ciudadanos no olvidaran quién los gobernaba, lo suficientemente distante para marcar una verdadera diferencia en la calidad de sus vidas.

El castillo era el mismo de siempre, pero el resto del pueblo había cambiado mucho desde la noche en que él y Aurelia lo habían dejado. El Tribunal lo había mantenido cerrado tras la huida de la reina Genevieve y Simon de Achlev, y había impedido la entrada y salida a todos, salvo por unos cuantos elegidos. La misma Isobel Arceneaux —después de haberse abierto el camino hasta la cima de la jerarquía del Tribunal— había emitido el decreto, justo antes de partir hacia la coronación de Conrad en la sede familiar de Kellan: Greythorne.

Tras cinco siglos de terror, la decisión del Tribunal de cerrar las murallas de la ciudad resultó ser su perdición. Aislada del comercio y de los viajes, la gente común de la ciudad había soportado la mayor parte del sufrimiento hasta que no pudo más. Cuando llegó la noticia de la muerte de Arceneaux, la mayoría de sus colegas magistrados ya colgaban de sus propias y queridas horcas.

Kellan se preguntaba si la ciudad podría quedar alguna vez limpia de esos siglos de asesinatos, malevolencia y abusos. Incluso la arena de combate había sido alguna vez una corte del Tribunal, donde los acusados eran arrastrados desde míseros corrales para ser sometidos a un aluvión de preguntas por parte de los piadosos jueces del Tribunal, que estaban más orientadas a degradar y humillar que a probar la inocencia o la culpabilidad de una bruja. Cualquier cosa podía ser confesada si los inquisidores eran lo suficientemente creativos y dedicados. Y lo eran. Siempre.

Tal vez el Tribunal ya se había ido, pero su presencia se aferraría a cada techo, ventana y pared de Syric para siempre, como un hollín obstinado, oleoso.

Para el momento en que llegó a la plaza, había empezado a caer una lúgubre llovizna. En cualquier otro año, la Noche de Pleno Invierno se habría celebrado con bailes y cantos, con ganso rostizado y manzanas asadas y ventanas iluminadas con velas y el tintineo de mil alegres campanas bajo la torre del reloj a la medianoche, marcando el final de la más larga noche. Había una pequeña multitud reunida en el lugar, pero por lo que Kellan pudo ver, ninguno llevaba velas ni cencerros. En lugar de eso, todos estaban reunidos alrededor de un hombre que predicaba montado en un caballo negro.

Kellan no alcanzaba a escuchar lo que el hombre estaba diciendo, pero tampoco deseaba hacerlo. La ausencia del Tribunal había provocado que estos fanáticos de poca monta se esparcieran como la mala hierba, vendiendo de puerta en puerta una u otra versión de la religión empírea, y a él ninguna de ellas le servía para nada. Pasó entre la multitud tan rápido como pudo y se agachó en el umbral de una taberna con un cartel que representaba una lira rota. Se llamaba el Juglar Intrigante. Olía a pan viejo y a cerveza añeja, pero estaba bastante limpia, y el encargado, Ivan, no hacía muchas preguntas. Kellan le arrojó una de sus monedas recién ganadas al pasar por el bar y subir las escaleras.

Cuando llegó a su habitación, la encontró ocupada.

Ella lo estaba esperando, mirando por la única ventana que daba a la ciudad, con su silueta iluminada por la luna de la torre del reloj al otro lado de la plaza. El espacio estaba lleno de su olor, como de vientos salvajes, de fuegos de leña y tierra fértil y húmeda.

—Sabía que eras tú —dijo Kellan después de un momento—. En la pelea de esta noche.

Rosetta se giró lentamente, con sus ojos amarillos brillando bajo la capucha.

—Fui a buscarte primero al castillo —dijo ella—. Dijeron que hacía días que no te veían.

—Bueno —dijo Kellan, retirándose la capa húmeda con una mano y colocándola en el perchero junto a la puerta para

44

que se secara—, te informaron mal. Han pasado sólo dos semanas desde la última vez que estuve allí.

—Kellan —dijo Rosetta con tono severo—, ¿no crees que Conrad necesita a alguien como tú cerca? Se lo *debes...*

—Yo no le debo *nada* a él —ladró Kellan—. No le debo *nada* a esa familia.

La boca de Rosetta se torció como si estuviera saboreando algo amargo, pero no respondió. Tal vez ella no había dejado caer la espada sobre su muñeca, pero cargaba con gran parte de la culpa de las circunstancias que lo habían provocado, y lo sabía.

Se habían acercado durante aquellas largas noches en los calabozos de Greythorne, pero el dolor de él y la culpa de ella se habían convertido en un abismo entre los dos.

—¿Quién queda para luchar por él, si no eres tú? —dijo ella después de un largo momento.

—Ahora lucho por mí.

—*No* estoy hablando de dejarte patear por unas estúpidas monedas en la arena de combate —dijo ella con severidad—. Eres un soldado. Un *protector.* Y Conrad puede ser rey, pero también es apenas un niño, y...

Kellan sacó con fuerza una silla de debajo de la mesa, donde ya estaba acomodada una caja de licores en una bandeja, junto a varios trozos de gasa cortada y un pequeño espejo empañado.

—¿Ya terminaste? —preguntó, tomando la botella—. Me duele bastante la cabeza después de recibir tantas patadas.

—Dámela —dijo ella exasperada, después de observarlo por un momento moverse torpemente para mojar la gasa con una sola mano—. Deja que lo haga yo.

Él siseó cuando ella comenzó a limpiar el corte sobre su ceja.

—No necesito tu ayuda —dijo él—. Lo estaba haciendo bastante bien solo.

—Por supuesto —respondió ella con sus dedos fríos contra la piel del hombre. Cuando ella creyó que él no se daría cuenta, lanzó la mirada hacia el extremo incompleto de su brazo derecho, y luego regresó a su cara.

Después de que Aurelia los hubiera expulsado en un torrente de magia extraído de la sangre recién derramada de Kellan, habían acabado en el Canario Silencioso, donde Rosetta había trabajado durante toda la noche para estirar la piel desgarrada sobre el hueso expuesto y coserla al final. Gracias a sus esfuerzos, se había curado bastante bien por fuera. Era la otra herida la que supuraba: el trauma nebuloso y teñido de escarlata de la noche en que lo perdió todo: a su hermano, su casa, su mano, el propósito de su vida… y a la propia Aurelia.

En su mente, él la vio de nuevo: el cabello rubio cenizo azotado por el viento ardiente. Un halo de luz carmesí. Ascuas flotando a su alrededor, brillantes contra un cielo negro. El golpe de una espada.

Y luego las palabras.

Lo siento.

Debió haberse estremecido, porque Rosetta murmuró:

—Duele, lo sé. El corte es profundo.

No tienes ni idea, pensó él.

Después de que la raspadura sobre su ojo estuvo bien curada y cosida, ella comenzó a explorar los moretones en varias etapas de curación con un toque demasiado suave a través de las mejillas y la barbilla, mientras las esquinas de sus labios caían. Se sentía mal por él, Kellan podía verlo en su rostro.

Antes de que ella pudiera llegar a la herida de su labio inferior, él se puso en pie bruscamente. Esto era demasiado. Su rudeza podía ser desagradable, pero esta piedad empalagosa era *intolerable*.

—¿Te lastimé? —preguntó ella, tomando su abrupta retirada como una acusación contra sus esfuerzos de curación—. Lo siento, yo...

—¿Por qué estás aquí, Rosetta? —preguntó Kellan, caminando de un lado a otro frente a la chimenea. Sonó más rudo de lo que pretendía, pero estaba demasiado cansado para fingir buenos modales, y ella no los apreciaría de cualquier forma, teniendo tan poco de ellos.

Rosetta se quitó la mochila del hombro y la abrió para sacar de su interior algo con todo cuidado. Era un guante nuevo, de una tela plateada delicada y holgada. Kellan reconoció el material: hilo de azogue de su rueca hechizada. El guante parecía ligero y algo endeble, pero por la forma en que ella lo sostenía daba más la idea de algo pesado.

—No podía dejar pasar el invierno sin hacerte un regalo —dijo, extendiéndolo hacia él.

No importaba que tratara de ocultar la mano que le faltaba, con este guante sería imposible que pasara desapercibida. Brillaba con cada movimiento. La luz se reflejaba en suaves ondas plateadas que revelaban un patrón subyacente de giros de filigrana y nudos en forma de rizos. Era precioso. Resultaba evidente que ella había invertido mucho tiempo en su factura.

Se quedó quieto mientras Rosetta se acercaba, levantaba su brazo y le colocaba el guante de plata sobre el antebrazo. Era largo y llegaba hasta su codo.

Los ágiles dedos de Rosetta comenzaron a bailar en patrones a lo largo de su brazo; cada golpe y cada giro le hacía sentir un cosquilleo en la carne, como si lo estuviera cosiendo a través de su piel y de sus huesos, con hilos de energía invisibles.

—¿Qué estás *haciendo*? —preguntó él, un poco oponiéndose, otro poco admirándola.

—Shhh —respondió ella, con las cejas juntas en señal de concentración—. Pronto lo verás.

Al tiempo que la observaba, los hilos comenzaron a fundirse y a arremolinarse como plata fundida en los contornos de su antebrazo. Uno a uno, cada dedo inerte del guante comenzó a llenarse y a volverse sólido.

Él levantó su brazo para ver cómo se formaba la mano, una réplica totalmente metálica de la que había perdido. La giró, una y otra vez, con la boca abierta por el asombro. Y aunque una cantidad tan grande de metal debería haber sido pesada, el peso era insignificante.

Cuando el hechizo se completó, el guante brillaba como un espejo pulido. Rosetta dio entonces un paso atrás.

—¿Cómo se siente? —preguntó.

—Bien —respondió él, levantando y bajando su brazo—. De haber sido más pesado podría haber causado algo de dolor en el hombro, en lo que éste se acostumbraba, pero esto debe estar bien.

—No —insistió ella—. ¿Cómo se *siente*? —extendió su mano y la colocó contra el metal, dedo a dedo—. ¿Puedes sentir esto? —preguntó.

—¿Debería?

—Sí —dijo ella—. Está hecho de azogue.

—¿Y...?

—*Yo* estoy hecha de azogue —y en un instante, se había transformado en su segunda forma, un zorro. Parpadeó con sus ojos amarillentos durante un momento, con la cabeza inclinada, antes de volver a transformarse—. El azogue nunca es una sola cosa: puede convertirse en lo que desees. Y ahora que está ligado a ti, deberías ser capaz de gobernarlo, doblarlo y transformarlo a tu voluntad. Extiéndela y pruébala.

Kellan hizo lo que ella le indicó: extendió la mano de plata frente a él, concentrado, y les ordenó a los dedos que se flexionaran. Se quedó mirándola fijamente mientras dejaba que cualquier otro pensamiento desapareciera, hasta que el sudor se acumuló en su frente y las venas se resaltaron en su cuello.

Rosetta lo observó. Su frustración crecía junto a la de él.

—Si quieres que tus dedos se muevan —espetó—, sólo *ordénales que lo hagan*.

La concentración de Kellan se rompió y, con un rugido, golpeó el brazo que no había cambiado contra el poste de su cama. Lo atravesó y el resto de la viga se convirtió en una lluvia de astillas. Rosetta parpadeó. La conmoción hizo que su respiración se acelerara antes de cruzar la habitación hacia él y besarlo con un hambre feroz, salvaje.

Él quiso apartarse, para mantener los restos de dignidad y compostura que le quedaban... pero no pudo resistirse. Ella era la chispa para su yesca reseca. Respondió el beso con la misma intensidad, y pronto ella le había quitado el abrigo y la camiseta interior, para luego clavarle las uñas en los omóplatos mientras lo llevaba hasta su cama.

Después, descansaron una al lado del otro bajo sus sábanas, sin tocarse, mientras la torre del reloj de la plaza de la ciudad empezaba a marcar la hora. Rosetta se vistió y se acercó a la ventana. Abrió las cortinas para revelar la cara del reloj, iluminada por la luna.

—Medianoche —dijo ella, y él empezó a numerar distraídamente las campanadas. Ocho. Nueve. Diez. Once...

Y entonces, nada. Las campanas se detuvieron de manera abrupta, silenciadas a media nota.

En la ventana, Rosetta se tensó.

—No —susurró, frunciendo las cejas como si *deseara* que las manecillas se movieran de nuevo.

Nunca sucedió.

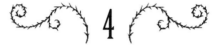

4

ANTES

CONRAD
Noche de Pleno Invierno, 1620

Conrad había pasado gran parte de sus primeros años siguiendo a su hermana.

La mayoría de la gente, incluida su madre, estaban tan ocupados preparándolo para que se convirtiera en rey que habían olvidado permitirle ser un niño. Pero no Aurelia. Ella leía historias bobas para él, le enseñaba rimas, le contaba secretos. Ella inventaba aventuras para que jugaran juntos, como el juego de buscar y encontrar listones con códigos escritos y pequeños premios ingeniosos. Ella se reía y lo hacía correr por los pasillos cuando casi todos los demás preferían que permaneciera quieto y en silencio. Él nunca se cansaba de su compañía, la seguía como un cachorro ansioso, tropezando con sus torpes pies, para complacerla. Para ganarse una sonrisa de ella, unas palabras de elogio.

Fue durante uno de estos juegos cuando escuchó por primera vez las murmuraciones sobre su hermana. Él había seguido los listones y encontrado el premio —una caja de higos azucarados—, así que se había escondido bajo la mesa para comérselos. Entonces pasaron dos camareras chismosas. *Es un peligro para su hermano,* dijo una de ellas. *Una bruja nunca se conforma con lo que le dan. Quiere el trono y lo tomará. Ni siquiera el Tribunal la asusta ahora.*

Creo que les paga para que no la molesten y se mantengan lejos, dijo la otra. *¿Te has fijado cómo mira al pequeño? Tanta envidia, tanto odio. Y usará algún tipo de poción para acabar con él, recuerda lo que te digo, rociará algún tipo de veneno en su comida. O planeará algún accidente. Lo atraerá a alguna cornisa y luego lo empujará.*

Pobre niño, dijo la primera chasqueando la lengua, hablando de él como si ya estuviera muerto. *Sería un rey tan apuesto.*

Se sintió enfermo, dejó caer el último higo y empujó la caja lejos. ¿Aurelia quería hacerle daño? *¿Matarlo?*

Rápidamente su admiración había sido suplantada por la sospecha y el recelo. Hoy se sentía avergonzado al ver cómo se había alejado de ella.

Pero había aprendido cosas observándola durante esos primeros años: cómo hacerse casi invisible encogido en el fondo, cómo esconder cosas en lugares donde a nadie se le ocurriría buscar y, lo más importante, cómo entrar y salir del castillo sin ser notado.

Así que ahora, mientras se movía de sombra en sombra, por uno de los pasillos menos transitados y luego por otro, agradeció en silencio las lecciones, aunque también ayudaba que Hector y Pomeroy —sus nuevos guardaespaldas— no fueran tan buenos en su trabajo.

Kellan *nunca* habría pasado por alto algo así, pero él ya no se preocupaba por las tribulaciones del trono de Renalt ni de la familia que estaba en él. Había llevado a Conrad de vuelta a la ciudad sano y salvo y, una vez que había entregado el rey a la corte, se había desentendido de todo. Ni siquiera se había despedido como es debido, tan sólo había optado por dejar pulcramente doblada su capa de capitán en la orilla de la cama, en una habitación que nunca ocuparía.

Quizá había sido lo mejor, decidió Conrad. Kellan lo veía más como un niño que como un monarca, y lo hubiera tratado de esa manera, siempre mimándolo o regañándolo o cuestionando sus decisiones y socavando su autoridad. Conrad no necesitaba eso. Él era absolutamente capaz de hacerlo solo.

Cuando Conrad por fin consiguió salir por la puerta exterior —el último de los obstáculos—, ya estaba a punto de anochecer y, sin el sol, el aire invernal empezaba a calar hasta los huesos. Se subió la bufanda de lana y se colocó un gorro negro sobre los rizos demasiado brillantes, encorvando los hombros bajo la capa oscura. No era la primera vez que deseaba ser más alto; su edad era su mayor vulnerabilidad, tanto en el castillo como fuera de él. Iba tenso y cauteloso, mientras caminaba por las primeras calles, pero a medida que se acercaba al centro de la ciudad y había más gente para mezclarse y desaparecer, empezó a relajarse un poco.

Cuando, por fin, llegó a la vista de la tranquila torre del reloj y observó a la multitud de personas reunida bajo ella, dejó escapar un suspiro de alivio.

Tal como había esperado, el predicador estaba allí una vez más.

Conrad había visto por primera vez al hombre desde su carruaje a su llegada a Syric, al pasar por la plaza de camino al castillo. En ese momento también montaba su caballo negro y vestía una túnica de terciopelo púrpura. Llevaba al cuello un pesado medallón de plata con forma de luna.

A medio camino de la plaza, el carruaje se había detenido de repente; el camino estaba bloqueado por la gente que entraba en la plaza para escuchar al predicador. Su voz había retumbado a través de las delgadas paredes del carruaje.

—Hemos dejado atrás la época de los reyes —le había oído decir—. ¡Invitamos a los que fueron alabados como tales a unirse a nosotros, del brazo, como iguales y amigos!

El carruaje de Conrad era sencillo y negro, tan anodino como los demás; el hombre no habría podido saber que el rey de Renalt estaba siendo transportado dentro. Y sin embargo... Conrad tenía la clara e innegable sensación de que sí lo sabía. Que no se dirigía a la multitud reunida, sino directamente a él.

Desde que vislumbró al hombre, Conrad había sentido una atracción cada vez mayor por volver a la plaza para encontrarlo, para escucharlo. Era como si la idea se hubiera instalado en el centro de su mente, anulando su mejor juicio. Era un pez atrapado en un sedal inevitable; por mucho que intentara nadar en otra dirección, sabía que acabaría siendo atrapado. Así que, ¿por qué no ahora?

Mientras Conrad se acercaba, el predicador señalaba el reloj a su espalda.

—¡Ésta será la primera señal, como predijo el Alto Mago Fidelis Primero, en los Papeles de Medianoche, hace más de mil años! —levantó un viejo libro por encima de su cabeza—. *¡En verdad les digo que, en el último instante del día más corto, cuando ambas manos del Abuelo apunten al cielo y se detengan, ustedes sabrán que el regreso de Empírea a la tierra por fin ha llegado!* Esta noche es Pleno Invierno, amigos. Cuando este reloj enmudezca, a las doce de la noche, todos recordarán que yo, Fidelis Decimocuarto, maestro del Círculo de la Medianoche, lo predije para ustedes.

Conrad se abrió paso a base de codazos, observando al hombre con los ojos entrecerrados, escudriñándolo. Había algo hipnotizante en él, en la cadencia de su voz y en la gracia de sus gestos. Y también en sus ojos, que en la oscuridad eran increíblemente brillantes.

Y cuando esos ojos recorrieron a los oyentes reunidos, Conrad sintió la misma sacudida incómoda que había sentido en el carruaje, como si su piel se hubiera retraído y su cráneo se hubiera abierto. Como si todos sus pensamientos, recuerdos, deseos y miedos estuvieran expuestos. A la vista.

Fidelis Decimocuarto sonrió, como si también hubiera escuchado ese pensamiento y lo encontrara divertido. Entonces levantó su medallón para que todos pudieran verlo. Era un disco de oro blanco con extraños pictogramas en el borde exterior.

—¡Nosotros, los del Círculo de la Medianoche, llevamos siglos buscando estas señales! Durante mucho tiempo, hemos sufrido en silencio mientras el Tribunal nos perseguía, ¡pero hemos vivido para ver el fin de su tiranía y sus falsas enseñanzas!

Este pronunciamiento suscitó una retumbante afirmación de la sombría multitud.

El medallón volvió a su lugar contra el pecho del hombre mientras su voz se reducía a un silencio conspirativo.

—Ahora han sido advertidos, mis queridos amigos: los relojes serán la primera de muchas señales, de los muchos sufrimientos que están por venir. Empírea ha examinado este mundo caído y lo ha encontrado deficiente. Ella ve sus tribulaciones y eso es causa de su dolor. Este mundo, este triste, escuálido y *roto* mundo, le ha fallado. ¡Les ha fallado a *ustedes*!

Él arreó a su caballo, que se movió tranquilamente entre la multitud.

—El deseo más preciado de la diosa es que sus devotos hijos e hijas, ¡los justos, los *elegidos*!, se desprendan de la suciedad de este mundo, que desafíen a los que pretenden controlarnos, gobernarnos, y se sometan de todo corazón a su voluntad. Y cuando hayamos demostrado nuestra valía, ella nos reunirá en su seno y nos dará un lugar en sus palacios celestes para toda la eternidad. Miren a su alrededor. Observen la miseria que han tenido que soportar. Ya pasaron por la primera prueba de devoción a ella: la humildad. Y ustedes la han soportado de una manera tan bella.

Una mujer cerca del frente observaba al predicador con una mirada de fervor hambriento.

—Pero ¿qué hay de los malvados? ¿Qué pasará con *ellos*? —le preguntó.

El hombre sonrió y se inclinó para tomar su mano.

—No temas, querida amiga. Porque cuando Empírea limpie esta tierra, será con una venganza lenta y brutal. Tú y yo observaremos la aniquilación desde la seguridad, con la certeza de que *nunca* más tendremos que ser sometidos a los pequeños pecados y las viles trivialidades de la humanidad.

La mujer emitió un arrebatado suspiro, totalmente extasiada ante la idea de ver a sus vecinos experimentar un final agónico y tortuoso de la mano de Empírea. Conrad se sentía perturbado, pero también intrigado. ¿Qué había en este predicador que tenía a toda esta gente comiendo de su mano?

La voz de aquel hombre se elevó irrumpiendo en la plaza como si usara un megáfono.

—La inmovilización del tiempo no es más que una señal de las muchas que están escritas en los Papeles de Medianoche. Habrá inundaciones, incendios y hambre. Enfermedad y sufrimiento. Pero todo será en el nombre de Empírea, y para sus gloriosos propósitos. Vengan, amigos queridos. Únanse a nosotros y serán salvados.

Justo en ese momento, Conrad sintió una mano en el hombro y un poderoso tirón que le hizo retroceder hasta las turbias sombras de un callejón, junto a una taberna en la que había un cartel con una lira rota.

Se retorció y pataleó contra su agresor, primero temiendo lo que harían si supieran que era el rey y luego temiendo lo que harían si *no* lo supieran.

—¡Suéltame! —espetó, dando puñetazos y gruñendo, con los brazos agitándose.

El agarre se aflojó de repente y Conrad se giró utilizando su expresión más monárquica, con las mejillas enrojecidas por la imperiosa indignación.

La ira se transformó en sorpresa cuando vio a su atacante. No sabía qué podía esperar: ¿un carterista desarrapado? ¿Un despiadado mercenario? ¿Un borracho pendenciero?... pero ciertamente no este... animal.

La criatura estaba cubierta de pieles desiguales y medía treinta centímetros más que Conrad, pero mantenía su cabeza agachada, como si estuviera asustada. Bajo su mirada, se escabulló más hacia la oscuridad, pero no huyó. Tampoco olía como un animal; el aroma que Conrad percibía era floral, como a violetas.

—No deberías estar aquí —dijo—. No estás preparado.

Conrad se sobresaltó. La voz, procedente de la cabeza agachada y peluda, no pertenecía en absoluto a un animal. En realidad, era la voz de una *chica* humana. Una joven.

Cuando sus ojos se adaptaron a la penumbra del callejón, empezó a distinguir la forma humana bajo las extrañas pieles. Era una capa, se dio cuenta, formada de cientos de pieles y cueros diferentes, remendados al azar. Era demasiado grande para ella; bajo la carga de la pesada capucha, Conrad apenas podía distinguir las manchas que, con buena luz, podrían conformar un rostro: nariz, ojos, boca…

—Mantente alejado del Círculo —dijo ella—. No puedes permitir que te arrastre. Son peligrosos. Para ti. Para Renalt… para todos.

—¿Quién eres? —preguntó Conrad, encontrando por fin la voz.

—Una amiga —dijo ella—. O lo era. Antes lo era.

—¿Me conoces? —preguntó él, y entonces se dio cuenta de que ella había dicho "amiga" con un extraño énfasis, como si fuera un título.

Una *amiga*.

—No debes comprometerte con el Círculo sin estar preparado —dijo ella, eludiendo la pregunta—. Fidelis —añadió, levantando una manga de gran tamaño para señalar la boca del callejón—, el *actual* Fidelis. Él lee los pensamientos. A veces también puede enviártelos a ti. Hacerte pensar cosas que normalmente no pensarías. Tienes que saberlo. Necesitas protegerte.

Pensó en la mirada demasiado extraña del hombre.

—De acuerdo. ¿Cómo? —preguntó.

Ella se encogió de hombros, un benigno gesto humano que desmentía su disfraz no-humano.

—No sé cómo —respondió—. Sólo sé que debes tener cuidado. Porque…

No tuvo oportunidad de terminar. El reloj había empezado a sonar: era medianoche. La chica pelirroja se quedó congelada al escuchar cada campanada, temblando como un conejo acorralado.

Se detuvo al llegar a once y no volvió a sonar.

—Queridas estrellas —susurró—. Está sucediendo —lo tomó por ambos brazos y le dijo—: No te fíes de ellos. No permitas que se acerquen. Tú y Greythorne deben salir mientras puedan.

Antes de que Conrad tuviera la oportunidad de decir una palabra, ella salió disparada torpemente hacia la oscuridad. Derribó una caja que contenía algo que se estaba pudriendo del borde de un barril, y ya había desaparecido cuando ésta cayó al suelo. El golpe cubrió todos los demás sonidos de su huida.

En el fatigoso camino de regreso al castillo, la mente de Conrad giraba como el torno de un alfarero tratando de dar forma a sus confusos pensamientos. La chica estaba lo suficientemente familiarizada con él como para llamar a Kellan por su apellido, pero no lo suficientemente cerca como para saber que Kellan ya no estaba a su servicio. Cuanto más consideraba sus palabras, más parecían estar cargadas de una sensación de certeza inexorable. Ella había dicho la verdad, él lo sentía. El hombre del caballo negro había *sembrado* en la mente de Conrad la compulsión de volver a la plaza y escuchar sus prédicas... lo que significaba que Fidelis, como todos los demás, estaba compitiendo por el control de un rey débil, infantil.

Si había peligro en el horizonte, Conrad tendría que enfrentarlo solo.

Aunque seguía lidiando con estos pensamientos, Conrad logró atravesar la puerta y llegar a la entrada lateral de la servidumbre sin problemas, pero cuando llegó al tercer piso del castillo, su distracción se había transformado en descuido. No oyó los pasos hasta que estaban casi encima de él. Se había topado justo con la ronda nocturna de un guardia. Y aunque ciertamente sería capaz de mentir y adoptar una digna postura frente a su descubrimiento, encontrar al rey solo en un pasillo abandonado después de medianoche y vestido con ropa de calle causaría una impresión memorable y la noticia del encuentro ya se habría extendido a todos los rincones del castillo incluso antes de que despuntara el sol.

Conrad corrió y se metió en el primer dormitorio que encontró, luego pegó la oreja a la puerta mientras el guardia pasaba susurrando una desafinada interpretación de "No vayas nunca al Ebonwilde".

Cuando los pasos y los silbidos se desvanecieron, Conrad suspiró aliviado y dio la espalda a la puerta, para darse cuenta de que la habitación en la que se había refugiado no era un dormitorio en realidad.

Se encontraba en el antiguo bodegón y estudio de Onal.

Se paseó entre las mesas, que seguían repletas de la parafernalia de la curandera para la elaboración de pociones. Onal parecía asomarse en todas partes, como si todos los años que había pasado caminando de arriba abajo por esta habitación hubieran imbuido permanentemente los tablones del suelo con su esencia.

Era su abuela, se recordó. La verdadera madre de su padre. La mujer que había dado a luz al rey Regus y luego lo había criado como una institutriz, sin recibir reconocimiento de su verdadero papel. No es que Onal hubiera necesitado ese reconocimiento; nunca fue una persona que se dejara llevar por los sentimientos. Había sido muy parecida a los remedios que preparaba: te hacía mucho bien si eras capaz de superar el sabor cáustico y amargo.

Cuando Aurelia tenía la edad de Conrad, Onal la había acogido bajo su ala y le había enseñado un poco de la sabiduría de las hierbas. A él le habría encantado tener esa oportunidad; podría haberla convertido en un juego como los que Aurelia le había enseñado. Recorrió las repisas y entrecerró los ojos al ver las etiquetas descoloridas de los frascos, escritas de puño y letra de Onal. Los brebajes más elementales estaban al frente: una tintura de aloe y miel para las quemaduras, raíz de malvavisco y bromelina para la tos. Pero entre más retrocedía en las repisas, más oscuros eran los remedios. Ojos de salamandra hervidos para las fiebres, huesos molidos de charrán para el mareo, brebaje de flores encaje de escarcha para el olvido, leche de tejón para las pesadillas . . .

Conrad se detuvo y retrocedió medio paso para tomar el frasco de color púrpura oscuro, el penúltimo de la repisa.

Encaje de escarcha para el olvido, pensó.

Y de repente, tuvo una idea.

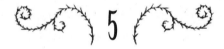

5

AHORA

AURELIA
Diez días antes de Pleno Invierno, 1621

—Mentiroso —dije, con los dientes apretados—. Zan nunca me abandonaría.

—Te estoy diciendo la verdad —dijo Castillion—. Y puedo probártelo, si me lo permites. Por favor, Aurelia.

Lo seguí de mala gana. No pude obligarme a echar una última mirada al estrado, así que, en su lugar, observé las constelaciones del techo abovedado. Parecían destellar mientras las dejábamos atrás.

Dentro del Jardín Nocturno, el aire se había sentido dulce y cálido, impregnado de los suaves aromas de una tarde de primavera en el Ebonwilde. Pero afuera era invierno. Mi evaluación de las flores encaje de escarcha había sido correcta: el Pleno Invierno llegaría pronto. Podía sentir la mordida del frío a través de mi delgada túnica, de mi endeble calzado. ¿De dónde había sacado estos zapatos? ¿Los llevaba puestos cuando entré en el ataúd? No lograba recordarlo.

Castillion se quitó su pesada capa —de terciopelo carmesí, forrada de pieles blancas— y la colocó sobre mis hombros, enseguida la cerró con un broche con la misma forma de araña de su sello. El cuerpo de la araña estaba hecho de una piedra de luneocita ahumada que emitía un tenue brillo.

—¿Tú no la necesitarás? —pregunté.

—Estaré bien —respondió—. Estoy acostumbrado al clima del norte.

Quise decirle que yo tampoco la necesitaba, ¿qué daño podía hacerme la nieve ahora? Pero el calor que desprendía, que permeaba su tejido, era más agradable que el frío, así que, egoístamente, me quedé con ella.

Unas motas de escarcha flotaban ingrávidas a nuestro alrededor mientras caminábamos. Debía haber caído más nieve en los últimos días; la habían retirado de los senderos, pero aún se acumulaba en montículos a los costados.

Castillion me guio por los senderos abiertos.

—El Jardín Nocturno se construyó primero —dijo—. Antes incluso que el propio Fuerte Castillion. Se hizo para conmemorar a Adamus Castillion. Se decía que era un mago poderoso. Favorecido por Empírea. Destinado a grandes y gloriosas cosas.

—¿Y las hizo? ¿Grandes y gloriosas cosas?

Castillion negó con la cabeza.

—Murió joven. No tuvo muchas oportunidades.

Pensé en el hombre y la mujer de mármol en el centro del Jardín Nocturno.

—¿Era de él la estatua en el estrado?

—Sí, es él —dijo Castillion—. Él y su amada, Vieve —permaneció un momento en silencio, observándome, como si esperara alguna señal de que había reconocido el nombre. Luego añadió—: De hecho, tú eres descendiente de ella. Por parte de madre. Incluso estaba en su nombre. Genevieve: de la línea de Vieve.

—¿Estás diciendo que estoy… emparentada contigo? —hice una mueca. Había querido llamar a Castillion de muchas maneras a lo largo de nuestra relación, pero nunca imaginé que pudiera ser *primo*.

—No, no —se apresuró a responder—. Ellos murieron antes de que pudieran casarse o engendrar hijos. Tú desciendes de la hija de su hermana. Yo desciendo del hijo de su hermano.

Me tensé. *El uno o el otro. La hija de la hermana o el hijo del hermano.* ¿Cuántas veces me había dicho esas palabras la cara del espejo antes del Día de las Sombras?

Habíamos llegado a un mirador en lo alto de un escarpado acantilado. No, no era un acantilado: el revelador zigzag cuadrado de las almenas se elevaba como dientes sin filo desde el borde nevado. Era un muro. El Fuerte Castillion, al parecer, había sido construido más al interior de la montaña que sobre ella.

Abajo, la fría luna de invierno brillaba en las aguas de obsidiana de una bahía, donde docenas de barcos se alineaban en el puerto. Cerca del borde del acantilado se encontraba la ciudad, un grupo de edificios construidos con madera oscura del Ebonwilde, con tejados inclinados, bordeados de témpanos de hielo. El fuerte estaba encerrado por una empalizada de madera, y donde alguna vez podría haber habido un foso, ahora ardía un anillo de fuego anaranjado contra la noche añil.

Y al otro lado de la muralla, un mar de tiendas.

—No hace mucho tiempo —comenzó—, ésta era una simple aldea, de una décima parte del tamaño de lo que ves ahora. Hasta donde llegan nuestros registros, nunca hubo más de cien familias viviendo en la provincia de Castillion. Y ahora… sólo mira. La gente está llegando más rápido de lo que podemos construir casas para refugiarlos.

—¿Nunca se te ocurrió, mientras arrasabas con el resto de Achleva, que eventualmente tendrías que hacerte cargo de la gente que conquistabas?

Sonrió con amargura.

—Éstas no son las personas que conquisté, sino aquellos que por desesperación han llegado hasta mis puertas en busca de ayuda. Y de esperanza.

—¿Aquí —agité la mano a lo ancho del paisaje que teníamos al frente— es adonde la gente viene en busca de esperanza?

—Sí —dijo él—. Ahora imagina cómo debe estar el resto del mundo para que eso sea así —se volvió hacia mí de nuevo, con su cabello blanco agitado por el viento frío—. Esa línea de fuego arde todo el día y toda la noche, alimentada continuamente por los muertos. Algunos por el frío, pero la mayoría por la fiebre. Pero al menos aquí hay comida, y un mínimo resguardo.

—¿Resguardo de qué?

No contestó, pero algo en la forma en que me miró en ese momento, la inusual tirantez de su boca, la repentina rigidez de su espalda... lo hizo verse extraño. ¿Vulnerable, quizás? O joven.

No, tacha eso. Se veía *viejo*. No su cara, pero sí sus ojos. Había en ellos un cansancio propio de un hombre de al menos siete décadas, no de uno de tan sólo dos y media.

Pero cuando me miró de nuevo, esa expresión ya había desaparecido.

—Por aquí —dijo.

En el borde de la almena, unas escaleras subían en espiral hasta la puerta de una torreta en forma de pináculo. La habitación de la cima de la torreta parecía tener muchos usos: estudio, biblioteca, observatorio. Había libreros y más libreros, mesas repletas de velas a medio consumir, con gotas de cera endurecida sobre opacos soportes de latón, y un escritorio de gran tamaño con pilas de papel encima: notas garabateadas, mapas, esbozos de dibujos. La habitación olía a cera, a piel y a libros viejos. Había una cama a un costado, tendida con una manta simple, sencilla, y luego un espejo alto y una gran tina de cobre para bañarse.

Si hubiera tenido algo de sangre, mis mejillas se habrían encendido de color carmesí.

—¿Me trajiste a tu habitación? —tosí.

—A mi estudio —dijo sin perder un instante—. Pero algunas veces duermo aquí, cuando permanezco hasta tarde y me siento demasiado cansado para cruzar el patio y llegar hasta la parte principal de la fortaleza. Es una especie de santuario para mí, separado del resto del fuerte. Pensé que apreciarías la soledad.

Caminé alrededor de la habitación. Había cuatro altos ventanales en cada dirección del cuarto redondo. Desde la primera abertura, tenía una vista del terreno nevado y del septentrional cielo nocturno donde la aurora ondulaba a través de la oscuridad en cintas de color luminiscente. Un enorme catalejo de latón había sido llevado hasta esa ventana y apuntaba al cielo. Era tan grueso como el mástil de un barco y más alto que yo.

La ventana occidental daba al patio, donde el Jardín Nocturno brillaba como una joya en medio de una espiral radiante de caminos entrecruzados. La oriental, situada al lado opuesto, mostraba la ciudad, las tiendas y el foso en llamas.

Desde la última ventana, la que daba al sur, no podía ver nada. Bueno, nada no, sólo el espeluznante Ebonwilde, que se extendía infinitamente a lo lejos; el bosque negro y el sombrío horizonte se mezclaban con tanta perfección que no podía distinguir dónde terminaba uno y empezaba el otro. Era vasto, inmutable, incognoscible.

Castillion se aclaró la garganta y giré hacia él.

—Esperaba que no tuvieras que ver esto, pero... —tenía un pergamino doblado en la mano. Una carta con un sello roto de cera dorada, impreso con un cuervo: el cuerpo de Silvis, del anillo familiar de Zan—. Pero no voy a negarte la verdad.

Tomé la carta, esperando que Castillion no notara el temblor de mi mano. Mientras yo la abría, él continuó:

—Me dijiste que me uniera a Valentin para despertarte e intenté seguir esas indicaciones al pie de la letra. Antes de recuperar tu cuerpo de la Asamblea, traté de alcanzarlo... e incluso ofrecí una importante recompensa para quien me brindara información sobre su paradero. Y después de traerte aquí, le envié varias cartas, informándole de mi éxito. Las dos primeras veces, no respondió. En mi tercer intento de contactar con él, me envió esto. Y tu frasco de sangre con él.

Desplegué la carta y comencé a leer.

Mi querido señor:

Lamento informarle que la chica de la que usted habla, Aurelia Altenar, murió el último día de Decimus de 1620. Está enterrada en la cripta bajo la capilla del santuario, en la finca Greythorne. Dado que murió en mis brazos, puedo asegurarle que ese espíritu maligno que usted está interesado en levantar de entre los muertos __no es ella__.

Adjunto para usted este frasco que contiene la verdadera sangre de Aurelia, a fin de que no tenga más motivo para ponerse en contacto conmigo sobre este asunto.

Permita que los muertos permanezcan en la tierra, adonde pertenecen.

Valentin de Achlev

Leí la carta tres veces, revisando cada giro de cada frase, cada trazo y curva de su pluma, pero ya lo sabía: se trataba de la audaz e inconfundible letra de Zan, escrita por su propia mano y sellada con su anillo. Y la última y definitiva prueba de su abandono colgaba ahora de un cordón alrededor de mi propio cuello.

Permita que los muertos permanezcan en la tierra, adonde pertenecen.

Zan lo sabía. *Sabía* que Castillion me había encontrado. *Sabía* que Castillion quería despertarme. Lo *sabía* y eligió no venir.

*Ese espíritu maligno que usted está interesado en levantar de entre los muertos **no es ella**.*

Había subrayado esa parte con tanta fuerza que su pluma casi había atravesado el papel.

Volví a examinar la carta, segura de que me faltaba algún dato vital que me permitiría descifrar su verdadero mensaje. O que se trataba de algún tipo de cifrado, que sólo se aclararía con el contexto adecuado, la clave correcta.

Pero la carta era franca. No había significados ocultos o textos subyacentes que desentrañar.

Para mi gran vergüenza, me encontré con que echaba de menos la pena que había sentido cuando pensé que Zan había muerto en la Bahía de Stiria. Había sido una agonía más sencilla e inocente, no contaminada por el aguijón corruptor del rechazo y la traición.

—Lo siento, Aurelia —dijo Castillion—. Lo siento de verdad. Sé que tenías una profunda y sincera confianza en él. No me alegra demostrar que no es digno de tu alta estima.

—Todavía no te he visto alegrarte por nada —dije en voz baja.

—No me conoces muy bien —contestó tranquilamente.

Empujé la carta contra su pecho.

—Deberías haberle hecho caso —dije, deseando que mi voz no sonara tan débil, tan rota—. Debiste haberme dejado donde me encontraste.

—No podría haberlo hecho, aunque hubiera querido.

—Es verdad. Hiciste un compromiso y tenías que cumplirlo —dije—. Siempre esclavo de tus preciadas virtudes.

—No —dijo—. No es eso. No del todo —volvió a observarme, midiendo mi reacción con su habitual calma imperturbable. Había sacado un pergamino de uno de los libreros y lo había llevado a una de las mesas más grandes del centro de la sala. Con un movimiento rápido desenrolló el papel, que se desplegó a lo largo de toda la mesa.

Mientras él ponía peso sobre los bordes del documento, me acerqué con cautela.

—¿Qué es esto? —pregunté.

—Esto —dijo— es el nuevo mundo.

Era un mapa. Me incliné sobre la mesa para examinarlo. El protectorado de Castillion, tallado en la parte más septentrional de lo que alguna vez había sido Achleva, estaba marcado en azul. En el extremo opuesto, mi propia nación estaba dividida por una gruesa línea. La parte más pequeña, en el lado sureste, estaba delineada en rojo y etiquetada como RENALT. La parte más grande se extendía desde el lado suroeste de la isla, a través del Ebonwilde, y hasta la bahía de Stiria. No quedaba ninguna indicación de campo, río o ciudad en ese lado; era una mancha cruzada de tinta negra. A un lado estaba escrito: ZONA DE LA MEDIANOCHE.

—¿Qué es esto? —pregunté, pasando el dedo por la línea irregular.

—La tierra tomada por el Círculo de la Medianoche —respondió Castillion por encima de su hombro. Se había desplazado al otro lado de la habitación y estaba hurgando en otra mesa, moviendo papeles e instrumentos matemáticos—. Es un culto catastrofista que llegó al poder cuando las cosas empezaron a ir mal. Adoran obsesivamente a Empírea y siguen los escritos de un alto mago anterior a la Asamblea, llamado Fidelis Primero. Para cuando alguien más comprendió lo que estaba ocurriendo, ellos ya se habían extendido como una plaga por toda la costa occidental, ungiendo seguidores y reclamando violentamente todo lo que encontraban a su paso. ¡Ajá! —destapó una jarra de cristal y dos vasos.

Levanté una ceja.

—Supongo que ya no abrazas la sobriedad, ¿o sí?

Soltó una risa amarga y se dejó caer en un gran sillón de cuero.

—Hago lo que puedo —dijo, cruzando una pierna larguirucha sobre la otra—. Pero hay que hacer algunas concesiones cuando uno se enfrenta a circunstancias como éstas. ¿Quieres? —levantó la botella y el líquido ámbar se agitó en su interior.

Sacudí la cabeza.

Se encogió de hombros.

—¿Estás segura? Porque tal vez lo necesites dentro de un minuto —enseguida, dejó los dos vasos en el suelo y apuró un gran trago directamente de la jarra.

—¿Por qué? —pregunté—. ¿Qué podría esperarme que sea peor de lo que ya sé?

—Viste el mapa —dijo lentamente, evitando mis ojos—. ¿Viste Syric?

—Si el mapa es correcto, Syric se encuentra en la Zona de la Medianoche. ¿Eso significa que el Tribunal desapareció?

—El Tribunal ya estaba acabado tras el Día de las Sombras. Syric vivió un levantamiento y entonces los ciudadanos atacaron y colgaron a todos, lo que dio paso a que el rey regresara a su corte.

Me quedé helada.

—¿Conrad regresó a la capital?

Castillion asintió.

—Así es. Y... todavía se encontraba ahí la noche en que se produjo un terremoto que provocó la ruptura de la presa al norte de la ciudad y un tsunami en el mar, al sur. Syric fue alcanzada por una ola de cada lado —se quedó mirando la alfombra que tenía bajo las botas, una pieza marconiana antigua de color rojo, decorada con remolinos de oro entrelazados—. El rey Conrad no consiguió salir —sus ojos se dirigieron a los míos, llenos de una piedad exasperante.

—¿Está muerto? —pregunté con una voz apenas audible, mientras me hundía en la silla frente a él—. ¿Estás intentando decirme que mi hermano está muerto?

—Lo siento mucho.

¡Conrad! Mi hermoso hermanito, ¿muerto? Mi alma gritó su rebelión contra semejante pensamiento. ¿Cómo era posible algo así? ¿Cómo era posible que el mundo siguiera girando sin él?

Cualquier otra pena palidecía en comparación con esta pérdida. La traición de Zan, la destrucción de Renalt, mi conmoción al despertarme frente al rostro de mi antiguo enemigo en un mundo aterrador y extraño. Todo se volvía nada comparado con esto.

Mis manos, como garras, apretaron los costados de mi silla. Los ojos me ardían, pero no tenían lágrimas. Me pregunté, evasiva, si mi nuevo cuerpo todavía podría formarlas.

—¿Estás seguro? —pregunté con voz ahogada.

—No estoy seguro de nada —dijo Castillion—. La certeza es otro bien escaso en este nuevo mundo —bebió otro largo trago—. No se puede restar importancia a la crueldad del probable fallecimiento de tu hermano, pero debes saber que eres una de los *millones* de personas que se enfrentan a circunstancias similares. En el último año ha habido inundaciones, incendios, escasez de alimentos y enfermedades a tan gran escala que podría resultar difícil de comprender —hizo una pausa—. Te resultaría difícil encontrar a alguien allá afuera cuya vida no se haya visto alterada por una pérdida como la tuya.

—¿Y me despertaste en medio de esto? ¿Por qué? ¿Por qué no simplemente dejarme permanecer en mi inconsciencia? El adormecimiento, la oscuridad interminable... Ahora lo anhelo.

—Porque —dijo con una calma cautelosa—, en ausencia de tu hermano, *tú* eres la legítima reina de Renalt.

Me quedé inmóvil como una estatua. Inmóvil como una piedra antigua. Volví a mirar el mapa.

—Pero Renalt ya no existe—exclamé—. No como era antes.

—Podría ser restaurada para que recuperara su antigua gloria. Los ciudadanos de Renalt sólo necesitan a alguien que los reúna y los represente. Alguien que pueda recordarles quiénes son, que los haga creer que pueden luchar. Aurelia —dijo, moviéndose al borde de su asiento en su franqueza—, podemos enviar al Círculo de la Medianoche de regreso a las sombras de donde vinieron, pero primero tenemos que dejar de pelear entre nosotros —se inclinó hacia atrás en su silla, sus ojos oscuros me miraban con fervor—. Imagina lo que tú y yo podríamos hacer si estamos *unidos*.

—¿Unidos? —susurré. Había implicaciones en esa palabra que yo todavía no estaba preparada para considerar. El verso de mi reflejo volvió a formarse de pronto en mi memoria.

El uno o el otro, el uno o el otro. La hija de la hermana o el hijo del hermano.

Cuando volví a mirar a Castillion, fue como si lo viera por primera vez. Siempre había sido un hombre impresionante, con sus ojos oscuros, su mechón de cabello blanco, su vestimenta impecable. Pero ¿siempre había sido tan... serio? ¿Tan intenso? ¿Su boca siempre había tenido esa forma, con un lado curvado en una sarcástica media sonrisa, como si tuviera un malicioso secreto en la punta de la lengua? Tenía que admitir que no era... desagradable... mirarlo. Pero ahora que lo hacía, les rogué a las estrellas poder dejar de hacerlo.

—El pueblo de Renalt siempre me ha detestado. Nunca me aceptarían como su reina —dije.

—Lo harán —dijo Castillion—. Sé que lo harán. Invité al regente de Renalt, lo más parecido a un líder que tienen actualmente los ciudadanos de Renalt desplazados, para que se reúna con nosotros mañana. Si *él* se convence de que eres capaz de reclamar el trono de Renalt, los demás lo harán también.

—¿Regente? ¿Quién de los cortesanos había logrado apoderarse de ese escandaloso título? ¿Gaskin? ¿Graves? ¿Hallet? —me burlé de la idea.

El tono de Castillion fue mesurado.

—Greythorne.

Kellan. ¡Piadosa Empírea! Cerré los ojos, tratando de no pensar en la última vez que lo vi. Él se encontraba sosteniendo su brazo sangrante completamente perplejo, con el rostro marcado por una expresión que era de odio, dolor e incredulidad por igual. Había sido mi leal guardaespaldas y el amigo más devoto, y yo había elegido arruinar su vida a cambio de que no la perdiera.

Estaba *aterrada* de tener que verlo otra vez. Probablemente él me odiaba. Pero al menos, con Kellan, no necesitaba preguntarme por qué.

—Ya viste lo que les hice a tus hombres —dije con voz ahogada—. Apenas puedo mantenerme en pie. Incluso ahora, hay una parte de mí que quiere hacerte daño —bajé la voz y añadí—: es necesario que lo sepas.

—No te tengo miedo —dijo.

Sin embargo, vi que su cuerpo se tensaba mientras lo decía. Podía afirmar que no me tenía miedo, incluso convencerse de eso, pero el ritmo de su corazón y el de su respiración contaban otra historia.

Yo era justo igual a su araña de siete patas: estaba dañada, era peligrosa, y lo mejor era dejarla sola.

6

ANTES

ZAN

Las chicas del Canario debieron ver que se acercaba; Jessamine lo estaba esperando en la entrada de la taberna. Tenía los brazos cruzados sobre el pecho, los ojos entrecerrados, como si sus párpados pesaran, y un "te-lo-dije" listo en los labios. Sin embargo, cuando vio su rostro, su pedantería inicial fue rápidamente suplantada por la preocupación.

—¡Piadosa Empírea! Zan, ¿estás bien?

—En realidad, no —dijo él al bajar, exhausto, del lomo de Madrona. Tuvo que esforzarse por evitar que sus rodillas se doblaran cuando sus pies alcanzaron el suelo—. Creo que podría estar volviéndome loco.

Ella levantó una ceja e inclinó la cabeza.

—¿Eh?

—Se supondría que aquí tú tienes que poner cara de sorpresa y decirme: *No, claro que no, Zan. ¡Tú estás bien!*

—Bueno —Jessamine se encogió de hombros—. Pasar semanas solo en una cripta no es exactamente un comportamiento *normal*. Para ser honesta, esperaba que reventaras mucho antes.

Él sintió ganas de reír. Aquí, en la fresca luz de la mañana, apoyado en el gentil menosprecio de Jessamine, casi podía olvidar el encuentro de la noche anterior con el fantasma del padre Cesare… que luego se había convertido en Isobel Arceneaux.

Casi.

—De acuerdo —dijo ella, con las manos en las caderas—. Adelante, entonces, su alteza. Estoy segura de que podremos encontrar algo en lo que usted pueda ser útil.

✳

Zan pasó el resto del día en el tejado del Canario, clavando las tejas de hojalata en su sitio, mientras el viento frío del páramo de Renalt golpeaba contra su piel. Allá abajo, en los campos, los niños jugaban juntos, reían y daban tumbos por la frágil hierba. Eran los huérfanos del campo de refugiados de Achleva, que estaba cerca de Greythorne: su gente. Sus *súbditos*, si es que reclamaba su título como rey. Sin embargo, no veía cómo tal acontecimiento pudiera ayudar a nadie; por más duras que fueran las circunstancias de su gente ahora, no mejorarían si él se sentaba en el trono.

Al caer la noche, Delphinia se puso un chal azul con flecos y se marchó a los campos para recoger a los niños. Rafaella asomó la cabeza por la puerta y los llamó a gritos:

—¡Vamos! ¡Deprisa! ¡La cena está lista!

El sol del atardecer le dio a su piel morena un resplandor bruñido.

Ella le dedicó una mirada a Zan, en el tejado, y sonrió.

—Tú también. Es hora de que bajes a comer. Ya has trabajado mucho hoy y, a pesar de lo que dice Jessamine, no hay nada malo en dejar algunas tareas para mañana.

—¡Te escuché! —la voz de Jessamine resonó desde el interior.

Lorelai se unió a Rafaella en el porche y comenzó a contar a los niños mientras entraban a la taberna.

—Torrance, ¿dónde está tu gorro? ¡Te acabo de tejer uno nuevo! ¡Heloise, cuidado con entrar con esos zapatos llenos de lodo!

Zan podía ver por qué Aurelia había amado a estas mujeres. Él no podía más que admirarlas: ellas no habían pedido esta responsabilidad, pero se habían levantado para enfrentarla, sin quejarse, mientras él la había ignorado, tan ocupado como estaba lamiéndose las propias heridas como para considerar las de nadie más.

Bajó de la escalera y siguió a los niños que ya se reunían en el comedor.

Cansado hasta los huesos, Zan se dejó caer en una silla, en la esquina más alejada mientras Jessamine iba de mesa en mesa sirviendo caldo en una docena de tazones expectantes. La sala, llena de niños risueños, no era menos estridente de lo que había sido pocos meses atrás, cuando estaba poblada de bulliciosos viajeros y comerciantes. Zan sacó un delgado cuaderno de bocetos y una barra de carbón de uno de sus bolsillos, a fin de distraerse del recuerdo del beso que le había dado a Aurelia en la habitación de arriba, donde ahora él se sentaba para dibujar la vista de las praderas de Renalt desde el techo del Canario.

Sintió un pequeño tirón en su manga y se giró para encontrar a una niña detrás de su codo, que lo miraba desde debajo de un mechón de cabello arenoso. Heloise, la del calzado enlodado, recordó.

—Escuché a la señorita Jessamine llamarte Su Alteza —dijo Heloise, balbuceando por el hueco dejado por un incisivo faltante—. ¿Eres un rey?

Zan hizo una mueca y agitó la cabeza.

—No, no soy un rey —dijo.

La decepción marcó el gesto de la niña y entonces él agregó:

—Lo lamento.

Ella torció la boca hacia un lado y luego se encogió de hombros.

—Lo suponía. No te ves como un rey.

—¿Cómo se ve un rey? —preguntó Zan con curiosidad.

—Probablemente, más alto —explicó ella, repasando cada palabra, considerándolas—. Tiene una corona y una gran barba, como la que tenía papá.

—¿Tu papá?

—Sí. La señorita Lorelai dijo que él está con mi mamá y con Empírea ahora.

—Ya veo —dijo Zan—. Lo siento mucho.

Ella se encogió de hombros.

—Él solía decir que cuando nuestro legítimo rey ocupara el trono de Achlev, tal vez podríamos regresar a casa. Nosotros vivíamos en Achleva, ya sabes. Donde nunca hace frío. No es como aquí.

—Lo sé —dijo Zan—. Yo también vivía allí.

—¿Y lo extrañas?

Zan se encontró con un torrente de recuerdos. Una torre revestida de hojas de sangre y una cabaña bordeada por flores amarillas; atravesar túneles en la oscuridad; ver a una princesa bruja trabajar con magia de medianoche en el muro por encima de una ciudad dormida. Los recuerdos eran tan claros y nítidos como el cristal cortado. *¡Estrellas!* Deseó tener algo de beber.

—A veces —contestó al final.

Ella asintió, comprensiva.

—Yo también —dijo antes de escabullirse para reunirse con el bullicioso grupo de niños.

—Ella tiene razón, ¿sabes? —Jessamine puso un tazón delante de él y comenzó a llenarlo con sopa.

—¿Que me vería más como un rey si fuera más alto y tuviera barba?

—Sí —dijo—. Pero también que ella podría volver a su hogar si Achleva tuviera un rey.

—No hay vuelta a casa. No para ninguno de nosotros.

★

Durante el día, Zan ayudaba con pequeñas tareas alrededor del Canario Silencioso. Después de la cena, por lo general se sentaba con algunos de los niños y les enseñaba arte. Nada demasiado avanzado; sobre todo, les mostraba cómo observar y representar. Posaba un objeto en una de las antiguas mesas de juego del Canario: una vasija, una moneda, uno de los broches de Jessamine, y les pedía que lo describieran.

—¿Qué ven aquí? —preguntaba.

Las respuestas siempre fueron lógicas al principio: *Una vasija. Es de peltre. La moneda es plana y de cobre. Un alfiler, de latón. La forma de una mariposa.*

Entonces, él preguntaba:

—¿Qué más? —siempre les tomaría un minuto o dos dejar que su comprensión sobre la utilidad del objeto se escapara para permitirles verlo de nuevo como lo que era en el espacio—. ¿Dónde está la luz? —preguntaba—. ¿Dónde están las sombras? —y—: Sí, es gris, pero ¿qué otros colores pueden ver? Un toque de naranja a lo largo de ese costado, el reflejo del fuego. Sí, hay algo de púrpura en la oscuridad. ¿Ven aquí, donde la luz brilla desde el borde? Es casi blanco.

Los niños arrugaban sus caras y entrecerraban los ojos, mientras las gruesas barras de cera cocida rechinaban y rasguñaban al ser frotados contra el fino pergamino donado por la papelería de Lorelai.

Era increíble su capacidad para enseñar a los pequeños del Canario a ver el contraste y el color mientras él mismo se ahogaba en un mar de gris.

Las chicas del Canario le dieron la vieja habitación de Aurelia. El pequeño armario era un lugar demasiado insulso como para que alguien más lo reclamara. Lo habían dejado intacto. La colcha estaba arrugada; todavía había mechones de su cabello en un peine en la cómoda. Había rastros de su presencia donde sea que él mirara, lo que encontraba tan reconfortante como inquietante.

Por las noches, dibujaba. Bosquejo tras bosquejo tras bosquejo... Siempre empezaba con algo seguro, como la veleta torcida del Canario, o un puñado de cuervos huyendo asustados por los ruidosos niños, a la luz de los campos helados. Pero sus dibujos siempre derivaban en cosas más dolorosas al final: la cabaña de Kate y Nathaniel en Achleva, una recreación del retrato de su madre que solía colgar afuera de su habitación, y, por supuesto, Aurelia. Sus manos, delicadamente extendidas a través de un libro, o palpando una daga de cristal, o dejando gotear sangre en un tazón para un hechizo. A veces era su cuello, largo y elegante, y la suave pendiente de sus hombros. Sus labios, también, apretados en un gesto de concentración, inclinados hacia un lado en señal de frustración, o suavemente separados mientras susurraba su nombre entre besos. Era una tortura lenta y autoinflingida que por lo general terminaba con él dormido ante el escritorio. Se despertaba con dolor de cabeza, la espalda maltrecha y la visión empañada, pero *cualquier* cosa era mejor que pasar cada noche solo en la cama de Aurelia, mirando a la oscuridad. Era atormentado por sus propios pensamientos y esa voz persistente en su cerebro que le recordaba, una y otra vez, que si tan sólo hubiera sido más inteligente, más fuerte, más valiente, mejor, Aurelia no estaría enterrada bajo una pintura a medio terminar en la Stella Regina.

Quería regresar para terminar la pintura; cada mañana se despertaba resuelto a hacerlo, y cada mañana encontraba alguna excusa para quedarse. No habló con nadie de su alucinación del padre Cesare y Arceneaux, e incluso se las arregló para racionalizarlo y decirse que sólo había sido el resultado de un mal vino o el grano contaminado... aun así, no lograba convencerse de regresar para asegurarse de ello.

Era un cobarde de pies a cabeza.

Una noche, después de haber estado allí casi un mes, se cayó un pedazo de carbón al suelo y, cuando se inclinó para recuperarlo, vio un pedazo de papel que se había deslizado entre el escritorio y la pared. Lo liberó y se encontró mirando otro de sus propios dibujos: el que hizo la noche que él y Aurelia habían buscado refugio aquí, después de los sucesos de la coronación de Conrad. Era del jinete que le salvó la vida.

Pasó sus dedos por el rostro sombreado del jinete... el rostro de Aurelia. Él lo sabía ahora. Sabía que había sido *su* aliento lo que le había dado la vida esa noche en la costa de la bahía de Stiria, *su* voz la que lo había traído de vuelta del abismo. *Sus* palabras las que lo habían llenado, sin embargo, de manera fugaz, con un sentido de propósito noble. *Si vivis, tu pugnas.* Mientras vivas, lucharás.

Resultó que luchar era la parte fácil. Lo difícil era vivir.

ANTES
ROSETTA

La torre del reloj de Syric era una estructura imponente que se cernía sobre la plaza de la ciudad con toda la desapasionada severidad de una institutriz carente de humor. Si todavía estuviera funcionando, tal vez habría marcado la hora en algún punto entre la una y las dos de la madrugada. Las calles estaban casi vacías ahora, excepto por los escurridizos roedores en las alcantarillas y la ahogada risa alcohólica que se infiltraba en el aire por debajo de las puertas de la taberna. Pero las manecillas de las horas y de los minutos se habían detenido en el doce, apuntando sin cesar al cielo.

Rosetta miró el débil resplandor del reloj desde debajo de su capucha durante un largo rato, deseando que las manecillas se movieran de nuevo. *Sólo un poco*, pensó. *Aunque sea un centímetro.*

Cuando quedó claro que su deseo, por más grande que fuera, no reanimaría al reloj, Rosetta cruzó la plaza hacia él, con su capa oscura ondeando en el aire frío. Ya ni siquiera lo notaba; ella siempre estaba fría. Había sido así por tantos años, que apenas recordaba lo que era el calor. Ser humana.

Cualquier calidez que pudiera sentir se desvanecía siempre, huidiza. Sentarse frente a un fuego crepitante o descansar en los brazos de un amante ardiente hacían que recordara, al menos por un breve momento, lo que era estar viva. Esos instantes eran como pequeñas gotas de hidromiel en su lengua reseca, un pequeño alivio que menguaba demasiado pronto y que al final sólo servía para dejarla más sedienta que antes.

Sin embargo, Kellan era diferente a cualquiera de sus otros amantes. Sentía algo más profundo por él... y no podía negarlo. Más profundo aún, quizá, que los sentimientos que había tenido por su antepasado, Mathuin Greythorne. Ella todavía podía sentir el calor de su encuentro bajo su piel, como una piedra quemada por el sol que mantiene su calor mucho después del anochecer.

—¡Rosetta!

Se giró al oír su nombre. Kellan estaba corriendo hacia ella con un gesto lleno de preocupación. Esto desató otra dolorosa llamarada de fuego en su pecho. Deseó, no por primera vez, que Kellan fuera menos noble. Menos valiente. Menos hermoso.

Las cosas serían mucho más fáciles para ella si lo fuera.

—Te *dije*... —empezó a decir ella mientras él se acercaba.

—No me *dijiste* nada —dijo él, tocando su brazo con su mano, la que le quedaba—. Te fuiste sin despedirte siquiera. Pero ¿por qué?

Ella volvió a mirar el reloj.

—*En verdad les digo que, en el último instante del día más corto, cuando ambas manos del Abuelo apunten al cielo y se detengan, ustedes sabrán que el regreso de Empírea a la tierra por fin ha llegado.*

—¿Qué quiere decir eso?

—Es una profecía de los Papeles de la Medianoche —dijo Rosetta—. Un texto muy oscuro, escrito hace más de mil años —su voz pareció quedarse estancada en su garganta—. Predice el fin del mundo.

Las piernas de Kellan eran largas, pero tuvo que correr para mantener el ritmo de Rosetta.

—¿Qué vas a hacer? ¿Subir al reloj? ¡Intentarás repararlo?

—Si eso es lo que tengo que hacer —dijo ella—. Porque si esto es lo que creo que es... —sus ojos amarillos se dirigieron a él—. No puedes imaginar la devastación que está por venir. Empírea ha estado esperando mucho, mucho tiempo para llevar a cabo sus planes. El tiempo suficiente para que yo llegara a creer, tontamente, que ella nunca tendría la oportunidad de cumplirlos.

—Empírea no hace nada para bendecir a nadie —dijo Kellan—, pero tampoco parece demasiado inclinada a castigar a "los malvados".

—Si en verdad piensas eso —dijo Rosetta, dándose vuelta hacia él, con su aliento en una nube helada y furibunda—, eres tan ingenuo como un recién nacido.

Ahora se encontraban al pie de la torre del reloj. Rosetta se movió hacia atrás, donde una cerradura de hierro oxidada del tamaño de un puño colgaba del pestillo de la puerta.

—Hierro. ¡Por las estrellas, cómo odio el hierro! —maldijo en voz baja.

El metal siempre había sido el más implacable de los medios sobre los cuales ejercer la magia fiera, y entre los metales, el hierro era el peor.

Cansada, comenzó a convocar su fuerza para hacer un hechizo. Entonces Kellan se acercó por detrás de ella y golpeó su nueva mano de metal contra la cerradura. El viejo hierro cedió fácilmente, y Kellan usó su otra mano para desenganchar la cerradura rota y arrojarla a un lado.

Ella le dedicó una amarilla mirada fulminante.

—Si supieras cuánto trabajo me llevó hacer esa mano…

Él se encogió de hombros.

—Al menos puedo ser bueno para algo.

Tan oscuro como estaba afuera, estaba todavía más dentro de la torre del reloj, que olía a polvo y a humedad y a grasa vieja. Abundaban las telarañas. Hacía mucho tiempo que nadie había puesto un pie allí.

—¿Y ahora qué? —preguntó Kellan.

—Ahora subimos —contestó Rosetta con la mirada siguiendo las escaleras que llevaban a la cima.

Sus pisadas en las escaleras de metal resonaron como el lento traqueteo de unas cadenas viejas, pero por lo demás la torre estaba en silencio. No se percibía el movimiento de los engranajes ni el zumbido de su funcionamiento mecánico. Cuando llegaron a la plataforma superior, la luna estaba al otro lado del luminoso cristal del reloj, un disco nacarado perfectamente enmarcado por el otro.

Rosetta caminó a través de la plataforma para observar a través del vidrio. Al norte, podía ver el ascenso de las colinas rocosas. Al sur, la negra línea del océano en calma. Y abajo, el brillo de las luces de las velas.

Éste era un mirador por lo general reservado para halcones y cuervos, aves marinas y gorriones. Ella era una criatura del bosque y sus senderos, que se sentía más en casa bajo la protección de los árboles que por encima de ellos. El cielo era inquietante en su infinitud. Demasiado grande, demasiado frío, demasiado insensible. Al igual que la diosa que se decía que lo gobernaba.

Con un suspiro, Rosetta comenzó a trazar las líneas del hechizo contra la cara trasera del reloj. Arriba, abajo, giro, cruz. Una espiral aquí, una vuelta allá. Giro alrededor. Dentro. Fuera. El vidrio se calentó bajo las puntas de sus dedos cuando los pequeños riachuelos de poder comenzaron a fluir desde el patrón de nudos. *Muévete*, le dijo al reloj mientras el hechizo se deslizaba desde el vidrio hacia el punto de apoyo en el centro, y luego comenzaba una espiral agonizantemente lenta alrededor de las manecillas de metal. *Muévete*.

Las manecillas no obedecieron.

Ella empujó y tensó, apretó sus dientes y forzó su poder a través del eje central hasta los engranajes gigantes que estaban suspendidos en la bóveda cavernosa detrás de ella.

—¡Muévete! —ordenó de nuevo, esta vez en voz alta.

—Rosetta —dijo Kellan, con clara preocupación en la voz—. Rosetta, detente.

Los engranajes gemían, raspándose horriblemente unos contra otros, pero se negaban a moverse un centímetro siquiera. Desesperada, ella buscó más poder, sacando esta vez de la reserva entregada a ella por el manto de la guardiana.

Pero no estaba ahí.

Apartó sus manos, cortando el hechizo.

—Deberíamos regresar —dijo Kellan, acercándose a ella por atrás y poniendo sus brazos alrededor de ella. Y entonces—: Rosetta, estás temblando.

—Desapareció —murmuró—. El manto ha desaparecido. La profecía está aquí, haciéndose realidad ante mis ojos, y no tengo el poder que necesito para detenerla.

—Cálmate, Rosetta —dijo Kellan—. Es *sólo* un reloj. Sólo un reloj descompuesto —no obstante, a pesar de la convicción de sus palabras, al mirar atrás, hacia el reloj, ahora atravesado por una telaraña de serpenteantes grietas en su carátula, la duda comenzó a cerrar su garganta.

—Fue Aurelia —dijo Rosetta—. Ella debe haber tomado el manto, esa noche en Greythorne. Ella es la única que podría haberlo hecho... una hija del bosque. Pero ¿cómo no me di cuenta de que había desaparecido? —se preguntó Rosetta—. ¿Cómo es que no lo supe antes?

Sin embargo, ella sabía la respuesta: había estado demasiado preocupada por Kellan durante todas estas semanas. Tratando de arreglar lo que Aurelia había roto en él, y lo que había brotado entre ellos.

La Novena Era había comenzado y, junto con ella, se estaban cumpliendo las profecías de Fidelis Primero. Incluso en la más oscura de sus fantasías para el futuro, ella veía el mundo terminando lentamente, a través de los siglos, milenios, eones... esto significaba que tenían un año.

La cuenta regresiva de los Papeles de la Medianoche estaba aquí, y la tierra se había quedado sin guardiana para dirigir la guerra contra eso.

—Vuelve al Juglar conmigo —dijo Kellan—. Podemos conseguir algo para comer, tratar de dormir, y seguiremos hablando por la mañana, cuando hayamos descansado...

Una risa tonta surgió de ella.

—¿*Descansado?* No he "descansado" en cien años. ¿Sabes por qué? Porque tengo responsabilidades. Verdaderas responsabilidades que no pueden ser abandonadas sólo porque estoy enojada o sintiendo lástima de mí.

La expresión de Kellan se oscureció.

—¿No es *exactamente* eso lo que tú intentaste hacer? Le mentiste a Aurelia sobre la Campana de Ilithiya porque *tú* querías usarla para cruzar al Gris y finalmente morir. ¿A quién pretendías llevar el manto de la guardiana entonces? Y no olvidemos esto —levantó su mano derecha—. Yo perdí todo por tus mentiras.

—Adelante, cúlpame, Kellan. Cúlpame, a mí, o a Aurelia, o a Arceneaux y al Tribunal… Haz lo que necesites para seguir adelante. Pero ¿sabes quién no se merece nada de tu culpa? Conrad. Él…

—Ya tuve suficiente de esto —dijo Kellan con gesto oscuro, y empezó a bajar las escaleras—. Ya tuve suficiente de ti.

—¡Así es, huye! —ella se inclinó sobre la barandilla, llamando en el vacío oscuro a su figura en retirada—. ¡No querría que tuvieras que enfrentar tus errores!

El sonido de la puerta de la torre al cerrarse subió en espiral hasta la columna, y Rosetta se movió para mirar la carátula de vidrio agrietado del reloj. Muy por debajo, la capa de Kellan era poco más que una mancha gris mientras caminaba por la plaza hasta la taberna.

★

Ella esperaba a que él mirara atrás, que hiciera una pausa, que se diera la vuelta —*algo*—, pero no lo hizo. No dolió tanto como hubiera pensado; quizá, después de todo este tiempo, en realidad estaba mejor sola.

—Adiós, Kellan —dijo en un susurro.

8

ANTES

CONRAD

Lo primero que hizo Conrad cuando despertó fue localizar a Pelton, el flaco y nervioso mayordomo del castillo, para pedir una lista completa de los personajes más poderosos de la ciudad ahora que el Tribunal se había ido.

—En particular —dijo Conrad—, estoy buscando información sobre una organización llamada el Círculo de la Medianoche, y de un documento llamado Papeles de la Medianoche.

El labio superior de Pelton eclipsaba su labio inferior y cuando su expresión se contrajo, su boca se convirtió en un petulante puchero.

—¿Dónde habrá escuchado un nombre como ése, majestad? No creo que usted deba preocuparse con tales...

—Y yo no creo que *tú* debas preocuparte por cuestionarme —replicó Conrad, moldeando su rostro en su expresión más imperiosa. No le gustaba ponerse en el papel de "rey altanero", pero parecía ser la única manera de cortar de raíz este tipo de condescendencia—. Sólo necesito tu obediencia, Pelton. Si alguna vez quiero tu opinión, te la pediré. Hasta entonces, te sugiero que la reserves para ti.

—Mis disculpas, majestad —dijo Pelton, reclinándose—. Veré qué información se puede reunir acerca de este "Círculo de la Medianoche". ¿Puedo hacer algo más por usted, mi rey?

—Tomaré la cena en mi habitación esta noche —respondió—. Asegúrate de que me sea enviada allí.

Pasó la mañana en la biblioteca reuniendo libros que atrajeron su interés. De historia, sobre todo: *Un relato preliminar de los reinos occidentales* y *Las hazañas y fracasos de los reyes de Renalt del siglo XIII*, pero también había algunos tomos religiosos, como *Nuestra amada Empírea* y *Meditaciones sobre la diosa del cielo*. La selección era terriblemente limitada; la mano opresiva del Tribunal se sentía en todas partes, pero sobre todo en las bibliotecas. Hay poco que un tirano tema más que el acceso sin restricciones a las ideas. Las ideas, si no se vigilan pueden florecer en creencias, y las creencias conducen a las rebeliones.

Así que reemplazaron el deseo de la gente por la verdad con el miedo a ella.

Al castigar rápida y brutalmente a quienes fueran sorprendidos con libros prohibidos o expresando opiniones disonantes, y recompensar a aquellos que delataran a sus amigos y vecinos, el Tribunal había logrado esencialmente que su opresión de las ideas fuera autosuficiente. Sólo los más valientes o los más imprudentes seguían comerciando con libros de contrabando después de que éstos fueron purgados del mercado.

Aurelia, por supuesto, era una de esas personas. Conrad sabía de su tesoro secreto de material de lectura bajo el altar del santuario real. Ningún niño que disfrutara tanto como él de los juegos y de encontrar los objetos escondidos lo habría ignorado. Él solía usar su tiempo en adoración para mirar los libros que tenían fotos. Ni siquiera después de que se convenció de que Aurelia haría que lo asesinaran, le contó a nadie sobre sus libros ocultos.

Ahora que era rey, prometió asegurarse de que nadie tuviera que recurrir a tales extremos de nuevo.

Al parecer, su postura real hacia Pelton había probado dar frutos; cuando regresó a su habitación esa noche, su cena ya lo estaba esperando.

Después de apilar los libros en su escritorio, Conrad tomó una manzana rosada de la bandeja y la comió mientras se quitaba su incómodo chaleco, sólo para ver un pedazo de papel doblado revoloteando en el bolsillo de su pechera. Dejó caer la manzana de nuevo en el plato y la chaqueta sobre la cama para que sus manos quedaran libres para pescar la nota del piso.

Decía: *Hay una tabla del piso suelta a dos pasos a la izquierda de la chimenea. Ve a averiguar qué hay debajo.*

Lo más desconcertante era que estaba escrita a mano por *él* mismo.

Con el corazón golpeteando con entusiasmo, avanzó los pasos necesarios desde la chimenea y se sintió fascinado de descubrir que allí había, en efecto, una tabla suelta. Se arrodilló y la liberó.

Encontró entonces un pequeño compartimiento ahuecado, donde se escondía una botella de tamaño considerable llena de un líquido violáceo y un manojo de pequeños papeles como el que había descubierto en su bolsillo, atado con un cordel.

La mayoría estaban en blanco. La de arriba era otra nota.

Ultimus 23, 1620, Noche de Pleno Invierno: Te escabu-
lliste del castillo para escuchar a un predicador del Círcu-
lo de la Medianoche llamado Fidelis Decimocuarto. Fuiste
advertido por una "amiga" que lee las mentes e implanta
pensamientos, razón por lo que te sientes tan obligado a ir
y escucharlo a él y su mensaje. Como esta amiga identificó
al Círculo como una amenaza para tu país, has decidido
acercarte a ellos y familiarizarte con su funcionamiento in-
terno, pero eres cauteloso sobre la lectura del pensamiento.
Entonces te diste cuenta: él no puede leer los pensamientos
que no tienes.

Encontraste ese frasco con poción de encaje de escarcha
en el viejo estudio de Onal. El recipiente dice que una gota
borrará aproximadamente treinta minutos de memoria.
Después de escribir estas notas, tomarás seis gotas.

¿Podría ser esto cierto? *Sí* recordaba haberse escabullido
a la ciudad, aunque era un poco borroso... como un sueño
confuso. Pero después de eso, nada. Parecía que su conciencia se había llenado en ese momento con mundanidades: tal
vez podría recordar comer, pero no sería capaz de describir la
cocina. E irse a dormir, pero no lo que había pensado antes
de irse a la cama.

Éste era un juego, se dio cuenta, eufórico. Justo igual que
los que solía jugar con Aurelia, salvo que esta vez estaba jugando solo y con él mismo. Rápido, tomó el lápiz de carbón
del compartimiento y tomó el siguiente papel de la pila, que
estaba en blanco.

Comenzó a escribir, siguiendo el mismo patrón que la primera nota, de nuevo dirigiéndose a su yo futuro como "tú"
en lugar de tomar la ruta de un diario, que suele recurrir al

"yo". Después de todo, Conrad Pasado le estaba escribiendo a Conrad Futuro, y si veía esas dos versiones de sí mismo como entidades diferentes, ésta sería la mejor manera de estructurar los mensajes.

> *Ultimus 24, 1620: Encontraste la nota. Esto parece estar funcionando. Esta noche la esconderás en el bolsillo de tu pechera otra vez, pero tendrás que encontrar algo mejor pronto; las criadas han estado lavando nuestra ropa con una regularidad asombrosa, y no querrás perderla o que ellos la encuentren.*

Luego puso el lápiz y los papeles de nuevo en el agujero debajo del tablón suelto y retiró la poción de encaje de escarcha. A la luz del fuego, podía ver el líquido arremolinado a través del vidrio oscuro; estaba casi lleno. Abrió la tapa y levantó el gotero de vidrio sobre su boca.

La poción burbujeó un poco cuando se disolvió en su lengua. Sabía a nieve y a metal frío y a algo vagamente floral... como lavanda, pero más dulce.

Debido a que no estaba seguro de cuánto tiempo tenía antes de que el borrado de la memoria pudiera tener efecto, cerró el frasco y lo metió de nuevo en el escondite. Colocó al final la tabla del suelo. Luego, metió la nota en su bolsillo y colgó la chaqueta en su armario, donde estaría lista para mañana.

Su bandeja de comida lo estaba esperando al lado de la cama, pero mientras más se iba acercando, más arrugaba la nariz. Con un suspiro de indignación, llevó la bandeja a la puerta.

Hector y Pomeroy estaban atentos en la sala.

—Tú, toma esto —le dijo a Pomeroy—. ¿Podrías llevar esto a la cocina y traerme otra charola nueva?

—¿No encontró satisfactoria la comida, majestad? —preguntó el guardia.

—¡Mira esa manzana! —dijo Conrad, apuntando hacia la fruta—. Parece que alguien le dio un *mordisco*.

AHORA

AURELIA
Diez días antes de Pleno Invierno, 1621

Castillion partió antes del amanecer, aunque era difícil saber la hora con seguridad ya que el único reloj que pude encontrar en su estudio estaba, al parecer, descompuesto. Antes de irse, me dijo que durmiera un poco para que pudiera descansar antes de la llegada de lord Greythorne; asentí tranquilamente, sin saber si *podría* dormir, incluso aunque quisiera intentarlo.

Y, de cualquier manera, ya había dormido lo suficiente para toda la vida.

Por fin sola comencé a explorar el estudio. No estaba segura de lo que estaba buscando exactamente, sólo que me había dormido en un mundo que conocía y había despertado ahora en otro que no reconocía, y que necesitaba algo —*cualquier cosa*— que me ayudara a reconciliarme con una realidad en la que Zan era un extraño y Conrad estaba... piadosa Empírea, *Conrad*...

Tuve que dejar de hurgar en los papeles para apoyarme contra la mesa, mi cabeza flotaba de repente.

No podía permitirme pensar en Conrad.

Al otro lado del camino, el espejo se burló de mí con su vacío, como si dijera: *¿Qué importa que las cosas sean diferentes* *ahora? Tú ya no eres real. No eres humana.* Arranqué la manta de la cama, me acerqué al espejo y se la eché encima en un arranque de rabia.

La mayor parte de mi búsqueda fue infructuosa; lo único útil que encontré fue el conjunto de ropa en la parte posterior de un cajón al lado de la cama. Me quedarían un poco grandes, pero no demasiado, y al menos así podría deshacerme de las prendas salpicadas de sangre que había usado en el ataúd.

Y entonces mis ojos se deslizaron hacia la tina de cobre.

Cuando giré el grifo y el agua caliente comenzó a bajar de las tuberías, me sentí encantada y dejé que se llenara hasta la mitad antes de ceder al impulso de meterme en el agua con un suspiro. Yo podría haber sido como un dragón ahora, o cualquier otra criatura de sangre fría incapaz de generar su propio calor, pero la calidez del agua demostró que seguía percibiendo sensaciones. Que yo era, al menos, capaz de *sentir*.

En el agua, por fin pude inspeccionar este extraño cuerpo nuevo, con la forma exacta del antiguo y, sin embargo, de alguna manera inexplicablemente extraño. Las cicatrices en mis rodillas, ganadas por miles de hazañas de la infancia, se habían borrado. También habían desaparecido los cortes y los pinchazos de cientos de hechizos de sangre pasados, y el corte fruncido en mi abdomen que habían causado los asaltantes del callejón en Achleva. El arco del cuchillo de Arceneaux, la última y peor herida física de mi existencia mortal, tampoco estaba allí. Mi cuerpo se encontraba intacto, no había una sola marca sobre mí.

Cerré los ojos y me recosté dejando que el agua me alcanzara poco a poco hasta que estuve completamente sumergida. El sonido del latido de mi corazón —un lento y batiente *tum-*

tum— me rodeó por todos lados, amplificado por el agua. Era un eco de mi antigua humanidad, la imitación de mi nuevo cuerpo del funcionamiento del antiguo, aunque no tenía más sangre para bombear a través de él. Casi deseaba saber cómo hacer que mi corazón fantasma se quedara quieto, para poder contentarme con el agua tibia y una piel intacta, y no tener que recordar cuánta emoción y magia solía contener.

Fue entonces cuando oí la voz.

Aurelia.

Me senté con un jadeo, aparté las hebras húmedas de cabello de mis ojos y me empujé para salir de la bañera goteando agua por todo el piso pulido del estudio de Castillion.

De un tirón, arranqué la manta del espejo y me planté frente a la lámina de vidrio plateado sin detenerme siquiera un instante a considerar lo qué podría reflejar su superficie.

La habitación estaba reordenada en un perfecto opuesto: la cama, las ventanas que servían como brújula, los altos libreros, la barandilla curvada que conducía del nivel superior al inferior. Pero, aunque yo estaba a sólo unos centímetros del espejo, no había señales de mí.

Debo haber imaginado que escuchaba mi nombre, pensé, apretando mis párpados cerrados y poniendo dos dedos sobre el puente de mi nariz.

Cuando abrí los ojos otra vez, una cara me estaba mirando.

Tenía grandes ojos azules como el lago y una boca altanera, los mechones de cabello negro que bajaban hasta su cintura se aferraban a su piel pálida y desnuda.

Se suponía que debía verse como yo, pero no era así. Ella era demasiado simétrica, demasiado perfecta, como una muñeca conjurada por un recuerdo teñido de rosa y no por la realidad.

Di un paso atrás y el reflejo me siguió, sólo un poco fuera de sincronía.

—¿Qué quieres? —pregunté.

La muñeca inclinó la cabeza y respondió con una voz similar a la mía:

Irás al Ebonwilde, mi niña,
porque allí tu fortuna aguarda.
Cuando la medianoche de la más larga noche
detenga los relojes, tú contarás los días...

Aunque estaba enmarcada en el mismo esquema de ritmo y rima misterioso de la conocida canción popular de Renalt, esto se sentía menos como una advertencia y más como una predicción... o una promesa.

Un golpe sonó, sorprendiéndome y atrayendo mi atención hacia la puerta. Cuando miré al espejo, ella se había ido. El marco estaba vacío una vez más.

¿Quién podría llamar a mi puerta a esta hora de la noche? Pero no era de noche, ya no; los primeros rayos de la mañana comenzaron a aparecer en la ventana oriental. ¿Castillion ya estaba de regreso?

—¡Sólo un minuto! —grité, luchando para meter los miembros húmedos en la ropa seca.

Para mi sorpresa, no era Castillion quien esperaba al otro lado de la puerta del estudio, sino un soldado, vestido con un traje completo de piel, incluyendo un ostentoso yelmo de plumas color lavanda y un peto estampado con la araña de siete patas.

—Lord Castillion me ordenó que viniera —dijo el soldado—. Pensó que usted podría necesitar...

—*¿Protección?* —me burlé—. Yo no creo que…

—No —dijo el soldado, levantando el yelmo de su cabeza—. Un amigo.

—*¿Nathaniel?* —mi mano subió hasta mi boca.

Él sonrió.

—Hola, Aurelia.

Había cambiado tanto. Era difícil precisar *cómo* en un inicio, dado que seguía siendo tan alto y ancho, con el rostro todavía fuerte y apuesto, como siempre. Su cabello era más corto, ceñido a su intensa piel morena, y le había crecido una barba oscura, pero sus facciones aún eran gentiles. Seguía siendo el hombre del que mi querida amiga Kate se había enamorado, el guerrero de voz suave. Pero había algo diferente en él, en su postura. Se veía… cansado.

El mayor cambio, sin embargo, estaba en sus ojos: alguna vez habían sido de un castaño profundo y cálido, pero ahora eran completamente negros, como si no hubiera iris en su interior.

Lo abracé con fuerza. La suya era la primera cara familiar que había encontrado desde que despertara —además de la de Castillion, que no contaba— y me sentí llena de alegría al verla. Finalmente entendí lo desesperadamente *sola* que me sentía.

—¿Cómo estás? —pregunté bajando los brazos—. ¿Cómo está Ella? ¿Por qué trabajas para Castillion? Tengo tantas preguntas…

Asintió.

—Lo sé. Han ocurrido tantas cosas desde la última vez que nos vimos.

Lo conduje al interior del estudio y le ofrecí una de las sillas, como si yo fuera la anfitriona aquí, y no prácticamente una rehén.

—Si Castillion quiere que me convenzas de su buena voluntad y sus honradas intenciones, puedes decirlo. No necesitas mentir. Dudo que puedas hacerme cambiar de opinión, de cualquier manera. Sé muy bien qué tipo de hombre es.

—Es un buen hombre, Aurelia —dijo Nathaniel—. Y eso no es una mentira.

Fruncí el ceño.

—De acuerdo. ¿Así que te tiene drogado, entonces?

—Lo siento, pero no.

—¿Te está chantajeando, quizá?

—Me temo que no. Dominic Castillion es, sin duda, la razón por la que estoy vivo en este momento. Después de lo que pasó en Morais, él me acogió. Me dio comida, agua, refugio. Un trabajo en uno de sus regimientos de mayor confianza. Y todo eso a pesar del hecho de que yo había estado bastante dedicado a formar parte de su oposición hasta entonces.

—No, Nathaniel. No me digas eso. Quiero despreciarlo en verdad —suspiré profundamente, pensando en Zan—. Supongo que no es la primera vez que juzgo mal el carácter de alguien —me detuve en seco—. ¿Qué pasó en Morais?

—Hace ocho meses —dijo—, formaba parte de la primera avanzada del Círculo de la Medianoche. Tomaron la ciudad en medio de la noche —explicó—. Ya había terminado antes de que empezara siquiera —había algo en su expresión... la forma en que sus ojos se contraían en las esquinas, la línea sombría de su boca...

—Nathaniel —dije, mi voz apenas audible—. ¿Ella?

—La había dejado al cuidado de los padres de Kate mientras trataba de ayudar en los esfuerzos de resistencia de Zan —su cabeza siempre hacia abajo—. Estaba feliz con sus abuelos en Morais. A salvo. Creciendo como una hierba. Debería haberme quedado con ella. Debería haberle dicho que no a Zan cuando me pidió ayuda. Pero odiaba estar allí. Los padres de Kate amaban a Ella, pero apenas podían soportarme. Yo debería haber vivido con ello. Nunca debería haberme ido. Entonces, al menos, podríamos haber muerto juntos.

Con una mano sobre la boca sentí esta revelación asentarse sobre mí como una sofocante mortaja.

—¿Ella está...? No.

—Yo estaba enfermo con la fiebre amarga cuando sucedió... cerca de morir también —dijo—. Por eso mis ojos se ven así. Me dicen que tuve suerte de haber sobrevivido, pero no se siente así —lanzó una mirada al horizonte, con los músculos de su quijada tensos—. Para cuando me recuperé lo suficiente para ir tras ella, ya era demasiado tarde.

—¿Regresaste a buscarla?

—Lo intenté. Sólo llegué hasta Percival, pero vi lo suficiente de lo que el Círculo le hizo a la gente de allí... fue brutal. Horrible. Cualquiera que no se rindiera de inmediato y se uniera a ellos era apartado en una fila y ejecutado. Pero elevando una oración primero, como un ritual. O una ofrenda de sangre —se removió en su silla, hundido, como si llevara el peso de todos esos acontecimientos sobre su espalda, como ladrillos—. Castillion tenía un barco en las aguas cerca de Silvis, el *Resistencia*. Sólo se trataba de un pequeño barco de transporte que no estaba equipado para un enfrentamiento, pero aun así lo llevó por la costa para recoger tantos refugiados como pudo. Fui uno de los últimos. Me rescató justo antes de que las naves del Círculo comenzaran a perseguirnos. Logramos escapar de ellos y de sus cañones, pero con poco margen. El *Resistencia* estuvo a la altura de su nombre, además. Para cuando llegamos aquí, se mantenía unido sólo por unos cuantos clavos: había recibido un daño tan severo que ya no fue posible repararlo. Tuvieron que hundirlo en la bahía.

—Lo siento mucho —me aventuré a decir finalmente, después de un largo y triste silencio.

Asintió.

—Yo también. Por ti y por mí. Escuché lo de Conrad.

Tomé una respiración profunda y le di voz a la esperanza que había estado sosteniéndome.

—Castillion dijo que nadie puede estar seguro de que Conrad todavía estaba en Syric cuando el agua la inundó. Su cuerpo no fue encontrado. Todavía podría haber una posibilidad de que haya logrado escapar de alguna manera. Tal vez se escondió...

Nathaniel me miró con sus ojos negros, gentiles y tristes.

—Tal vez —dijo, pero no lo decía en serio. Él creía que yo estaba en negación.

—Castillion arregló un encuentro entre Kellan Greythorne y yo —dije—. Mi antiguo guardaespaldas, quien ahora dirige lo que queda de mi país. Espero que él pueda contarme algo más sobre lo que le pasó a Conrad. Es la única razón, en realidad, por la que estoy de acuerdo con Castillion ahora mismo.

Nathaniel asintió con gesto solemne.

—Estoy enterado sobre lord Greythorne —dijo—. Su barco, el *Contessa*, atracó esta mañana.

—¿Él está aquí?

—Ahora está con Castillion —dijo Nathaniel—. Espera, Aurelia, no puedes simplemente...

Pero yo ya había escapado y cruzado la puerta.

ANTES

ZAN

El carruaje llegó en medio de la noche.

Zan todavía estaba despierto dando los últimos trazos a un dibujo de una flor encaje de escarcha; se trataba de un encargo de la pequeña Heloise, cuya madre solía cultivarlas y venderlas a los boticarios cuando vivían en Achleva. Estuvo a punto de dejar caer su carboncillo cuando escuchó el sonido de los cascos acercándose; en todo el tiempo que había estado allí, el Canario no había visto ni un solo cliente o mercader de paso. Entre la calma invernal habitual y la pérdida de Greythorne como destino comercial, el viejo negocio del Canario como posada y taberna se había convertido en nada. Durante el día, el edificio estaba lleno de vida y ruido de los niños, pero por las noches... Zan se había acostumbrado a la quietud. Por eso, la llegada de un carruaje de cuatro caballos resultaba algo notorio.

Bajó corriendo las escaleras, con Jessamine al frente y Delphinia detrás, mientras Lorelai y Rafaella iban de habitación en habitación para asegurarse de que los niños siguieran durmiendo.

—Si es alguien que busca posada —dijo Jessamine—, creo que tendremos que enviarlo muy lejos.

—Pero ¿por qué? —preguntó Delphinia—. Podemos mover a los niños para liberar algunas camas. No hemos tenido noticias del resto del país en años. Me siento tan aislada.

Zan y Jessamine intercambiaron miradas. Algo no se sentía bien.

—¿Tienes algún arma? —preguntó él.

—¿Armas? —preguntó Delphinia, moviéndose hacia la puerta—. ¿Por qué necesitaríamos armas? Somos una posada. Quizá tan sólo sea alguien buscando una habitación para pasar la noche.

—Hay algunos cuchillos en la cocina —respondió Jessamine—. Voy por ellos.

—No creo que necesitemos algo así —protestó Delphinia—. No tenemos ninguna razón para pensar que alguien vendría aquí a hacernos daño. ¿Y si necesitan ayuda?

—Quizá no los necesitemos —dijo Zan—. Pero no podemos arriesgarnos.

Alguien golpeó la puerta, y la voz de un hombre atravesó las finas grietas de los tablones de madera.

—¿Hay alguien ahí? ¡Por favor! ¡Por favor, abran la puerta! Mi esposa y mi hija están enfermas. ¡Necesitan ayuda!

—Delphinia —dijo Zan, mientras crecía su sensación de temor—, no...

Pero ella ya había retirado la tranca de la puerta, que ahora estaba abierta.

El hombre en la entrada era de edad media y estaba vestido en su mayor parte con ropa de obrero. Su cabello estaba recogido en una cola de caballo en la nuca; los mechones atravesaban el parche de calvicie en su coronilla. Vio a Delphinia en la puerta, la luz de la lámpara que surcaba sus ondas rubias, y cayó a sus pies aferrándose al dobladillo de su falda.

—¿Eres un ángel? —lloró—. ¡Eres la mujer más gloriosa! ¿Nos dejarás entrar? ¿Nos salvarás?

—Por supuesto —dijo ella con gentileza, inclinándose para ayudarlo a ponerse en pie—. Es bienvenido aquí, señor. No hay mucho, pero tenemos un techo sólido sobre nuestras cabezas y algo de comida para alimentarnos.

—Gracias —dijo él—, amable señora.

Jessamine ya había regresado. Zan podía ver la empuñadura del cuchillo de cocina metido en la cintura de su vestido. A regañadientes, él permitió que Delphinia escoltara al angustiado hombre hacia dentro.

—¿Dijo que su esposa e hija están enfermas, señor? —preguntó Zan—. ¿Qué es lo que las aflige?

Delphinia lo sentó cerca del fuego y se quitó el chal de sus hombros para envolverlo alrededor de los del hombre.

—Una fiebre —dijo él—. Enfermaron de pronto. Están esperando en el carruaje.

—Iré a buscarlas —dijo Zan después de un momento—. Y las ayudaré a entrar.

—Voy contigo —dijo Jessamine, aunque sus ojos estaban fijos en Delphinia, que ya estaba llenando un tarro de cerveza para el hombre.

Afuera, los caballos estaban agitados. Jessamine puso su mano en uno de sus hocicos, tratando de calmarlos mientras ellos pisoteaban.

—Mira —le dijo a Zan—, tienen hambre. Me pregunto cuánto tiempo ha pasado desde la última vez que comieron.

Zan había llegado al costado del carruaje.

—¿Conoces una taberna que usa un emblema de lira rota?

—El Juglar Intrigante —dijo ella—. Está en Syric.

Había algo extraño en el aire, un olor a la vez dulce sulfuroso y putrefacto. Venía del interior del carruaje.

Con el estómago hecho nudos, Zan puso su mano en el mango y tiró.

El hedor entró en ellos como un ariete haciendo que Zan retrocediera, tosiendo. Jessamine se dobló y vomitó en la tierra.

En el carruaje estaban, en efecto, una mujer y una niña, pero ya no necesitaban ayuda. Sus caras estaban pálidas y blancas como la cera; unas líneas negras secas bajaban por sus mejillas, como lágrimas.

Zan y Jessamine se miraron uno a la otra.

—Estrellas queridas. *Delphinia* —Jessamine dio un grito ahogado.

Los dos regresaron a la taberna.

Delphinia estaba sentada frente al hombre, empujando un tazón del estofado sobrante hacia él. Cuando el hombre vio a Zan y Jessamine entrar de regreso, dijo:

—¿Dónde está mi esposa? ¿Dónde está Martha? ¿Y Sibby? ¿No van a traerlas? ¿No van a ayudarnos?

—Señor —dijo Zan, acercándose, con las manos levantadas en un gesto tranquilizador—. Creo que usted ya sabe que no hay nada que podamos hacer por su familia.

—¿Qué quieres decir? —preguntó Delphinia. Sus ojos azules se movieron como dardos de Jessamine a Zan—. ¿Qué está pasando?

Rápidamente, el hombre empujó la mesa y jaló a Delphinia por el cabello, para atraerla hacia su pecho. Ella gimió mientras él sacaba un cuchillo sucio de su camisa y lo sostenía contra su mejilla. El sudor caía por el rostro lívido del hombre. Sus pupilas parecían anormalmente grandes y oscuras.

—Usted miente. ¡Son unos mentirosos! Nosotros no tenemos la enfermedad. Fidelis me lo *prometió*. ¡Nosotros somos los bendecidos! ¡Somos los salvados!

Los ojos de Delphinia estaban llenos de terror.

—No queremos hacerle daño —dijo Zan, acercándose poco a poco—. Nosotros *queremos* ayudarlo. Pero primero tiene que dejarla ir.

La negrura en sus pupilas se había extendido más allá de los iris y ahora se acumulaba en las esquinas de sus ojos.

—Martha —dijo él, dirigiéndose a Delphinia—, Martha, yo soy la cabeza de la familia. Yo sé lo que es mejor para ti y para Sibby. ¡Para *nosotros*! ¡Martha!

Delphinia estaba llorando ahora.

—Yo no soy ella —dijo en voz baja—. No soy Martha.

El hombre la jaló más hacia atrás y su cuchillo pasó cerca de su ojo.

—¡Te dije que no me hablaras así, Martha!

Delphinia sollozó mientras él la sacudía, y Zan se acercó más. El cuchillo estaba casi a su alcance. Sólo unos cuantos centímetros...

Pero el hombre vio a Zan por el rabillo del ojo y soltó a Delphinia para atacarlo con el cuchillo. Zan bloqueó el golpe con su antebrazo, pero sintió su piel contra la hoja. Delphinia usó la distracción para lanzarse a los brazos de Jessamine, que ya la esperaban.

La sangre se derramó caliente por el corte, y la ira de Zan fluyó junto con ella. Cuando el hombre intentó apuñalarlo otra vez, Zan, furioso, balanceó su puño y concentró toda su rabia en el movimiento.

—¡Atrás! —gritó mientras el golpe conectaba, y el cuerpo del hombre salía despedido y se estrellaba contra la pared, antes de caer flácido al suelo.

Dio un último respiro borboteante al tiempo que dos lágrimas marcaban sus huellas negras y lentas a lo largo de sus mejillas amarillentas.

Zan maldijo, apretando su brazo sangrante, y vio a Rafaella y Lorelai en la parte superior de las escaleras. Las puertas comenzaron a abrirse por el pasillo y una pequeña voz preguntó:

—¿Qué está pasando? Escuchamos ruidos...

—Nada de qué preocuparse, queridos —dijo Lorelai, apresurándose a impedir que atestiguaran la escena de abajo—. Y ahora todos vuelvan a la cama.

Mientras Lorelai atendía a los niños, Rafaella comenzó a bajar las escaleras, pero Delphinia gritó con fuerza:

—¡No! ¡Quédate arriba!

—Pero —protestó Rafaella— tenemos que limpiar antes de que los niños...

Delphinia estaba mirando el cadáver.

—Esto es una enfermedad, no se equivoquen. Después de que los relojes dejaron de funcionar, yo debería haber sabido que esto podría ser lo siguiente. Nosotros ya estuvimos expuestos, pero ustedes no. Tenemos que mantenerlo de esa manera, y abordarlo como si fuera la plaga.

—¿Qué debemos hacer? —preguntó Lorelai con voz ahogada.

Delphinia miró a Jessamine y Zan.

—Nosotros recogeremos los cuerpos y los quemaremos. Ustedes se pondrán guantes y cubrirán sus caras y se encargarán de limpiar todo este lugar. Deben tallar todos los lugares que este hombre haya tocado con tanto jabón como si tuviéramos de sobra. Después, quemarán sus ropas, y también los trapos y cepillos que hayan usado. Los niños deben quedarse arriba hasta que todo esté hecho.

—¿Qué hay de ustedes? —preguntó Rafaella con ansiedad.

—Mi hermana favorita es sanadora —dijo Delphinia—, está en Fimbria. Iremos con ella. Sabrá qué hacer.

—Iremos con ella, entonces —dijo Jessamine con tono tranquilizador—. Viajaremos directo a Fimbria.

—De acuerdo —dijo Lorelai—. Empacaré cosas para ustedes y las lanzaré desde la ventana. Un cambio de ropa y algo de dinero, algunos víveres…

Mientras Lorelai y Rafaella recogían lo que necesitaban para el viaje, Zan y Jessamine arrastraron el cuerpo del hombre por la taberna y salieron. Ignorando el dolor agudo en su brazo herido, Zan subió el cadáver a la cabina mientras Jessamine liberaba a los caballos del carruaje y los llevaba hasta una pila de heno fresco.

Jessamine ayudó a Zan a alejar el carruaje del edificio. En el campo helado, Zan frotó un fósforo y lo sostuvo contra las cortinas del carruaje. Se encendieron rápidamente, y pronto el carruaje completo fue engullido por las llamas. Delphinia se unió a ellos para verlo arder.

—Iremos a Fimbria y volveremos cuando sepamos que es seguro —le dijo Zan mientras el humo teñido de rojo se elevaba hacia el cielo nocturno.

—Si esto es lo que creo que es, no sé si volveremos —contestó Delphinia.

—Pero le dijiste a Rafaella y Lorelai…

—Fue mentira —dijo sin rodeos—. No quiero que nos vean sufrir.

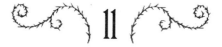

11

ANTES

KELLAN

—Nadie querrá pelear contigo con eso —dijo Malcolm y le dio una calada a la pipa que colgaba de un lado de su boca, mientras dejaba que un lento chorro de humo surgiera del otro—. Es una ventaja injusta.

Kellan levantó la vista tratando de controlar su exasperación.

—No pensaste que fuera injusto hacerme pelear con una sola mano.

—Eso fue para dar un mejor espectáculo. Pero esto... —hizo un gesto al guantelete de plata de Kellan— no sería un juego limpio.

—Si supiera cómo quitármela, Malcolm, lo haría.

—Debiste haber pensado en eso antes de ponértela —gruñó Malcolm—. Tú también has sido nuestra mejor fuente de ingresos en las últimas dos semanas. Es una pena perderte —cerró su libro de contabilidad y tomó su silla—. La pelea va a empezar pronto —dijo—. Podría haber un asiento disponible cerca del frente si te das prisa. Haz un par de apuestas si quieres. Tal vez puedas conseguir algo de dinero de esa manera —rio.

Kellan agarró al hombre por su cuello sucio y lo clavó contra la pared, con la mano de metal presionada en su cuello justo debajo de su rechoncha papada.

La pipa de Malcolm cayó de su boca abierta.

—Necesito pelear —dijo Kellan en voz baja—. *Tengo* que pelear.

Malcolm hizo un sonido estrangulado, espasmódico, y Kellan se dio cuenta de que había ido demasiado lejos. Lo liberó y dio un paso atrás.

—Lo siento, señor. Lo siento...

Pero en lugar de mostrar ira, Malcolm se frotó el cuello magullado con gesto pensativo.

—Tal vez podamos pensar en algún... nuevo... tipo de arreglo —recuperó su pipa del adoquín y la limpió en su camisa—. Puede que tenga otra idea para ti. Regresa en una semana, chico, ya veremos si podemos arreglar algo —le dio unas palmadas a Kellan en el hombro y luego abrió la puerta trasera de la arena inundando por un momento el callejón con los sonidos de las campanadas de la primera pelea y los vítores de la multitud, antes de cerrar de golpe y dejar sellado el animado ruido detrás.

Sin eso, el callejón pareció quedar silencioso. Kellan golpeó el ladrillo con su mano plateada. El golpe dejó una hendidura en la pared, pero ni un rasguño en la plata brillante.

Malcolm tenía razón: si quería ganar dinero podía ir al frente y buscar un asiento en una mesa del público. Conocía a los luchadores mejor que nadie; unas cuantas apuestas bien hechas lo harían ganar el doble o el triple de lo que podría haber conseguido en la arena. Pero no era el dinero lo que ansiaba. Era la adrenalina. El triunfo. Y la validación que venía con cada conquista.

Lo que buscaba era la prueba de que no necesitaba dos manos, no en realidad. No necesitaba un título elegante. No necesitaba una medalla al valor ni una palmadita de algún personaje de la realeza en la espalda.

No necesitaba a nadie ni nada.

No necesitaba a Aurelia.

Cuando regresó al Juglar Intrigante, Ivan estaba levantando las últimas cosas detrás de la barra. Llevaba su ropa más elegante: una túnica de lino azul, cosida con ribetes de plata en los dobladillos, aunque empezaba a verse un poco raída en los codos.

—Cierras temprano —dijo Kellan—. Si piensas ir a las peleas, ya empezaron.

—¡No, por las estrellas! —Ivan extendió su trapo húmedo sobre el borde de la pila del fregadero—. Llevaré a Martha y a Sibby a escuchar de nuevo a ese predicador en la plaza esta noche. Tú también deberías venir. El hombre tiene muchas cosas interesantes que decir. Realmente reveladoras.

—Paso —sentenció Kellan.

Ivan se encogió de hombros.

—Ah —dijo—. Esto llegó mientras estabas fuera —extendió hacia él un pergamino doblado—. Lo trajo un mensajero de palacio. Con mucha prisa. No podía esperar a ponerse en marcha.

La nota era muy corta.

Se requieren tus servicios.
Debemos reunirnos para discutirlo.
Mausoleo. Esta noche.

La multitud en la plaza era mayor esta vez, con gente que, igual que Ivan, clamaba por acercarse al hombre montado en el caballo negro. Kellan se mantuvo al margen, con la cabeza baja, mientras las palabras del predicador se extendían entre su público. Hablaba en voz baja, casi con suavidad, pero aunque Kellan se encontraba en el lado más alejado de la plaza, podía escuchar sus palabras con tanta claridad como si el hombre hubiera llevado su caballo justo a su lado.

—¡Amigos, la primera señal ya ha llegado! Tal y como escribió Fidelis Primero hace tanto tiempo, las manos del Abuelo apuntan al cielo y no se han movido ni un centímetro desde la medianoche de Pleno Invierno. ¡Ni siquiera el *tiempo* puede detener la gran obra de Empírea! Les ruego, amigos míos, que se unan a mí, ¡pues sólo aquellos que hayan entrado en el Círculo estarán a salvo de lo que está por venir!

La voz del hombre todavía zumbaba en el oído de Kellan como un mosquito persistente mucho después de que su figura se hubiera perdido, detrás de los edificios apiñados.

Había dos centinelas apostados en la puerta del castillo, pero Kellan no se preocupó por ellos; había seguido a Aurelia de ida y vuelta a los terrenos reales las suficientes veces para saber por dónde entrar y salir sin ser notado. Aunque la valla de hierro que rodeaba los terrenos tenía casi nueve metros de altura y estaba rematada con afilados pinchos en forma de flor de lis, había una sección de barrotes en el lado sur que parecía robusta a simple vista, pero que estaba lo suficientemente suelta para levantarse del suelo, con lo que se creaba un hueco lo bastante grande para que un humano se colara por él. Había pensado en denunciarlo docenas de veces, pero sabía que si lo hacía y lo reparaban, Aurelia simplemente encontraría otra salida. Al final decidió que le gustaba mucho más la ruta de escape que conocía que una que no.

El mausoleo real era un edificio de mármol austero, sencillo en su ornamentación, pero descomunal en su tamaño; el compromiso de Renalt con la austeridad nunca se había extendido a la vida de ultratumba, y se había convertido en una especie de competencia entre las familias ricas ostentar más que los demás. Había algunos señores de Renalt cuyas tumbas familiares duplicaban el tamaño y alcance de sus propias casas. En comparación, el lugar de descanso de la familia Altenar era casi modesto y humilde.

Las lámparas de la entrada ya estaban encendidas, y Kellan pudo ver a Conrad en el interior, de pie, en silencio, entre las tumbas de su madre y su padre, con una mano en cada losa. Se veía tan pequeño, tan joven... era fácil olvidar que, bajo los adornos de la realeza, Conrad seguía siendo un pequeño niño solitario, que no había alcanzado ni una década de edad.

Como si percibiera los pensamientos de Kellan, Conrad se giró.

—Te demoraste demasiado —dijo enfadado—. Llevo esperando aquí al menos una hora. Hay muchas otras cosas que podría hacer con mi noche.

Kellan hizo una mueca al oír el tono. No tendría diez años, pero seguía siendo un rey.

—¿Dónde están sus guardias, majestad? Es peligroso estar aquí afuera sin protección.

—Les di la noche libre a Hector y Pomeroy —dijo Conrad, encogiéndose de hombros.

—¿Roland Hector y Thurmond Pomeroy? —preguntó Kellan, enarcando una ceja—. ¿*Eso* es lo que convirtió en sus guardaespaldas?

—Después de las purgas del Tribunal en las unidades de guardia —dijo Conrad con altanería—, mis opciones eran... limitadas.

—Seguro que podría haber conseguido algo mejor que esos dos borrachos que pierden todo su dinero y su tiempo haciendo malas apuestas en los combates —los había visto en la arena más de una vez, bebiendo jarras de cerveza y manoseando a las camareras. Que era tal vez justo donde se encontraban en ese momento.

—No eran precisamente los primeros de mi lista —Conrad levantó la barbilla—. Pero mi principal elección me dijo en términos inequívocos que ya no podía ser molestado con el servicio real.

Kellan protestó.

—Después de lo ocurrido en Greythorne, yo no estaba en condiciones de...

Conrad señaló con la cabeza el extremo de la manga derecha de la camisa de Kellan.

—Parece que lo has solucionado.

Kellan levantó la mano y dejó que la luz de la lámpara se deslizara sobre la resbaladiza superficie plateada.

—Es obra de Rosetta —admitió—. Claro, es bonita. Pero sigue siendo inútil —peor que inútil, porque lo había alejado de la arena de lucha.

—Bueno —Conrad se acomodó el jubón—. Veo que esta reunión ha sido una pérdida de tiempo para ambos —pasó por delante de Kellan para salir del mausoleo, y comenzó a cruzar el jardín hacia el castillo.

—Espere... —Kellan se apresuró a seguirlo—. ¿Hay algo en particular que le preocupe? Si en verdad necesita mi ayuda...

—¿Algo… en *particular*? ¿Has dado un paseo por la ciudad recientemente? Es un desastre. La gente está cansada, hambrienta, asustada. Necesitan un líder que les ayude a superarlo. Uno de *verdad*. Pero me tienen a mí. Un niño —pateó el suelo con sus zapatos de hebilla dorada—. Odio la corte, Kellan. Odio que me llamen "su majestad". Odio que la gente se incline y finja que se preocupa por mí. Nadie me dice nada importante, y cuando me hablan, la mayoría de las veces son mentiras y cumplidos vacíos. Ojalá no tuviera que ser un rey. Ojalá pudiera ser algo… más grande.

—¿Qué es más grande que un rey? —preguntó Kellan.

—No lo sé —dijo Conrad, encogiéndose de hombros—. Un salvador, tal vez. Un héroe. Como Aurelia.

Kellan trató de sofocar su resentimiento con una indiferencia forzada, y dijo con firmeza:

—Aurelia era valiente, sí. Pero también egoísta.

Conrad, sin embargo, no estaba escuchando. Se había detenido de manera abrupta y estaba inmóvil en el borde de un gran trozo de tierra redondo que carecía de hierba. La suciedad en esa sección estaba negra y quemada.

—¿Qué ocurre? —preguntó Kellan.

—Recuerdo este lugar —dijo Conrad en voz baja—. Recuerdo lo que pasó aquí, la noche que nos fuimos.

Kellan también lo recordaba: las lenguas de fuego anaranjadas extendiéndose más y más arriba, hacia el cielo negro, mientras una chica gritaba en medio de ellas.

Todo, pensó Kellan, *todo desde aquel día ha sido tan terriblemente atroz.*

Aurelia había querido regresar por la chica —su criada, su amiga— y él no la había dejado. La había subido a su caballo y se había alejado mientras ella sollozaba apoyada en su camisa.

No sentía pena por la chica que había muerto aquí aquella noche, aunque sabía que debería sentirla. Su final había sido terrible, pero rápido.

Miró los gruesos e inútiles dedos metálicos de su mano derecha. Tal vez ella había sido la afortunada.

—Empírea te guarde —murmuró Conrad con solemnidad, pero Kellan no supo si se dirigía a su hermana o a la chica que había ardido aquí en su lugar.

—Escuche —dijo Kellan—, si usted quiere autoridad, no puede pedirla o esperar a que alguien se la conceda. Debe tomarla.

—¿Sí? —respondió Conrad—. ¿Y si te ordeno que regreses a trabajar conmigo ahora mismo? ¿Qué pasaría entonces?

—Eso no es…

—Ni siquiera *tú* me escucharás. Ni siquiera *tú* me ves como un rey —cuadró sus hombros—. ¿Sabes qué? Está bien. No te necesito ni a ti ni a nadie diciéndome qué es lo que debo hacer. Lo único que necesito es confiar en mí mismo. Así que gracias, Kellan, por traerme hasta aquí para enseñarme esa lección.

—¿Yo *lo* traje aquí? —preguntó Kellan con incredulidad, pero Conrad ya se alejaba furioso por el jardín y estaba demasiado lejos para escucharlo.

★

Esa noche, Kellan soñó que se encontraba atrapado en un laberinto, pero no de setos de espinos como en su casa, en Greythorne. Era un laberinto de callejones de Syric, húmedos, estrechos y con olor a moho. Y lo estaban siguiendo: podía ver la sombra que lo acechaba, siempre a pocos pasos detrás de él. Si miraba con atención podía incluso ver el pelaje ondulado de algún tipo de bestia que lo conducía cada vez más hacia el centro del laberinto. Sin embargo, al final de éste, lo único que le esperaba era una plaza inquietantemente vacía y su reloj roto.

Cuando se dio la vuelta vio la forma de la criatura perfilada en la oscuridad acompañada del olor a violetas.

—No permitas que lo atrapen —dijo.

12

AHORA

AURELIA
Nueve días antes de Pleno Invierno, 1621

—¡Espera! —gritó Nathaniel, corriendo detrás de mí—. Están en el campo de inmigrantes. No conoces el camino.

—Tal vez yo no —dije—, pero tú sí.

—Ese lugar está plagado de enfermos de la fiebre amarga —dijo Nathaniel—. No es seguro. Yo no puedo contagiarme otra vez, pero tú…

—No le temo a la enfermedad —dije—. Ya no.

Había llegado hasta la puerta superior, que se cernía sobre los gruesos edificios de la ciudad. Uno de los guardias de la puerta me miró con recelo, vestida como estaba con las ropas de Castillion, con su capa roja y su broche de araña.

—Bajen el puente levadizo —ordené.

El guardia miró a Nathaniel en busca de orientación, sin saber qué hacer conmigo.

Nathaniel suspiró largamente, en señal de rendición.

—Tranquilo —dijo al soldado—, haz lo que pide —y luego añadió en voz baja, para mí—: Castillion no va a estar contento con esto.

—Él es tu comandante —dije—, no el mío.

—No puedo esperar a escuchar cómo le explicas esto a él.

Las cadenas tintinearon cuando el portón se levantó y el puente levadizo bajó lentamente al otro lado, salvando la distancia entre la puerta superior y la inferior. Era una pendiente muy pronunciada, y los tablones estaban marcados con pernos a intervalos regulares para ofrecer una mejor tracción a través del hielo y la nieve. La caída a ambos lados era larga; un resbalón podría significar un cuello roto o quedar ensartado en la veleta del tejado de alguno de los edificios de abajo.

Me asomé por encima del borde del puente levadizo hacia las casas del pueblo, donde las lámparas se estaban encendiendo en medio de la luz lavanda en tanto los más madrugadores comenzaban su jornada.

—¿Ésta es la única forma de entrar y salir del fuerte? —pregunté.

—Hay otros caminos —dijo Nathaniel— a través de los túneles en la roca, pero son como un laberinto. Resulta muy fácil perderse. Y Castillion los mantiene cerrados, ya que es ahí donde guarda la comida y los suministros de los que depende el asentamiento para su supervivencia. Si le ocurriera algo al Tesoro —Nathaniel sacudió su cabeza—, ninguno de nosotros sobreviviría al invierno.

Habíamos llegado a la segunda puerta, donde otro guardia ya había comenzado a bajar el puente restante. Desde esta posición, el Fuerte Castillion lucía más grande que la montaña sobre la que estaba construido, con sus torretas sobresaliendo como colmillos desde la piedra maciza. Si ambas puertas impedían el avance, sería casi imposible penetrar desde abajo. Este segundo puente cruzaba por encima de lo que antes había sido un foso, pero que ahora era un profundo canal de desechos humeantes. A través del humo pude ver a los hombres cargando largos fardos envueltos en mortajas desde un carro y arrojándolos a la zanja en llamas.

—¿Están quemando...? —no pude darle voz a la palabra *cuerpos*.

Nathaniel asintió.

—Víctimas de la fiebre amarga —dijo—. Es una terrible enfermedad. Mata a la mayoría de los infectados, y los que sobreviven quedan marcados para siempre —señaló sus ojos—. Al principio, nadie quería estar cerca de nosotros, los supervivientes, pero Castillion no permite que seamos rechazados. Nos trata igual que a cualquiera. Se asegura de que tengamos trabajos útiles. Como ellos. Y como yo.

Los hombres en el carro detuvieron su labor por un momento, para observarnos mientras cruzábamos por el puente. Incluso desde lejos pude ver que ninguno de ellos tenía iris; miraban fijamente con enormes pupilas de obsidiana.

Las tiendas que formaban el campamento estaban hechas de toscas lonas que se hundían bajo la pesada nieve. Había un camino empedrado en el centro, pero por el resto del lugar la nieve se había convertido en una sopa espesa de barro helado. Las mujeres estaban saliendo del interior de los míseros refugios para encender los fuegos mientras los soldados movían los carros a través del lodo para entregarle a cada una pequeños paquetes envueltos en papel a su paso.

—¿Qué hay en ellos? —pregunté a Nathaniel en voz baja.

—Las raciones del día —respondió—. Del Tesoro. No es mucho, pero es mejor que morir de hambre —la puerta de la tienda más cercana a nosotros se abrió por un momento, revelando un interior repleto de gente acurrucada en el suelo, que estaba cubierto de paja—. Un poco mejor, al menos.

Una tienda se distinguía de las demás: era más alta, octagonal y estaba teñida de un azul cobalto intenso, el color de Renalt. Una delgada columna de humo salía de un agujero en la parte superior, y a cada lado de la entrada ondeaban dos banderas con el emblema de Renalt. Mi padre solía utilizar una tienda como ésta cuando recorría las ciudades del reino, y colocaba una silla en el centro para que sirviera de trono improvisado. Al no quedar ningún rey para gobernar, ahora lo ocupaba el regente de Renalt.

Me detuve, nerviosa de pronto.

—Kellan está ahí —dije a Nathaniel—. La última vez que lo vi... yo... yo... —no pude terminar.

—Vamos, ¿ahora? —dijo Nathaniel, burlándose suavemente—. No lo puedo creer. ¿Aurelia Altenar está perdiendo el valor?

—No se lo digas a nadie —dije—. Tengo una reputación que mantener.

La tienda estaba dividida en dos, la primera parte era una antesala más pequeña con dos solapas de lona colgadas que actuaban como puertas de la sección central. Entre ellas, pude ver a Castillion inclinado sobre una mesa, con una mirada de concentración en el rostro.

—¿Qué tan confiables son tus fuentes? —decía—. Porque si lo que dicen es cierto, todo el juego cambia...

—Mucho —no podía ver la cara del segundo orador, pero conocía su voz tan íntimamente como la mía. Kellan—. La persona que me dio la información es alguien en quien confío. Alguien que arriesga su vida cada día por nuestra causa. Si los llegan a atrapar...

—He visto el trabajo del Círculo de la Medianoche —dijo Castillion en tono oscuro—. No tienes que explicarme el peligro.

—Aurelia —susurró Nathaniel junto a mi oído—, ¿vas a entrar?

Levanté una mano para callarlo.

—Mi fuente en la Zona de la Medianoche dijo que mantienen al niño aislado y nunca han conseguido acercarse lo suficiente para conseguir una identificación positiva, pero las señales indican que ahí está —Kellan se había movido a la siguiente mesa, por lo que ahora tenía una vista parcial de sus hombros y su espalda—. Creo que el niño en cuestión es, en efecto, Conrad Altenar.

—¿Qué? —jadeé.

Tanto la atención de Kellan como la de Castillion se dirigió de inmediato a mí. Aparté las solapas de lona y entré en la cámara interior.

—Aurelia —dijo Castillion—, ¿qué diablos…?

—Lo lamento, comandante —dijo Nathaniel en tono de disculpa—. Deberíamos habernos anunciado antes de…

—¿Es verdad? —exigí—. ¿Mi hermano está vivo?

Miré a Kellan. Sentía el corazón latiendo en mi cuello. A pesar de su ostentoso apodo nuevo —regente—, vestía ropa de viajero de color pardo, gastada y manchada después del largo y arduo viaje. Su capa de lana estaba sobre su hombro derecho protegiendo de la vista mi obra del Día de las Sombras.

No hubo intercambio de disculpas ni saludos entre nosotros, ni abrazos ni maldiciones, ni apretones de mano ni puños levantados. Tan sólo nos estudiamos en silencio, mejores amigos y absolutos extraños al mismo tiempo. Esas verdades contradictorias convertían el aire enrarecido que nos separaba en un muro más impenetrable que el que Achlev había construido para proteger la torre de Aren.

Fue Castillion quien finalmente rompió el silencio.

—Hay... indicios... de que el rey Conrad pudo no haber muerto la noche de la inundación de Syric —dijo a regañadientes—; al parecer está cautivo bajo el dominio del Círculo de la Medianoche. Cómo se apoderaron de él y con qué propósito lo mantienen preso, si es que se trata de él, siguen siendo preguntas sin respuesta clara. Como ya te había dicho, es muy poco lo que podemos saber con certeza.

—Pero... —balbuceé—, ¿hay una *posibilidad*?

—Sí —respondió Kellan—, creo que hay una posibilidad.

—Está bien —dije, acercándome a la mesa donde había un mapa similar al del estudio de Castillion—. Dime dónde está y cómo vamos a rescatarlo.

—Aurelia —dijo Castillion—. No podemos. Acabas de despertar. ¿Recuerdas lo que pasó en el Jardín Nocturno? Necesitas tiempo para reponerte. Sin mencionar que estamos en medio del invierno, y cada día llegan a nuestras puertas más y más refugiados a los que debemos cuidar. Algunos enfermos con fiebre, algunos hambrientos, todos necesitados...

—Pero... —comencé.

—*Pero* además... sabemos muy poco de las intenciones del Círculo. En este momento, las cosas están tensas, pero al menos se mantienen en calma. No podemos arriesgarnos a romper esa tensión. No podemos arriesgarnos a iniciar una verdadera guerra. Ni siquiera por tu amado hermanito.

—¿Kellan? —imploré—. Por favor. Es *Conrad*.

En voz baja, Kellan respondió:

—Nadie siente más remordimiento que yo por lo que le pasó a Conrad. Pero lord Castillion tiene razón. Es demasiado peligroso. Nuestros sentimientos personales son irrelevantes. Esto se trata del bien mayor —extendió su brazo derecho desde detrás de su capa para colocar su mano sobre mi hombro. No una mano real, por supuesto; era una réplica de plata maciza de la que yo le había arrebatado.

Éste era un gesto brutalmente calculado por parte de Kellan: un castigo disfrazado de consuelo. Un pesado recordatorio metálico de que las decisiones impulsadas por el apego personal algunas veces venían acompañadas por un costo devastador.

Y funcionó, hasta cierto punto. Por dentro sentí que me derrumbaba. Pero por fuera, simplemente asentí.

—Entiendo —dije.

Kellan retiró su mano plateada de mi hombro y Castillion golpeó la mesa con los nudillos.

—Bien —dijo—. Es lo mejor. Daremos algo de tiempo, reuniremos más información y, cuando llegue la oportunidad de hacer un movimiento, estaremos preparados —se acercó a mi lado de la mesa y agregó—: Podremos seguir la discusión esta noche. En un ambiente más formal, después de que el regente Greythorne me haya entregado su informe completo.

—Por supuesto —contesté, tranquila. Luego añadí—: Siento mucho haber interrumpido. Si me disculpan…

Nathaniel se apresuró detrás de mí, zigzagueando entre las tiendas para mantener mi ritmo.

—Te lo tomaste bastante bien —dijo—. Esperaba una pelea.

—Pelear sería un desperdicio de energía —dije de manera categórica—. Y prefiero darle un mejor uso a mi energía.

—¿*Qué* mejor uso? —preguntó.

—Iré por Conrad.

—Estoy de acuerdo en que la noticia que acabas de escuchar es buena… que debería brindarte esperanza —dijo Nathaniel—. ¡Pero eso es todo! Una esperanza.

—Es suficiente —añadí.

—Por favor —suplicó—. Considera lo que estás haciendo. Castillion no…

—Al demonio, Castillion —dije—. Yo lo salvé, él me salvó. Ya estamos a mano. Iré por Conrad, no me importa si tengo que recorrer cada palmo de la Zona de la Medianoche para encontrarlo —estábamos en el puente inferior de nuevo, y levanté la barbilla como si desafiara a la fortaleza misma. Entonces miré por encima de mi hombro—. ¿Vienes o no?

—Aurelia —dijo en voz baja—. Yo…

—Sé que es más fácil creer que Morais ya no existe. Que Ella se ha ido. Pero tú mismo dijiste que nunca llegaste lo suficientemente cerca como para ver la prueba con tus propios ojos. ¿No quieres saberlo?

—Es imposible —dijo Nathaniel, vacilando—. Ya lo intenté, y casi muero…

—La última vez que lo intentaste —dije—, lo hiciste solo.

—*Piadosa Empírea* —maldijo en voz baja.

—No necesitas a Empírea —repliqué—. Esta vez, me tienes a mí.

SEGUNDA PARTE

EL ENEMIGO
VESTIDO DE AMIGO

ANTES

ZAN

Zan y Jessamine enterraron a Delphinia junto al camino. Empezó a sentirse enferma dos días después de que abandonaron el Canario Silencioso. Un dolor de cabeza, dijo, y tos seca. A los tres días, empezó a sudar. A los cuatro, empezaron las alucinaciones. Lloraba y luego cantaba, gritaba y hablaba una y otra vez sobre cosas que ellos no podían entender, a personas que ellos no podían ver.

En la mañana del quinto día murió, con los ojos azules muy abiertos; lágrimas de obsidiana surcaban sus mejillas de alabastro.

Ver desaparecer el hermoso rostro de Delphinia bajo la tierra fría fue duro; difícilmente parecía justo que alguien tan lleno de vida y energía encontrara tal destino, mientras que él, una mera sombra de sí mismo, seguía atrapado en la superficie. Pero el lema del Jinete fue captado como un zumbido en sus pensamientos. *Mientras vivas, lucharás.* Lo que significaba que debía seguir adelante sin importar qué.

—¿Quieres decir algo? —preguntó Zan a Jessamine, mientras la chica se mantenía al pie de la tumba fresca de su amiga, con el cabello castaño que se azotaba salvajemente por el viento frío—. ¿Alguna oración a Empírea?

Ella sacudió su cabeza.

—Fui criada por una bruja —dijo—. Una maga fiera. Adoramos a Ilithiya. Y aunque Delphinia tenía un claro gusto por los sacerdotes, tenía poca consideración por la religión en sí —hizo una pausa y luego sacó una baraja de cartas del bolsillo de su falda. Ni lo uno ni lo otro, vio Zan. Ella revisó la miríada de personajes, antes de finalmente decidirse por uno y sacarlo de la baraja: la Santa Pecadora.

En lugar de una lápida, Jessamine clavó la carta en el suelo.

—Era su favorita —dijo, con los ojos brillantes—. Ella era muy parecida a eso: la más dulce de las pecadoras. Amable, leal y hermosa. Y *muy* buena en la cama. Ella habría querido que se hiciera énfasis en eso —Jessamine sollozó y miró hacia otro lado para sacar otra carta—. Toma —dijo, extendiéndola hacia él—. Si yo soy la siguiente, usa ésta para mí.

La Metamórfica. Representaba la evolución de una oruga a mariposa. Él quería asegurarle que no tenía nada de qué preocuparse, que ambos estarían bien. Pero ella era demasiado pragmática para confortarla con frases hechas, y él estaba demasiado cansado para formular alguna.

—Bien —dijo, y metió la carta en su bolsillo—. Si llega el momento.

—También tengo una para ti —dijo, ofreciéndole una más.

Zan inclinó la cabeza hacia un lado.

—¿El Triste Tom? ¿En serio?

—¿Qué? Te queda bien —dijo ella.

—No te preocupes por enterrarme —dijo Zan—. Sólo hazme rodar por el borde de un precipicio y déjalo así.

—Justo algo que diría el Triste Tom —Jessamine enganchó el pie en el estribo de su yegua, Nell, y se subió a la silla.

Desde su posición superior, miró hacia el horizonte—. Este camino nos llevará a Fimbria —dijo.

—Queda un largo camino por recorrer —dijo Zan, mirando de nuevo a la tierra recién removida—, sobre todo ahora.

—Se lo debemos a Delphinia —declaró Jessamine—. Su familia debería saber lo que le pasó. Y tengo algunas de sus cosas... ella querría que su hermana las tuviera, estoy segura.

—¿Y si nosotros también tenemos la fiebre? —preguntó Zan.

—Su hermana es una sanadora —dijo Jessamine.

Zan negó con la cabeza mientras pensaba en esas lágrimas negras que habían corrido por las pálidas mejillas de Delphinia.

—Iré contigo hasta Fimbria —exclamó después de un largo momento—. Eso es todo lo que puedo ofrecer por ahora.

Jessamine lo miró pensativa.

—¿Sabes? Si Delphinia hubiera hecho lo que Aurelia hizo por ti y me hubiera dicho que podría haber una manera de rescatarla de esto, estaría buscando por todo el mundo para encontrarla. Nunca me detendría, nunca descansaría. Sólo por la mera posibilidad... —sus palabras fueron arrastradas por el viento.

Los dedos de Zan se cerraron sobre el frasco de sangre de Aurelia.

—La muerte es la muerte. No se puede deshacer.

—¿No? —preguntó Jessamine—. Tus ojos son dorados ahora, pero ¿no fueron verdes alguna vez? Dime, ¿cómo se produjo ese cambio?

Zan no dijo nada.

—Se necesitaría nada menos que un milagro —dijo Jessamine—. Pero Aurelia era una especie de vendedora ambulante de milagros —luego se encogió de hombros—. Vamos, Triste Tom. Será mejor que sigamos nuestro camino.

La ciudad de Fimbria estaba tranquila cuando entraron, pero eso no era bastante inusual por sí mismo. Una comunidad costera como ésta siempre había sido susceptible a los caprichos del clima, pero esto era más que una calma de temporada; había un olor extraño, algo enfermizo acechando bajo la sal y la salmuera del aire costero. Sus caballos deambularon por las calles casi desiertas, en dirección al norte, hasta que Jessamine se detuvo.

—Ésta es la dirección que me dio Delphinia.

—Parece vacío —dijo Zan—. ¿Sabemos algo más sobre esta mujer? ¿Su nombre, siquiera?

—Cecily —respondió Jessamine—. Cecily… Cartwright, creo. Pero no conocerá a Delphinia como tal… ella nació con el nombre de Prudence.

Zan resopló; si había alguien menos compatible con el nombre de Prudence, *prudencia*, ésa era Delphinia.

—¿Y qué le vas a decir?

—Le entregaré a Cecily algunas de sus pertenencias y le diré lo honrada que me siento de haber conocido a su hermana. Delphinia también fue una hermana para mí, en todos los sentidos más importantes. Espera, ¿adónde vas?

—A cualquier otro lugar —dijo él, tratando de hacer que su voz sonara frívola—. Preferiblemente, a alguno que me pueda ofrecer una bebida.

Ella maldijo a sus espaldas, pero él no supo qué epíteto había elegido; ya estaba, por fortuna, demasiado lejos para escucharla.

✱

El centro de Fimbria era pequeño, pero a diferencia del resto del pueblo, estaba lleno de vida. No existía la típica fórmula de mercado de los comerciantes que pregonan sus mercancías; la mayoría de las tiendas permanentes estaban vacías y cerradas. No, la plaza estaba inundada de gente común que vendía los objetos de su vida cotidiana. Una mujer agarraba las puntas de su delantal, que estaba lleno de viejos cubiertos de hojalata y tazas de té despostilladas, como si hubiera volcado un cajón de la cocina mientras lo sostenía como una hamaca.

—Un cobre cada uno —dijo ella, cuando lo vio observándola—. Cinco cobres por todo el lote —él negó con la cabeza y siguió caminando mientras ella le gritaba a su espalda—: ¡Bien, entonces cuatro...! ¿Tal vez tres?

Pasó junto a un hombre que vendía sillas de cocina que no hacían juego y una mujer que intentaba descargar una tabla de lavar y una cubeta de ropa sucia. Una niña con un delantal a cuadros estaba sentada junto a un banco en el que había una variedad de amadas muñecas de trapo. Sus ojos estaban rojos, como si hubiera estado llorando.

—¿Compra una muñeca para sus pequeñas, señor? —preguntó con un sollozo.

—Oh, no tengo... —comenzó a decir Zan, pero al ver sus ojos llorosos, torció la boca hacia un lado y se agachó junto a ella—. Todas estas muñecas son tan encantadoras. ¿Por qué las estás vendiendo?

—Mamá dice que necesitamos monedas para comprar nuestros pasajes a Castillion —dijo en voz baja—. Ahora sólo hay suficiente para ella y para mí, y si no reunimos pronto algo más, papá tendrá que quedarse aquí, donde todos se están enfermando —sollozó y luego forzó una sonrisa—. Un centavo por Margaret —tocó la parte superior de una muñeca con cabello de hilo negro trenzado—. Un centavo por Tippy —tocó a una que llevaba un vestido de flores azules descoloridas—. Y una moneda de cobre por Francine —esta última estaba tan raída que asomaban pedacitos de paja entre las puntadas torcidas de su sonrisa.

—Si fueras yo, ¿cuál elegirías?

—Francine es mi favorita —dijo—. Es una muy buena amiga.

—¿Sabes qué? —dijo Zan—. Creo que me he encariñado con Margaret, pero lo único que tengo es una moneda de plata. ¿Eso será suficiente? —era al menos el doble de lo que podía costar un pasaje en un barco mercante.

Ella asintió vigorosamente y él colocó la moneda en el centro de su pequeña palma. La pequeña le dio un abrazo final a la muñeca y luego la colocó con ternura en los brazos de Zan, como si fuera una bebé de verdad.

—Espero que a su hija le guste —le dijo.

—Oh, yo no… —comenzó a decir Zan, pero ella ya había recogido a Tippy y a Francine, y se alejaba corriendo en zigzag a través de la plaza abarrotada.

Metió la muñeca en el bolsillo de su abrigo y se levantó para irse, pero se detuvo de repente cuando su mirada quedó enganchada en una mujer al otro lado del mercado, justo más allá del lugar por donde la niña había desaparecido entre la multitud.

El cabello rubio recogido sobre su cabeza, con algunos mechones sueltos agitados por el viento, un chal con flecos envuelto alrededor de sus hombros y la hermosa curva de una mejilla redonda, pero volteada lo suficiente para ocultar su rostro completo.

El parecido con Delphinia, incluso de espaldas, era asombroso. ¿Era la hermana que habían venido a buscar a Fimbria?

Comenzó a caminar hacia ella, tirando de Madrona por las riendas mientras la yegua relinchaba en señal de protesta. Cuando llegó al lugar donde había visto a la mujer por primera vez, ya no estaba allí, pero vio otra vez su cabello a seis metros de distancia. Continuó, abriéndose paso entre la multitud, siempre varios pasos detrás.

Siguió a la mujer hasta el embarcadero, donde la gente esperaba formada arriba y abajo de los muelles, con la esperanza de asegurarse un lugar en alguno de los barcos que estaban a punto de partir. Los marineros anunciaban a gritos los destinos de sus barcos a la implorante multitud, y aceptaban sobornos para darles una mejor posición en sus filas. Zan redujo la velocidad al borde del adoquín y Madrona, irritada, le golpeó el hombro con la nariz; lo único que le desagradaba más que la obligaran a moverse era que la obligaran a detenerse, después de haberse puesto en marcha.

La hermana de Delphinia no estaba a la vista. Zan negó con la cabeza, enojado consigo mismo por haberla perdido.

—¿Estás pensando en subir a bordo del *Contessa*? —le preguntó un joven que estaba cerca—. El costo del pasaje es un robo en despoblado, por supuesto, pero al menos es un poco más barato que los otros barcos.

—¿Sí? —preguntó Zan por cortesía, todavía buscando entre la multitud.

—Sí. Se detendrán primero en las islas para recoger un cargamento de seda de araña de las Hermanas de la Antorcha Sagrada antes de ir a Castillion, así que están ofreciendo una rebaja de unas cuantas monedas de cobre del precio total, a cuenta del tiempo extra de navegación.

Zan asintió distraído, sin escuchar en realidad, pero el joven siguió.

—¿Ves? Ahí está el *Contessa*. Nada lujoso, pero útil. Vale la pena ahorrar unas monedas, creo —el joven señaló una carraca en la fila superior, un sólido y robusto barco con velas a rayas.

Zan sintió que lo recorría una llamarada de conmoción cuando siguió la línea del dedo del joven y vio a la mujer que había estado siguiendo, parada en la cubierta del *Contessa*. Mientras él miraba, ella comenzó a girar lentamente, centímetro a centímetro, hasta que su rostro quedó por completo a la vista.

Cabello dorado, ojos del color de un cielo de verano, labios rosados arqueados en una sonrisa tímida y una raya negra en cada mejilla: la marca de la fiebre que le había quitado la vida. No era la hermana de Delphinia… era la sombra de la propia Delphinia. Pero mientras Zan la miraba, las lágrimas negras se extendieron para formar venas negras, y pronto ya no era Delphinia a quien estaba mirando. Era, de nuevo, Isobel Arceneaux.

14

ANTES

CONRAD

Una semana antes de Pleno Invierno, Conrad convocó a un banquete.

—¿Por qué? —preguntó Pelton detrás de su escritorio, con su nerviosa y zalamera voz—. ¿Qué tenemos que celebrar?

—El año nuevo, por supuesto —dijo Conrad—. He estado leyendo sobre los reyes del pasado y se me ocurrió que los mejores entre ellos tienen una cosa en común: forjaron relaciones con los otros líderes de su ciudad. No estoy hablando de cortesanos —agregó. No podía pensar en nada peor que sentarse en una mesa con Gaskin o Hallett o cualquiera de su calaña—. Me refiero a los líderes de la ciudad que mencionaste en los informes que solicité. Los comerciantes, ministros y tenderos más influyentes.

Pelton quedó boquiabierto.

—¿Quiere convocar a un banquete para... los plebeyos?

—Ciudadanos destacados —dijo Conrad—. Personas que ejercen cierta influencia.

—Majestad —dijo Pelton—, espero que no esté hablando de ese predicador de nuevo. Si lee mis informes, ya se habrá enterado de lo cuestionable que es...

—¿A qué te refieres con que es cuestionable? —preguntó Conrad.

—Quiero decir que Fidelis no es el tipo de persona que usted invitaría a un banquete en su salón. Tiene un efecto extraño en la gente. Lo siguen. Como las ratas al canto de un gaitero.

—Suena como un hombre al que necesito a mi lado, no en mi contra —respondió Conrad. Tenía un vago sentimiento de necesidad agitándose dentro de él. Ésta era una conexión importante. Simplemente lo sabía—. Invítalo. Y a cualquier otro que creas que sea digno. La celebración tendrá lugar mañana.

—Pero hay tantas cosas que considerar —protestó Pelton—. ¿Habrá música? ¿Baile? ¿Qué serviremos? Seguramente esta gente común y sus paladares inexpertos no apreciarán el mismo tipo de cosas que prepararíamos para la nobleza...

—Todo lo que proporcionarías para un evento con hombres nobles, lo proporcionarás para éste —dijo Conrad con firmeza.

—El capitán Greythorne no aprobaría...

—El capitán Greythorne ya no trabaja para mí, ¿recuerdas? —el humor de Conrad se agrió de inmediato; todavía estaba bastante enojado por el hecho de que Kellan hubiera enviado una nota pidiéndole que se reuniera con él en la tumba de sus padres sólo para reiterar su falta de voluntad para volver al servicio real. Se cruzó de brazos y le dirigió a Pelton su expresión más imperiosa—. Y si no tienes cuidado, tú tampoco.

—Bien —dijo Pelton, con tono resignado—. Si desea un banquete para... —se encogió— gente *común*, me encargaré de que así se haga.

Cuando Conrad estaba a punto de irse vio algo extraño con el rabillo del ojo: la alfombra de piel de oso debajo del escritorio de Pelton tenía una forma extraña, estaba arrugada alrededor de una costura, como si alguien hubiera cortado una tira grande desde el centro y luego hubiera intentado coserla de nuevo.

—Pelton —preguntó—, ¿qué le pasó a tu alfombra?

Pelton frunció el ceño.

—Bromistas —dijo—. Alborotadores. Algunos de los mozos de la cocina o los de la cuadra que tratan de hacerme enojar. Mi bisabuelo mató este oso. Era una reliquia familiar. Hice que una de las costureras lo cosiera. Hizo lo mejor que pudo, estoy seguro, pero el daño estaba hecho —agregó a regañadientes—: Haré que la retiren si lo ofende, majestad.

—Sólo era curiosidad —dijo Conrad—. ¿Atraparon a los responsables?

—Nunca obtuve una confesión —dijo Pelton—. Pero la mayoría de los acusados abandonaron sus cargos poco después de que el Tribunal asumiera el control.

—Ah —dijo Conrad. *Maldición*, pensó. Le hubiera gustado hacerse amigo de ellos.

El resto de ese día, sin embargo, Conrad comenzó a notar rarezas similares dondequiera que mirara. A la cabeza del gran ciervo de doce puntas que colgaba sobre la chimenea del Gran Salón le faltaba un trozo de piel en la parte posterior del pescuezo. El banco cubierto de gamuza debajo de la ventana de la biblioteca había sido mutilado de manera similar. Por todo el castillo, pequeños trozos de cuero y piel habían sido cuidadosamente cortados de muebles, trofeos de caza y tapices... ni siquiera los libros estaban a salvo. Conrad contó al menos cuatro con parches en blanco en sus cubiertas de piel y seis a los que se les habían retirado por completo las portadas.

Era un acertijo, pero Conrad no podía evitar la inquietante sensación de que, de algún modo, conocía la respuesta.

Esa noche, durante su culto semanal en el santuario privado de la familia real, se arrodilló junto al altar e intentó aquietar su mente lo suficiente para recitar una oración a medias cuando, por el rabillo del ojo, vio una de las cortinas revolotear y percibió un repentino tufillo a violetas. El santuario no tenía ventanas que pudieran producir una corriente de viento o brisa, y Conrad había visto a Hector y a Pomeroy inspeccionar la habitación de un extremo al otro antes de permitirle poner un pie sobre el umbral, por lo que no había forma de que alguien pudiera haberse escondido dentro para esperar a que estuviera solo. Aun así, su corazón comenzó a martillar con ferocidad —no estaba seguro de si por la emoción o el miedo—, mientras separaba las manos y se levantaba del altar.

—¿Hola? —preguntó al aire.

¿Había algo mal con la pintura frente al altar? Era de demonios y querubines, y representaba la batalla entre el pecado y la justicia. A él nunca le había gustado. Pero ahora parecía, de alguna manera, casi distorsionada. Como si la estuviera viendo a través del agua…

Saltó repentinamente sobre el altar y tocó la silueta. La distorsión se marcó todavía más, y hubo un claro grito femenino antes de que la ilusión se desvaneciera por completo. Conrad estuvo a punto de caer cuando se dio cuenta de que era una criatura con una cubierta extraña, formada de parches.

Sus brazos estaban levantados a la defensiva, y las mangas de su capa se deslizaron hacia abajo para revelar un par de manos humanas, cubiertas protuberantes y fruncidas cicatrices. Una niña humana, se dio cuenta Conrad, envuelta en una capa bastante inusual.

—Bueno —dijo él—, supongo que esto responde a la pregunta de adónde van todas las piezas de piel y cuero.

Cuando se dio cuenta de que no iba a volver a golpearla, ella dejó caer rápidamente las manos a sus costados para meterlas dentro de la capa.

—Siento que debería recordarte —continuó Conrad—. Pero no consigo hacerlo.

—Es el encaje de escarcha —dijo ella, retrocediendo poco a poco hacia la sombra más cercana y manteniendo su rostro en la oscuridad de su pesada capucha—. No estaba en la habitación de Onal. Sé que lo ha estado tomando.

Encaje de escarcha para olvidar. Casi podía ver el frasco en su mente, pero era borroso y tenue, como un sueño parcialmente recordado.

—También sé lo que estás haciendo —dijo ella—. Está jugando consigo mismo y con el Círculo. Estoy aquí para decírselo de nuevo: *no* lo haga.

Él ignoró su advertencia, pues su atención se encontraba por completo atrapada por su prenda de retazos. Era una cabeza más bajo que ella, pero la chica seguía alejándose de él a medida que el chico pretendía acercarse más y más.

—Extraordinario —dijo, levantando el dobladillo de una manga—. Las líneas que has cosido en ella. Los patrones. Es un hechizo, ¿no?

Como para responder a su pregunta, el aire a su alrededor pareció brillar, y en cuestión de segundos ya no era una niña con una capa de monstruo, acurrucada en las sombras, sino una hermosa doncella con un vestido hecho con luz de la luna, con el cabello alborotado cayendo a sus espaldas en ondas plateadas.

—¿Me escuchará ahora? —preguntó ella. Su voz sonó como campanas tintineantes.

Entonces, su rostro comenzó a alargarse, sus dientes comenzaron a afilarse y su vestido se estiró y adquirió tonos esmeraldas. Pronto, ella había dejado de ser una chica para convertirse en una serpiente con garras como cuchillos y alas diáfanas que oscilaban entre el cerúleo y el viridio.

—¿Qué tal ahora? —su voz era retumbante y baja, y su lengua bífida se movía mientras hablaba.

Un dragón.

Asombrado, Conrad alargó una mano hasta su cuello largo y torcido, pero lo atravesó.

—Increíble —dijo—. Es una ilusión.

—Escúcheme —siseó el dragón—. El Círculo va a ser responsable de algunas cosas terribles, en verdad terribles —la ilusión se disipó lentamente, y pronto volvió a ser tan sólo una chica, escondida en su voluminosa capa de piel—. Por favor. Sé que cree que el encaje de escarcha evitará que lean sus pensamientos, pero es demasiado arriesgado. Debe mantenerse lejos de ellos. *Prométamelo.*

—¿Quién eres? —preguntó Conrad.

Él no podía ver la expresión de la chica, pero la escuchó responder con voz baja y temblorosa.

—Yo... no puedo decírselo. No me atrevo. Ya ha llegado demasiado lejos. Y si me encuentran en sus pensamientos...

—¿Por qué debería confiar en ti si ni siquiera me dices quién eres?

—Si no puede confiar en mí, debe poner su bienestar en manos de alguien en quien confíe. Vuelva a traer a sir Greythorne a su servicio. Por favor —rogó la chica—. Permita que alguien con más experiencia en el mundo le ayude...

Conrad apretó los puños, tratando de no perder los estribos; eso era exactamente lo que haría un niño, y él ya no era un niño, era un *rey.*

—Soy bastante capaz de manejar las cosas por mi cuenta —dijo—. No necesito que Kellan Greythorne, ni tú, ni Pelton, ni *nadie más* me diga qué es lo que yo tengo que hacer —se alisó la chaqueta y añadió con tono imperioso—: Podría llamar a mis guardias aquí ahora mismo, y hacer que te arrastren y te metan en el calabozo...

—No —dijo ella, encogiéndose más hacia la pared—. ¡No, por favor! Yo...

—... *Pero* —continuó Conrad— reconozco que estás tratando de velar por mi seguridad, por muy equivocados que puedan ser tus métodos. Por lo tanto dejaré pasar esta pequeña infracción. Me iré ahora. Cuando mis guardias y yo nos hayamos retirado, podrás escabullirte de aquí en silencio y seguir tu camino en paz. Dicho esto, si vuelves a invadir mi privacidad, no tendré más remedio que hacerte arrestar.

Sin esperar su respuesta, se giró sobre sus talones y se dirigió a la puerta. Al otro lado, Hector esperaba con una expresión de aburrimiento en el rostro.

—¿Cómo estuvo su momento de oración, majestad?

—Esclarecedor —respondió él con una rápida mirada por encima del hombro. Pero la chica había obrado otra ilusión y no se veía por ninguna parte.

Ultimus 30, 1620: Volviste a ver a esa extraña chica hoy, sobre la que escribiste en la primera entrada. Y a pesar de que ella, como todos los demás, quiere tratarte como a un bebé, tú crees que debes tener mucho cuidado cuando tratas con Fidelis y el Círculo de la Medianoche, especialmente ahora que estás organizando un banquete con el objetivo específico de indagar más sobre ellos.

Si son tan peligrosos como ella parece creer, será aún más glorioso cuando los conquistes... y todo por tu cuenta.

Aun así, la chica tenía mucho miedo de ser descubierta. Vas a tomar unas gotas extra de encaje de escarcha esta noche para borrar el encuentro con ella de tu memoria, por si acaso.

ANTES

ROSETTA
Ciento doce años atrás

—**N**o te preocupes, mi pequeña Rosebud —dijo la abuela mientras se echaba la mochila al hombro—. No estaremos fuera mucho tiempo. Sólo serán un par de días.

—¿Para acampar en la nieve? —preguntó Rosetta, de once años, irritada—. ¡Se perderán Pleno Invierno!

—Podemos encender las velas y tocar las campanas a nuestro regreso. No hay nada de malo en esperar un poco.

—Pero —protestó Rosetta—, si es tan importante enseñarle a Galantha, ¿por qué no puedo ir yo también? No seré la guardiana como ella, pero eso no significa que no pueda aprender...

—Sin peros. Necesito que te quedes aquí y cuides de Begonia. ¿Puedes hacer eso por mí?

Rosetta asintió de mala gana sabiendo que Begonia, de ocho años, había descubierto una maraña de capullos encaje de escarcha varias leguas al este, y no habría manera de que la convenciera de irse hasta que florecieran y fueran cosechados de manera adecuada. Ella no necesitaba una niñera.

La abuela volteó hacia Galantha, que esperaba pacientemente junto a la puerta de la cocina. Tenía trece años y "empezaba a florecer", como decía la abuela. Rosetta era toda rodillas y codos, y cada incómodo centímetro estaba cubierto de pecas. Envidiaba la gracia y la ruborizada hermosura de Galantha, aunque detestaba todo eso. Y Galantha pronto seguiría a la abuela en el puesto de guardiana, lo que significaba que le darían lecciones adicionales sobre la magia fiera que Rosetta adoraba y que Galantha toleraba.

No era justo que Rosetta, que disfrutaba de su magia y anhelaba usarla, fuera descartada para el puesto de guardiana tan sólo porque no había nacido primero.

—Asegúrate de hacer tus tareas —dijo la abuela mientras ella y Galantha salían por la puerta—. No permitas que Azafrán duerma en mi cama... dejó un ratón muerto entre mis sábanas la última vez y todavía estoy enojada por eso —acurrucada junto a la chimenea de la cocina, la zorra aguzó las orejas al oír su nombre y en respuesta movió la cola con aburrimiento—. Y —la abuela señaló con el dedo la nariz de Rosetta— deja en paz a esa araña en la ventana de la cocina; es una cosita encantadora, y no permitiré que la molesten.

—Como digas —dijo Rosetta.

Detrás de su espalda, sus dedos estaban cruzados.

En cuanto se fueron, Rosetta volteó hacia Azafrán y le dijo:

—¡Levántate, perezosa! Debemos darnos prisa si no queremos perder sus huellas en la nieve —dejó una nota para Begonia, por si acaso.

No fue difícil seguirlas; Rosetta era muy buena para moverse por el bosque sin ser vista. Azafrán se mostró reacia a dejar su cálido lugar junto a la chimenea al principio, pero no se quedó triste por mucho tiempo. Mientras Rosetta caminaba, Azafrán saltaba alegremente y rodaba en la nieve polvorienta junto a ella; los copos de nieve se aferraban a su abrigo y hacían resplandecer el borde de las pestañas alrededor de sus ojos color ámbar.

Rosetta tuvo cuidado de mantener suficiente distancia entre ella y su abuela y su hermana durante el día, pero durante las noches se aventuraba a acercarse, atraída por el resplandor de la fogata y la posibilidad de escuchar una lección de magia fiera. Estaba decepcionada: durante dos días Galantha y la abuela sólo hablaron del viaje, de lo que había en la fogata y del clima que tendrían al día siguiente. Rosetta mordisqueaba con tristeza las tiras de carne seca que había traído mientras escuchaba desde detrás de un árbol, arrojando trozos de cuando en cuando a Azafrán, que los devoraba con gusto, a pesar de que había rastreado y atrapado ratones y roedores bajo la nieve durante todo el día.

Azafrán era una excelente compañera de viaje, tan contenta en la nieve como lo estaba junto a la chimenea de la cocina, y recorría kilómetros de buen humor, incluso cuando Rosetta empezaba a cansarse. Por eso fue tan sorprendente cuando, en el tercer día de viaje, se detuvo, inmóvil, y comenzó a gruñir a un árbol de aspecto extraño.

En ese momento Rosetta vio el emblema por primera vez: una araña con solo siete patas, tallada profundamente en la corteza. Sin importar cuántos halagos engatusadores —o furiosas amonestaciones— ofreciera Rosetta, no pudo convencer a la bestia de dar ni un paso más allá de esa marca.

—Bien —había dicho ella—. Vuelve galopando a casa si quieres. Yo seguiré sin ti.

No le tomó mucho tiempo entender por qué Azafrán se había negado; había algo… apagado… en el lugar. Un vacío intolerable que sólo empeoraba a medida que avanzaba más allá del límite. El invierno siempre era duro para los trabajadores de la magia fiera; al igual que los osos, las abejas y los murciélagos, la energía que usaban se volvía perezosa y lenta para responder después de que la nieve comenzaba a caer. Pero *esto* no era la somnolienta renuencia de la magia invernal a despertarse ante la llamada de una maga; era su ausencia total del paisaje.

Más adelante, la abuela y Galantha habían llegado a una abertura entre los árboles y se encontraban de pie bajo un violáceo cielo vespertino.

—Este lugar es terrible —dijo Galantha, y Rosetta pudo escuchar la tensión en sus palabras—. Se siente como la muerte.

—Peor que la muerte —la abuela solía hablar con tanta dulzura, pero aquí su voz se volvía dura y sombría—. Porque la muerte es parte del ciclo natural de las cosas. Es una transición de un plano a otro. Lo que estás sintiendo no es la muerte. Es la ausencia de vida.

—Pero hay árboles —protestó Galantha mientras Rosetta se escondía detrás de un enebro.

—Éstos *fueron* árboles en algún momento —dijo la abuela—, pero ya no. No viven, no respiran, no crecen. Murieron cuando la Tejedora murió a esta misma hora, en este mismo lugar, hace más de mil años. En cualquier otra parte del bosque, los árboles habrían estado sujetos a los procesos naturales de descomposición y habrían sido reemplazados por un nuevo crecimiento. Pero aquí no queda nada para mantener el equilibrio: ni gusanos que agiten la tierra, ni insectos que consuman la madera, ni hongos o musgo que aceleren la descomposición, y así se asientan, intactos al paso del tiempo.

Rosetta miró más de cerca el enebro detrás del cual se había escondido; sus hojas puntiagudas no eran del hermoso verde plateado de un arbusto de enebro en invierno, sino de un negro grisáceo y enfermo.

—¿Quién, o qué, es la Tejedora? —preguntó Galantha—. En ninguna de mis lecciones te había escuchado mencionar ese nombre antes.

—Desde el comienzo de la historia los grandes magos que pudieron vislumbrar el futuro escribieron sobre una niña que nacería bajo una determinada configuración de estrellas. Una niña que podría practicar los tres tipos de magia: la magia de sangre de Maléfica, la magia fiera de Ilithiya y la alta magia de Empírea, y unirlas para controlarlas al mismo tiempo. Tal poder, se decía, rivalizaría con el de las propias diosas. Podría usarse para crear mundos... o destruirlos. Hace mucho tiempo, incluso antes de la creación de la Asamblea, hubo un grupo de magos que dedicaron sus vidas a esta profecía. Rastrearon los presagios, trazaron mapas en cada cambio en las estrellas y, cuando llegó el momento adecuado, triangularon una ubicación a partir de ellos. Les tomó años de búsqueda, pero la encontraron: Vieve.

Como si el nombre lo despertara, el viento dentro del claro comenzó a agitarse y una ráfaga helada silbó entre los árboles. Todo el cuerpo de Rosetta se puso rígido, el vello de su nuca se erizó como si alguien estuviera detrás de ella. Miró por encima del hombro, preguntándose si Azafrán habría decidido unirse a ella después de todo, y se sorprendió al encontrar el bosque vacío. No había más que secretos y sombras.

La abuela continuó:

—Los magos la criaron, la entrenaron para usar cada tipo de magia a su vez. Y luego la trajeron aquí, tal como yo te he traído a ti. Bajo la misma configuración de estrellas que la había acompañado en su nacimiento, y en la noche más larga del año, ella comenzó a tejer un hechizo para ellos.

—¿Qué tipo de hechizo?

—Se cree que ellos estaban tratando de robar la divinidad de Empírea. Que con su luz y el poder de Vieve, ellos mismos podrían convertirse en dioses. Inmortales.

Un escalofrío recorrió el cuero cabelludo de Rosetta y luego se deslizó por su cuello y brazos, erizando sus vellos, y el sonido del viento se transformó de un silbido a un murmullo.

La abuela se había acercado al manzano nudoso y deforme en el punto central del claro y miraba hacia el cielo a través de las ramas.

—Empírea misma se movió de su trono celestial y comenzó a descender a la tierra para tomar represalias contra ellos. Y con gran miedo y asombro, los magos terminaron el hechizo de la única manera que conocían: matando a su creadora.

—¿Quieres decir que… ella fue asesinada por los mismos hombres que la habían criado? —Galantha tenía un corazón tierno, y esta historia había traído una empatía apasionada a su voz—. ¿Por hacer lo que le habían pedido? ¡Cómo se atrevieron! Esa pobre, pobre chica.

—Fue un pecado, sí —respondió la abuela—. Pero no quedó impune. Los Verecundai obtuvieron lo que habían pedido. Se les concedió la inmortalidad, en efecto. Simplemente, no de la manera que esperaban. Verás, uno de ellos, un mago de sangre llamado Adamus, amaba a Vieve, y él usó su propia sangre para maldecirlos, convirtiéndolos en espectros sin cuerpo, atrapados con su vergüenza en este claro para siempre.

—¿Están… aquí? —los ojos de Galantha comenzaron a recorrer la oscuridad entre los árboles, y Rosetta se encogió todavía más detrás de su escondite.

—Sí —dijo la abuela—. Pero no te preocupes, no pueden hacernos daño. No a la luz del día.

—¿Podrían alguna vez ser libres?

La abuela esperó un largo rato antes de responder.

—Tal cosa sería casi imposible —pero su voz estaba teñida de una duda inusual que hizo que Rosetta se acobardara. La abuela tenía más de trescientos años y había soportado tantas pruebas: guerras sangrientas, regímenes brutales y calamidades de un alcance que Rosetta, en ese momento, difícilmente podría haber imaginado. Era una vieja hacha de guerra malhumorada que se enfrentaba a los desafíos con la impaciencia poco impresionable de una mujer que lo había visto todo y no tenía tiempo para ello.

Por eso era tan preocupante verla inquieta... si la *abuela* encontraba algo aterrador, eso debía ser en verdad aterrador.

—Casi imposible no es imposible —dijo Galantha, observando con cautela las sombras. Rosetta se agachó aún más para no ser vista.

—Hay una profecía, aunque no estoy segura de que pueda llamarse así siquiera. Es más como... un cuento. Fue escrito por un mago llamado Fidelis, un loco obsesionado con la tragedia de Vieve y Adamus. Él creía que la Tejedora y su consorte algún día renacerían. Dijo que daría inicio aquí, donde todo había comenzado, con los Verecundai siendo liberados por un hombre de la estirpe de Adamus. Entonces, todos los relojes se detendrán a las doce en punto en la Noche de Pleno Invierno. Después de eso, un año de disturbios: plagas, inundaciones, hambruna y miedo. Y luego, exactamente un año después, Empírea descenderá de los cielos y limpiará la tierra de la inmundicia del hombre, y comenzará un nuevo mundo, por completo despojado de pecado y muerte.

—¿Qué tiene que ver todo esto con nosotras? ¿Las guardianas? —preguntó Galantha.

—Piensa en esa palabra, Gota de Nieve. Guardiana. Tenemos la tarea no sólo de mantener a la gente fuera del Ebonwilde... también debemos mantener algunas cosas *dentro*.

—No entiendo —dijo Galantha.

—Está cayendo la noche —respondió la abuela—. Lo entenderás muy pronto. Vamos, queremos estar fuera de la frontera antes de que se apague la luz.

La oscuridad cada vez mayor permitió a Rosetta moverse un poco más libremente, y caminó de puntillas a un ritmo constante detrás de ellas, mientras avanzaban con dificultad hacia el norte a través de la nieve. La abuela continuó la lección de Galantha durante el camino.

—Cada cien años, la familia de Adamus envía a uno de sus hijos al claro. La práctica se inició con la creencia de que cuando Adamus renazca, los Verecundai serán los primeros en identificarlo y entonces ocupará su lugar como el octavo miembro perdido... sólo que esta vez, no serán sus iguales, sino sus sirvientes. Con el tiempo, sin embargo, gran parte del verdadero significado de la práctica se perdió, y la familia comenzó a creer que el sacrificio se hacía a los Verecundai para garantizar la seguridad y la prosperidad de sus tierras durante otros cien años.

—¿Qué les hizo creer eso? —preguntó Galantha. Acababan de llegar al borde más al norte del valle devastado y sin vida, también marcado por un árbol con el signo de la araña.

La abuela miró a Galantha, sus ojos brillaban a la luz de la luna que se reflejaba en la nieve.

—Nosotras lo hicimos —dijo ella.

Fue entonces cuando Rosetta vio otra figura que avanzaba lentamente hacia ellas, con la cabeza inclinada hacia abajo.

—Abuela —susurró Galantha—, ¿qué está pasando?

—Me disculpo por esto, mi Gota de Nieve —dijo la abuela, tomando la barbilla de Galantha en sus manos envejecidas—. Esta vez, sólo mirarás, pero dentro de cien años, cuando yo haya pasado al siguiente plano, será tu responsabilidad continuar con esta tradición, por detestable y difícil que sea. No se puede permitir que Empírea deshaga todas las cosas hermosas que Ilithiya trajo a la vida con su amor.

Galantha apretó los labios y asintió con tanta valentía como pudo.

En el horizonte, la aurora dio inicio a su exhibición nocturna y las lenguas de plumas turquesa y violeta comenzaron a retorcerse en el cielo color lapislázuli. Mientras las mujeres miraban, la persona que se acercaba se fue definiendo cada vez más contra la nieve, moviéndose lenta pero constantemente en su dirección, hacia la cañada maldita de los Verecundai.

Era un hombre. Un anciano, en realidad, con la espalda encorvada como el cayado de un pastor, arrastrando los pies como ramitas quebradizas. Mantuvo la cabeza gacha mientras su capa de piel ondeaba al viento.

Cuando Rosetta volvió a mirar a su abuela y su hermana, la abuela estaba trazando un hechizo de ocultación en el aire. Rosetta podía verlas, pero le habían enseñado a discernir la realidad detrás de tales encantamientos; para el hombre, ellas serían casi invisibles, no más que un ligero brillo en el viento cambiante.

El rostro de su abuela era tan delgado y frágil como un pergamino, pero el cuchillo que sacó de su cinturón era inconfundible.

El temor dejó un sabor amargo en la parte posterior de la lengua de Rosetta. Esperaba estar equivocada. Esperaba que la abuela —la mujer que la había criado, que salvaba a las arañas de las ventanas y agradecía a los arbustos de frambuesa y plantaba zanahorias adicionales para que las robaran los conejos del bosque— no estuviera a punto de matar a alguien. ¿Era capaz de matar a alguien?

El hombre nunca logró avanzar más allá de la marca de la araña.

La abuela se abalanzó sobre él, mientras avanzaba cojeando y pasó el cuchillo por su garganta con una precisión sombría. Murió sin emitir un solo grito; la sangre goteaba de los costados de su boca y de su barba blanca.

El grito de horror de Rosetta fue sofocado por los lamentos de Galantha; la sangre había brotado del cuello del hombre y le había salpicado las manos, que temblaban violentamente.

—Está bien —dijo la abuela, tratando de consolarla—. Llora si es necesario. Hemos hecho algo terrible esta noche, pero lo hicimos por un bien mayor.

Rosetta no lloró; ella corrió. Se recogió las faldas y avanzó más allá de la marca de la araña hacia la oscuridad que aguardaba.

AHORA

AURELIA
Nueve días antes de Pleno Invierno, 1621

Tuvimos que movernos rápido. Deambulé por el estudio de Castillion, llenando un bolso con todo lo que encontré entre sus baratijas y que nos pudiera resultar útil en un viaje a través del invernal Ebonwilde. Aparte del mapa, no había mucho: algunos fósforos, una brújula y un odre con whisky fuerte que estaba escondida en el fondo de un cajón. Antes de salir, me detuve para tomar la capa roja forrada de piel, la coloqué alrededor de mis hombros y la sujeté con el broche de araña.

Kellan se reuniría conmigo afuera del Jardín Nocturno, pero llegué allí unos minutos antes de lo que habíamos acordado para darme la oportunidad de mirar por encima del claustro en busca de mi anillo por segunda vez. Estaba segura de que lo tenía cuando había entrado en el ataúd; si no me lo habían quitado antes de que despertara, tenía que haberse soltado durante el frenesí de mi despertar. Ahora que la desorientación y la locura habían disminuido, esperaba buscar con ojos más claros.

Fiel a su nombre, el Jardín Nocturno conservaba su ambiente crepuscular incluso a plena luz del día. Caminé entre los árboles hasta que la triste estatua del claustro central quedó a la vista. Los brotes de encaje de escarcha se habían hinchado un poco más ahora y su ligero aroma a plumas me hizo cosquillas en la nariz mientras me acercaba. Por suerte, el olvido que provocaban se transmitía al consumirlas y no al olfatearlas.

En algún momento de las últimas horas, alguien había entrado y limpiado la escena. El ataúd de cristal había regresado a su pedestal, colocado como una joya en una escena de belleza sobrenatural. Podía imaginar cómo debía haberme visto, tendida en reposo bajo esos cristales de luneocita. Sentí una punzada de lástima por la pobre gente que se había reunido con Castillion, esperando despertar a una doncella, sólo para toparse con un monstruo.

Bueno, yo tampoco había obtenido exactamente lo que esperaba. Cerré los ojos y permití que mi mente divagara por un momento en lo que había imaginado, al entrar en la caja, que me estaría esperando cuando saliera de ella. Había creído que sentiría un suave beso en mis labios, luego dejaría que mis ojos se abrieran para encontrar a Zan inclinado sobre mí, con su rostro bañado en una luz brillante, mientras los rayos del sol eran atrapados por el vidrio y se fracturaban en miles de colores danzantes.

Se sentía como la verdad. Como algo que *era*, no algo que podría haber sido.

No te hagas esto, Aurelia, me regañé. *Él te dejó ir; tú debes encontrar la manera de hacer lo mismo.*

Apreté el frasco con mi sangre, deseando que me diera fuerza. Y luego volví por donde había llegado, dejando que el anillo se quedara perdido en el Jardín Nocturno, y mis inútiles deseos con él.

Para cuando logré salir del invernadero, Nathaniel también había llegado. Había cambiado la librea de Castillion por ropa común, en un intento casi fallido de parecer discreto, pero era demasiado alto, demasiado digno, demasiado apuesto para perderse entre los demás, en realidad.

—Supongo que eso tendrá que funcionar —dije—. Aunque difícilmente diría que eres alguien que pueda pasar desapercibido.

—Habla por ti —respondió él—. ¿Te has visto en un espejo últimamente?

—Desafortunadamente —dije encogiéndome de hombros—, los espejos ya no sirven para mí.

—Quizá sea lo mejor —respondió cargando un paquete al hombro.

—¿Qué se supone que significa eso? —resoplé—. ¿Me veo tan terrible? ¿Es la ropa? Es de Castillion.

—Podremos discutir tus elecciones de moda más tarde —dijo, revisando furtivamente el patio vacío—. Tenemos una pequeña ventana de oportunidad en este momento para ingresar al Tesoro antes de que el portero se dé cuenta de que sus llaves han desaparecido —levantó un pesado llavero y lo hizo sonar—. No sé cuál es, así que necesitaremos tiempo para intentar con tantas como podamos.

Lo seguí hasta el torreón. Esquivamos con cuidado a los demás soldados de Castillion y al personal de servicio. El primer nivel, compuesto por un enorme vestíbulo y varios salones más pequeños, era como el estudio de Castillion, majestuoso y bien amueblado. El nivel de abajo parecía ser más utilitario: las cocinas, el fregadero, la despensa y los armarios de las escobas. El siguiente hacia abajo contenía las habitaciones de la servidumbre, en su mayoría.

—Si sigues en esa dirección —Nathaniel señaló hacia un pasillo bien iluminado— llegarás a la villa de Fuerte Castillion —inclinó la cabeza hacia otra sala, no revestida de ladrillo, sino tallada directamente en la piedra—. Este camino conduce al Tesoro.

El camino era angosto y oscuro, primero descendía lentamente y luego se convertía en un conjunto de escaleras empinadas y resbaladizas.

—Nathaniel —dije—, ¿me conduces a los calabozos?

—Los calabozos están aquí abajo, justo en la otra dirección —soltó una risita—. Castillion fue fundado originalmente por mineros —dijo—. La mayor parte del mineral de Achleva procedía de sus minas. Es por eso que, al buscar un lugar para su fortaleza, los predecesores de Castillion simplemente decidieron colocar un edificio encima de otro —llegamos a una puerta de hierro, sacó el llavero mellado y comenzó a probar cada llave, una por una—. Y da la casualidad —dijo— que eso lo convierte en un excelente lugar para acumular todos los recursos necesarios para sobrevivir a un apocalipsis. ¡Ajá! —una de las llaves hizo un clic y él la giró en la cerradura.

Jadeé.

—Bienvenida —dijo Nathaniel— al Tesoro.

En el interior había una caverna de piedra negra, de tres pisos de altura y llena de pasillos y habitaciones ramificadas. En el vértice, una ventana circular dejaba entrar el aire y un estrecho haz de luz natural. Al igual que muchas de las otras maravillas de la ingeniería de Castillion, parecía estar operada por una serie de ruedas, tubos y poleas, lo que le permitía abrirse y cerrarse a voluntad. Escaleras y balcones de madera conectaban cada nivel con el siguiente, y mientras Nathaniel me guiaba, vi que cada ramal de la caverna principal albergaba algo diferente del anterior. En uno había una colección de telas e hilos de innumerables variedades. Otro contenía barriles de cerveza; el siguiente, grano.

—¿Cómo es posible esto? —pregunté.

—¿Recuerdas todos esos territorios que Castillion tomó, uno por uno? Todo el mundo pensó que no era más que un nuevo déspota, deseoso de llenar el vacío de poder dejado por la caída de Achlev. Pero cada vez que se movía a una región, lo primero que hacía era recolectar y catalogar los recursos que tenían en abundancia, y traerlos aquí para su custodia. Si no hubiera hecho eso, cientos de miles de refugiados, tanto de Achleva como de Renalt, habrían muerto durante el último año. Después de las inundaciones, la fiebre y el ascenso del Círculo.

—Yo lo odiaba —dije—. Luché contra él. Y todo el tiempo estuvo haciendo esto.

—No fuiste la única, Aurelia —dijo Nathaniel—. Lo bueno es que él sabía que la gente lo odiaría... pero lo hizo de cualquier manera. Muchos están vivos hoy debido a su previsión.

—¿Previsión? —repetí en un susurro. Esto era más que simple sagacidad. Era... asombroso. Sobrenatural, incluso. Pensé en Aren, la gran reina maga cuyo espíritu me había guiado hasta Achleva, quien me había mostrado pequeños atisbos de mi futuro. Gracias a ella, yo había conseguido matar a Cael y salvar la vida de Zan. Pero Castillion era un mago de sangre y las disciplinas mágicas nunca se superponían.

—Vamos —dijo Nathaniel, colgando el llavero en la manija de la puerta para que lo encontraran más tarde—. Vámonos antes de que me venza la culpa y pierda el valor necesario para irme.

Trabajamos de arriba abajo, primero recolectando herramientas para viajar: cuerdas, un cuchillo para mí y una espada para Nathaniel, pedernal y acero, hilo de pescar y anzuelos. En el segundo nivel, donde se guardaban los productos secos, conseguimos recoger algunas hojas de té y un puñado de frijoles deshidratados, pero entonces escuchamos una voz desde la entrada de arriba.

—¡Lo juro, mi señor, no sé cómo pudo haber sucedido esto!

Una segunda voz se había unido a la primera.

—Mira —dijo Castillion—, ¡no pueden haber desaparecido!

Nathaniel me empujó hacia uno de los pasillos de tiro y se llevó un dedo a los labios.

—Éste es el camino para la salida trasera —murmuró—. Debemos irnos. Ahora.

—Pero no tenemos suficiente comida —protesté en un susurro—. Necesitamos lo que está en el nivel inferior. Vi carne seca y queso…

—Tenemos las herramientas —dijo—. Tendrá que bastar.

—¡Ajá! —dijo Castillion con tono triunfal—. Parece que no llegaron muy lejos después de todo.

Mi pecho se contrajo. ¿Nos habían descubierto? Pero enseguida escuché el tintineo de las llaves.

—Están justo aquí —dijo Castillion—. Las dejaste en la cerradura. Di la verdad, Porter. ¿Has vuelto a beber la cerveza del Tesoro?

Aliviada por la prórroga, asentí hacia Nathaniel. Si no nos íbamos en ese momento, tal vez no tendríamos otra oportunidad.

—¿Adónde vamos? —le pregunté en un susurro. Cada vez se hacía más y más oscuro, a medida que nos alejábamos de la parte central del Tesoro—. Siento que me está tragando la montaña. Como si alguien pudiera perderse aquí y nunca ser encontrado.

—No te preocupes —dijo Nathaniel—. Parte de mi entrenamiento en las fuerzas de Castillion incluía memorizar los túneles del Tesoro. La salida no está lejos.

—Ah, bien —dije con alivio—. Entonces, ya estuviste aquí antes.

—No exactamente —podía escuchar la timidez en su voz—. Memoricé un mapa de los túneles. En realidad, a nadie se le permite salir de la caverna central del Tesoro. Hay un riesgo demasiado grande de un derrumbe.

—¿En *serio*? —siseé—. ¡Al menos tú sí puedes morir! Yo podría quedar atrapada debajo de una roca para *siempre* —me estremecí.

—Si algo así llega a suceder, te doy permiso para que uses mi sangre en un hechizo para liberarte.

Sentí que mi cuerpo sin sangre se agitaba ante la sugerencia, hambriento por probar la magia que le faltaba. Me alegré, en ese momento, de que estuviera lo suficientemente oscuro para que él no pudiera ver mi cara.

—Mira —dijo un minuto después—. Luz.

La salida tenía sólo un metro de altura, una salida semicircular que alguna vez pudo haber canalizado el agua lejos de los túneles mineros. Tuvimos que arrastrarnos sobre nuestros vientres y nos encontramos en una saliente muy estrecha del otro lado. Hacía más frío en este lado de la montaña y el viento del ártico nos asaltó de frente. Las nubes en lo alto eran espesas, de un gris acerado; pronto habría más nieve aquí.

—¿Qué es eso? —pregunté. La luz era débil y lúgubre, pero comparada con la oscuridad de las cuevas, resultaba cegadora. Entrecerré los ojos para vislumbrar una línea que se alargaba en la extensión de blanco y, cuando mis ojos se acostumbraron, pude distinguir la forma de carros, carretas y caballos que avanzaban con esfuerzo por el camino nevado y mal pavimentado.

—Más refugiados —dijo Nathaniel—. Es probable que éstos vengan de Renalt a través del Ebonwilde; un viaje del doble de largo, pero más seguro que intentar navegar más allá del Círculo de la Medianoche. Vamos, tenemos que bajar de aquí antes de que anochezca. Le pagué a uno de los mozos de cuadra: debe haber un par de caballos esperándonos en el fondo.

Asentí distraídamente, con mi atención todavía centrada en los refugiados de Renalt. Sin más, la letra de aquella vieja canción popular surgió en mi mente: *No vayas nunca al Ebonwilde,/ donde una bruja encontrarás…*

Los habitantes de Renalt eran absurdamente supersticiosos. ¿Qué tan malas debían haber sido las cosas para que se aventuraran voluntariamente a través del bosque que, durante siglos, habían temido tanto?

No pasaría mucho tiempo antes de averiguarlo.

17

ANTES

KELLAN

—Hay alguien esperándote —dijo Ivan detrás de la barra cuando Kellan entró en el comedor de la taberna, frotándose los ojos para espantar el sueño. Era más de mediodía, pero ¿qué razón tenía para levantarse al amanecer? Uno de los beneficios de no ser más un soldado era que podía dormir todo el tiempo que quisiera. Y día tras día, eso significaba despertar cada vez más tarde.

—¿Quién? —preguntó Kellan y tomó una pera de un tazón en el mostrador.

—Velo tú —dijo Ivan mientras señalaba con la cabeza hacia la esquina, donde un hombre de aspecto quisquilloso, que vestía una túnica demasiado almidonada, tamborileaba con los dedos sobre la mesa con desgana—. ¿Lo conoces?

Kellan suspiró.

—Desafortunadamente.

Caminó a trompicones y hasta la mesa frente a él.

—Seneschal Pelton —dijo al olfatear el perfume floral con aroma a violetas del hombre—. ¿Qué puedo hacer por ti?

Los ojos de Pelton recorrieron el comedor casi vacío antes de posarse en un lugar justo por encima del hombro de Kellan, como si temiera mirarlo a los ojos.

—He venido a hablarte sobre el rey Conrad —dijo en una voz inusualmente baja.

Kellan se cruzó de brazos y se dejó caer contra el banco.

—No estoy seguro de que quede algo más que decir.

Pelton no pareció notar la mano plateada de Kellan. Extraño... cuando Kellan llevó a Conrad al castillo, el presuntuoso hombrecillo —siempre meticuloso y obsesionado con la perfección— se había quedado boquiabierto ante la falta de su mano derecha.

Bajando aún más la voz, Pelton se inclinó hacia delante y dijo:

—Se está permitiendo ser... influenciado... por algunos personajes indeseables.

Kellan gruñó.

—No me sorprende, en realidad, toda la corte está poblada de personajes indeseables.

—No estoy hablando de Graves o de Gaskin —Pelton miró preocupado por encima del hombro, donde Ivan estaba secando tarros detrás del mostrador—. Me refiero al Círculo de la Medianoche —las últimas palabras fueron pronunciadas en una voz tan baja que Kellan tuvo que esforzarse para escuchar.

—¿Te refieres al predicador raro de la plaza? ¿El del caballo?

—Sí.

—No veo cómo los intereses religiosos de Conrad pudieran ser de mi incumbencia.

—¿La continuidad de su existencia es de tu incumbencia? —siseó Pelton. Y enseguida añadió—: El Círculo de la Medianoche no es una juristocracia insignificante y autoindulgente como el Tribunal. La amenaza que representa no sólo para el rey, sino para todo Renalt… y quizá para la humanidad misma… es *sustancial* y *significativa*.

Las cejas de Kellan se arquearon y estudió a Pelton con ojos alarmados e inquisitivos. Nunca, en todos sus años trabajando en palacio, el senescal había demostrado ni un *ápice* de ese tipo de pasión o intensidad. Incluso Ivan, desde el otro lado de la habitación, había dejado de pulir para mirarlos con curiosidad.

Pelton se contuvo, tomó aire para tranquilizarse y cruzó las manos sobre la mesa, en un intento por recuperar algo de compostura.

—Obviamente, estoy muy convencido de esto. Pero diga lo que diga, Conrad no me escuchará. Ha tomado una decisión y se niega a entrar en razón.

—La terquedad es bastante fuerte en esa familia —dijo Kellan mirando al techo—. ¿Qué esperas que haga al respecto?

—Habla con él. Mantente cerca. No permitas que lo atrapen.

No permitas que lo atrapen. ¿No había oído esas palabras antes? Preocupado, Kellan asintió lentamente y de mala gana.

—De acuerdo. Supongo que puedo tratar de hablar con él, al menos. Pero debes saber que el rey y yo no estamos en muy buenos términos en este momento. No estoy seguro de que me deje cruzar el umbral del palacio siquiera, y mucho menos que quiera prestarme oídos.

—Se acerca un evento. Pasado mañana —Pelton deslizó un pergamino doblado sobre la mesa—. Banquete y baile, a petición del rey, en honor de los ciudadanos más influyentes. Te conseguí una invitación. Puedes hablar con él entonces.

Kellan la desdobló y la revisó.

—Esto dice que es un baile de disfraces —dijo, levantando la mirada—. Y que nadie sin disfraz podrá pasar. Debe ser una broma.

—No me importa cómo vayas —suspiró Pelton—. Sólo quiero asegurarme de que lo hagas.

★

Kellan optó por vestirse como un gladiador ostrothiano, con el cabello recogido en un manojo de diminutas trenzas negras y vistiendo una túnica larga y una armadura de cuero que parecía bastante poderosa, pero que dejaba ver una parte bastante incómoda de su muslo. Podía llevar una espada y un escudo con este disfraz, e incluso si sólo se trataba de réplicas baratas de madera, se sentía mejor tenerlas, sobre todo porque podía usar el escudo para cubrir su mano plateada.

Al subir las escaleras hacia el salón de banquetes, Kellan se dio cuenta de que era la primera vez que asistía a un evento de ese tipo como invitado, y no como sirviente de la corona. ¿Cuántas veces se había parado firmemente detrás de Aurelia mientras servían la comida y comenzaba el baile, deseando poder extender la mano y levantarla de su silla? ¿Tomarla en sus brazos y mecerse al ritmo creciente de las cuerdas de los músicos de la corte? Pero la Aurelia con la que había imaginado bailar era un sueño, un producto de su imaginación. La verdadera era mucho más imperfecta, más obstinada, más irritantemente independiente. Al conocer a *esa* Aurelia, había aprendido a amarla de manera diferente… y a admirarla, quizá, todavía más.

Hasta que ella levantó su espada contra él.

Era una lección de desconfianza que no olvidaría pronto.

Nadie de la aristocracia terrateniente de Renalt había sido invitado, pero eso no impidió que los que estaban en Syric asistieran. La madre y la tía de lord Gaskin repartían miradas de odio desde un rincón, junto al ganso asado; la hija del marqués de Hallet bailaba con su nuevo hermanastro de una manera decididamente poco fraternal, cerca de la fuente de vino, y las cuatro sombrías primas de lady Fonseca estaban comiendo frutas confitadas en perfecta sincronía a lo largo de la pared, detrás de la mesa de postres. Los aristócratas no estaban acostumbrados a que plebeyos se infiltraran en sus fiestas, pero Kellan pudo ver que la idea de Conrad de apelar a ese sector era buena. El resto de los asistentes tenían modales menos pulidos, pero eran mucho más poderosos en términos de su influencia.

Pelton, vestido como un bufón, se veía sólo un poco más ridículo con pantuflas de punta curva y una gorra roja con adorno de campana que con su uniforme de todos los días. Él se acercó a Kellan y señaló con orgullo a la multitud.

—Ah, lord Greythorne. Estoy sorprendido de verlo aquí.

—Sí, estoy seguro de que estás completamente conmocionado. ¿Dónde está ese tal Fidelis?

—Aún no ha llegado —dijo Pelton—. Pero pronto estará aquí, ya que todo este galimatías se dispuso para él… y no parece el tipo de persona que deja pasar la oportunidad de tener más influencia y poder.

—Antes de que eso suceda, quizá debería presentarme con el rey —dijo Kellan—. Terminemos con esto.

Se abrió paso entre la serie de juerguistas disfrazados —una Empírea alada, una petunia rosa, un león con una melena de hebras color amarillo y naranja— para llegar hasta el rey, que estaba sentado en el enorme trono de Renalt, con los pies colgando a quince centímetros del suelo. Los ojos del pequeño monarca, sin embargo, eran agudos; estaba observando la reunión con un entusiasmo que sorprendió a Kellan. A pesar de sus afirmaciones en contra, Conrad parecía disfrutar mucho de su posición como anfitrión.

Sin embargo, antes de que pudiera acercarse a pocos metros, Kellan fue flanqueado por dos hombres uniformados, cada uno levantando un brazo para cortarle el paso en su camino hacia el rey.

—Vaya, vaya, pero si es el caballero errante en persona.

Kellan hizo acopio de paciencia.

—Hector —saludó—. Pomeroy.

—Te hemos extrañado en las peleas —dijo Hector, sonriendo—. Escuché que te echaron.

—No es lo mismo sin el Grifo en la arena —agregó Pomeroy—. Nadie contra quien apostar.

—Estoy seguro de que ambos están perdiendo mucho dinero sin mi ayuda.

—El Mastín nos ha estado ayudando a ganar —dijo Hector—. Un par de grandes victorias más y ya no necesitaremos trabajar para el niño.

—Rey —corrigió Kellan con voz tensa.

Pomeroy negó con la cabeza.

—Oh, puedes dejar la actuación de lado. Todo el mundo sabe que tú tampoco soportas al mocoso. No hay razón para quedarse ahora que su asquerosa hermana bruja está contando gusanos…

La mano izquierda de Kellan se cerró sobre su espada de utilería mientras una neblina roja nublaba su vista. *No es tu batalla,* se recordó. *Guárdalo para la arena.* Tomó una respiración lenta y profunda.

—¡Mira! —Hector tomó el escudo ostrothiano. La inútil mano plateada de Kellan, inmóvil, no pudo detenerlo. El guardia golpeó sus nudillos contra el metal, riendo—. ¡Malcolm estaba diciendo la verdad! ¿Cuánto te costó, Greythorne? ¿Por eso estás aquí? ¿Vas a rogar por trabajo ahora que gastaste todo tu dinero en este nuevo y elegante apéndice?

—No te preocupes —dijo Pomeroy e intercambió una sonrisa astuta con Hector—. Malcolm está planeando algo nuevo para ti. Un oponente perfectamente adecuado para el Grifo.

Kellan miró entre las cabezas de los dos hombres y vio a Conrad charlando alegremente con un hombre vestido como un gallo, con grandes plumas multicolores sobresaliendo de la parte posterior de sus pantalones y, se dio cuenta demasiado tarde, de que todo esto era una broma monstruosamente ridícula.

No había peligro aquí, a menos que pudieras ahogarte en florituras y artificios. Kellan envainó su espada y usó su mano libre para quitarle el escudo de las manos a Hector antes de dar media vuelta y dirigirse a la puerta.

—¡Nos vemos en la arena, Grifo! —gritó Pomeroy a sus espaldas, antes de que él y Hector se echaran a reír.

No tomó la salida principal, prefirió usar una de las vías traseras que solía frecuentar Aurelia, a través de la cocina y por otro pasillo, susurrando maldiciones mientras se quitaba el disfraz. Primero la capa barata, luego la espada inútil y al final el escudo. Arrojó todo en un montón al borde del corredor.

Tonto, se dijo.

Fue entonces cuando la vio: una chica que merodeaba fuera de la entrada trasera del Gran Salón; parecía como si no estuviera segura de querer entrar o alejarse corriendo. Llevaba un vestido dorado, con líneas de un blanco brillante que irradiaban desde un anillo tejido en su corpiño. Un sol, se dio cuenta Kellan. Su máscara también era dorada, cubría sus ojos y la mitad de su rostro, con un círculo de púas doradas que sobresalían de su cabello, rubio brillante. Estaba medio amontonado en rizos dorados en su coronilla y el resto caía en una ola sobre su hombro.

Era hermosa de una manera que él nunca había visto antes. Ella era… incandescente, y no sólo porque estaba vestida como el sol. Se encontró moviéndose hacia ella.

—¿Está perdida? —preguntó—. Ésta no es la entrada principal.

Ella se giró para mirarlo, con la boca abierta por la sorpresa.

—Lord Kellan —dijo—. Quiero decir… capitán Greythorne. No pensé que usted… quiero decir… ¿Qué está haciendo aquí? ¿No debería estar adentro? ¿Con el rey?

Ella sabía su nombre. Una extraña conmoción atravesó su cuerpo.

—¿La conozco? —preguntó, al inclinar la cabeza y pensar en lo familiar que olía su perfume… a violetas.

—Sí —dijo ella—. Quiero decir, no. Quiero decir… sé de usted. Todo el mundo lo conoce.

Los músicos habían comenzado la siguiente canción, una vieja balada interpretada lentamente con el laúd. De pronto, Kellan tenía menos prisa por irse.

—Puedo acompañarla, si así lo desea —dijo.

—No —respondió ella con rapidez, mientras retorcía sus manos enguantadas en un gesto nervioso—. No. Debería volver a sus funciones. Conrad… el rey Conrad, quiero decir… él lo necesita.

—En realidad, él no me necesita —dijo Kellan, pero ella no estaba escuchando; su atención había sido arrastrada de vuelta al pasillo. Las mujeres estaban haciendo una reverencia a un lado, los hombres se inclinaban al otro, y justo al final de la fila, Kellan pudo ver a Conrad en su trono, hablando con un hombre vestido con una túnica púrpura. El hombre se inclinó hacia Conrad, como para mostrar su respeto, y un medallón de plata se balanceó desde su cuello.

—No —la chica respiró, dando un paso atrás, luego otro—. Es demasiado tarde —se volteó entonces hacia él y lo señaló con un dedo acusador—. ¿Por qué no está ahí? ¡Se suponía que usted debería evitar que Fidelis se acercara a él!

—¿Qué? —Kellan estaba hablando en serio ahora—. ¿Cómo sabe...?

En ese momento, el hombre vestido de púrpura —Fidelis, según parecía—, levantó la mirada y giró la cabeza en dirección a ellos.

—¡Estrellas sangrantes! —susurró ella, girando sobre sus talones, tan repentinamente que Kellan tuvo que retroceder unos pasos, tambaleándose, para evitar ser golpeado.

—¿Qué pasa? —preguntó él mientras ella pasaba con rapidez a su lado hacia las sombras—. Espere —llamó—. ¡No se vaya! —la chica corría ahora arrastrando riachuelos de luz brillante. Él la siguió con su mano plateada extendida—. Sólo quiero que hablemos.

Era rápida, muy rápida. Y aunque el palacio era un laberinto sinuoso de pasillos, parecía saber exactamente adónde iba, corriendo de un oscuro pasillo a otro. A medida que avanzaba, la luz desvanecía partes de su imagen. Pronto la corona de oro, la máscara, el vestido... todo se había ido. Y debajo estaba...

Estrellas, sálvenme, pensó Kellan. *¿Eso es un... un... oso? ¿O algo más? ¿Es ella una cambiaformas, como Rosetta?* Pero el cambio de Rosetta era visceral, un cambio en toda su forma corporal. Esto era una ilusión, y pronto desapareció por completo.

Y así nada más, también la criatura. O... lo que sea que ella fuera. En un momento, era el sol y al siguiente, una mera sombra. Una bocanada de humo. Un sueño.

Hubo un ruido de sobresalto detrás de él, y se volvió para ver a una de las criadas de la cocina. Había dejado caer un plato de comida que obviamente estaba sacando de contrabando de la fiesta.

—¿Viste? —preguntó Kellan, sin aliento—. ¿La viste?

La criada tartamudeó:

—No le hará daño, se lo prometo, señor. Sé que parece aterradora, pero se lo juro, ella no quiere hacerle daño a nadie. Es una chica dulce. A veces le damos comida... pero eso no viola ninguna ley. Por favor, no se enoje, maestro Greythorne. Señor.

Ella se postró sobre el contenido disperso de la bandeja caída.

—¿Tú sabes quién es? —preguntó Kellan, arrodillándose al lado de la nerviosa criada.

—Sí. Sí, señor. Algo así como... Yo...

—¿Cuál es su nombre? —preguntó. Porque incluso ahora, no podía sacudirse la sensación de que ella (criatura, chica, maga, lo que fuera) lo conocía. Y él a ella.

—La llamamos Millie —dijo la criada—. Por lo que ella usa. Como *mille peaux*. Mil pieles.

ANTES

CONRAD

El predicador del Círculo de la Medianoche finalmente había llegado.

Conrad no estaba seguro de *por qué* exactamente quería que él estuviera en el baile. Sólo que eso quería, en verdad. Y que este hombre, Fidelis Decimocuarto, como se había presentado ahora, era la razón para organizar esta fiesta.

De cerca, Fidelis tenía un rostro demacrado, una frente amplia y ojos claros de un azul turbio. Su cabello —lo que quedaba de él— estaba afeitado muy cerca de su cabeza. Hizo una reverencia ante Conrad, y su medallón se balanceó de un lado a otro frente a él.

En general, no había nada en la apariencia del hombre que lo hiciera lo suficientemente interesante como para organizar un baile completo, pero tenía unas formas fascinantes que intrigaban a Conrad.

—Su majestad tiene curiosidad —dijo Fidelis—. Sobre mí y mi… organización.

Era como si el hombre hubiera sacado el pensamiento de su cabeza.

—La tengo —dijo Conrad. Si Fidelis era tan bueno leyendo a la gente, ¿de qué servía mentir?—. Oí tu sermón el otro día. Me intrigó.

—Lo vi allí, su majestad. En verdad, estaba hablando sobre todo con usted. A mis compañeros y a mí… nos encantaría enseñarle más de nuestro mensaje, si está dispuesto a escucharlo.

—¿Y cuál es su mensaje, exactamente? ¿Son ustedes del Tribunal?

Fidelis sacudió la cabeza con firmeza.

—El Tribunal torció el camino hace mucho, mucho tiempo. Sirvieron a una diosa falsa. La diosa de la muerte. De la oscuridad. Pero nosotros no. Nosotros adoramos a la diosa *verdadera*. La que Vive entre las Estrellas. La Empírea *real*.

—¿Y cómo lo saben? —preguntó Conrad—. Si una facción puede estar equivocada, ¿no podrían estar equivocados ustedes también?

—Su majestad dice lo que piensa —dijo Fidelis con afabilidad—. Nosotros apreciamos la franqueza. Pero no… a diferencia del mago de sangre Cael, del Tribunal, tan hambriento de violencia, *nuestro* fundador era un hombre de gran sabiduría y paz. Fidelis Primero era su nombre, nació con el don de escuchar la voz de la diosa, que le susurró todos los secretos del universo y le contó lo que fue, lo que es y lo que será. *Nuestras* enseñanzas son verdaderas, porque vinieron directamente de la diosa misma. Ella habló con Fidelis. Y a través de los escritos de Fidelis, ella continúa hablándonos.

—¿Y tú crees que ella me hablaría a mí? —preguntó Conrad.

—Lo haría —dijo Fidelis—. Ya lo hace, en realidad. Pero es necesario que usted sea educado para escuchar sus susurros. Permítanos enseñarlo a escuchar, majestad. Permítanos llamarlo amigo.

Amigo. La palabra zumbó en sus oídos.

—Creo... —Conrad comenzó lentamente—. Creo que podría agradarme.

—Si eso es verdad —dijo Fidelis— está listo para cruzar el segundo nivel de iniciación en el Círculo.

—¿Qué debo hacer?

—El segundo nivel tiene que ver con dejar ir las cosas mundanas —dijo Fidelis—. Esta fiesta de disfraces es un comienzo... Ya ha reconocido que el verdadero poder proviene de la gente común y los ha invitado aquí, honrándolos por encima de las élites ricas y desorientadas que componen la nobleza.

—¿Pero...? —preguntó Conrad.

—Pero mire a su alrededor, majestad. Mire toda esta... pompa. Las comidas finas, la escandalosa opulencia. Las extravagantes vestimentas —Fidelis miró de soslayo el traje de Conrad, que se suponía que debía ser la indumentaria de un capitán de barco, pero había sido confeccionado con terciopelos y sedas, y cosido con hilo de oro. Un verdadero capitán de barco nunca soñaría con llevar una gala tan ridícula a bordo de su barco—. Empírea requiere la simplicidad de sus seguidores, para evitar que se vuelvan susceptibles al orgullo, la glotonería, la vanidad y la codicia.

Conrad se movió en su trono, sintiéndose avergonzado de pronto.

—Puedo hacerlo mejor —dijo—. A partir de ahora, me abstendré de los excesos.

—¡Maravilloso! —dijo Fidelis, aplaudiendo con deleite—. Estaré observando cómo le va. Cuando yo considere que su esfuerzo es suficiente, le enviaré un mensaje con una invitación para el tercer nivel de iniciación. Lo espero con ansias.

—¿Debo esperar mucho tiempo? —preguntó Conrad.

Fidelis se levantó de su genuflexión con una ligera sonrisa en los labios.

—Eso depende de usted —respondió.

Esa noche, cuando Conrad estaba sacando todos los trajes, chaquetas, chalecos y pantalones de su armario, encontró una nota en uno de sus bolsillos y la siguió hasta un agujero debajo del piso que contenía varias notas más como ésa. Leyó cada una con alegría y luego agregó otra a la pila.

Primus 1, 1621
Esta noche conociste a Fidelis en la gala de disfraces, y él te ha indicado que te liberes de tus pertenencias mundanas para avanzar a la siguiente etapa de iniciación.
Está comenzando.

A la mañana siguiente hizo que una serie de sirvientes entraran y salieran del castillo, para retirar los adornos pretenciosos que venían con la realeza. Pelton observó consternado, en tanto se retorcía las manos.

—Pero, señor —argumentó mientras pasaba un mayordomo con un jarrón dorado en la mano—, ¡algunas de éstas son antigüedades invaluables! ¡Han estado en su familia por generaciones! —su ceño fruncido casi desaparecía de su rostro cuando vio pasar a una doncella con un manojo de cortinas de damasco en los brazos—. ¡Esto es indignante!

—Lo que es indignante, Pelton —dijo Conrad—, es que hayamos pasado tanto tiempo así, enseñoreándonos de nuestra riqueza por encima de nuestra gente, mientras ellos sufren necesidades. He dado instrucciones a los sirvientes para que tomen todas estas cosas y las entreguen en la ciudad. Y luego despediré a los sirvientes —dijo—. No necesito que nadie se encargue de todas y cada una de mis necesidades.

Eso hizo que Pelton se encendiera de un tono rojo betabel.

—Señor, muchos de los sirvientes dependen de este empleo para alimentar a sus familias. ¿Querría Empírea que esta pobre gente muriera de hambre porque usted se ha preocupado tanto por su propia salvación que desatendió el cuidado de esas personas que no cuentan con los recursos que usted tiene?

Eso hizo que Conrad se detuviera.

—Bien —dijo—. Mantendremos a la mayor parte del personal y dejaremos que se vayan unos pocos a la vez, después de que hayan tenido tiempo de buscar otro empleo —no quería que nadie sufriera indebidamente por su intento de realizar el rito de abnegación a un nivel apropiado. Esperaba que Fidelis no lo juzgara con demasiada dureza por ello.

Pelton pareció aliviado, pero sólo durante un instante, hasta que pasó una criada cargando una alfombra de piel de oso remendada.

—¡Espera! —gritó, al levantar la mano en señal de advertencia—. ¡Eso es mío!

★

Tres noches después, Conrad estaba estudiando solo en la biblioteca cuando le arrojaron de pronto un saco áspero sobre la cabeza que lo sumió en la oscuridad, al tiempo que le sujetaban los brazos a sus espaldas.

—No se oponga, ni grite, amigo —susurró una voz suave—. La tercera prueba de iniciación en el Círculo ha comenzado.

Reprimió su terror inicial y trató de relajarse al sentir que lo movían. *Tú querías esto*, se recordó. *Debes ser valiente, como Aurelia.*

Cuando le quitaron el saco de la cabeza, se encontró en una habitación sin ventanas ni paredes planas: estaba construida en un círculo, con una forma de luna tallada en el centro, rodeada por una estrella de ocho puntas. El suelo pareció tambalearse debajo de él, y al principio culpó a la desorientación causada por la capucha cegadora. Después de un momento, sin embargo, se dio cuenta de que el movimiento era causado por las olas: lo habían llevado a un barco.

Estaba sentado en una de las diez sillas negras de respaldo alto dispuestas alrededor de la luna, sobre la que Fidelis estaba parado, con las manos perdidas en las mangas de su túnica. Había otros nueve iniciados, cada uno parpadeaba sombríamente desde su silla. Alrededor del borde de la sala, docenas de figuras sin rostro, iluminadas con antorchas, esperaban a que comenzara la ceremonia.

Incluso con su atuendo más simple, las ropas de Conrad eran excesivamente elegantes; todos los demás vestían camisas de trabajo raídas y pantalones remendados… quizá les había resultado mucho más fácil demostrar su dedicación a la abnegación. Sus ojos se fijaron en las botas del hombre sentado en la silla a su izquierda; en otro tiempo podrían haber sido de buen cuero, pero ahora estaban tan gastadas que Conrad podía ver el color de sus calcetines a través de los agujeros que se habían formado en donde los pliegues comenzaban a romperse. En el momento que el hombre lo miró a él, se sonrojó de vergüenza y rápidamente desvió la mirada.

Fidelis comenzó su florido discurso.

—Bienvenidos, amigos queridos. Han sido invitados aquí este día porque, de entre todas las personas en esta ciudad que están deseosas de escuchar nuestro mensaje, ustedes han sido seleccionados por Empírea como los *más* elevados de sus elegidos. Aquellos que tienen el coraje y la fortaleza para llevar la noticia de su venida a las masas, y traer a los de ideas afines que encuentren entre ellos al redil con nosotros.

Los oyentes encapuchados pisoteaban el suelo y Fidelis volvió a sonreír.

—Cuando los relojes se detuvieron a medianoche y no volvieron a moverse, fueron ustedes los primeros en dar testimonio. Debido a su gran fe, Empírea me ha indicado que los guíe a través del rito de iniciación del tercer nivel. Su iniciación de tercer nivel será diferente a la de los que los precedieron o a los que vendrán después, porque *su* rito de fortaleza coincidirá con la próxima segunda señal del ajuste de cuentas de Empírea.

Fidelis se movió alrededor del círculo, tomaba manos y tocaba cabezas a su paso.

—Los Papeles de la Medianoche nos dicen que una plaga se extenderá por toda la tierra. Una fiebre mucho peor que cualquiera que hayamos conocido antes. Golpeará a los jóvenes y a los viejos con igual furia, reclamando a los hombres... mujeres... *niños* —Fidelis se detuvo por un breve instante frente a Conrad, como para enfatizar su punto—. Nadie estará a salvo —dijo—, excepto *ustedes*.

De su túnica, Fidelis sacó un ánfora del tamaño de la palma de la mano y la levantó para que todos la vieran. A la luz de las antorchas, el cristal destelló rojo, pero el contenido en su interior parecía no reflejar ningún color. Lo más cercano que Conrad podía nombrarlo era negro, aunque no se parecía a ningún negro que hubiera visto nunca. Ni ónix ni ébano ni obsidiana... era más oscuro que todo aquello. Como la sombra de una sombra. O la nada vacía entre una estrella y otra.

Fidelis agitó el líquido dentro del ánfora y continuó:

—Está escrito que cuando Fidelis Primero escuchó la voz de Empírea estaba tan lleno de su luz divina que no quedó lugar dentro de él para el pecado. Lloró ante la belleza, y sus lágrimas se volvieron negras al llevarse todas sus impurezas, todas sus iniquidades, todas sus necesidades, todos sus celos. Él recogió esas lágrimas en este frasco sabiendo que un día, ustedes y yo estaríamos aquí contemplando la calamidad que se avecinaba, y que nosotros también necesitaríamos ser limpiados de nuestros pecados a fin de estar preparados para enfrentarla —levantó la mirada y dijo—: Les pregunto, amigos, ¿quién de ustedes está listo para participar de esa misma luz? ¿Para permitir que actúe en su interior como un fuego purificador?

Los oyentes comenzaron a clamar por su atención.

—¡Yo estoy lista! —dijo una mujer mientras caía extasiada a sus pies.

—¡Alabada sea Empírea! —exclamó otro hombre, que se paró en su silla y se llevó la mano al corazón—. ¡Déjame ser puro!

Pero la atención de Fidelis se posó en el hombre sentado junto a Conrad, el de las botas gastadas.

—Tú —dijo Fidelis—. Ven aquí.

El hombre se puso de pie, tímidamente se acercó, arrastrando los pies, y se arrodilló ante el predicador, quitándose la gorra para acto seguido hacerla girar en sus manos.

—Empírea ha visto tu devoción, amigo Ivan. Ella desea otorgarte una gran bendición.

Los ojos del hombre se abrieron sorprendidos de que Fidelis supiera su nombre.

—Pero, señor —dijo—, yo soy un humilde tabernero, un hombre sin importancia.

—¿Sin importancia? No, amigo Ivan. Me atrevo a decir que tu influencia pronto se sentirá en todo el mundo, ya que has sido invitado a ser el primero en compartir las amargas lágrimas de Fidelis —rompió el sello de cera del ánfora y tiró del tapón, para enseguida presionar el vaso contra los labios del hombre—. Bebe, amigo, y deja que el espíritu de Empírea trabaje dentro de ti, con el fin de que puedas llevarlo a través de la tierra y extenderlo a todos los rincones del mundo.

Los ojos de Ivan reflejaban sólo reverencia cuando Fidelis inclinó el ánfora y el líquido le llenó la boca. Tragó y sonrió.

—Puedo sentirlo —dijo con dolor y asombro—. ¡Puedo sentir cómo trabaja!

—Un hombre de menor fortaleza no podría hablar después de compartir las amargas lágrimas, amigo Ivan. Ya estás demostrando que la fe de Empírea está en la persona indicada.

Fidelis avanzó en el sentido de las manecillas del reloj de un suplicante al siguiente, ofreciendo a cada uno de ellos un sorbo del líquido negro por turno. Conrad hizo acopio de valor; no tenía ningún deseo de beber algo que parecía alquitrán licuado, pero tampoco quería dar un espectáculo si se negaba a hacerlo. Al final, sin embargo, no tuvo que hacerlo. Cuando Fidelis se acercó a él, el ánfora ya estaba vacía.

—No te preocupes, amigo Conrad —dijo Fidelis, poniendo una mano sobre su hombro—. Es posible que no puedas pasar el rito de iniciación de la fortaleza esta noche, pero eso se debe a que Empírea tiene otros planes para ti —sonrió—. Planes *magníficos*.

19

ANTES

ZAN

—Supongo que no pudiste encontrar la bebida que estabas buscando —los brazos de Jessamine estaban cruzados cuando Zan frenó a Madrona a su lado—. Bueno, yo tampoco encontré a la hermana que estaba buscando. Porque la mujer que estamos tratando de encontrar no es en realidad la hermana de Delphinia. Es la "hermana Cecily". Una *monja*. Ella solía dirigir un pequeño consultorio como sanadora aquí, pero hace unos años se le ordenó volver a casa en…

—¿La Abadía de las Hermanas de la Antorcha Sagrada? —preguntó Zan.

Jessamine frunció los labios con consternación.

—¡Pasé todo el día tratando de averiguar eso! Nadie quería hablar conmigo. Tuve que sobornar a la gente para obtener información, lo cual es humillante: yo soy la que *acepta* sobornos, no la que los ofrece. ¡Me quedé sin dinero!

—Lamento que hayas tenido que abandonar tus estándares éticos —dijo Zan—. Si te hace sentir mejor, yo también usé lo último de mi dinero —dijo sacando dos boletos de su chaqueta—: compré pasajes en un barco que hace escala en la Isla de las Viudas… hogar de la Abadía de…

—... las Hermanas de la Antorcha Sagrada —le arrebató los boletos—. Bueno, ¿no estás lleno de sorpresas hoy, Triste Tom? Y aquí estoy yo, pensando todo este tiempo que eras un inútil deprimido.

—¿Gracias? —dijo Zan, levantando una ceja, perplejo—. ¿Creo? —no le contó cómo la aparición de Delphinia lo había llevado al bote correcto, o cómo ésta se había convertido en Arceneaux antes de desaparecer.

—Bien —dijo ella, y dejó escapar un largo suspiro—. No puedo creer que esté diciendo esto, pero: vayamos a ese convento.

✶

Liberaron sus caballos antes de abordar el *Contessa* esa noche. Como Jessamine había usado su dinero para obtener información y Zan había usado lo último del suyo para conseguir los pasajes, habría sido mejor si los hubieran vendido, pero el mercado estaba inundado de gente desesperada que vendía sus productos por sólo centavos. Nadie que pudiera haberlos comprado los quería, y nadie que los hubiera querido podría haberlos comprado. En particular, no a Madrona, con lo vieja, gruñona y hosca que era. Incluso trató de patearlo cuando se despidió.

—Te voy a extrañar —le dijo—. Aunque el sentimiento no sea mutuo.

El capitán del *Contessa* era un hombre de Renalt curtido por el mar y de nombre Gaspar. Observó a sus pasajeros arrastrarse por la pasarela con los ojos entrecerrados y los brazos fornidos cruzados sobre el pecho, mientras dos de sus marineros subordinados inspeccionaban a cada persona antes de que se le permitiera subir a bordo.

185

—¿Algún signo de fiebre? —le preguntó el primer marinero a Zan y le abría la boca para poder ver bien sus dientes y luego su garganta.

—No —dijo Zan.

—¿Tos? ¿Dificultad para respirar?

—Nada.

Junto a él, Jessamine abofeteó al otro marinero cuando tomó el dobladillo de su falda.

—Tócame con esa mano y la perderás —advirtió.

—Sin armas —respondió él, señalando la empuñadura del cuchillo que sobresalía de la parte superior de su bota.

Ella lo miró negándose a romper el contacto visual mientras recuperaba el cuchillo y lo dejaba caer sobre la tabla frente a ella.

—¿Contento?

—¿Has estado expuesto a alguien afectado por la fiebre amarga en los últimos tres días? —preguntó el marinero de Zan.

—No en los últimos tres días, no —dijo Zan—. Pero...

—Los pasajeros se quedan debajo de la cubierta. Se te asignará una litera. Las comidas se sirven tres veces al día, a las nueve, al mediodía y a las seis. Muévete —dijo el marinero, dirigiendo ya su atención al hombre en la fila detrás de él—. ¡Siguiente!

Zan y Jessamine fueron conducidos por un corto tramo de escaleras desvencijadas hacia una bodega en penumbras, donde las camas eran poco más que delgadas tablas apiladas de tres en tres.

—Esto parece prometedor —dijo Jessamine con tono irónico mientras dejaba la pequeña bolsa que contenía las pertenencias de Delphinia al lado de una de las literas. Se sentó en la tabla e hizo una mueca cuando ésta chirrió en respuesta—. ¿Cuánto tiempo se supone que durará este viaje?

—Sólo unos pocos días —dijo Zan, deseando haber tenido el sentido común de quedarse en la Stella Regina… compartir el espacio con el fantasma destripado del padre Cesare parecía cada vez menos desagradable entre más horas pasaban. Los demás pasajeros iban entrando en grupos de dos y de tres; pronto la habitación estaría llena. Un hombre que había reclamado la cama de abajo a tres literas de distancia había visto a la hermosa compañera de Zan y le dirigió una sonrisa que reveló unos dientes parduzcos y una gran extensión de encía.

—Estamos haciendo esto por Delphinia —dijo Jessamine al desviar la mirada—. Estamos haciendo esto por Delphinia. Estamos haciendo esto por Delphinia.

Una mujer con un vestido desgastado se sentó en la litera frente a la de Zan y le lanzó una mirada desconfiada desde detrás de un cabello rojizo y ralo, en tanto sostenía un bulto contra su pecho de manera tan protectora que él pensó que era un bebé. No lo era; se trataba de una botella de licor envuelta en una manta para, al parecer, protegerla de las miradas indiscretas cuando ella quisiera dar un furtivo sorbo. Lo vio mirándola y frunció el ceño, apartándose de él, exponiendo a la niña que lo había estado observando desde detrás de las faldas de su madre. Todavía era muy pequeña —quizá sólo tenía tres o cuatro años—, y obviamente estaba aterrorizada.

Mientras la mujer estaba de espaldas, Zan sacó de su bolsillo a Margaret, la muñeca de trapo, y la colocó al pie de la litera de la mujer. La niña lo observó con recelo y, cuando él volteó la cabeza hacia otro lado, vio de reojo un brazo flaco extenderse y agarrarla.

El barco zarpó poco antes de la puesta del sol. La cena para los pasajeros —más de treinta, de acuerdo con los cálculos de Zan—, consistió en una sopa aguada con olor a pescado y un tarro de cerveza ligera. Por fortuna, antes de que dejaran el Canario Silencioso, Lorelai había envuelto una hogaza de pan dulce en papel encerado y la había dejado en el porche para que se la llevaran; Zan sacó el último trozo de su mochila. Le dio la mitad a Jessamine y se recostó contra su litera para comer su porción cuando descubrió un par de ojos de búho observándolo desde un catre.

Los ojos pertenecían al mismo hombre con el que había hablado en los muelles antes de ver a Delphinia. Un chico, en realidad, de no más de catorce o quince años, cuyas desgarbadas extremidades hacía tiempo que rebasaban los dobladillos andrajosos de su ropa. Ya se había terminado su mísera comida; el desagradable plato de sopa había sido lamido hasta dejarlo limpio.

Zan se inclinó y depositó el pan en las manos expectantes del joven.

—Muchas gracias, señor —dijo él entre bocados apresurados—. No había comido nada desde que vendí mis pollos, hace dos días.

—¿Adónde te diriges? —preguntó Zan.

—Al Fuerte Castillion —dijo el chico, lamiéndose las migajas de los labios—. Mamá dijo que es el único lugar donde se puede encontrar un buen trabajo en estos días. Ella iba a ser cocinera y yo iba a ver si podía ayudar a construir esos grandes barcos de los que todo el mundo habla.

La sangre de Zan se heló. *Castillion*. El hombre que había intentado matarlo en la bahía de Stiria y que había estado a punto de lograrlo. Quería advertirle al chico que huyera, que *huyera* en otra dirección, pero en lugar de eso preguntó:

—¿Dónde está tu mamá ahora?

—Tuvo que quedarse en Fimbria —dijo con un último mordisco—. Incluso con el dinero de las gallinas, no teníamos lo suficiente para dos boletos. Así que me hizo adelantarme y dijo que me alcanzaría más tarde, cuando reúna el dinero suficiente para el viaje. Además, no se sentía muy bien esta mañana. Calor, luego frío. Probablemente sea mejor que ella espere.

Zan asintió lentamente, contento de que el chico no supiera las escasas probabilidades que tenía de volver a ver a su madre. Al menos, el último recuerdo de su madre no sería el de ella llorando amargas lágrimas negras.

Ven y encuéntrame.

El sonido de las últimas palabras de Aurelia sopló en sus pensamientos como un viento cáustico, y al instante fue transportado de regreso a ese momento en el escenario de la Stella Regina, donde vio a la primera y última persona que amaría deslizarse del cálido Aquí al frío Después.

Le tomó un momento darse cuenta de que el chico todavía estaba hablando. Sacudió la cabeza.

—Disculpa, ¿qué?

—Te pregunté tu nombre —dijo el chico, limpiándose la mano en los pantalones antes de extenderla—. Yo soy Lewis.

—Su nombre es Tom —interrumpió Jessamine, apoyándose casualmente contra la cama. Era lo suficientemente alta para no poder pararse en toda su estatura en esos espacios reducidos.

—Encantado de conocerte, Tom —dijo Lewis, estrechando la mano de Zan con un apretón tímido—. ¿Y tú eres...?

—Jenny —dijo Jessamine—. Un placer.

—¿Están casados? —preguntó Lewis.

Zan y Jessamine se encogieron al unísono.

—Por las estrellas, no —dijo Jessamine—. Somos hermano y hermana, en realidad.

—No se parecen...

—De diferentes madres —dijo Jessamine rápidamente—. Nuestro padre se casó dieciséis veces, ¿puedes creerle al viejo bastardo? ¿Puedo hablar contigo un minuto, Tom?

Zan se encogió de hombros y se puso de pie, y ella lo arrastró hasta un rincón donde había menos oídos para escucharlos.

—¿Nuestro padre se casó dieciséis veces? ¿En serio?

—No vi que ofrecieras ninguna alternativa útil —dijo ella—. Estabas a punto de decirle a ese niño tu nombre real.

—Eso es lo que suele hacer una persona cuando se lo preguntan —dijo Zan.

—No estoy segura de que quieras que nadie aquí sepa quién eres. Una de las mujeres de allá te estaba mirando. Y aunque tienes un cierto... aspecto melancólico, torturado, como de perro-peludo huérfano que algunas mujeres *podrían* encontrar atractivo... ella seguía mirando algo en su bolso. Así que, cuando estaba distraída consiguiendo su sopa de agua de bacalao, me tomé la libertad de robarle esto —le entregó un pedazo de papel arrugado—. Me parece que están ofreciendo una recompensa —dijo—. Por *ti*.

—Lo estoy viendo, *Jenny* —añadió Zan con los dientes apretados.

Dominic Castillion estaba ofreciendo cien piezas de oro a cualquiera que pudiera brindar información que lo condujera a Valentin de Achlev, y ciento cincuenta a cualquiera que estuviera dispuesto a entregarlo al comandante, directamente en el Fuerte Castillion. Se incluía una representación bastante precisa de su rostro, junto con la aclaración de que era preferible que el antiguo rey de Achleva fuera llevado vivo si tal cosa era posible.

Qué tranquilizador, pensó Zan al arrugar el papel antes de buscar un lugar donde tirarlo. Al no encontrar nada, lo metió en lo más profundo del bolsillo de su chaqueta.

—¿Qué estás haciendo? —siseó Jessamine—. ¡Tengo que regresarlo a su lugar!

—¿Por qué lo devolverías? —siseó Zan en respuesta—. No queremos que ella lo tenga.

—Sospechará si se da cuenta de que ha desaparecido.

—Yo diría que es probable que haya suficientes sospechas. *¡Estrellas sangrantes!* —maldijo—. No podemos permitir que eso llegue a las manos de la tripulación, o navegarán más allá de la Isla de las Viudas y bordearán la costa norte para dejarme a los pies de Castillion.

—Sólo tenemos que conseguir llegar con las Hermanas. No es un viaje muy largo. ¿Puedes mantener un perfil bajo y discreto hasta entonces?

—Puedo intentarlo —dijo Zan, en una voz tan deprimente como sus posibilidades.

★

La primera noche a bordo del *Contessa* transcurrió sin incidentes, al igual que la mayor parte del segundo día. Pero para la segunda noche, Zan notó que más y más personas rondaban por su periferia con una mirada extraña y demasiado intensa, como un granjero que vigila protectoramente a un cordero en engorda ante un próximo viaje al mercado.

Sus nervios esa noche estaban tensos, su mente inquieta. Sabía que necesitaba dormir, pero no podía lograrlo. Él también necesitaba comida, pero parecía que no podía evitar darle su parte de las·raciones a Lewis, que se había vuelto más cetrino y retraído con cada hora que pasaba. Zan pensó al principio que era el balanceo del bote a través de las olas, pero el chico se las arreglaba para retener la comida y el agua lo suficientemente bien. Era algo más.

Los primeros dos días, Lewis estaba feliz de hablar sobre sus esperanzas para la nueva vida que tendría en Castillion, o sobre su difunto padre, que había muerto cuando Lewis tenía ocho años, y de quien había heredado el talento para la carpintería y la ebanistería. Sobre su madre, también. Una mujer que a veces era brusca y estricta, pero cuya ética de trabajo y dedicación habían asegurado que su hijo nunca pasara hambre. Sin embargo, al tercer día, sus historias escasearon. Esa noche, ya no hubo ninguna.

En la oscuridad de la tercera noche, Zan despertó y vio a Lewis dando vueltas en su catre empapado en un sudor tan abundante que reflejaba la tenue luz de la lámpara y lo hacía parecer como si no estuviera hecho de carne, sino de frágil porcelana.

—¿Lewis? —dijo Zan.

Lewis murmuró una respuesta sin sentido.

Lleno de temor, Zan gritó al resto de la gente en la cabina:

—¡Alguien, rápido! ¡Vayan a buscar al capitán, averigüen si hay un sanador a bordo! Este chico está enfermo. ¡Necesita ayuda!

—Zan —susurró Jessamine, con una mano en su hombro—. Creo que el capitán ya está aquí.

La ancha silueta del capitán Gaspar se recortaba en las escaleras de la cabina. La mujer a la que Jessamine le había robado el folleto de recompensas estaba justo detrás de él, señalando a Zan.

—Ése es —le dijo al capitán—. Ése es el hombre que quiere Castillion.

Gaspar se acercó y se frotaba la incipiente barba en su mentón cuadrado.

—Escucha —dijo Zan, levantando las manos en señal de súplica—. Yo no quiero problemas.

Gaspar agarró la parte delantera de la camisa de Zan, con un puño tan cuadrado y sólido como un mazo, y lo empujó junto a la linterna más cercana, que colgaba de un gancho en una viga astillada. Luego hizo un gesto con la cabeza hacia la mujer chismosa, quien metió la mano en la chaqueta de Zan y sacó la bola de papel arrugado. Lo alisó y lo sostuvo junto a la cara de Zan.

—Creo que tienes razón —le dijo a ella. Para Zan, añadió—: Va a hacernos ganar unos buenos centavos, su alteza.

—¿Me quieres? —dijo Zan con ferocidad—. Bien, aquí me tienes. Iré de buena gana, no tendrás que pedírmelo dos veces. Pero sólo si encuentras a alguien que ayude a ese chico ahora mismo.

Jessamine se había arrodillado junto al chico y estaba mirando el rostro pálido debajo de la franja empapada de cabello que se había apelmazado sobre su frente. Levantó la mirada hacia Zan, todavía inmovilizado por Gaspar en el poste, y sacudió la cabeza.

—No sé si alguien lo pueda ayudar todavía —dijo en voz baja.

Gaspar soltó a Zan para inclinarse sobre Jessamine e inspeccionar a Lewis en su litera. Luego se tambaleó hacia atrás y se tapó la boca con el brazo.

—Es la fiebre —dijo, mientras llamaba a su tripulación—. ¡Todos, cubran sus bocas! ¡Tú! ¡Y tú! Cárguenlo. ¡Tendremos que arrojarlo por la borda!

Zan sacó la espada de la vaina de Gaspar, que produjo un sonido metálico.

—No harás algo así.

Jessamine sacó un segundo cuchillo de lo más profundo de su corpiño y envolvió su brazo derecho sobre el hombro derecho del capitán, para apuntar su punta delgada y maligna justo en la vena abultada en su cuello con la otra mano.

Zan metió la espada de Gaspar en su propio cinturón y se movió para levantar al chico —que estaba sonrojado y demacrado, y mucho más liviano de lo esperado— en sus brazos.

—Espera… —protestó Jessamine—. Estarás expuesto.

—Probablemente ya lo estuve —dijo Zan—. Y no puedo permitir que lo arrojen por la borda.

Jessamine asintió y caminó detrás de él, tirando de su rehén junto con ella.

—Un movimiento de cualquiera de ustedes —advirtió—, y el capitán muere.

Su amenaza fue innecesaria: cada pasajero y miembro de la tripulación estaba enraizado en su lugar, demasiado asustados de contraer la fiebre como para acercarse.

Zan, con Lewis en sus brazos, subió las escaleras y salió a cubierta primero, con Jessamine y el capitán cautivo detrás. El viento de la noche era fresco y frío, y estaba cargado de la humedad de una tormenta que se avecinaba. A través de la oscuridad se alzaba un edificio alto, una silueta oscura contra el cielo de medianoche.

Un faro.

Zan acostó a Lewis en uno de los pequeños botes del *Contessa*, luego saltó él y le indicó a Jessamine que lo siguiera. Ella apretó con más fuerza el cuello del capitán, hasta que el hombre perdió el conocimiento y se desplomó; dejó caer su pesado cuerpo al suelo y pasó por encima de él para llegar al bote. En cuanto Jessamine estuvo en su lugar, Zan usó la espada del capitán para cortar las amarras y cayeron en picada al agua.

20

ANTES

KELLAN

—**V**iene y va cuando le place —dijo la criada, llamada Cora, arrancando de los dedos extendidos de Kellan la moneda ofrecida, aunque mantenía los ojos fijos en la bandeja caída—. No le decimos nada, y ella no nos dice nada. Pero le dejamos comida, y restos de piel y tela cuando podemos encontrarlos, y luego a veces encontramos que nuestros quehaceres ya habían sido hechos.

—¿Pero de dónde vino ella? —preguntó Kellan, recogiendo una de las galletas caídas y colocándola en la bandeja como muestra de buena fe, prueba de que no la entregaría por la comida robada—. ¿Qué propósito tiene ella aquí en el palacio?

—No lo sé —dijo Cora—, ninguno de nosotros lo sabe. Pero ha estado aquí, escondida en las paredes y merodeando por los pasillos traseros, desde que trabajo aquí, hace dos años. Sólo veía pequeños destellos de ella aquí y allá cuando el Tribunal estaba cerca. Si la hubieran atrapado... —se estremeció.

—¿Para qué usa la piel?

Ella se encogió de hombros.

—Gretel, la vieja y mezquina lavandera con un gran forúnculo en la nariz, cree que Millie duerme en un agujero en el suelo, en algún lugar. Ya sabe, una madriguera o un nido o algo así. Así que necesita la piel para mantenerse caliente por las noches —sus ojos nerviosos se precipitaron hacia la puerta como si deseara salir corriendo—. No vi lo que le hizo o le dijo a usted, mi señor. Acabo de dar la vuelta a la esquina y sólo la vi por un segundo antes de que escapara —y añadió con timidez—: No creo que tenga alguna mala intención, mi señor. Si se sabe a qué se dedica, seguro la echarían. Estas calles no son amables con nosotras, las niñas huérfanas. Sobre todo ahora, con tanta gente tan enojada todo el tiempo.

—Ella no se ha metido en ningún tipo de problema —dijo Kellan, acomodando otra galleta y, enseguida, una pierna de pollo de aspecto triste—. Tampoco tengo ninguna autoridad para castigarla. Sólo quiero hablar con ella. Si hay alguna forma de transmitirle este mensaje, estaría muy agradecido.

Cora asintió.

—Y si lo hago, ¿dónde puede encontrarlo?

—El Juglar Intrigante —respondió—. Habitación siete.

★

Kellan salió de la taberna antes del anochecer del día siguiente y se dirigió hacia la arena. La fila para entrar ya era larga, más de lo que jamás había visto, y aún no había oscurecido. Cuando llegó al frente, ésta se extendía calle abajo. *¿Toda esta gente viene a ver al Mastín?*, pensó hoscamente, dejándose conducir hacia la entrada norte con el resto de la multitud, su alegría de no ser reconocido se eclipsaba sólo por su irritación ante ello. El Grifo ya parecía ser noticia vieja.

En la puerta, un hombre corpulento lo detuvo.

—Sin armas —dijo—. Los artículos se pueden recuperar cuando se vaya.

Kellan murmuró por lo bajo mientras desabrochaba su espada y la dejaba caer sobre la mesa.

—Discúlpeme, señor —dijo el hombre dándole a su brazo derecho, que se había vuelto visible cuando apartó su capa para recuperar su espada, una mirada significativa—. Todas las armas deben ser entregadas.

Kellan lo fulminó con la mirada y levantó la mano de metal.

—Me temo que ésta no es removible.

—Mis disculpas, señor —dijo el hombre rápidamente—. Entrada de dos cobres entonces. Todo el dinero se destina a pagar la apuesta ganadora.

Kellan sacó el dinero de su bolsillo y se lo arrojó al hombre, luego se apuró hacia el pasillo que conducía a la gente a sus asientos.

Los combates ya habían comenzado cuando Kellan se abrió paso entre la multitud en la plataforma de observación de nivel medio y se sentó cerca de la barandilla. Un hombre corpulento con barba roja estaba golpeando a un delgado competidor, quien luego se inclinó y cargó de cabeza contra su abdomen, sólo para ser derribado de espaldas. La tierra de la arena voló a su alrededor en una nube.

—¿Cerveza, señor? —preguntó una chica, acercándose a él con un tarro y una jarra—. Sólo medio cobre.

—No, gracias —respondió él.

—¿Quiere hacer una apuesta? —preguntó ella sin perder el ritmo.

—Difícilmente parece una pelea justa —dijo Kellan.

—Oh, no están apostando por quién ganará —explico ella—, sino cuánto tiempo tomará noquearlo.

Malcolm estaba diversificando su repertorio, al parecer.

Kellan negó con la cabeza y la moza se encogió de hombros.

—Puede buscarme si cambia de opinión. Se supone que la próxima pelea será todavía más emocionante. Podría pagar generosamente.

—¿Quiénes serán los luchadores? —preguntó Kellan.

Ella guiñó un ojo.

—Quédese y averígüelo —dijo, y se acercó al hombre que estaba a su lado.

Kellan se apoyó contra la barandilla cuando el hombre más grande asestó un último puñetazo en la mandíbula del más pequeño, haciéndolo rodar. Se detuvo como una estrella de mar por el suelo mirando al techo con los ojos vidriosos y la sangre goteando de la nariz.

La multitud rugió, algunos chocaron sus tarros mientras otros resoplaban y murmuraban juramentos por su pérdida. Las mozas de la cerveza iban dando monedas a unos y quitándoselas a otros, mientras el vencedor daba una vuelta y el hombre inconsciente era arrastrado fuera de la arena.

—Y ahora —Malcolm había entrado en la arena, su voz retumbante resonó en las vigas—. ¡El momento que todos han estado esperando! ¡Esta noche, mis amigos, serán testigos de una exhibición espectacular de bruto contra bestia! De poder contra metal. De hombre … ¡contra *monstruo*!

La emoción dentro de la arena alcanzó un punto álgido y, con gran entusiasmo, Malcolm hizo una reverencia. Desde un lado, el Mastín pisoteaba, curvando sus brazos musculosos frente a él con un bramido aullador. No llevaba los guantes de boxeo que solían ser parte del uniforme, sino guanteletes de metal. Su pecho y hombros estaban desnudos salvo por dos tiras de cuero entrecruzadas, tachonadas con diminutas púas.

Kellan se encontró al borde de su asiento. ¿Cuál podría ser el propósito de tal blindaje? Las batallas ya eran bastante brutales cuando eran entre puños enguantados.

Y entonces, apareció el oponente.

Esta noche, el Mastín pelearía contra su homónimo.

El perro era de un tamaño anormal —quizás el resultado de la reproducción selectiva y la magia fiera que promueve el crecimiento— y tenía patas del tamaño de platos. Y si eso no fuera lo suficientemente aterrador, también estaba equipado con una armadura de metal, con púas que marcaban la línea de su columna y sobre la parte superior de su cabeza. Sus dientes reales eran temibles, pero además llevaba una máscara afilada con navajas. Debajo, el perro gruñía y echaba espumarajos tirando de su cadena.

Kellan miró a Malcolm, que se había retirado a la seguridad de la caja de registro. El lanista lo miró a los ojos y sonrió. *Tal vez podamos pensar en algún… nuevo … tipo de arreglo*, había dicho.

Kellan se incorporó de un salto con un jadeo audible, pero nadie lo escuchó por encima del sonido de la campana y los aplausos y chillidos de la multitud cuando se soltó la cadena del perro. No podía ver esto. No podía, de ninguna manera, ser parte de algo tan opresor y enfermizo.

Malcolm debió haberlo visto partir, porque lo alcanzó afuera.

—¿No querías quedarte durante todo el espectáculo, Grifo? —lo aguijoneó—. Brillante, ¿no? Tengo que agradecerte: sin ti, nunca se me hubiera ocurrido.

—Vete al demonio, Malcolm —dijo Kellan.

—También tengo una oponente especial para ti, ¿sabes? Completamente equipada y lista para incorporarse. ¿No quieres conocerla?

Kellan siguió caminando y Malcolm le gritó:

—Si no eres tú, será alguien más. Alguien muy especial. Quizá… —soltó una bocanada de humo en el aire frío—. Quizá tengamos que traer *brujas* de regreso a la arena. ¡Qué gran espectáculo sería algo así!

La risa burlona de Malcolm lo siguió toda la calle.

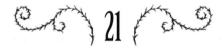

21

AHORA

Nathaniel y yo cabalgamos durante todo un día y hasta bien entrada la noche, siempre con un ojo en el camino detrás de nosotros para asegurarnos de que no nos estuvieran siguiendo.

Por mucho que me desagradara Castillion, me sentía extrañamente arrepentida de haberlo dejado atrás sin despedirme siquiera. Pero él no era importante ahora. Ahora debía salvar a Conrad.

La noche de nuestro primer campamento, Nathaniel temblaba junto a un fuego pequeño y deprimente.

—Esto fue un error —dijo—. Tenías razón, necesitábamos la comida del tercer nivel.

—Nos las arreglaremos —respondí—. Ésta no es la primera vez que me pierdo en el Ebonwilde.

—¿La última vez fue también en medio del invierno? —preguntó Nathaniel, todavía temblando.

Me quité el broche de araña y le entregué la capa roja.

—Toma —dije suavemente—. No la necesito; ya no siento el frío como antes.

—¿Estás segura? —preguntó, y asentí. Sólo en parte era mentira; el frío que sentía ahora era *peor* que cuando tenía carne y sangre, porque ya no podía generar mi propio calor. Pero, a diferencia de Nathaniel, el frío no podía matarme.

—Tal vez no sea tan malo morir de frío —dijo Nathaniel con tristeza mientras se ponía la capa, aunque rechazó el ostentoso broche—. Sería mejor que lo que me espera cuando Castillion se dé cuenta de que le robé.

—Tiene cosas más importantes de las que preocuparse que el robo de unos frijoles y unas hojas de té —dije.

—No estaba hablando de los frijoles o las hojas de té —Nathaniel me dirigió una mirada significativa.

—Ah —dije, erizada. Nathaniel tenía razón: para Castillion, yo era una mercancía. El medio para un fin.

Y aun así...

Él no es nada para ti, Aurelia, me recordé.

Dejé descansar a Nathaniel hasta los primeros rayos de la mañana. A medida que pasaban las horas oscuras, atendí el pequeño fuego y traté de absorber su débil calor, incluso cuando la escarcha comenzó a cristalizarse en mi cabello y mis pestañas.

A la luz del amanecer, el bosque lucía muy distinto de lo que yo recordaba. Antes, se volvía tan espeso y exuberante que, desde el suelo, bajo su dosel, el único cielo era verde, hecho de hojas. Ahora los estériles árboles se asentaban en racimos abandonados, desnudos hasta sus ramas torcidas.

Yo, que había atravesado el Gris, encontraba este reino mucho más desolado en sus crudos blancos y negros. El vacío se sentía casi hambriento, como si hubiera devorado la vida dentro de sí y todavía ansiara más.

—No es lo que recuerdas, ¿verdad? —preguntó Nathaniel cuando despertó. Yo había sacado un tazón y algunas hojas de té de las alforjas y había derretido un poco de nieve sobre el fuego. El recipiente humeaba ahora. Se lo entregué mientras se acomodaba a mi lado.

—No —dije mirando alrededor—. No lo recordaba así. Pero nada es como lo recuerdo. O como lo esperaba.

—¿Qué *sí* esperabas al despertar, cuando te metiste en ese ataúd?

—Pensé que... —pero no terminé la frase, tan sólo elegí morderme los labios, como si al hacerlo pudiera sellar el nombre de Zan detrás de mis dientes—. No importa. No resultó.

Durante la noche siguiente, mientras Nathaniel dormía, traté de encontrar suficiente comida para mantenerlo con vida. Había visto a Kellan colocar trampas muchas veces e intenté imitar lo que recordaba. Para la tercera noche atrapé algo: una liebre de invierno huesuda y medio muerta de hambre. Una miseria, pero suficiente para mantener a Nathaniel un día más.

Iba de regreso cuando crucé el estanque. Estaba congelado y el hielo era lo suficientemente grueso para soportar mi peso. Casi lloré de alivio caminando penosamente hacia el centro para perforar un agujero de pesca. Estaba apartando la nieve a un lado cuando vislumbré algo que se movía debajo del hielo. Miré más de cerca, pensando que podría ser un pez, y me encontré mirando a los ojos de mi propio reflejo.

Sin embargo, no era mi reflejo. Yo ya no tenía reflejo. Era la misma *doppelganger* que había visto en el espejo de Castillion... una chica que se parecía a mí, pero que no era yo. Me miró durante un largo minuto antes de hablar. Era otro verso, otro acertijo.

No vayas, hijo mío, al Ebonwilde,
porque el enemigo de amigo se disfraza.
Es la última colina, para bien o para mal,
antes de que tu viaje llegue al final.

—¿Quién eres? —pregunté a la chica. Y abrió la boca como si fuera a hablar, pero el sonido que escuché, bajo y espeluznante, llegó flotando a través del frío horizonte.

—*¡Aurelia!*

Me sobresalté. Ésa era una voz real, diciendo mi nombre real.

Cuando volví a mirar el hielo, la chica se había ido. Pero mi nombre se escuchó de nuevo, más cerca esta vez.

—¿Aurelia?

Me alejé rápidamente del estanque helado deseando que todavía pudiera invocar el hechizo de invisibilidad en el que solía confiar tanto. En cambio, me vi obligada a conformarme con verlo a él a lo lejos. Quien me llamaba cabalgaba a través de los árboles, con las mejillas enrojecidas a causa del frío y su cabello blanco ondeando sobre la parte superior de su turbante de lana.

Castillion.

Estaba a menos de seis metros de mí, pero el sonido del viento era muy fuerte y, sin la capa roja para delatarme, logré mezclarme con el entorno bastante bien.

Vete, pensé. Pero sólo se acercó más; su aliento salía de su boca en nubes pálidas. Se veía fatigado.

Mientras yo lo observaba tropezó con una raíz escondida debajo de la nieve y cayó de rodillas. Maldijo y esperó un largo rato antes de obligarse a ponerse de pie. No quería lidiar con él, pero tampoco deseaba que vagara por la nieve para siempre. Parecía cruel quedarme al margen mientras él se esforzaba. Entonces, suspirando, salí de mi escondite para dejarme ver.

Me miró fijamente con la boca abierta; para él, me había materializado de la nada.

—¿Aurelia? —preguntó. Luego me *abrazó*—. Gracias a las estrellas.

Me quedé inmóvil, rígida e incómoda, hasta que él dio un paso atrás.

—No deberías haber venido tras de mí —dije—. Y, definitivamente, no deberías haber venido tras de mí *solo*. ¿Dónde están tus guardias, tus soldados? Casi me siento insultada de que no hayas traído un ejército contigo.

—Todavía están en el fuerte —dijo—. Cuantas menos personas sepan que estás aquí, mejor. Por favor, Aurelia, regresa conmigo, ahora mismo. Estarás a salvo detrás de los muros del fuerte.

—¿A salvo? —me burlé—. ¿Qué diablos puede hacerme daño? Gracias por la preocupación, pero ahora voy a seguir mi propio camino.

—Por las estrellas —maldijo Castillion, sus ojos giraron hacia el cielo con exasperación—. Incluso si ese informe es cierto, y Conrad está vivo… ¿te has detenido a pensar por un momento que el Círculo podría *querer* que vayas tras él? ¿Que podrían estarlo usando como carnada?

—Conrad lo es todo para mí. Lo único bueno que tengo… Yo… —tragué saliva y me recompuse—. Él es mi única familia.

—Él no es lo único bueno que queda en tu mundo, Aurelia —replicó Castillion en voz baja—. Tampoco tiene que ser tu única familia…

—¿Y qué puedes saber tú sobre eso? —estallé—. No tienes familia. Ni amigos. Sólo sirvientes, rehenes y súbditos.

—Eso es cierto —dijo—. No me quedan parientes consanguíneos, pero eso no significa que no entienda qué es la familia. Respeto y honro tu devoción por tu hermano, en verdad. Pero si supieras lo que estaba en juego... —volteó hacia el otro lado, su perfil se convirtió en una silueta oscura contra la luz blanca de la luna, que se desplazaba en largos y cambiantes rayos a través del prado nevado.

—Si no sé lo que está en juego es porque tú has elegido no decírmelo. ¿Hay algo que deba saber?

Se quedó quieto y en silencio, como si estuviera haciendo equilibrio sobre una delgada cuerda y un paso en falso pudiera significar una caída terrible.

Perdí la paciencia.

—Vuelve a casa, Castillion.

Desafortunadamente, Castillion era tan bueno siguiendo órdenes como yo. Cuando regresé al campamento con él a la zaga, Nathaniel estaba despierto y temblando junto al deprimente fuego.

—Parece que atrapaste algo después de todo —dijo. Pero a pesar de la ligereza de su voz, pude notar la preocupación que arrugaba su frente.

—No se preocupe, teniente Gardner —dijo Castillion—. No se encuentra en problemas por haberse fugado con ella. Si hubiera sabido que Aurelia se marchaba, yo mismo habría insistido en que usted la acompañara.

Lo ignoré y me arrodillé para despellejar el conejo, pero Castillion dijo:

—Detente, por favor. También podrías intentar comerte tus propios zapatos. Toma —fue a la alforja que cargaba su caballo y comenzó a descargarla: carne salada, queso, pan—. Traje algo de comida real.

Nathaniel aceptó la ofrenda, agradecido; era la primera comida decente que había tenido en días. Castillion alimentó también a nuestros caballos.

—No llegaremos a Morais si se mueren de hambre.

—¿*Llegaremos*? ¿*Nosotros*? —pregunté levantando una ceja.

—Si insistes en ir, yo insisto en acompañarte —dijo Castillion—. Si seguimos esa cresta de allí haremos menos de medio día hasta Morais —la señaló—. Y eso es sólo porque la nieve y los caballos cansados nos harán avanzar lento.

—Creo que él tiene razón —dijo Nathaniel—. Nunca antes lo había hecho desde esta dirección, pero parece la cordillera de Morais.

—¿Ves? —dijo Castillion—. Ya estoy demostrando ser útil.

Tomé una respiración profunda y la dejé salir lentamente.

—Bien —dije—. Puedes venir. Pero sólo porque trajiste comida.

✳

Para media tarde, ya habíamos alcanzado la cresta. Pero donde una vez hubo un estrecho valle entre dos picos, ahora había un bloqueo de rocas y escombros de la altura de un hombre. Las dos montañas que lo flanqueaban tenían profundas cicatrices en los lugares de las explosiones. Nuestros caballos comenzaron a avanzar de forma irregular.

—Escuchen —dije—. ¿Oyen eso?

—Yo… no oigo nada —dijo Nathaniel.

—Exacto: aquí no hay nada. No hay vida. No hay pájaros en los árboles, no hay insectos en el suelo debajo de la nieve, sólo… *nada*.

Castillion parecía inquieto y se frotó distraídamente el hombro izquierdo, justo por encima del corazón.

—Bueno —dijo después de un minuto—. Terminemos con esto.

—¿Cómo? —preguntó Nathaniel—. Está completamente bloqueado.

—¿Ven eso? —dijo Castillion señalando la nieve—. Huellas. Y no las nuestras. Alguien viene y va de aquí. Sólo tenemos que seguir su ejemplo.

Tenía razón... otra vez. Había un túnel a través de los escombros y lo seguimos, plenamente conscientes del precario estado de los escombros sobre nuestras cabezas. La sensación de opresión, sin embargo, de estar confinado en un espacio estrecho con la masa de una montaña encima, no disminuyó después de que cruzamos el pasaje y salimos al territorio del otro lado. En todo caso, se volvió más pesado, como si el aire estuviera cargado de desaliento.

Habíamos dejado nuestros caballos atados a los árboles del otro lado del bloqueo, por lo que nos vimos obligados a recorrer a pie el resto del camino hacia Morais. Fue lo mejor; los caballos habrían enloquecido en este lugar. Incluso el amorfo Gris, donde el tiempo perdía significado y todo sucedía a la vez, se sentía más real que el territorio dentro de la Zona de la Medianoche.

Un hollín solidificado y asfixiante teñía todo el valle de un lúgubre tono monocromático; el rico color de los árboles, los campos, los ríos y el cielo se había desvanecido. El olor acre de la ceniza y el azufre era tan intenso que se podía saborear.

La boca de Castillion se contrajo, acompañada por un ceño fruncido.

—Sabía que estarían mal las cosas en la Zona de la Medianoche —dijo al fin—. Pero no esperaba esto.

—Vamos —dije, finalmente—. No podemos quedarnos aquí y mirar. Tenemos cosas que hacer.

—Por aquí —dijo Nathaniel, y lo seguimos en silencio.

★

La mansión Morais quizás había sido hermosa en algún momento. La habían construido con piedra arenisca rosa, con senderos adosados alrededor de una larga y elegante piscina de agua turquesa. Podía imaginar fácilmente a Kate de niña aquí, saltando de piedra en piedra, con los ojos encendidos por la alegría y el ondulado cabello que flotaba como un estandarte detrás de ella.

Pero, como Kate, esa versión de la mansión vivía sólo en el pasado. La piscina era un desastre hundido de lodo pardo; los azulejos brillantes de los pasillos exteriores estaban rotos y cubiertos de mugre. Las ventanas estaban casi opacas por el hollín, y el moho había comenzado a deslizarse por las paredes de yeso como si fuera lepra. Y desde todos lados, me sentía bombardeada por los últimos jadeos enfermizos de la magia de sangre vieja e involuntaria. Gente había muerto aquí. Mucha gente.

Miré a escondidas a Nathaniel, quien observaba todo con una inexpresividad estoica que me hizo arrepentirme de haberlo traído conmigo. Cuando le pedí que viniera, estaba feliz de saber que mi hermano podría estar vivo. Ver Morais así sofocó cualquier noción de que lo mismo podría decirse de Ella. Había resultado algo cruel mi comportamiento: había eliminado una incertidumbre amorfa para reemplazarla con una realidad espantosa.

Entramos. Al final del segundo piso, Nathaniel tomó las manijas de hierro de una puerta doble.

—Ésta era la suite de los padres de Kate —dijo cuando la puerta se abrió—. Instalaron la habitación de Ella en el otro lado, para que su abuela pudiera tenerla cerca.

El olor que nos recibió fue horrible; un hedor a podredumbre magnificado por el espacio cerrado. Nathaniel entró primero, pero lo agarré de la manga de la camisa.

—Puedo entrar y mirar —le dije—. No tienes que...

—*Sí* tengo... —replicó en voz baja.

No me atreví a contradecirlo.

La primera habitación era una antecámara, y por todo el suelo había signos de lucha: jarrones rotos, muebles volcados, marcas de que habían arrastrado algo en la ornamentada alfombra. Pasé un espejo dorado que estaba roto en una docena de fragmentos radiantes. Había sangre en el vidrio en el punto de impacto central; casi podía escuchar el sonido de una cabeza estrellándose contra él.

—Alguien fue asesinado aquí —dijo Castillion, señalando una mancha oscura en el papel tapiz de filigrana—. Y luego el cuerpo fue arrastrado... —entró en el dormitorio, donde había una cama con dosel en el centro de la habitación, envuelta en un dosel cerrado de sedas carcomidas por las polillas— hasta aquí.

Nathaniel tragó saliva, tomó el cordón y tiró de él mano sobre mano. Las cortinas se abrieron lentamente crujiendo por el riel.

—Estrellas sangrantes —exclamé, con los nudillos en la boca. Dos esqueletos yacían uno al lado del otro en la cama. Su carne se había licuado y se había separado del hueso dejando manchas aceitosas en las sábanas de seda sobre las que yacían. Nathaniel levantó con cuidado la mano del esqueleto de la derecha y liberó un pesado sello de plata de los huesos meñiques.

—El padre de Kate —dijo en voz baja—. El barón Antunes Morais. Y su madre, la baronesa Juliana Morais.

—Empírea los guarde, Antunes y Juliana —murmuró Castillion con solemnidad. Nathaniel guardó el sello en su bolsillo y volteó la mirada hacia la puerta lateral, ligeramente entreabierta, que todos habíamos intentado con tanto esfuerzo no ver: la entrada a la habitación de Ella.

Tomé la mano de Nathaniel y la apreté.

—Lo que sea que encontremos allí —dije en voz baja—, estoy aquí para ti.

Me devolvió un breve asentimiento, y luego su mano se deslizó fuera de la mía mientras daba dos pasos al frente. Luego tres. Cuatro. Puso ambas manos contra la puerta y le dio un suave empujón.

A diferencia del dormitorio principal, el cuarto de la niña estaba en perfecto orden. Una pequeña réplica del tamaño de una casa de muñecas de la mansión Morais estaba sobre una mesa junto a la puerta, la fachada delantera descansaba abierta sobre sus bisagras revelando el interior de la casa con perfecto detalle. Había pequeñas figuritas esparcidas por todas partes, ocupadas en sus actividades diarias: cocineros en la cocina, lavanderas inclinadas sobre las tablas de lavar y mayordomos examinando las despensas. Una niña pequeña con coletas estaba parada con un muñeco de mamá y papá, representando a Kate con sus padres.

Una pintura al óleo de Kate cuando era joven, quizá de diecisiete o dieciocho años, colgaba en la pared trasera. Ella estaba sonriendo, radiante, con una flor amarilla metida en su cabello ondulado y las manos cruzadas sobre su regazo. Al lado había un retrato de otra niña: una bebé con mejillas regordetas y rizos negros que sobresalían debajo de un gorro blanco. Ella tenía el cabello de Nathaniel y una hermosa piel morena, pero se parecía a Kate en todos los demás aspectos, incluidos los hoyuelos en sus mejillas. Sus ojos eran de color gris plateado, un tono que habían adquirido cuando, recién nacida, recibió de mí gotas de poción de hoja de sangre.

Nathaniel permaneció mirando los retratos durante mucho tiempo antes de que pudiera dirigirse hacia la cuna silenciosa, adornada con encaje y custodiada por animales lanudos en forma de conejos, osos, elefantes y leones.

Contuve la respiración cuando se inclinó y miró dentro.

—Está vacía —dijo al fin, su voz apenas audible—. No está aquí.

Me acerqué detrás de él para buscar yo también y, en efecto, había una suave marca en las sábanas donde una vez había dormido una niña, pero la niña no estaba.

No sabía si alegrarme o desesperarme. ¡No estaba aquí! Pero si no estaba aquí, ¿dónde estaba?

Escuché un ruido detrás de mí y me giré para ver a Castillion trepar sobre la mesa para alcanzar las dos pinturas. Las retiró de su lugar en la pared y luego bajó para dejarlas en el suelo. Sacó un cuchillo de su bota y cortó a lo largo de los bordes de los marcos hasta que los lienzos se soltaron. Luego los enrolló y, sin decir palabra, los entregó a Nathaniel.

ANTES

CONRAD

La mañana después de su inconcluso rito de fortaleza con el Círculo de la Medianoche, la bandeja del desayuno de Conrad fue entregada con algo extra: un paquete que contenía una túnica púrpura y una carta sellada con una marca parecida a la luna del Círculo de la Medianoche. Decía:

Estimado amigo Conrad,

Anoche le dije que Empírea tiene planes maravillosos para usted. Esta noche, me gustaría brindarle un primer vistazo de cuáles podrían ser esos planes. Reúnase conmigo al anochecer en el Camino Norte, en las afueras de la ciudad, para la segunda parte de su iniciación en nuestras filas.

No le cuente a nadie sobre sus planes; como con todo trabajo justo, habrá quienes se opondrán a su elección de unirse a nosotros.

Después de que haya leído esta nota, quémela.

Su amigo y compañero,

Fidelis Decimocuarto

Había una vela en la mesa a su lado. Mientras bajaba la esquina del papel a la llama escuchó una voz.

—Conrad, no lo haga.

La carta ardió y, cuando la arrojó a la chimenea, *ella* lo observó desde el otro lado de la cama, junto a la puerta. La chica de las pieles... Debía haberse colado por la puerta cuando el mensajero le trajo la carta. Sabía, instintivamente, que ésta no era la primera vez que sus caminos se cruzaban, incluso si esos recuerdos eran tan vagos que parecían más sueños medio olvidados que verdaderos recuerdos.

—No vaya con ellos —dijo, más presente—. Esto ya no es un juego. Nada demuestra al seguir sus planes.

Conrad se acercó lentamente a las ventanas. ¿No acababa de decir Fidelis que si alguien sabía de su relación con el Círculo de la Medianoche, intentarían detenerlo?

—No deberías estar en mis aposentos —dijo él—. Mis guardias están justo afuera de la puerta.

—No quiero hacerle daño —dijo la chica—. Es el Círculo del que debe tener cuidado.

—Si no quieres hacerme daño —exigió Conrad—, ¿por qué te escondes en las sombras? Ven aquí. Muéstrame la cara.

—Si usted ve mi cara —dijo—, *él* verá mi cara y yo no... no puedo... —hizo una pausa—. Usted ya sabe esto, Conrad. Hemos hablado antes. Está todo registrado aquí —ella se movió a un cierto lugar en el piso, donde una de las tablas estaba un poco suelta.

Mientras lo hacía, Conrad abrió las cortinas, inundando la habitación con un sol cegador.

Ella dejó escapar un grito y se cubrió el rostro con las manos mientras se estremecía y se alejaba de la luz reveladora, sólo para tropezar con la bandeja de desayuno y tirarla al suelo.

La puerta se abrió de golpe con el sonido, y Hector y Pomeroy se lanzaron al interior para ver qué ocurría. Pomeroy la arrastró por la parte trasera de su extraña capa, retorciendo sus brazos detrás de ella. Trató de jalar su capucha, pero ella se dobló, gruñó y se retorció en su agarre; era lo único que podía hacer para aferrarse a su capa.

—¿Qué debemos hacer con… esto? —preguntó Pomeroy.

—Llévenla al calabozo —dijo Conrad, luchando por parecer autoritario. Él la habría dejado ir, pero ahora que sus guardias estaban involucrados…—. Déjenla pasar allí un día o dos. Después de eso veremos si recibe un juicio adecuado…

—Pero señor —argumentó Hector—, ¡usted acaba de ser atacado en su propia habitación! Ésa es una ofensa imperdonable. Según la antigua ley del Tribunal, el castigo debe cumplirse de inmediato.

—Ella se verá sometida a un juicio y, con el tiempo, un castigo apropiado —Conrad pensó que si posponía el "juicio" lo suficiente podría liberarla sin aspavientos más adelante; en este momento, sólo necesitaba una razón para quitarse a todos de encima. Tenía la sensación de que pasara lo que pasara con el Círculo de la Medianoche esta noche, esto lo convencería de su legitimidad o le proporcionaría las pruebas suficientes de traición para pedir el desmantelamiento de toda su operación—. Por ahora llévenla al calabozo. Y luego deben ir con Pelton por una moneda de oro extra cada uno. Tómense el resto del día libre, los dos. Lo merecen. Junto con mi agradecimiento por su valentía.

—Vamos, entonces, mestiza —dijo Pomeroy, con una sonrisa de oreja a oreja.

Conrad reprimió un escalofrío cuando sus guardias la arrastraron hacia el pasillo, donde una de las doncellas del castillo llevaba un fardo de leña a otra habitación. Miró a los hombres y a su presa en apuros, boquiabierta, y luego de nuevo a Conrad, sólo una fugaz visión del niño-rey mientras desaparecía detrás de la puerta de su cámara.

★

Por el tenor de la nota de Fidelis y la orden de encontrarse fuera de la ciudad, Conrad asumió que sería más que una simple reunión nocturna informal y comenzó a reunir algunos artículos que podría necesitar para una aventura nocturna. Mientras estaba empacando, encontró el mensaje en su chaqueta. *Hay una tabla suelta a dos pasos a la izquierda de la chimenea. Mira debajo.*

Después de leer todas sus notas reflexionó sobre las advertencias de la niña y sintió otra punzada de culpa, más aguda esta vez, por haber hecho que Hector y Pomeroy la encerraran en el calabozo, tan húmedo y horrible como era.

Tal vez ella tenía razón: era peligroso jugar este juego, tanto consigo mismo como con el Círculo. Pero ¿qué pasaría si terminaba con todo ahora e ignoraba las invitaciones del hermano Fidelis? Si continuaba, al menos podría observar lo que estaba pasando dentro de la organización, además de satisfacer su propia curiosidad. Y… admiraba a Fidelis. No tenía título, ni riquezas, ni ningún otro derecho a la autoridad, pero cuando hablaba, la gente *escuchaba*. Conrad ni siquiera había conocido a su propio padre. Nunca había tenido la oportunidad de observar o emular al rey que había regido antes que él. Tal vez ésta era la siguiente mejor cosa.

Antes de permitir que el encaje de escarcha borrara los sucesos del día de su memoria, agregó otra nota a la pila:

Primus 5, 1621: Te encontraste con la chica de la capa de pieles en tu habitación hoy. Hector y Pomeroy la mantendrán fuera del camino hasta que puedas salir del castillo y llegar a la cita con Fidelis en el Camino Norte.

Estás llegando cada vez más lejos, pero tú tienes el control.

Aurelia estaría orgullosa.

Como precaución, sacó todo lo que había guardado en el espacio debajo de la tabla del piso y enrolló las notas alrededor del frasco de encaje de escarcha antes de esconder todo dentro de la caja del rompecabezas que Aurelia le había regalado un año antes. Mejor tener eso con él, en caso de que algo saliera mal. Eran sus recuerdos, después de todo. Guardó la caja junto a sus otras cosas y esperó hasta el anochecer, cuando perpetraría su escapada.

★

Fidelis lo esperaba en un carruaje en el lado norte de la ciudad.

—Siento llegar tarde —resopló Conrad—. Como querías que viniera solo, tuve que caminar.

—No importa —dijo el hermano Fidelis con voz suave—. Estoy feliz de verlo. Veo que recibió mi regalo.

—Lo recibí —dijo Conrad, tirando de la capa púrpura—. Y espero con ansias lo que sea que tengas planeado para la reunión de esta noche.

—Esto —dijo el hermano Fidelis, sonriendo— es más que una simple reunión. Es una demostración de nuestra devoción por Empírea, y una obra de su poder a través de nosotros —golpeó su bastón contra el techo del carruaje y, en respuesta, éste se puso en movimiento con un crujido—. Es el comienzo de algo maravilloso.

Siguieron el río hacia el noreste durante una hora, distancia suficiente para que Conrad comenzara a retorcerse pensando cuánto tardaría en regresar antes de que alguien se percatara de su ausencia, pero Fidelis llenó el tiempo con divertidas historias de Fidelis Primero, fundador del Círculo de la Medianoche.

—Vivió unos cientos de años después del inicio de la Asamblea —explicó—. Era un mago dotado de la magia más poderosa e increíble: la capacidad de escuchar la voz de Empírea.

—Busqué escritos sobre él en toda la biblioteca del castillo —dijo Conrad—, pero no encontré nada.

—¿Ya está tratando de sumergirse en las enseñanzas de nuestro profeta? —preguntó Fidelis con aprobación—. Buen chico. Pero no, no lo encontrará en ningún archivo o biblioteca. Sólo quedan unas pocas copias de los Papeles de la Medianoche. Nosotros, como grupo, sólo tenemos una. Y el original hace tiempo que se ha perdido.

—Me encantaría leerlo alguna vez. Estoy muy interesado en sus profecías —dijo Conrad—. Especialmente, las que se refieren al fin del mundo.

—El fin de *un* mundo —corrigió Fidelis—, en favor de otro mejor. Un mundo libre de todas las debilidades y defectos de la humanidad. Fue por esta causa que se creó el Círculo, y por lo que todavía nos esforzamos. Saque todas las demás distracciones de su mente, amigo Conrad. Porque esta noche realmente verá y comprenderá el gran trabajo que Empírea tiene reservado para usted.

La luna estaba alta en el cielo cuando, por fin, llegaron a su destino al pie de la presa. Dejaron su carruaje en la base y subieron caminando los empinados senderos. Cuando llegaron a la cima, fueron recibidos por otros veinte o treinta miembros del Círculo de la Medianoche, que estaban sentados alrededor de un enorme símbolo con forma de nudo que al principio parecía estar pintado en la piedra. Pero cuando Conrad se acercó vio que no era pintura, sino líneas de pólvora negra.

—¡Bienvenido, amigo! —Conrad fue recibido por una mujer, miembro del Círculo de la Medianoche que estrechó su mano y dijo—: Mi nombre es Eustacia, primera decana de la cuarta facción. Estamos muy contentos de que haya decidido unirse a nosotros en esta maravillosa ocasión. Sabemos qué es lo que ha dejado atrás. Empírea reconoce su sacrificio y lo recordará y lo recompensará cien a uno en el mundo renacido.

—Entonces, ¿sabes quién soy? —preguntó Conrad con curiosidad.

—Sabemos quién *era* —dijo enfatizando la última palabra—. Ahora eres como todos nosotros: un amigo. Igual que el resto de los devotos de Empírea, y trascendido muy por encima del resto de la humanidad.

Eustacia lo condujo a un círculo de otros miembros del Círculo de la Medianoche justo fuera del nudo de pólvora negra. Saludó a los demás a medida que avanzaban y le explicó a Conrad quiénes eran.

—Allí —dijo—, verás al amigo Junius comenzando a reunir a los miembros de la segunda facción alrededor del nudo sagrado para realizar el hechizo.

—¿Son magos fieros? —preguntó Conrad.

—Oh, aquí no usamos esos términos de la Asamblea —dijo—. Pero sí, en la segunda facción están aquellos de nosotros que poseen los dones de la magia de patrones. La tercera facción está formada por quienes poseen magia mortal, lo que quizás hayas oído llamar como magia de sangre —resopló, como si encontrara el término reprobable—. No tenemos muchos, la tercera facción es la más pequeña.

—Entonces, la primera facción... ¿es de altos magos?

—Magia mental —corrigió ella—, aquellos que tienen percepciones extrasensoriales.

—¿Y cuál es la cuarta? —preguntó Conrad—. Dijiste que tú eras parte de la cuarta facción.

—La cuarta facción —dijo ella— es la más grande. Y se conforma por aquellos de nosotros que no poseemos ningún poder extraordinario fuera de nuestro gran amor y devoción por Empírea —sonrió, con la mano en su medallón de bronce.

Así debía ser como se diferenciaban unos de otros, reflexionó Conrad, cuando todos vestían la misma túnica y usaban el cabello corto. Bronce para la cuarta facción, cobre para la tercera, plata para la segunda y oro para la primera. Fidelis, líder de todos, lucía un medallón de platino.

—Serás una maravillosa incorporación a las filas de nuestra cuarta facción, amigo Conrad —dijo Eustacia, dándole palmaditas en el hombro de una manera cálida y maternal—. ¡Mira! ¡Los benditos eventos de esta noche están por comenzar!

Doce miembros de la segunda facción, magos fieros, notó mentalmente Conrad, sólo discernibles por el hecho de que sus medallones eran de plata, tomaron sus lugares alrededor del patrón de polvo negro en la roca. Muy por debajo de donde se encontraban en la parte superior de la presa, el río corría a su ritmo normal. La presa se cernía sobre el valle, con el depósito a toda su capacidad detrás. A lo lejos, Conrad pensó que podía ver el resplandor de Syric.

—¿Cómo verá la ciudad la manifestación tan lejos? —preguntó Conrad, desconcertado.

—No te preocupes, mi joven amigo —dijo Eustacia—. La verán. Y conocerán el alcance total de nuestro poder.

Cada miembro de la segunda facción colocó ahora una piedra a sus pies a intervalos iguales alrededor del círculo exterior del nudo. Las rocas eran en su mayoría claras, pero brillaban débilmente de color azul. Conrad sabía lo que eran: luneocitas. Luego, todos los miembros del Círculo de la Medianoche de la segunda facción juntaron sus manos y comenzaron un zumbido bajo. En el mismo momento, empezaron a agitar sus brazos en el espacio frente a ellos, dibujando bucles y remolinos perfectamente sincronizados en el aire.

La luz de las piedras parecía ser arrastrada por sus movimientos dejando rastros de un azul suave. Los zumbidos se hicieron más fuertes pasando de un leve sonido a una vibración que Conrad podía sentir en el pecho. El ligero movimiento se volvió más elaborado e iba involucrando cada parte del cuerpo de los miembros del Círculo, como un baile.

Y lenta, lentamente, la luz de la luneocita comenzó a filtrarse a través de las líneas de la negra pólvora, provocando que emitiera chispas azules.

—¡Eso es! —Eustacia se acercó a su oído para que pudiera oírla por encima del zumbido, que rápidamente hizo vibrar hasta las piedras bajo sus pies.

Había pensado que esto era sólo una demostración, una exhibición llamativa con el fin de atraer a nuevos reclutas, como él, a la causa. Pero cuando la tierra comenzó a temblar bajo sus pies, comprendió la enormidad de lo que estaba sucediendo.

El Círculo de la Medianoche no estaba esperando las señales del regreso de Empírea... las estaba provocando.

No temió por él, ni siquiera cuando las rocas temblaron, estaba claro que el hechizo del Círculo de la Medianoche no permitiría que el suelo sobre el que estaban parados se partiera. Todo era por la ciudad que había dejado atrás.

Eustacia observaba cómo iba tomando forma el hechizo con una alegría ardiente. Al otro lado del nudo, Fidelis contemplaba el cielo como presa de un éxtasis dichoso. El zumbido se convirtió en un rugido, y el suelo retumbó mientras se agitaba. Un terremoto. La luz azul había llegado al centro del patrón de pólvora negra, y ahora las venas azules surcaban la piedra, hacia la presa.

Estrellas misericordiosas, pensó Conrad. Estaba congelado en su lugar.

Cuando la luz llegó a la presa desencadenó una serie de explosiones que se sumaron a la cacofonía del terremoto. Pedazos de roca se astillaron y llovieron fragmentos como lanzas, seguidos por torrentes cilíndricos de agua. Uno tras otro, tras otro.

Y entonces, la presa entera cedió.

Los miembros del Círculo de la Medianoche terminaron su hechizo y corrieron hacia la cornisa, gritando y vitoreando con su regocijo eufórico e impío.

Conrad se quedó inmóvil. A su lado, Eustacia comenzó a entonar un pasaje de lo que debía ser una profecía de los Papeles de la Medianoche.

Y entonces, yo se los digo, la tierra temblará,
y los pecadores dormidos se asfixiarán y se ahogarán.
Mientras la sal y la nieve se encuentran
y derriban la poderosa ciudad.

Conrad comprendió lenta y dolorosamente: la sal era el océano, que se elevaba en una ola destructiva después del terremoto, y la nieve era el agua derretida retenida por la presa.

Fijada entre los dos estaba la ciudad capital de Renalt, Syric.

Él había permitido que esto sucediera. ¿Y para qué? Si había razones para su participación en esto, además de la curiosidad y la arrogancia, estaban demasiado enterradas en su subconsciente para alcanzarlas.

Fidelis se había acercado a él por detrás y puso la mano en su hombro.

—Éste es tu rito de fortaleza, amigo Conrad. Estás, sin duda, bastante dolido y asustado de ver que esta ciudad terminara de esa manera. Pero debes recuperar tu fortaleza y consolarte sabiendo que todo se hace de acuerdo con la voluntad de Empírea, y que las vidas perdidas esta noche están en sus manos.

Conrad asintió, pero no podía hablar. Ni siquiera podía orar. ¿Qué sentido tenía pedir a Empírea su bendición cuando Fidelis había dejado muy claro que se trataba de la promulgación de su implacable voluntad divina?

Abandonado tanto por la diosa como por el rey, el pueblo de Syric moriría doblemente traicionado.

23

ANTES

KELLAN

—¿Te vas? —preguntó Kellan, mientras Ivan arrastraba un baúl por el suelo de la taberna hacia la puerta principal abierta. Afuera, un carruaje marcado con la insignia del Juglar Intrigante esperaba, con la esposa de Ivan y su hija sentadas en su interior.

—Sí —dijo Ivan, limpiándose el sudor de la frente al colocar el baúl en la parte trasera del carruaje—. Hemos recibido la orden de Empírea para difundir el mensaje del Círculo de la Medianoche —su cabello estaba pegado a su frente, su camisa casi empapada. Sus manos, cuando cerró la puerta del coche y le echó el pestillo, estaban pálidas y temblorosas—. Hemos escuchado su llamado y estamos respondiendo.

—Ivan —dijo Kellan con cautela—. No te ves bien.

—Son mis pecados —dijo, con una sonrisa de ojos vidriosos—. Estoy mostrando fortaleza mientras son purgados de mí. Pronto seré tan puro como la mismísima Empírea. Puedo contarle más si quiere saber…

Kellan se hizo a un lado.

—¿Por cuánto tiempo te irás?

—No estoy seguro —dijo Ivan—. Pero puede quedarse aquí todo el tiempo que necesite, no es necesario pagar. He superado el deseo de bienes mundanos —extendió su mano de aspecto sudoroso para un apretón de manos de despedida.

Kellan lo miró, con los brazos cruzados.

—Que Empírea te guarde.

En ese momento, una chica vino corriendo hacia la taberna, aterrorizada y con los ojos muy abiertos.

—¡Mi señor! —dijo sin aliento—. ¡Mi señor! ¡La tienen! La tienen y no sé qué le harán.

Ivan subió al asiento del conductor y tiró de las riendas. El carruaje se alejó mientras Kellan sujetaba a Cora por los hombros.

—Tranquilízate. ¿Qué pasó?

—Atraparon a Millie —dijo ella, y entonces las palabras salieron a borbotones—. La encontraron en el dormitorio del rey Conrad esta mañana. Dijeron que ella lo iba a atacar, y él les dijo que la encerraran en el calabozo. Esperé hasta terminar mis tareas y bajé para llevarle algo de comer y hablar con ella, pero cuando llegué, ya la estaban sacando. Y las cosas que decían, mi señor… eran horribles.

—Toma un respiro —dijo Kellan—. ¿Quién la estaba sacando?

—Los guardias del rey —dijo Cora—. Hector y Pomeroy. Se reían y decían que, según la ley, un atentado contra la vida del rey exigía una sentencia inmediata de muerte. Dijeron: "Se podrá decir lo que quieras sobre el Tribunal, pero ellos sabían cómo tratar a las brujas". Y luego rieron más y hablaron sobre cuánto les pagarían por llevarla a alguien… No recuerdo el nombre exactamente. ¿Milton? ¿Morton…?

—¿Malcolm? —preguntó Kellan con tono sombrío.

—¡Sí! ¡Eso es! Malcolm. Malcolm les va a pagar, dijeron. Primero fui a los aposentos del rey para advertirle sobre lo que estaban haciendo, porque él les había dicho que la encarcelaran, no que la lastimaran, pero no respondió. ¡Señor, estoy tan asustada! ¿Qué le harán?

—Creo que puedo imaginarlo —dijo Kellan. Fue por su capa—. Tú deberías regresar al...

—No —dijo Cora—. ¡Ya se lo dije, Millie es mi amiga! Iré con usted.

—Entonces, no tenemos tiempo que perder.

★

Era otra gran noche en la arena, pero esta vez Kellan no esperó en la fila. En cambio, dio la vuelta hasta la parte trasera del callejón, con Cora corriendo sobre sus talones. La puerta de los combatientes estaba cerrada y bloqueada por la noche, pero Kellan no dejaría que eso lo detuviera.

—Atrás —le advirtió a Cora, antes de patearla para convertirla en una lluvia de astillas.

Mientras que la parte superior de la arena se había construido para los servicios: la parte inferior se había construido para el ejercicio de su función: aquí era donde las brujas estaban encerradas en lo que esperaban su juicio, en celdas estrechas que se alineaban a ambos lados de un salón oscuro y lúgubre. Cuando Kellan estaba peleando, las celdas estaban vacías. Ahora estaban ocupadas. Había un águila en una, un toro en otra. Luego un oso y un lobo. El perro que había peleado con el Mastín estaba en la penúltima jaula. La armadura obscena había sido eliminada, haciendo claramente visibles los furiosos cortes rojos que se entrecruzaban en su piel.

El labio superior de Kellan se plegó con disgusto.

Al final del pasillo, uno de los hombres de Malcolm los vio.

—¡Hey! —gritó—. ¡Se supone que no deberías regresar!

Estaba a punto de desenvainar una espada cuando Kellan se agachó, y barriendo con el pie golpeó los del hombre. Luego rodó, envolvió el brazo alrededor de su cuello y apretó hasta que su oponente quedó inerte en sus brazos.

El movimiento nunca le había fallado.

En el piso de la arena, Malcolm estaba comenzando su discurso de apertura.

—El rey mismo nos entregó a la próxima e inusual contendiente, una mujer como ninguna otra, con la orden de que ningún hombre le levante la mano —sonrió y levantó los brazos hacia la multitud—. Y así, ningún hombre lo hará. Esta noche, todos seremos testigos de una espectacular exhibición de monstruo contra monstruo. ¡De bestia contra bestia!

La multitud se quedó sin aliento cuando una de las puertas de los calabozos se abrió y un soldado, Hector, condujo a una extraña criatura cubierta con mil pedazos diferentes de piel y cuero a la arena con una cuerda atada alrededor de manos y cuello.

Las manos y cuello de *Millie*, no de una extraña criatura, se corrigió Kellan. Sabía que debajo de esa capa estaba la chica a la que Cora había llamado Millie. La chica que se escondía en las sombras del castillo y hacía tareas para otras sirvientas a cambio de un poco de comida. La chica que había aparecido en el baile de disfraces de Conrad vestida como el sol.

—¡Espera! —gritó Kellan, pero el sonido fue ahogado por el rugido de la audiencia.

—¡Y ahora, aquí viene el competidor! —gritó Malcolm.

Una criatura monstruosa emergió con un rugido espeluznante. Un enorme león que había sido equipado con alas de plumas dentadas de metal y guanteletes que convertían sus grandes patas en garras como guadañas. Debajo de los lívidos ojos ámbar del león, se había colocado una máscara de metal puntiaguda, convirtiendo sus enormes fauces en un pico afilado y mortal.

Ya no era un león, sino una imitación profana de otra bestia más mítica.

Un grifo.

—¡Estrellas sangrantes! —gritó Kellan.

En la arena, la chica se congeló en su lugar mientras el león acorazado rondaba. Las doncellas del estrado garabateaban apresuradamente las apuestas de los clamorosos espectadores, en tanto el león que avanzaba en círculos lanzaba algunos zarpazos rápidos de prueba a la niña, con los dientes chasqueando detrás del pico de metal, azotando sus patas con garras sobre ella. Algunas veces, traía consigo trozos de piel.

Estaba jugando con ella, comprendió Kellan. ¿Cuántas veces ese mismo lugar había sido testigo del derribo metódico de una víctima inocente, tan sólo para repetir esa historia de una forma nueva y literal? La niña pareció entender que su destino era inevitable y, en lugar de intentar defenderse, se quedó totalmente inmóvil, con las manos atadas frente a ella como si rezara en silencio.

En ese momento, Kellan saltó de la barricada de la fila inferior.

Cayó al suelo y rodó. El león se giró para mirarlo con ojos naranjas brillantes, moviendo la cola.

Kellan tomó su espada y echó a correr hacia la chica —Millie—, y luego tuvo que girar fuera del camino de la cuchilla afilada del pico mientras éste se clavaba en tierra.

Esto, pensó, *fue una idea verdaderamente terrible.*

—¡Toma! —gritó alguien: la criada que había intentado que hiciera una apuesta la última vez que vio una pelea arrojó su bandeja de servicio en su dirección.

El disco martillado se quedó corto y rodó. Kellan se lanzó hacia él cuando el león lo embistió, lanzando su espada fuera de su alcance. El pico blindado raspó la mano de metal de Kellan, que arrojó chispas bajo el contacto. Rugió con furia y se levantó sobre sus patas traseras para enseguida golpear el aire con sus patas delanteras.

El animal seguía rugiendo, furioso. Kellan tomó la bandeja con su mano izquierda y logró levantarla sobre su rostro antes de que las garras del león hicieran contacto, al deslizarse a través del delgado metal como si fuera papel.

¿Esto es todo?, se preguntó Kellan. *¿Así voy a terminar?*

Qué apropiado, pensó, *encontrar mi final de esta manera, destrozado por un grifo, el espectro de lo que una vez fui.*

—¡Aquí! —Millie estaba gritando—. ¡Por aquí!

El león se giró hacia su voz dando tiempo a Kellan para arrojar la bandeja hecha trizas a un lado y volver a ponerse en pie. El león se dirigía hacia la chica, que ahora estaba retrocediendo.

Tenía que interponerse entre ellos. Era la única opción.

Corrió con toda su fuerza hacia delante, apuntando al espacio entre Millie y el depredador que se había abalanzado; se agachó cuando el león saltó, jaló a la niña hacia abajo y rodaron juntos cuando el animal pasó sobre ellos y se deslizó en sus garras de metal antes de hacer un giro brusco, gruñía y echaba espuma.

Cuando se detuvieron, Kellan estaba acostado sobre su espalda con el cuerpo de Millie estirado sobre él. Podía ver la forma sombría de su rostro dentro de su capucha a contraluz, pero era difícil concentrarse para distinguir sus rasgos, ya que una joya colgante se había soltado de su capa y se balanceaba sobre su cabeza como un péndulo verde brillante.

No tuvo tiempo de considerar esa rareza; el león venía de nuevo hacia ellos, con su cota de malla que chirriaba.

Se pusieron de pie, ambos desarmados.

—¡Desátame las manos! —gritó Millie—. ¡Apresúrate!

Pero era demasiado tarde: el león ya estaba sobre ellos, saltando con ambas garras extendidas.

Estaban acorralados.

Con un rugido gutural de ira, Kellan estiró su mano derecha al frente, mientras chispas hormigueantes salían disparadas de su hombro, a través del límite del guantelete plateado en su codo, y en su muñeca, donde la corriente se rompió en cinco puntos de poder crepitante agrupados en cada uno de sus dedos.

Podía sentirlo. La plata era una parte de él, viva. Despierta. Y cuando el pico de la navaja se estrelló contra su palma de metal, sus dedos plateados comenzaron a estirarse alrededor de la máscara crujiente, doblándola bajo su agarre. Entonces, casi sin querer, sintió que la plata comenzaba a curvarse y afilarse, a convertirse en sus propias garras, que perforaban el metal. Cuando lo tuvo completamente en sus manos jaló la máscara lejos de la cara del león.

El animal bramó y se arrastró hacia atrás cuando las garras de Kellan se retrajeron, dejándolo sobre sus manos y rodillas, jadeante por aire y miraba con estupor su mano derecha, ahora de vuelta a su forma sólida y tosca. Pero algo había cambiado: ahora que la había usado una vez, sabía que podía hacerlo de nuevo.

—¡Mis cuerdas! —volvió a gritar Millie cuando el león se adaptó a la luz sin su máscara y se inclinó para saltar de nuevo.

Kellan se concentró, y la mano se transformó en un puño, luego un cuchillo creció detrás de él, ancho y afilado. Colocó el borde contra las cuerdas en sus muñecas y se deslizó a través de ellas como mantequilla blanda.

Mientras se sacudía las ataduras, el animal voló al frente. Kellan extendió su mano derecha deseando que tomara la forma de una espada. De un solo golpe derribó su ala izquierda, que crujió al desprenderse y se estrelló contra el suelo.

La multitud estaba exaltada, alimentada de la energía del espectáculo. Algunas de las barandillas se estaban aflojando ante la presión de la gente que clamaba por una mejor vista. El león, que comenzaba a cansarse de Kellan y Millie, se dio cuenta.

—¡Retrocedan! —Kellan intentó advertirles—. ¡Atrás!

Malcolm, que había vuelto a salir de detrás de la puerta, corrió hacia ellos gritando.

—¿Qué estás haciendo? ¿Sabes cuánto pagué por esa armadura? ¡Fue una fortuna! Tal vez incluso más costosa que el propio león, y tú tan sólo saltas y la arruinas…

El león había reconocido esa voz y ya se precipitaba hacia Malcolm, cuyos ojos se abrieron de par en par cuando perdió el equilibrio y, entonces, se arrastró hacia atrás por la tierra como un cangrejo. El león se abalanzó y mordió la cabeza con su hocico; se escuchó un grito ahogado seguido de un crujido repugnante y un chorro de sangre.

El león arrastraba su presa hacia un lado de la arena cuando la barandilla del nivel medio cedió, enviando a cientos de observadores tierra abajo. El león abandonó el cuerpo mutilado y decapitado, y comenzó a caminar hacia sus abundantes nuevos objetivos. Kellan se sintió impotente; nunca sería capaz de rescatarlos a todos.

En ese momento, vio a Millie parada tranquilamente en medio de la arena, sus manos tejían un complejo patrón en el aire. Y mientras lo hacía, la imagen de ella resplandecía como el sol sobre un techo de hojalata haciéndose más alta y más delgada. Su rostro se alargó hasta convertirse en un hocico afilado y puntiagudo, con cientos de dientes relucientes. Los ojos rasgados del color de los rubíes destacaban contra las escamas esmeralda en expansión. Pronto, se había extendido por encima incluso de los niveles de visualización más altos, a punto de golpear el alero del techo. Entonces abrió la boca como si fuera a gritar, pero en su lugar dejó escapar un torrente de lívido fuego naranja.

La ilusión tuvo un efecto intenso e inmediato, tanto en el león como en los espectadores.

La gente se apresuró a escapar, atropellando a cualquiera que tuviera la desgracia de interponerse entre ellos y las puertas de salida. En cuestión de minutos, la corte del Tribunal se había vaciado y el león se había retirado al corral del que había salido. Se había llevado consigo el cadáver de Malcolm dejando tras de sí un rastro de vísceras y sangre. Kellan tiró de la puerta hacia abajo, la aseguró y luego volteó hacia la niña justo cuando su ilusión comenzaba a vacilar y disminuir, hasta derrumbarse en un montón de piel y cuero destrozados.

Kellan fue a su lado y comenzó a apartar los pedazos de la capa; estaban pegajosos con la sangre de la niña. Ella trató de empujarlo.

—No —rogó la pequeña.

—Estás herida —respondió con su voz de soldado—. Tienes que exponerte para que pueda ver el daño.

—No es nada —dijo, pero su voz estaba tensa a causa del dolor—. He pasado por peo… —la oración se convirtió en un grito de agonía cuando Kellan la ayudó a sentarse, liberó el broche en su cuello, y tiró de la capa entera por la capucha.

Por un segundo, lo único que Kellan pudo hacer fue mirar.

Además de los rasguños amoratados del león, su piel estaba cubierta por un extraño patrón de viejas cicatrices, que zigzagueaban por sus extremidades, debajo de su camisón de lino, a través de su pecho y hasta su mejilla izquierda. No eran cicatrices comunes, eran… *quemaduras*. Pero no eran aquellas marcas lo que lo habían impactado. Eran sus ojos, brillantes y familiares, y el collar con un amuleto de dragón que se posaba sobre su pecho.

Kellan tenía uno a juego debajo de su propia camisa, el emblema de un grifo.

Después de todo, su nombre no era Millie.

Sino *Emilie*.

La chica que había cambiado de lugar con Aurelia la noche de su fuga del Tribunal.

La chica que había sido quemada en la hoguera por su empeño. Mientras el homre la miraba boquiabierto, ambos sintieron un extraño estruendo debajo de ellos.

—Oh, no —susurró Emilie—. Ya comenzó.

Él la levantó en brazos cuidando tanto como le era posible sus heridas. Cora estaba parada en la entrada del bloque de celdas y les hacía señas para que la siguieran. En tanto, un grupo de hombres de Malcolm se acercó a ellos. Reconoció a algunos como sus propios antiguos oponentes: el Oso, el

Raptor, la Serpiente… todos habían desenvainado espadas o blandían amenazadoras cadenas.

Y eso que la regla exigía "no armas".

Un segundo temblor, más intenso que el primero, recorrió la tierra bajo sus pies. ¿Qué estaba pasando? Kellan se tambaleó, pero no cayó. Alcanzó a Cora y corrieron juntos por el sórdido pasillo. El temblor de tierra había inquietado a los animales cautivos que ya graznaban,gruñían y golpeaban contra sus jaulas.

—¿Puedes caminar? —preguntó Kellan a Emilie, y ella asintió.

La posó en el suelo y ella y Cora corrieron por el pasillo mientras Kellan extendía su mano derecha y se concentraba de nuevo. *Cambia*, la invocó. *Cambia*.

Sus perseguidores ya estaban en la entrada del pasillo cuando la mano comenzó a transformarse en un cuchillo. Sin esperar a que se solidificara, Kellan golpeó la cerradura de la primera puerta y la cortó para liberarla. El lobo detrás de ella salió, gruñendo. Pero no a Kellan, sino a los hombres que corrían detrás de él. Kellan se movió a la siguiente jaula y a la siguiente, dejando salir a cada criatura por turno, trataban de ignorar los gritos.

Cuando alcanzó a Emilie y Cora en la salida del callejón, había comenzado una tercera ola de temblores, esta vez tan poderosa que tuvieron que sostenerse de la pared mientras salían tambaleándose de la arena. Las tejas de arcilla se deslizaron del techo y se hicieron añicos en estallidos a sus pies. Fue el más largo de los terremotos. La tierra rugía y retumbaba, furiosa.

—No, no, no —murmuraba Emilie—. Es demasiado tarde. Es demasiado tarde. Se acabó. Fallé.

—¿Qué quieres decir? —exigió Kellan.

Ella recitaba, pero las palabras se sentían muy reales:

—*Y entonces, yo se los digo, la tierra temblará, y los pecadores dormidos se asfixiarán y se ahogarán. Mientras la sal y la nieve se encuentran y derriban la poderosa ciudad.*

Los ojos de Kellan se agrandaron.

—La presa.

Ella asintió.

—Todos vamos a morir, ¿verdad? —preguntó Cora, temblando. Y como nadie respondió, dio media vuelta y echó a correr.

—¡Espera! ¡Cora! —gritó Kellan, pero la chica no se detuvo. Siguió corriendo calle abajo hasta desaparecer. Kellan pasó el brazo de Emilie por encima de su hombro y empezó a jalarla en una carrera.

—Detente —dijo ella con cansancio—. Es inútil. En minutos, toda esta ciudad estará bajo el agua. No hay adónde ir. No podemos hacer nada.

—Todavía no estamos muertos —dijo él. Sus ojos se posaron en la torre del reloj, que se asomaba por encima de los edificios—. Y mientras vivamos, lucharemos.

ANTES

ZAN

Zan y Jessamine tomaron cada uno un remo y avanzaron en su desvencijada lancha contra el tirón de las olas, hacia el amenazante faro apagado. Arriba, los relámpagos entraban y salían de las oscuras nubes de tormenta como una aguja a través de lana gruesa.

A medio camino comenzó a llover. Empapados hasta los huesos, apenas lograban ver más allá de una o dos brazadas con la lluvia cayendo a raudales. Estuvieron a punto de salir disparados cuando chocaron con la primera roca, a lo largo del borde exterior de la isla, y apenas se las arreglaron para permanecer dentro del bote. El agua fuera del faro era un guantelete de implacables arrecifes de bordes afilados, y las tablas de la lancha gemían con cada rasguño y cada golpe.

Zan y Jessamine lucharon por avanzar palmo a palmo. El viento azotaba las olas en un frenesí blanco y espumoso, que rociaba su sal punzante directo en sus ojos. Zan intentó proteger la forma inerte de Lewis del grueso de la embestida, pero sirvió de poco; las olas arremetían por todos lados, aliadas con la lluvia, por encima de ellos, y el mar hambriento, por debajo.

La existencia de Zan se condensó en los momentos entre cada tirón. Uno, levantar, dos, jalar. Uno, levantar, dos, jalar, al tiempo que intentaba no recordar las aguas profundas y oscuras de la bahía de Stiria. La primera vez que se ahogó no había sido una experiencia agradable; no tenía deseos de repetirla.

Con el agua subiendo por sus tobillos y sin esperanza de que un jinete saliera de la niebla para salvarlo esta vez, Zan se entregó a la perspectiva de una tumba de agua. Al menos, razonó, Jessamine no podría usar al Triste Tom para marcar su lugar de descanso aquí.

Lo siento, Aurelia. Lanzó el pensamiento al cielo. *Te fallé. Te fallé. Perdóname.*

Y entonces... tierra.

Fueron afortunados: habían remado en una pendiente rocosa que actuaba como rampa. No se molestaron en encontrar un lugar para amarrar el barco irreparablemente dañado; de cualquier forma, estaba medio enterrado en la arena.

Zan luchó por levantar a Lewis, pero el peso empapado del joven y la debilidad en los brazos cansados de Zan fueron demasiado, y justo cuando pensó que lo había logrado, se dio cuenta de que sólo había salido una tira de tela rasgada. El chico y el bote fueron succionados de regreso al agua arremolinada de las olas, se perdieron en las profundidades.

Zan observaba perplejo, pero Jessamine lo jaló del brazo.

—¡Ya estaba muerto, Zan! ¡Tenemos que dejarlo ir! ¡Levántate! ¡Vamos! ¡Date prisa, antes de que el mar te arrastre a ti también!

La pendiente era resbaladiza y traicionera, y el agua fría jalaba los dobladillos de sus ropas, reacia a entregarlos sin luchar. De alguna manera consiguieron llegar al final de un camino que zigzagueaba hasta la base del faro. Las rocas a ambos lados del angosto camino eran afiladas; cuando llegó a la cima, Zan estaba cubierto de rasguños.

El faro, cuando lo alcanzaron —gracias a las estrellas— estaba oscuro, pero abierto. Cerraron la puerta de hierro y echaron la tranca detrás de ellos, y se hundieron contra la gruesa pared, respirando con dificultad. Jessamine se recuperó primero. Miró a Zan de soslayo. Señaló las gotas de sangre que salpicaban sus brazos y los cortes en sus brazos y mejillas, y dijo:

—Me alegro de que seas tú y no yo. Llegué hasta aquí sin ninguna cicatriz que desfigurara esta hermosa piel. No quiero acudir a mi muerte luciendo como...

—¿Luciendo como la muerte? —sugirió Zan con una carcajada. Luego se detuvo—. ¿Escuchaste eso? —se incorporó con la mano sobre su brazo sangrante.

—¿Que si escuché *qué*? —preguntó Jessamine corriendo detrás de él—. Es sólo la tormenta.

Pero Zan ya subía la escalera en espiral de un faro iluminado en ráfagas entrecortadas por los relámpagos que destellaban a través del vidrio de la lámpara en el vértice de aquel túnel cilíndrico.

Tenía un extraño recuerdo, mientras subía, de otro ascenso en otra torre, en lo que parecía otra vida. Y aunque había pasado mucho tiempo desde que había sentido esa opresión en su pecho, la debilidad de sus pulmones, el dolor punzante en su corazón, lo recordaba bien. Recordaba el miedo, no por la salvaguarda de la propia vida, sino porque él podría ser demasiado lento: podría llegar demasiado tarde para evitar que ella saltara.

Aurelia.

Fue entonces cuando supo que la amaba, aunque no era un pensamiento en realidad pleno. Su visión se había vuelto borrosa, difuminada, compactada en un solo punto: una chica en lo alto de una torre, con el cabello ceniciento ondeando al pie del precipicio. Y corrió, porque no podía soportar perderla. No entonces. No todavía. Ni *nunca*.

Y a pesar de todas las probabilidades, de la profunda opresión en sus pulmones y de su visión cada vez más limitada, había llegado a tiempo. Él la había sacado del borde de la torre de Aren y luego ella, a su vez, lo había sacado a él del filo de la mortalidad.

—¡Aurelia! —gritó cuando alcanzó la cima y la vio—. Aurelia, no…

Pero no era Aurelia: era la horrible versión de oscuras venas de Isobel Arceneaux. Ella lo señaló abriendo la boca como si fuera a hablar, pero no se escuchó ningún sonido por encima del aullido del viento.

—¡Zan! —Jessamine lo había alcanzado, estaba sacudiendo sus hombros—. ¡Zan! ¿Qué está pasando?

—¿Ves eso? —preguntó con la mirada fija en la aparición—. ¿La ves?

—¿A quién ves? Estrellas sangrantes, malditas y *estúpidas* estrellas. No puedes perder la cabeza, Triste Tom. No estoy lista para arrojarte por un precipicio.

—No estoy loco, Jessamine —insistió—. Lo juro.

Pero Jessamine ya no lo miraba; sus ojos habían percibido algo más allá de la monja fantasmal y el cristal del faro: el *Contessa*, atrapado en el poderoso estira y afloja del mar tempestuoso, se acercaba cada vez más a la barrera mortal de rocas de la isla.

—Se van a despedazar —dijo Jessamine—. No lo lograrán. No pueden ver el camino.

Arceneaux volvió a estirar la mano y esta vez Zan siguió la línea de su dedo hasta la base de la lámpara del faro, donde una serie de perillas chapadas en latón esperaban en línea, todas apuntando hacia abajo.

Se agachó y giró la primera, y le respondió el silbido del gas moviéndose a través de los herrajes. Luego la segunda, que hizo clic, y entonces la última, que soltó una chispa.

Y de pronto, el mundo entero estalló en un resplandor de luz cegadora.

AHORA

AURELIA
Seis días antes de Pleno Invierno
1621

Nos encontrábamos en lo más profundo del territorio del Círculo de la Medianoche. Dejamos la mansión y nos colamos en el valle de abajo moviéndonos con rapidez entre los austeros edificios de los barracones dispuestos en una indescriptible cuadrícula hasta donde alcanzaba la vista. No había nieve en el suelo y cuanto más descendíamos, más caliente se sentía, como si el manto de humo asfixiante hubiera atrapado el calor debajo de él, a pesar de que hubiera extinguido toda la luz.

La Zona de la Medianoche en verdad honraba su nombre.

Las tropas del Círculo de la Medianoche avanzaban en formaciones, marchando y deteniéndose, marchando y deteniéndose, para hacer pantomimas de matanza entre cada movimiento.

—No tenía idea —dijo Castillion en voz baja— de cuántos habría aquí.

—¿Cómo tendremos una oportunidad contra esto? —preguntó Nathaniel.

—*Shh* —siseé—. Algo está pasando.

Las formaciones se estaban reuniendo alrededor de una plataforma central, donde varias figuras estaban de pie en fila. Estas personas vestían túnicas del mismo color púrpura-negro que la armadura de los soldados. Uno de ellos, un hombre, comenzó a hablar, y aunque debía estar a por lo menos un kilómetro de distancia de nuestro escondite, su voz resonó clara como el cristal en nuestros oídos.

—Mis queridos amigos —dijo, levantando los brazos—. Mil años han pasado desde la época de Fidelis Primero. Al igual que nuestro amado maestro, nuestra causa fue relegada a la oscuridad mientras la corrupción de los hombres continuaba extendiéndose por la tierra, envenenando todo lo que tocaban con sus deseos hedonistas. Presas del egoísmo, con corazones volubles, débiles y fáciles de destrozar. Hasta ahora.

"En estos últimos meses hemos hecho lo que nuestros antecesores no pudieron: pusimos a este mundo de rodillas ante Empírea. Le hemos recordado a la humanidad quién tiene realmente el control. Estamos en la obertura de nuestro réquiem final. La hora en la que proporcionaremos a nuestra diosa los últimos sacrificios que necesita para reformar este lamentable mundo. ¡En la Noche de Pleno Invierno, el sol se pondrá sobre esta tierra y no volverá a levantarse!

—Aurelia —dijo Castillion en un susurro bajo y apremiante—, ¿qué estás *haciendo*?

—Debo acercarme —dije—. Ustedes quédense aquí —salí disparada de nuestro escondite, tropezando por la pendiente montañosa hacia las tropas reunidas.

Me mantuve en las afueras de los edificios, abriéndome camino hacia el frente a pequeños tumbos. A pesar de que todos parecían estar escuchando al orador con la misma mirada inexpresiva, no podía contar con su insensatez para mi seguridad. En tal mar de conformidad, me destacaba demasiado. De ser vista, estaría acabada.

Una de las puertas del cuartel estaba entreabierta y me deslicé por ella. El interior estaba oscuro y tenía el techo bajo, con catres dobles que se extendían a lo largo de todo el edificio. Nada había que distinguiera uno de otro, y apenas veinte centímetros los separaban. No había marcas o recuerdos, no se veía diferencia alguna en el tipo de tela o color, nada que pudiera confundirse con propiedad personal. Pero había túnicas dobladas debajo, y tomé una mientras me movía de un extremo a otro del cuartel. Me la eché encima apresuradamente. Cuando llegué al otro lado, con la capucha púrpura que oscurecía mi cabeza sin afeitar, ya no me podía distinguir de cualquier otro miembro del Círculo.

En tanto, el discurso del hombre continuaba. No había diferencia en el sonido dentro o fuera del edificio de barracas, no aumentaba el volumen a medida que me acercaba al frente. Permanecía en un nivel uniforme sin importar la distancia a la que me encontrara.

Estaba hablando en nuestras propias mentes, me di cuenta.

Este hombre era un alto mago. Y uno poderoso, para poder proyectar sus pensamientos a través de una audiencia tan amplia.

Me pregunté si ésa era la causa de la vacuidad en los ojos de sus oyentes. ¿Cuánto poder tenía sobre ellos? ¿Podría él hacer que ellos también se movieran? ¿Podría levantar un brazo y saber que lo seguirían? ¿Podría pedirles que bailaran y verlos sincronizar piruetas? ¿Hasta dónde llegaba su control?

Y, quizá lo más importante, ¿habría una vía abierta para revertir el control?

Todavía escondida detrás de la esquina de un cuartel, busqué en las profundidades de mis recuerdos algo que pudiera usar. Lo intenté primero con el peor sonido que jamás había escuchado: el grito estridente de una bruja quemándose en una hoguera. Lo dejé resonar dentro de mi cabeza hasta que silenció las palabras del predicador, y luego lo envié de regreso a lo largo de la conexión hacia él.

¿Había sido aquello una pausa?

Probé algunas cosas más: el sonido de lobos hambrientos aullando en la noche, el crujido de un cuerpo golpeando el suelo después de caer del muro de Achleva, los gemidos de los niños aterrados que observaban a Toris ejecutar a sus padres en la plaza de Achleva. Y aunque un ligero murmullo comenzó a alzarse entre los miembros del Círculo de la Medianoche, el predicador no perdió el ritmo.

Estaba segura de que estaba funcionando; la reacción de la multitud era prueba suficiente. Los sonidos que le enviaba se transmitían a las mentes de sus oyentes. Pero él parecía imperturbable. ¿Era el contenido o el esfuerzo lo que fallaba? Me pregunté cuántas cosas horribles habría presenciado este hombre para apenas percibir el dolor que inyectaba directo en su mente.

Así que probé otra táctica y apelé a la vieja canción popular de Renalt que mi madre solía tararear para mí y para Conrad.

No vayas nunca al Ebonwilde,
donde una bruja encontrarás.
Hace de los niños ricos pays
y de las niñas mazapán.

Era una melodía sonora y triste. Y antes de que me diera cuenta pude escucharla siendo tarareada por algunos de los soldados cercanos. Dejé mi escondite para apresurarme más allá de ellos y acercarme al otro lado de la muchedumbre.

El predicador ahora estaba luchando por mantener la compostura, y aunque seguía enredándose en su discurso, el sonido de la canción se hizo más y más fuerte.

No vayas, hijo mío, al Ebonwilde,
porque un jinete infame monta ahí.

Había llegado casi al frente para entonces, y por fin me encontraba lo suficientemente cerca para ver las caras de los miembros del Círculo alineados en el escenario detrás del líder. Todos estaban vestidos de manera tan similar con sus túnicas púrpuras gruesas y sueltas y el cabello muy corto, que había muy pocos elementos para distinguir a uno del otro.

Excepto por la altura.

Un miembro del Círculo en el extremo izquierdo era más bajo que los demás. Más joven que los demás. Y aunque sus ojos mostraban el mismo vacío vidrioso que el resto, su rostro era dolorosamente familiar.

Conrad.

Verlo fue confuso, me inundó de alegría y devastación a la vez.

¡Conrad!, grité a través de las conexiones con el predicador.

—¡Conrad! —gritó la multitud—. ¡Conrad!

Pero mi hermano no se movió; ni siquiera se estremeció ante el sonido de su nombre que estaba siendo gritado a través del campo por miles. Sólo su mirada cambió: sus ojos recorrieron lentamente de un lado a otro de la multitud.

Le pedí que me mirara. Que distinguiera mi rostro de entre todos los demás... y él lo hizo.

Por un solo segundo, nos miramos a los ojos. Me apresuré a encontrar otro trozo de familiaridad que pudiera enviarle, algo que pudiera alcanzarlo, y pensé en el juego que solíamos jugar.

Negro, pensé, *significa que algo está dentro de diez pasos y oculto a la vista.*

Vi algo parpadear en sus ojos, así que seguí adelante.

Blanco significa que algo está dentro de veinte pasos y a plena vista.

Amarillo, arriba; azul, abajo; rojo, al norte; verde, al sur; lila, al este; anaranjado, al oeste.

Pero antes de que pudiera enviar más, el predicador finalmente estalló.

—¡Silencio! —gritó, tanto en voz alta como en nuestras mentes, con la fuerza de un trueno repentino. El resto de la multitud obedeció y sus bocas y sus mentes se inmovilizaron a un tiempo, pero no la mía. Mis pensamientos estaban enredados, furiosos y hostiles, y atrajeron su atención inexorablemente hacia mí, como una trucha que se agita al final de la línea de un pescador.

Y entonces, una enorme explosión resonó desde uno de los barracones del otro lado, arrojando una bola de fuego al aire, lo que envió a los miembros del Círculo a sus posiciones de ataque. Sentí que me jalaban hacia atrás. Una mano me cubrió la boca para sofocar un grito cuando me empujaron detrás de otro edificio.

Castillion se llevó el dedo a los labios antes de retirar su mano de mi boca. Esperó hasta que una segunda explosión llegó del otro lado del valle y luego me hizo señas para que lo siguiera. En lo alto de la pendiente, vi a Nathaniel corriendo hacia el borde de los árboles. Estaba tratando de desviar su atención, y estaba funcionando demasiado bien.

—¡Ahí! —el predicador en el escenario señaló hacia la forma de Nathaniel en su huida—. ¡Arqueros, listos!

Grité con horror cuando diez mil flechas inundaron el cielo en dirección a mi amigo.

Sin pensarlo conscientemente, rompí la tapa de mi frasco de sangre y derramé un chorro en mis manos. Agarré a Castillion y grité el nombre de Nathaniel, demasiado desesperada para formular una orden. Mi magia siempre había sido capaz de leer mis intenciones.

Atravesamos el espacio como un rayo justo después de que la primera ráfaga de flechas golpeara el suelo a los pies de Nathaniel. Llegamos frente a él y se arrojó sobre nosotros usando su cuerpo para protegernos de las flechas que perforaron su espalda. Podía sentir la fuerza de cada una cuando golpeaba: una, dos, tres.

La magia en mi sangre se agotó, rodeé la espalda de Nathaniel y usé la suya.

—¡*Ut salutem!* —grité justo mientras otra ráfaga descendía hacia nosotros desde el cielo.

26

ANTES

CONRAD

Primero, le raparon la cabeza.

Era una extensión del rito de abnegación, dijeron, la parte en la que dejaba atrás su antigua vida y abrazaba la nueva que tenía por delante.

Debería haber sido fácil permitir que le quitaran el cabello; su ciudad había sido destruida mientras él observaba —y participaba en su destrucción— y él no había derramado una sola lágrima. ¿Por qué, entonces, le escocían tanto los ojos ahora, al ver caer a sus pies los dorados cabellos rizados?

Eustacia le dio una brusca palmada en la espalda, para indicarle que se levantara y avanzara por la fila, donde otro miembro de la cuarta facción esperaba para obsequiarle con un medallón de bronce del Círculo de la Medianoche y un nuevo nombre: Chydaeus.

Significaba "común". *Ordinario.* Nada.

Estaban decididos, al parecer, a recordarle que aquí, él no era rey. No había lugar para monarcas dentro del Círculo; sólo estaba Empírea. Y, por supuesto, el Gran Maestro Fidelis, quien, como decano de la primera facción, era el miembro de más alto rango del Círculo. Él, decían los otros miembros, era la decimocuarta reencarnación del primer Fidelis, el que había escrito los Papeles de la Medianoche y establecido los ritos de iniciación que el Círculo había practicado en secreto durante mil años.

Conrad tuvo suerte de que no registraran su túnica púrpura; la caja del rompecabezas de nueve caras permaneció bien escondida entre los gruesos pliegues de terciopelo. Después de que las olas fueran convocadas y de que terminara la posterior celebración de la muerte, cuando el resto de los miembros del Círculo se habían retirado a dormir, junto a la presa destrozada, Conrad sacó la caja del rompecabezas y, en la penumbra, la abrió.

Se acordaba de haber escrito algo después de eso, pero no podía *recordar* qué. Aun así, lo consoló saber que estaba allí.

Al día siguiente llegó un barco, negro como el carbón, ondeando el estandarte del Círculo. Navegó justo sobre Syric, moviéndose con habilidad alrededor de la torre del reloj y las pocas edificaciones de la ciudad lo suficientemente altas para romper la línea de agua. Los miembros secretos del Círculo, aquellos que habían sido parte de la larga historia de los ritos ocultos, eran un grupo diverso: mercaderes y trabajadores del molino, constructores de barcos y marineros. Y ahora que habían sido llamados a salir de su escondite, el verdadero poder del Círculo empezaba a mostrarse. Con la mirada del Tribunal puesta en otra parte —quizá gracias a los miembros del Círculo infiltrados en sus filas—, la organización había reunido lo que necesitaba para dar su golpe.

—¿Adónde vamos? —preguntó Conrad a Eustacia mientras lo conducía hacia el barco.

—Calla, amigo Chydaeus —le respondió ella con frialdad; toda la amabilidad efusiva que había mostrado la noche anterior se había desvanecido por completo—. Sabrás lo que necesites saber en el momento en que necesites saberlo.

✶

A bordo del barco, el Círculo seguía un horario estricto. Y aunque cada parte de Conrad quería rebelarse contra eso, se dejó llevar por las idas y venidas de los miembros del Círculo de la Medianoche: comía cuando ellos comían, dormía cuando ellos dormían. Durante el día, caminaba por la cubierta, alimentaba a las gaviotas con migajas de pan o ayudaba a sacar las redes de pesca para la cena de la noche. Los otros miembros comenzaron a acostumbrarse a él. Y al acostumbrarse a él, también comenzaron a ignorarlo.

Dos días después de dejar a Syric bajo el agua llegaron a De Lena. Cuando partieron a la mañana siguiente, la ciudad estaba en llamas y el número de miembros se había duplicado. Luego atacaron Gaskin, con un éxito similar. Tenían un modo de operar muy simple: aquellos que no podían ser convencidos de unirse a su causa —fuera por miedo o por la elocuencia de Fidelis— eran destruidos.

Bajo el régimen del Tribunal, el Círculo había sobrevivido como termitas en la oscuridad. Y, también como las termitas, ahora que el Tribunal se había ido, habían emergido de la madera para propagarse, masticando y escupiendo todo a su paso.

Aparte de Fidelis y, hasta cierto punto, Eustacia, era difícil saber quién estaba a cargo del barco del Círculo de la Medianoche. Los miembros de la tripulación cumplían con sus deberes sin hablar nunca entre ellos. Pasaban de una tarea a otra con una mirada vidriosa y desenfocada. Los trabajos de

251

la nave estaban cronometrados con la precisión de los engranajes de un reloj, las tareas de cada persona eran un tictac en una serie de movimientos rítmicos y ordenados.

Tictac, tictac, tictac.

Rara vez utilizaban nombres y se llamaban simplemente "amigo" en las raras ocasiones en que se veían obligados a hablar.

—He venido a relevarte de tu puesto, amigo —decía un hombre a otro.

—Gracias, amigo —era siempre la respuesta.

Conrad nunca se había sentido tan desdichado, ansioso a cada segundo por interrumpir el tedio con un grito. Cualquier cosa, cualquiera, sería mejor que esta monotonía.

Orden en todas las cosas, pensó mientras los observaba. ¿No había sido ése el lema del Tribunal? Y a pesar de las muchas atrocidades que el Tribunal había cometido en nombre de ese ideal, esta destilación de esa frase en su forma más pura resultaba inquietante, de una manera que no podría haber imaginado antes. Ira, podía entender. Brutalidad, podía entender. Hostilidad, podía entender... todas esas cosas estaban enraizadas en la emoción. ¿Pero *esta* adhesión insensible a la perfección? Era desconcertante hasta el punto de rayar lo inhumano.

Al darse cuenta de esto llegó a la satisfactoria conclusión de que, a pesar de su situación, todavía tenía un poder para usar contra ellos: el caos.

Comenzó una mañana golpeando el pie con un ritmo regular y repetitivo. De vez en cuando, sin embargo, perdía la cadencia, y entonces agregaba algunos golpeteos extra para recuperarla.

Cada vez que sucedía, los miembros del Círculo de la Medianoche más cercanos a él se estremecían... sólo un poco.

Era el único incentivo que Conrad necesitaba para entregarse a ese esfuerzo con plena vehemencia. Cuando le traían pan, se lo comía por la mitad. Cuando usaba el retrete, se aseguraba de desviarse un poco de la marca. Mientras todos los demás vestían sus túnicas almidonadas con una pulcritud impecable, Conrad se aseguraba de que la suya estuviera siempre un poco arrugada.

Después de varios días (Conrad había perdido la cuenta de cuántos), despertó y encontró a Fidelis sentado sin hacer nada junto a su catre.

—Me han dicho que has estado creando disturbios, amigo Chydaeus —dijo Fidelis con calma—. Que tu asimilación a nuestra cultura ha sido... difícil.

—No sé de qué estás hablando —dijo Conrad—. He estado haciendo mi mejor esfuerzo —la caja del rompecabezas, metida dentro de su túnica, le estaba pinchando las costillas; trató de no pensar en ella, para que Fidelis no extrajera ese pensamiento de su cabeza.

—Tengo la capacidad de garantizar tu pleno cumplimiento —dijo Fidelis—. Pero he descubierto que las cosas siempre van un poco mejor si obtengo tu sumisión a nuestra orden de forma voluntaria. Empírea cree que podrías convertirte en uno de sus más fieles seguidores. Es por eso que he decidido darte algunas responsabilidades adicionales, con el fin de prepararte para tu próximo rito.

—¿Qué quieres decir? —preguntó Conrad.

—Volveremos a puerto dentro de dos días, fiordo arriba, hacia un territorio de Achleva llamado Morais. En la tierra entre Aylward y Morais estableceremos nuestra base y comenzaremos a implementar nuestros planes formalmente.

—¿No se opondrán los que allí viven a que la tomemos?

—Eso es casi un hecho —dijo Fidelis—. Pero tenemos a muchos de nuestros miembros allí esperando la señal —se puso en pie—. Acompañarás a Eustacia a la mansión Morais. Una vez allí, ella te asignará una tarea que cree que encontrarás particularmente difícil (todos los niveles de iniciación están destinados a ampliar tus capacidades y compromiso) y me informará sobre cómo manejas esta responsabilidad.

Conrad quería escupirle en la cara, pero reprimió el impulso y dijo:

—Me sentiría honrado, Gran Maestro.

La sonrisa de Fidelis no llegó a sus ojos; Conrad estaba seguro de que estaba leyendo su mente de nuevo. Levantó la barbilla y centró sus pensamientos en las muchas formas en que podría demostrar que era un miembro leal al Círculo en Morais.

—Es un gran trabajo el que estamos haciendo —dijo Fidelis—. Limpiar el mundo de la imperfección —suspiró—. Debes saber con anticipación, amigo Chydaeus, que es probable que se complique un poco. Nuestros métodos no siempre son los ideales. Pero del caos surge el orden —posó una mano en el hombro de Conrad—. Como pronto verás y entenderás. Eustacia pasará por ti cuando llegue el momento. Y te enviaré una túnica nueva que te quede mejor. Parece que hay algo en ésta que te molesta un poco.

★

La nueva túnica que Fidelis dispuso para Conrad era mucho más pequeña, lo que le imposibilitaba ocultar la caja del rompecabezas. Aunque le dolía tener que hacerlo, Conrad la colocó en un escondite debajo del colchón de su catre. A pesar de que no podía recordar con exactitud por qué era importante, no le gustaba estar físicamente separado de ella.

Tal como había prometido Fidelis, dos días después llegaron a puerto en el fiordo y Eustacia fue a buscarlo para iniciar la misión.

—Ven, amigo Chydaeus —dijo—. Tenemos trabajo que hacer.

★

Se acercaron a la mansión de los Morais en un grupo de doce encabezados por Eustacia. No se escabulleron ni intentaron esconderse, tan sólo caminaron hasta la puerta principal del hogar del barón, después de pasar por una piscina rectangular llena de agua cristalina. Apenas comenzaba el año, así que todavía no habían florecido los lirios acuáticos, pero en el fondo de la piscina había un mosaico hecho con diminutos azulejos circulares que daban forma a una Empírea de alas blancas.

—Bendita sea Empírea —dijo Eustacia inclinando la cabeza—. Que ella mire con agrado nuestra devoción hoy.

Conrad empezaba a sentirse enfermo.

Un mayordomo abrió la puerta después del cortés llamado de Eustacia. Ella se inclinó ante él respetuosamente.

—Somos humildes viajeros —anunció—. Peregrinos religiosos, se podría decir, y nos gustaría presentar nuestros respetos al señor y la señora de la casa, mientras pasamos por sus tierras.

—Un momento —respondió el mayordomo, y desapareció por un minuto. Cuando regresó, dijo—: El barón y la baronesa Morais recibirán a dos de ustedes en su salón. El resto puede esperar en el vestíbulo. Síganme.

Condujo a Eustacia y a Conrad por las escaleras y alrededor de las terrazas hasta una hermosa habitación amueblada con varios sofás tapizados en terciopelo. Sobre la mesa había una bandeja de galletas rellenas de crema y té. A Conrad se le hizo agua la boca; las raciones del Círculo eran escasas y, en su mayoría consistían en tiras de carne seca sin sazonar y pan crujiente. Ansiaba robar toda la bandeja de postres hasta atiborrarse.

Eustacia no habló. Esperaron varios minutos antes de que entrara la baronesa. Era de mediana edad, portaba un vestido de crepé satinado de color rosa brillante y aretes de ónix y oro.

—Hola, peregrinos —dijo alegremente—. Les damos la bienvenida a Morais.

—¿Dónde está el barón? —preguntó Eustacia—. Esperábamos ser recibidos por él también.

—Llegará en breve —dijo la baronesa Morais, algo desconcertada. Levantó la tetera—. ¿Puedo ofrecerles una taza de té mientras esperamos?

Conrad empezó a buscar la manera de obtener una, pero Eustacia respondió por los dos.

—No, gracias, señora. Seguimos los principios de austeridad y no nos entregamos a mundanales placeres.

La baronesa Morais asintió bruscamente y se sirvió una taza.

—¿A qué lugar vienen como peregrinos? —preguntó de manera formal—. Morais no es muy conocido como zona de tránsito; la única característica a destacar es el cercano Ebonwilde —su tono parecía indicar que nadie querría visitar eso.

—Es el Ebonwilde lo que buscamos —respondió Eustacia.

La baronesa emitió un sonido de asombro detrás de su taza de té.

—¿Qué desean encontrar en ese oscuro bosque?

—Muerte —dijo Eustacia.

Y en ese momento, se abalanzó sobre la baronesa.

La baronesa intentó huir, pero Eustacia agarró el dobladillo del vestido rosa de la mujer antes de que pudiera pasar por encima del sofá y ella cayó golpeándose la cabeza contra un espejo que estaba detrás. Se derrumbó con un grito. Eustacia sacó un delgado athame de su cinturón y caminó hacia la mujer. Sonaron pasos corriendo. La puerta se abrió de golpe y entró un hombre con un abrigo malva.

—¿Qué está pasando aquí? —gritó el barón. Sus ojos se posaron en su esposa, que gemía en el suelo—. ¡Juliana! —gritó mientras corría hacia ella, pero Eustacia agarró la pesada tetera de plata de la mesa y la estrelló contra su cara. Luego le propinó una patada en el pecho y él también se derrumbó.

Eustacia arrojó su athame a Conrad y, para sustituirlo, sacó una daga del propio cinturón del barón.

—Tráela —ordenó.

Ella tomó al barón por los brazos y lo arrastró hasta la habitación contigua.

La baronesa estaba sangrando por la herida en su cabeza. Cuando Conrad le apuntó tembloroso con el cuchillo, ella levantó las manos en el aire.

—Iré —dijo con voz temblorosa.

Se podían escuchar más gritos y alaridos desde lo más profundo de la casa, en tanto el resto de su compañía la atravesaba. Conrad trató de no prestar atención, pero resonaban en sus oídos. Siguió a la baronesa hasta el dormitorio con el cuchillo contra su espalda. Se sentía absolutamente aterrorizado.

—Aquí —dijo Eustacia, arrojando al barón contra la pared—. Tenemos que matarlos de la manera correcta si queremos que sus muertes fortalezcan a Empírea.

La baronesa Morais cayó de rodillas.

—Por favor —suplicó—. Por favor, no lo lastimes.

Eustacia murmuraba una oración.

—Querida diosa en lo alto, acepta esta humilde ofrenda y deja que te fortalezca.

Y luego apuñaló al barón en el corazón.

Limpió la daga en su túnica y miró a Conrad.

—Tu turno —dijo—. Ésta es la tarea que he elegido para ti. Córtale la garganta, Chydaeus, y pasa al cuarto nivel de iniciación. Empírea lo ordena.

Conrad apretó el athame en su mano tragándose el miedo y la repugnancia. Ya había dado los primeros pasos hacia la llorosa baronesa, cuando un sonido extraño llegó desde detrás de otro par de puertas. Un grito, pero no como los que venían del primer piso.

El llanto de un niño, pensó Conrad, a punto de vomitar. *Hay un bebé aquí.*

Los ojos de Eustacia giraron hacia el sonido. El llanto del niño volvió.

La baronesa tiró de la manga de su túnica.

—Por favor —susurró—. Por favor. Puedes matarme. Pero no le hagan daño a ella.

El athame se sentía resbaladizo en la mano sudorosa de Conrad. Miró a Juliana a los ojos y supo que nunca sería capaz de matarla, sin importar cuánto dependiera su posición dentro del Círculo de pasar la cuarta iniciación.

Ella vio su vacilación, lo vio observar de reojo a Eustacia y, a través de sus lágrimas, le dio la mínima inclinación de cabeza para que supiera que entendía.

Entonces, le entregó el cuchillo a la baronesa.

Eustacia vivió sólo lo suficiente para comprender lo que había sucedido. Sacó el athame de su cuello y lo miró fijamente por un segundo mientras la sangre brotaba de la herida. Primero observó a la baronesa y luego a Conrad; sus ojos manifestaron conmoción y rabia por su traición antes de quedarse en blanco.

Conrad se sintió tranquilo de pronto. Sabía lo que necesitaba hacer.

—Date prisa —ordenó Conrad a la baronesa Morais—. Ponte su túnica púrpura.

Entró en la habitación y encontró a una niña pequeña de pie en la cuna, agarrada a los barrotes, mirándolo con expresión extrañada. Su cabello era una hermosa nube de rizos oscuros.

—Hola —dijo, levantándola con cuidado para liberarla—. Te prometo que no te haré daño, pero tienes que estar muy callada, ¿entiendes?

No podía tener más de un año, pero sus ojos eran claros y brillantes. Le recordaban a Aurelia, y eso fortaleció su determinación.

De vuelta en el dormitorio, la baronesa ya estaba vestida con la túnica de Eustacia. Extendió los brazos hacia la bebé y Conrad se la entregó. La mujer la apretó con fuerza contra su pecho.

—Oh, mi querida Ella —dijo—. Mi dulce niña.

—¿Tienes encaje de escarcha? —preguntó Conrad con urgencia, arrastrando a Eustacia, ahora vestida sólo con su ropa interior, a la cama con dosel. ¡Estrellas! Aunque era una mujer delgada, estaba pesada. Tuvo que usar su espalda para empujarla. Temía tener que hacer lo mismo con el barón, pero cuando levantó la vista, vio que la baronesa había dejado a Ella en el suelo y estaba levantando a su marido muerto para acomodarlo en la cama junto a Eustacia.

—Tengo un pequeño gotero de encaje de escarcha —dijo la baronesa, dándole a su esposo una caricia de despedida en la frente—. He tenido pesadillas desde que murió mi hija y Ella vino a vivir con nosotros.

—Tendré que tomar lo que sea que tengas, ahora mismo —dijo Conrad. Era la única forma de asegurarse de que Fidelis no podría arrancar esos recuerdos de su mente, lo sabía. No sabía *cómo* lo sabía, pero así era—. Si descubren lo que hice, me matarán. Tú y tu nieta tendrán que escapar a través del Ebonwilde.

La baronesa ya estaba rebuscando en su tocador. La sangre todavía goteaba de su cabello, pero no parecía darse cuenta. Conrad imaginó que tal vez estaba siendo impulsada por la conmoción.

—Ven con nosotros —le dijo a Conrad mientras buscaba—. Tú también eres sólo un niño.

—Él me encontrará —respondió Conrad—. Es mejor que vayas sola, sobre todo si no puedo recordar cómo escapaste o en qué dirección te fuiste.

La baronesa sacó un pequeño gotero de vidrio.

—Toma —dijo, poniéndolo en las manos de Conrad. Los sonidos del caos en otras partes de la mansión parecían estar acercándose. La baronesa volvió a levantar a la bebé, sacó una manta de la cama y envolvió a la niña.

—Buena suerte para ustedes —dijo él.

—Empírea te guarde —respondió ella con voz trémula, y luego salió a la terraza, dejándolo atrás con los cuerpos en la cama.

Acercó la botella a su boca y tragó todo el contenido. Luego la escondió en el tocador y, cuando la puerta de la antecámara se abrió de golpe y los miembros del Círculo entraron, yacía recostado en el suelo en una posición contorsionada, cerrados los ojos, a la espera de que sus "amigos" lo encontraran.

★

Esa noche, de vuelta en el barco, Fidelis llamó a Conrad.

—Me han informado que las cosas no se desarrollaron según lo planeado en la mansión —dijo con voz plana—. Una pena por la amiga Eustacia.

—No sé qué pasó exactamente —dijo Conrad con sinceridad—. Recuerdo que entré y hablé con la baronesa, y luego Eustacia mató al barón... pero después de eso tan sólo... —se encogió de hombros— se pierden mis recuerdos.

Fidelis lo miró por debajo de los párpados pesados.

—Sí —dijo después de un minuto—. En verdad, no lo recuerdas. ¿Me pregunto por qué?

—Debo haber recibido un golpe —dijo—, cuando la baronesa se escapó.

—Y, sin embargo, no tienes marcas ni magulladuras —dijo Fidelis—. Es extraño.

Conrad volvió a encogerse de hombros, esta vez con inquietud.

—Ha sido un largo día, Gran Maestro Fidelis —dijo—. Me gustaría ir a mi catre ahora.

—¿Sabes? —dijo Fidelis con aspecto reflexivo—. Ahora que lo pienso, *hay* una forma en que pueden ocurrir esas lagunas en la memoria. ¿Alguna vez has oído hablar de una planta llamada... encaje de escarcha?

Conrad no sabía por qué, pero se quedó helado.

—Es muy raro, el encaje de escarcha —dijo Fidelis—. Muy costoso. Sólo florece en la Noche de Pleno Invierno, en el frío.

Lenta, lánguidamente, Fidelis sacó una familiar caja de rompecabezas de nueve caras.

—Eso me pertenece —declaró Conrad.

—Ah, ésa es la cosa, amigo Chydaeus. Nosotros, en el Círculo de la Medianoche, no tenemos privacidad o pertenencias.

—No sabes cómo abrirla —dijo Conrad con seguridad.

—Si tú lo sabes —dijo Fidelis—, yo lo sé. Pero reconozco en este momento una oportunidad para tu avance dentro del Círculo. ¿Qué te parece, Chydaeus? ¿Es ahora el momento de tu cuarto rito? ¿Para demostrarme tu honestidad, a mí y a Empírea?

Conrad tragó saliva.

—¿Qué quieres que haga? Te lo digo ahora, no sé qué hay en esa caja.

—Te creo —dijo Fidelis—. Porque puedo leer tus pensamientos. Pero también puedo decir que no quieres que la abra. ¿Es eso cierto?

No tenía sentido mentir, y hacerlo significaría fallar en el cuarto rito.

—Sí, Gran Maestro. No quiero que la abras, aunque no sé exactamente por qué.

Fidelis le entregó la caja.

—Ábrela para mí, Chydaeus —dijo, con ojos brillantes—. Entrega este último secreto para que puedas presentarte honesta y francamente ante Empírea.

Con las manos a tientas, Conrad giró los engranajes de la caja del rompecabezas hasta que se abrió.

Fidelis sacó un rollo de papeles y una botella morada, luego tomó el papel de arriba de la pila y leyó: "*Ultimus 23, 1620, Noche de Pleno Invierno: Te escabulliste del castillo para escuchar a* un predicador del Círculo de la Medianoche llamado Fidelis Decimocuarto". Luego, el siguiente: "Ultimus 24, 1620: Encontraste la nota. Esto parece estar funcionando". El tercero: "Ultimus 30, 1620... debes tener mucho cuidado cuando trates con Fidelis y el Círculo de la Medianoche".

Con una sonrisa de satisfacción, Fidelis dijo:

—Has estado muy ocupado, amigo Chydaeus. Y has sido inteligente al usar estas notas como tu memoria —se puso de pie y caminó hacia la estufa. Abrió la puerta y tiró los papeles; al final, arrojó la caja del rompecabezas.

Y aunque no podía recordar bien lo que decían esas notas, Conrad sintió deseos de llorar mientras las veía arrugarse y ennegrecerse sobre las brasas.

Fidelis no destruyó el frasquito de encaje de escarcha. Por el contrario, chasqueó los dedos y una docena de miembros del Círculo aparecieron de las sombras. Todos le echaron mano a la vez.

—¿Qué están haciendo? —gritó Conrad—. ¡Alto! ¡No! ¡Déjenme ir!

Los miembros del Círculo lo jalaron hasta dejarlo en una posición reclinada, y lo obligaron a mantener su mandíbula abierta y su cabeza hacia atrás. En lo alto, Fidelis descorchó el recipiente de encaje de escarcha y sonrió.

—Ya que te gusta tanto el encaje de escarcha —dijo—, quiero que lo tengas todo.

Y vertió el líquido en la garganta de Conrad.

ANTES
ROSETTA

Rosetta había tratado de olvidar lo sucedido aquella noche de invierno un siglo atrás. Poner el recuerdo en una caja y empujarla hasta los rincones más remotos de su mente, de manera que se sintiera más como una reliquia llena de telarañas del pasado de otra persona que como algo traumatizante del suyo.

Sólo había regresado una vez más, trece años atrás.

Pero ahora que estaba aquí de nuevo, mirando la silueta de la araña tallada en la corteza de ese viejo árbol, el recuerdo de esa noche resurgió de su rincón, tan aterrador como cuando lo había vivido por primera vez. Y con cada paso se iba enfocando más nítidamente.

Éste es el lugar donde Azafrán se detuvo, negándose a avanzar ni un centímetro más.

Aquí estaba el enebro detrás del que me escondí para escuchar a la abuela contar a Galantha la triste historia de la Tejedora asesinada.

De esta dirección llegó caminando el anciano.

Aquí estaba parada la abuela cuando lo atrapó.

Aquí, la nieve se volvió roja con su sangre.

En esta dirección corrí.

Y aquí... Rosetta se detuvo al pie del manzano. *Aquí vi por primera vez las caras en la niebla.*

Pero ahora... se habían ido. No había agitación en el aire. No había ojos cavernosos ni sonrisas de dientes largos. No había dedos arrastrándose, tirando de su vestido o de su cabello, no había susurros insultantes enrollándose en sus oídos.

Había pensado que no podía haber nada tan aterrador como los Verecundai, pero cuando la oscuridad cayó sobre el claro, se dio cuenta de que la ausencia de ellos en su prisión interminable era mucho, *mucho* peor.

Las guardianas habían cumplido con su terrible deber durante mil años, manteniendo a raya el desastre a pesar de pagar ellas mismas un costo tan alto... hasta que Rosetta tomó el manto.

No se transformó de nuevo en zorro para el viaje de regreso a casa; era demasiado fácil olvidarse de sí en esa forma, y merecía sentir todo el peso de su locura. Caminó penosamente a través de la nieve y el fango, tirando de su culpa como si fuera una bola de hierro atada a una cadena. Un viaje que debería haber durado días, le tomó semanas. Los primeros brotes tiernos de azafrán y tulipán ya deberían haber brotado del suelo, pero ni siquiera cuando la nieve se derritió había señales del retorno de la primavera. Era como si la falta de vida del claro de los Verecundai también hubiera escapado de sus confines y estuviera consumiendo lentamente el bosque que la había mantenido atrapada durante tanto tiempo.

Una vez dentro de los límites de protección de su hogar, Rosetta se detuvo por un momento junto al borde sur, donde sobresalía una gran piedra de la nieve. La marca para un cuerpo mortal que se había ido tanto tiempo atrás, separado de un espíritu que aún perduraba.

Rosetta se demoró en el lugar, con el cabello rojo azotándole las mejillas, preguntándose por qué Galantha había pensado que dar su vida para salvar el alma afligida de Rosetta era un intercambio digno. Ella había hecho un desastre de todo. Al menos con el manto de guardiana sobre los hombros, tenía un papel que pretendía cumplir. Pero ahora... Begonia estaba muerta, su conexión con Kellan había ardido hasta consumirse, e incluso el Ebonwilde le estaba siendo arrebatado, palmo a palmo.

No quedaba nada por hacer salvo sentarse y esperar, con la esperanza de que cuando Empírea se saliera con la suya y arrasara toda vida de la tierra, Rosetta encontraría su final con ella.

Todavía sumergida en esos oscuros pensamientos escuchó algo extraño.

Un llanto.

Al principio pensó que tal vez sería el maullido de un animal transmutado en un sonido humano por obra del viento. Pero cuando lo escuchó de nuevo, más fuerte, se volvió hacia él y se sorprendió al ver un rayo de cálida luz saliendo del interior de su propia cabaña.

Corrió hacia la casa levantando lodo y desagradables recuerdos de la última vez que este santuario había sido infiltrado. Quedaba poco en el mundo que pudiera lastimar a Rosetta, pero mientras subía los escalones y empujaba la puerta para abrirla, no pudo evitar sentir un miedo que calcificó su corazón de mercurio para convertirlo en piedra.

La cocina, cuando entró, estaba bastante oscura y muy fría. La luz procedía del salón.

—¿Hola? —gritó—. Se que estás aquí. ¡Sal! Ésta es mi casa y no eres bienvenido —levantó las manos como armas, preparándose para tejer un hechizo a la primera señal de problemas.

El llanto, que había cesado con el crujido de la puerta, comenzó de nuevo.

Lenta, muy lentamente, Rosetta recorrió la cocina hasta que el salón quedó completamente a la vista.

Lo primero que vio fue la encogida figura de una mujer que parecía haberse arrastrado hasta la chimenea para encender un pequeño fuego antes de colapsar junto a ella. Estaba vestida con una extraña túnica de color púrpura oscuro y zapatillas de seda manchadas de sangre, los agujeros mostraban la piel congelada de sus pies. Su cabello estaba salpicado de plata y gris, y había aretes de oro y ónix colgando de los lóbulos de sus orejas. Rosetta se acercó y se dio cuenta con un escalofrío de que la mujer ya no respiraba. Su cuerpo estaba acurrucado alrededor de un bulto cubierto con una manta; había expirado apretándolo contra su pecho.

Con cautela, Rosetta se agachó y apartó una esquina de la manta. Se encontró mirando a un par de ojos grandes y translúcidos.

Era una bebé.

★

Rosetta enterró a la mujer junto a su propia tumba en la parte trasera del patio de la casa. La niña, a pesar de su ropa sucia y sus mejillas agrietadas por el frío, parecía gozar de una salud relativamente buena. No tenía ni un año, supuso Rosetta, y aún no podía caminar. Cuando Rosetta la bañó, la alimentó y atendió sus rasguños y magulladuras, la pequeña se quedó dormida con bastante facilidad en la cuna que Begonia había usado alguna vez para jugar con sus muñecas.

Mientras la bebé dormía, Rosetta siguió los pasos de la muerta hasta el borde de la casa, donde descubrió que una de sus protecciones había sido parcialmente desatada, tal vez por un pájaro que buscaba fibras para su nido. La ató de nuevo y la volvió a colocar en el árbol. Regresó a la cabaña justo en el momento en que la niña despertó. Con suavidad, esta vez; después de su primer encuentro, la pequeña no volvió a llorar.

—¿Qué voy a hacer contigo? —Rosetta le preguntó a la niña mientras calentaba un poco de leche en una sartén—. No puedes quedarte aquí.

Se preguntó qué habrían hecho sus hermanas en esta situación. Galantha, tal vez, habría seguido sus huellas para identificar a la mujer fallecida y entregar a la niña a su familiar más cercano. Begonia se habría enamorado de la bebé y quizás habría decidido quedarse con ella.

Rosetta carecía de la nobleza de Galantha y del instinto protector de Begonia. Era tan inadecuada para la maternidad como un ratón de campo para tirar de un carruaje.

Le tomó días decidirse. Sólo el tiempo suficiente para que sintiera una punzada de arrepentimiento cuando el asunto por fin se resolvió en su mente. En otro mundo, quizás, esta cabaña vería a otra niña convertirse en mujer; estos bosques verían a otra hija tomar el manto. Pero no esta bebé.

El Canario Silencioso estaba en calma cuando Rosetta se acercó, con una cesta en la mano y la bebé atada a su espalda. Dobló varias mantas en la cesta y la colocó con suavidad en el porche antes de acomodar a la niña dormida en su interior.

—Pórtate bien —le dijo Rosetta a la pequeñita al pasar el dorso de su dedo por su mejilla redonda—. Las mujeres aquí son muy amables, pero confío en que no les causes ningún problema, ¿de acuerdo?

Las pestañas oscuras de la bebé revolotearon un poco cuando Rosetta depositó un beso en la parte superior de su oscuro cabello, pero sus ojos no se abrieron. Siguió dormida.

Entonces Rosetta dio un rápido y fuerte golpe en la puerta y salió corriendo, transformándose finalmente en un zorro mientras se alejaba.

28

ANTES

ZAN

Sus sueños de esa noche fueron tensos, repletos de destellos de esas cosas que había intentado olvidar: la sensación de la bofetada que su padre había lanzado contra sus labios, la savia roja de los tallos rotos de hojas de sangre marcando el lugar donde el cuerpo de su madre había caído desde la torre de Aren, el olor del perfume de gardenias de Lisette mientras ella moría en sus brazos, la sangre brotando de sus labios.

Y siempre, Aurelia. Ella estaba en cada pensamiento, en cada recuerdo, observando sus luchas desde una distancia segura, con acusaciones que brillaban en sus ojos. *Ven y encuéntrame*, decía una y otra vez, primero como una invitación, luego como una pregunta, luego como una súplica y, finalmente, como una demanda.

En algún momento, sus palabras tomaron la forma de una criatura de ocho patas, de un negro brillante salvo por una astilla blanca en forma de luna en su vientre. La araña trepó por su pierna y cruzó su torso mientras Zan temblaba, demasiado débil para moverse y apartarla.

Cuando la araña llegó a su cuello hundió sus colmillos en la carne blanda.

Zan despertó con un grito.

—*Shhh* —una voz suave y tranquilizadora se escuchó a su lado—. No intentes levantarte. Estás seguro. Ahora estás en manos de las Hermanas.

Una mujer se inclinó sobre él. Su ligera sonrisa contrastaba con la firme fuerza de sus manos en tanto lo empujaba hacia atrás, contra una almohada. Estaba en una habitación amplia y luminosa, con un alto techo de estuco y sin más muebles que la cama que él ocupaba, la silla de ella y una sencilla mesa auxiliar.

Ella exprimió una toallita en un recipiente con agua fría y la usó para secarle la frente.

—¿Qué viste? —le preguntó—. Se dice que el veneno de una araña de seda medialuna despierta recuerdos. Y por la expresión de tu cara, hijo, diría que no todos fueron agradables.

Lo llamaba "hijo", aunque no podía ser más que unos cuantos años mayor que él. Debajo de la seda color hueso de su cofia, su piel brillaba con un cálido color moreno oscuro.

—Quizá deberíamos agradecerte —continuó—, por haber encendido la lámpara del faro. Nuestra guardiana murió hace tres días, y cuando llegó la tormenta, ya era demasiado tarde para enviar a alguien que la reemplazara —le sirvió un vaso de agua de una jarra de vidrio.

—El barco en el que llegamos —dijo Zan con voz áspera, aceptando el agua con gratitud—. El *Contessa*. ¿Lo logró?

—Lamento decirte que no lo sé. No es raro, después de una gran tormenta como ésa, que haya naufragios en nuestro arrecife, aunque tengamos el faro encendido. Podemos encontrar después a quienes se salvaron en nuestras costas. Pero no fue así esta vez. Eso podría significar que siguieron adelante, lo lograron. O... podría significar que simplemente no quedó lo suficiente. Si no fuera por ti y tu amiga, nunca hubiéramos sabido que pasó un barco.

—Mi amiga —dijo Zan de repente intentando sentarse de nuevo—. Jessa... Jenny. ¿Está...?

—Viva —contestó la monja—. Aunque en bastante peor estado que tú, me temo. Se encuentra en la enfermería, con los otros pacientes con fiebre. Eres afortunado; lo único que obtuviste fue una picadura de araña. Somos bastante buenas para mantener a las arañas contenidas, pero hay una o dos salvajes por ahí.

—¿La fiebre amarga? ¿También está aquí?

—Creemos que vino con un barco mercante de Syric que se detuvo aquí para comprar seda hace dos semanas —ella apartó la mirada, pálida y melancólica—. De hecho, eso es lo que se llevó a nuestra asistente del faro, la hermana Devereaux, con Empírea, que conservará su alma. Ha sido muy duro.

Zan estaba desconcertado.

—Mi amiga y yo estuvimos expuestos. ¿Por qué ella está enferma y yo no?

La monja se encogió de hombros.

—Algunos parecen ser naturalmente inmunes.

—¿Tú? —preguntó.

Ella asintió de mala gana.

—Somos los afortunados, supongo.

—¿Afortunados? ¿No crees que Empírea nos ha bendecido? —preguntó con sarcasmo—. Ésa suele ser la respuesta a la que recurren centros religiosos como el tuyo.

—Tal vez lo haya hecho —dijo la monja—. Pero no se siente así para mí.

—Eres muy honesta —dijo.

—Es un defecto —respondió ella—. Todavía estoy trabajando en ello. No me guardes rencor. ¿Mmm...? —su voz se apagó, a la espera de un nombre.

—Tom.

—Encantada de conocerte, Tom. Soy la hermana Cecily.

★

A la mitad del día, Zan ya no podía soportar estar solo en esa diminuta y anodina habitación. Sabía que debía esperar a que la hermana Cecily regresara, en lugar de deambular por la abadía solo y sin permiso, pero después de su afligida reacción cuando él le dio las noticias sobre Delphinia, no estaba seguro de cuándo —o si— estaría lista para hablar de nuevo con él. Así que se obligó a dejar la cama y se levantó sobre sus piernas tambaleantes; se sentía como la toalla exprimida que seguía colgando a un lado de la cama: flácida y drenada.

La abadía era un extenso complejo de viviendas y jardines, algunos para cultivar verduras, otros para criar arañas de las que las monjas obtenían el grueso de sus ingresos. La mayor parte del complejo era donde se recolectaba la seda y se procesaba en hilo, luego se teñía y tejía en la tela por la que los comerciantes de todos los Reinos Occidentales y el continente navegaban por medio mundo para comprar. El propio padre de Zan, Domhnall, prefería las sedas de las Hermanas y había gastado generosamente para coleccionar todas sus opulentas variedades. Él suponía que era debido a esos listones de damasco rosa y oro y el diseño de cuadrifolio bermellón que había asumido que el lugar que los producía sería igual de lujoso, pero eso no podría estar más lejos de la verdad. Todo en la abadía era austero, simple hasta el punto de la sencillez y diseñado con un espíritu netamente pragmático.

Zan caminó solo a través de los pasillos del complejo y se asomó al interior de las habitaciones de hilado, llenas de ruecas silenciosas, y de las de tejido, con telares inmóviles. Fue suficiente para que se preguntara si la hermana Cecily no sería un fantasma más, o producto de su imaginación.

Entonces encontró la enfermería.

Las Hermanas habían instalado su enfermería en lo que normalmente habría sido el santuario de la abadía, con catres donde una vez podrían haber estado los bancos y mesas llenas de artículos médicos a lo largo del transepto. Había un puñado de monjas que zigzagueaban entre los catres como resueltas abejas en una colmena. Tenían que ser eficientes; sus pacientes las superaban en cinco a una.

Una de ellas se apresuró hacia él.

—¡No deberías estar aquí! —lo reprendió y persiguió con una toalla—. ¡Tú, fuera!

Detrás de sus lentes, sus ojos eran de un negro desconcertante, sin distinción entre su pupila y su iris.

—Déjalo en paz, hermana Aveline —dijo Cecily desde el otro lado de la habitación—. Quiere ver a su amiga.

—¡Él podría estar expuesto! —protestó la hermana Aveline—. Y... él es un *él*.

—Oh, calla ahora —dijo otra monja, inclinándose para ayudar a una de sus pacientes a beber un poco de agua. Sus ojos también eran negros—. Si no miras debajo de su ropa, no hay diferencia.

—¡Hermana Beatrice! —dijo Aveline, escandalizada.

Beatrice miró a Zan.

—Mis disculpas —dijo ella—. La hermana Aveline no está acostumbrada a los hombres.

—No quiero molestar —dijo Zan, retrocediendo—. Me iré ahora.

—No —Cecily se levantó para llevarlo hasta su silla, justo al lado de la cama de Jessamine—. Es bueno que estés aquí. Ella ha estado luchando bastante duro, pero no estoy segura de cuánto tiempo le quede. Es mejor que no tengamos que ir a buscarte. Tendrás más tiempo para despedirte.

El corazón de Zan se hundió. Se sentó al lado de Jessamine.

—Hola, Jenny —dijo, tomándola de la mano.

—Ha estado alucinando durante horas —dijo Beatrice—. No estoy segura de que pueda responder.

Pero Jessamine giró la cara hacia él.

—Bonita —murmuró, y Zan se dio cuenta de que en realidad estaba mirando a Cecily, parada a sus espaldas.

—Definitivamente está alucinando —dijo Cecily, pero sus mejillas adquirieron el color rosado de la cosecha de manzanas.

La hermana Beatrice enderezó la almohada debajo de la cabeza de Jessamine y dijo con suavidad:

—Mira. Sus ojos. Probablemente no le quede mucho tiempo.

Beatrice tenía razón: las pupilas de Jessamine se ensanchaban a un ritmo constante, el cálido color ámbar de sus iris se estaba estrechando hasta convertirse en tan sólo un delgado anillo.

—Vamos, ahora —dijo Zan, con la garganta contrita—. No hagas esto, Jessamine —dejó las mentiras y usó su nombre real—. Sabes que soy un completo inútil si me dejas solo.

Su mirada vidriosa cayó sobre él.

—No estés triste, Tom —dijo en un murmullo lento.

Cecily le dio una palmadita a Zan en el hombro.

—Ánimo —le dijo—. Ella no quiere que llores.

Pero Zan sí había entendido. Lo que Jessamine había dicho no era: *No estés triste, Tom*. Sino: *No estés como el Triste Tom*.

Ni siquiera al borde de la muerte misma podía dejar pasar esa broma.

Los ojos de Jessamine se desenfocaron, la negrura se tragó la última pizca de color y su respiración se ralentizó. Zan apretó los dientes y se aferró a su mano. Se sentía ligera y frágil; sostenerla era como acunar a un pájaro herido.

Él tomó aire y lo encerró en sus pulmones, preparándose para que las lágrimas negras comenzaran a acumularse en las esquinas de sus ojos. Esperando agregar otro nombre a la larga lista de personas que había amado y perdido.

Pero no sucedió. Pasó un momento, luego otro, y otro, y, lentamente, se permitió exhalar.

Cecily tocó la frente de Jessamine con el dorso de la mano.

—¡Por todas las estrellas! —dijo alegremente—. Se desvaneció. ¡Ya no tiene fiebre! Debemos decir una oración extra de agradecimiento esta noche.

AHORA

AURELIA
Seis días antes de Pleno Invierno
1621

Mi hechizo para transportarnos a un lugar seguro nos había llevado directo al centro de la casa de la guardiana, donde la ira de Rosetta por nuestra repentina y desconcertante aparición en su puerta fue suplantada con rapidez por la urgencia cuando vio el terrible estado de Nathaniel. De inmediato, se hizo cargo, nos condujo a la cabaña y empujó las cosas de su mesa para dejar espacio para su cuerpo.

—Rápido, ahora. Pónganlo aquí.

Castillion y yo lo depositamos en la mesa con el mayor cuidado posible, boca abajo, para que pudiera acceder a sus heridas.

Caminé de un lado a otro mientras ella trabajaba. Atravesé las tablas del suelo entre la chimenea y el pasillo las veces suficientes para dejar surcos en la veta de la madera. Castillion se sentó a un lado observándome hacer mis rondas, inusualmente callado. Pero la piel de Nathaniel se veía cada vez más gris y, después de una inquietante hora, Rosetta dijo:

—Lo estoy perdiendo, Aurelia. El daño es demasiado severo.

—No —dije con voz aguda—. Sólo continúa…

—Aurelia —dijo, apartando las manos. Sus brazos estaban manchados de rojo hasta los codos—. Tendrás suficiente para despedirte.

—No —dije de nuevo con los dientes apretados, como si negando la realidad pudiera cambiarla—. ¡No puedes dejarlo morir! ¡Eres una guardiana! ¿Esto no es parte de tu trabajo?

—Yo era una guardiana, pero ya no lo soy —dijo con frialdad—. ¿Quizá recuerdas por qué sucedió eso?

Por mi culpa. Porque le había quitado el manto y se lo había dado a Arceneaux, justo antes de atraparla en el Gris. Pero éste no era el momento de explorar las ramificaciones de esa acción o de permitirme la autorrecriminación.

—Puedes gritarme todo lo que quieras más tarde —agarré una de sus manos y la empujé hacia su piel. Con su mano debajo de la mía, traté de obligarla a reanudar el patrón. Arriba y abajo, luego a través de nuevo—. Haz el hechizo, Rosetta —grité—. *¡Haz el hechizo de las estrellas abandonadas!*

—¡Aurelia! —me reprendió tratando de alejarse, pero yo seguí imitando la forma de su nudo, hasta que sentí una sacudida pasar de mi mano a la de ella, y luego hacia Nathaniel.

Parpadeé. La habitación que había estado vacía ahora estaba cubierta, cada centímetro, por hilos resplandecientes, como una telaraña cubierta de rocío, atrapada por detrás por el sol de la mañana.

—Estrellas sangrantes —exhalé.

Los ojos de Rosetta se agrandaron.

—¿Puedes verlas? ¿Las conexiones?

Asentí en silencio.

En lugar de pelear conmigo, Rosetta puso sus manos sobre las mías.

—Sigue mi ejemplo, ¿de acuerdo? Deja que el poder se mueva a través de ti. Canalízalo, no trates de controlarlo.

Mover alrededor esos hilos de poder como telarañas en tres dimensiones era como una elegante danza. Arriba, abajo, a través, alrededor, abajo y atrás. Ahí donde tocábamos a Nathaniel, la energía nos seguía. Cuando quedó claro que ya me estaba familiarizando, Rosetta me soltó y me dejó continuar por mi cuenta, mientras ella comenzaba a formar un nuevo hechizo encima del mío.

Usar magia fiera era diferente a todo lo que había sentido. Usar magia de sangre había sido como... romper una presa y tratar de aprovechar la inundación. Era una explosión... la pasión y el poder se liberaban en un estallido deslumbrante, brillante y cegador, pero que duraba tan sólo un momento antes de desvanecerse.

Éste era su opuesto exacto. Era magia de método y precisión, hecha poco a poco con absoluto cuidado. No sabía lo que estaba haciendo, o cómo... pero no me atrevía a cuestionarlo demasiado, porque, por algún poderoso milagro, estaba *funcionando*.

Castillion se había acercado y observaba nuestros movimientos con silencioso interés. Después de un momento, dijo:

—Mira, Aurelia.

Me atreví a echar un vistazo al rostro de Nathaniel y sentí que mi pecho se tensaba cuando noté que el calor volvía a él.

—Cuidado —advirtió Rosetta—. Mantén esas emociones a raya. No puedes permitirte una distracción. Todavía no.

Los dos hechizos estaban trabajando en conjunto; yo mantenía la fuerza vital de Nathaniel fluyendo mientras Rosetta sujetaba los pedazos rotos dentro de él y los volvía a unir. Ahora podía ver cuán difícil, si no imposible, habría sido hacerlo yo sola.

No sé cuánto tiempo pasó mientras trabajábamos.

—Está bien, Aurelia —dijo Rosetta tras dar el último giro de su hechizo—. Puedes detenerte ahora.

Pasó un momento antes de que mis manos reconocieran las órdenes de mi cabeza y finalmente se quedaran quietas.

Castillion, que había estado sentado con la cabeza apoyada en los brazos junto a la chimenea, se puso alerta.

—¿Cómo está?

—Lo hemos sacado de cualquier peligro inmediato —dijo Rosetta, limpiándose las manos con un trapo antes de pasarme otro—. Ahora tenemos que esperar a que su cuerpo responda. *Él* debe hacerse cargo a partir de ahora. Podrá superarlo, si tiene la voluntad para hacerlo.

Tomé una respiración profunda estudiando a Nathaniel mientras dormía. No era el mismo hombre que había conocido en las calles de Achleva dos años atrás. Su rostro era más delgado ahora, sus rasgos más definidos, cincelados con nitidez por el golpe de cada sucesiva tragedia. Había perdido a su esposa, su hogar, su hija… Tenía muchas ganas de inclinarme y rogarle que *soportara*, que *siguiera adelante*, que *luchara*. Pero ¿era eso un impulso egoísta? ¿Era cruel pedirle que soportara más miseria y dolor tan sólo porque yo no quería sufrir su pérdida?

Castillion se me acercó por detrás y puso una mano en mi hombro para tranquilizarme.

—Es un soldado —dijo—. Él no se dará por vencido. No cuando todavía queda una batalla por ganar.

—Déjenlo en paz —dijo Rosetta—. Necesita descansar. Todos lo necesitamos.

Pasamos al salón, donde Rosetta puso una tetera en el gancho sobre el fuego. Tomó la mecedora y Castillion se sentó en un lado del sofá, dejando el otro lado abierto para mí. En lugar de eso elegí sentarme en la alfombra trenzada frente al fuego. Llevé las rodillas debajo de mi barbilla.

Nos quedamos todos en silencio por un rato escuchando los chasquidos de la madera en la chimenea y perdidos en nuestros propios pensamientos.

—No puedo entenderlo —dijo al fin Rosetta.

Sólo escuchando a medias, pregunté:

—¿Qué?

—¿Cómo es posible que tú, una maga de sangre, puedas hacer un hechizo fiero? —preguntó—. Si no lo hubiera visto con mis propios ojos…

—Tal vez sea por esto —dije señalando mi cuerpo de mercurio—. Soy como tú ahora.

—No es eso. La habilidad mágica no está unida al cuerpo físico. Es parte de nuestra alma. Nuestra esencia —dijo—. Los magos de sangre deben usar sangre para su magia, pero no necesariamente tiene que ser la propia. Así, hay magia en toda sangre, pero sólo un mago de sangre puede manejarla —vaciló, sacudiendo la cabeza como si estuviera a punto de dar voz a un absurdo—. Creo que quizá… —pero la tetera había comenzado a silbar.

Castillion se apresuró a levantar la tetera del gancho y sacó tres tazas de té del aparador junto a la puerta de la cocina.

—Estamos todos muy cansados —dijo enérgicamente—. Ha sido un día agotador. Pero Aurelia, no podemos quedarnos aquí. No después de lo que vimos en la Zona de la Medianoche. Debemos volver al fuerte de inmediato y comenzar los preparativos para un ataque inminente.

Asentí, pero miré hacia la puerta detrás de la cual descansaba Nathaniel. ¿Cómo podría dejarlo en tal estado?

Los ojos de Rosetta se estrecharon mientras observaba a Castillion.

—Me pareces muy familiar. ¿Cómo dijiste que te llamabas?

Él le entregó una taza humeante y dijo:

—Nunca tuvimos una presentación formal. Pero mi nombre es Dominic. Dominic Castillion.

—¿El gran comandante en persona, en mi humilde cabaña? —ella me miró—. Tienes extrañas compañías, Aurelia. ¿No es él quien trató de matar a tu amado príncipe?

Castillion agachó la cabeza avergonzado, pero no por el atentado contra la vida de Zan. Era debido a su confesión, a bordo del *Humildad*, de que en realidad se suponía que debía haber sido un atentado contra la mía.

Me dijeron que tú serías mi final, había dicho.

—Sí —dije, eligiendo la explicación más simple—. Pero él también es quien me despertó, cuando Zan eligió… lo contrario.

—Ya veo —dijo ella—. Bueno, Dominic Castillion. Mi nombre es Rosetta —extendió la mano, como si fuera una reina y no una bruja malhumorada.

Como un caballeroso diplomático, le tomó la mano y se inclinó para besarla.

Ocurrió demasiado rápido: Rosetta jaló su mano hacia abajo y la torció detrás de su espalda, lo que le dio la oportunidad de patear en la parte posterior de sus rodillas. Castillion dejó escapar un grito de dolor cuando ella lo obligó a tirarse al suelo y luego lo montó a horcajadas sujetándolo con su cuchillo de hueso, que había surgido tan rápidamente de algún compartimento oculto en su ropa que parecía como si ella… lo hubiera sacado de la nada.

Castillion respiraba sobresaltado, con los ojos abultados. Su cabello blanco se desplegó sobre la alfombra y levantó ambas manos en señal de rendición.

—¡Rosetta! —siseé—. ¿Qué en todas las sangrantes...?

—Tu cabello es diferente —le dijo a Castillion—. Por eso no te reconocí al principio.

—E-espera —tartamudeé—. ¿Se conocen?

—¡Nunca nos habíamos visto! —dijo Castillion apresuradamente, antes de que Rosetta lo silenciara empujando su cuchillo en la suave carne en la conjunción de su cuello y su mandíbula.

—Fuiste mi mayor error —dijo ella con voz suave y peligrosa—. De todos mis muchos arrepentimientos, tú eres el que me perseguirá por siempre.

—Castillion —dije—, ¿qué diablos hiciste?

—Nada —dijo en un susurro ahogado mientras la sangre comenzaba a gotear por su garganta—. Te lo juro, Aurelia. Lo juro.

—Lo estás lastimando, Rosetta —protesté—. Baja el cuchillo, y tal vez podamos resolver esto...

Y entonces, para mi sorpresa, ella rasgó su camisa; cada botón cedió en una serie de *pop, pop, pop*.

Castillion me miró; sus ojos castaños oscuros estaban llenos de una emoción innombrable. ¿Indignidad? ¿Humillación? ¿Lástima?

No... era desafío.

En su pecho, sobre su corazón, estaba la marca púrpura de la araña de siete patas.

ANTES

KELLAN

Kellan y Emilie apenas habían alcanzado el segundo tramo de las escaleras cuando golpeó la ola. Atravesó la puerta de hierro y se estrelló dentro de la torre del reloj. El edificio gimió. El agua les lamía los talones con avidez mientras subían las escaleras en la oscuridad, arriba, arriba, arriba. Las heridas de Emilie la hacían avanzar lento, pero Kellan no la soltó; él mantuvo su brazo envuelto alrededor de su torso y la levantó cuando sus fuerzas fallaron o sus pies escurrieron en el resbaladizo metal.

—Te tengo —dijo—. Ya casi llegamos.

Alcanzar la cima era el único objetivo en el que se permitía concentrarse, pero la verdadera pregunta, la que no se atrevía a expresar, era cuánto seguiría subiendo el agua después de que se quedaran sin escaleras para subir.

Prácticamente saltaron los últimos escalones y cayeron sobre la plataforma, sin aliento, jadeando. Miraron a través de los agujeros en la rejilla de la plataforma el agua que se agitaba al otro lado, retorciéndose como un animal furioso detrás de la puerta de una jaula. Dos metros de distancia, luego uno, luego medio…

—Estrellas sangrantes —dijo Kellan cuando comenzó a burbujear a través de los agujeros. Tiró de Emilie para que se incorporara. Su capa empapada de pieles de animales pesaba casi tanto como la niña que la llevaba—. Aférrate a mí —vadearon el agua, que ahora les lamía los tobillos, hacia la carátula del reloj, donde las manecillas seguían atascadas en su orientación perpendicular hacia el cielo. Para cuando estuvieron debajo del pasador central, el agua les llegaba a la cintura y había empujado a Emilie fuera de los brazos de Kellan.

El agua golpeó su cuerpo contra el cristal de la carátula del reloj y la inmovilizó. Luchó inútilmente contra el torrente, atrapada como una polilla en las grietas de una telaraña que brillaba en el vidrio circular.

—¡Kellan! —exclamó, con los ojos muy abiertos y llenos de un terror impotente cuando el chasquido del vidrio al romperse se elevó por encima del rugido de las olas.

No otra vez, pensó él, recordando la noche en que la había visto por última vez, con el rostro contraído por la agonía, enrojecido por las llamas, mientras él se alejaba cabalgando. De algún modo había sobrevivido al fuego de la pira del Tribunal; él estaba dispuesto a morir antes de permitir que el agua la reclamara.

Dejó que el agua lo levantara y lo llevara hacia ella pero, justo antes de golpear el vidrio, lanzó su brazo derecho hacia el pasador central del reloj deseando que el metal de su mano de mercurio adoptara una nueva forma. Lanzó su mano izquierda para agarrar el cuello de la capa de Emilie justo cuando el vidrio emitió un gemido final y se rompió en mil pedazos brillantes, que estallaron con la espumosa oleada.

Sintió que su mano derecha la atrapaba y la sujetaba. Cuando levantó la vista, vio que se había convertido en una garra de grifo y que se había enganchado a siete centímetros de profundidad en el grueso diámetro del perno del reloj. Con su brazo izquierdo levantó a Emilie de la fuerza de la corriente —cada músculo tenso— hasta que ella pudo envolver sus brazos alrededor de su cuello. Ella se aferró a él, tosiendo y escupiendo mientras el flujo salpicaba sus cabezas e intentaba de succionarlos hacia las fauces arremolinadas de agua negra y madera rota, al otro lado de la torre que ya se encontraba sumergida.

—¡No puedo soportar más! —gritó. Sintió que sus garras se resbalaban lentamente a través del hierro dejando sus huellas con cada centímetro perdido.

—Peso demasiado —respondió Emilie, y él pensó por un minuto que lo iba a soltar. En cambio, se desabrochó la capa de piel y dejó que el agua la arrastrara desde sus estrechos hombros hasta que desapareció en el abismo.

La carga se aligeró, Kellan sujetó a Emilie con más fuerza y deseó que las garras se hicieran más largas para alcanzar a sostener la barra de hierro más allá de su propio brazo. Bandas de plata líquida comenzaron a entrecruzarse a través de su codo, subieron por sus bíceps tensos y cruzaron su pecho y su cuello. Esto le dio la fuerza que necesitaba para soportar hasta que muy lentamente el agua comenzó a retroceder. Cuando bajó lo suficiente para que pudieran volver a poner los pies sobre el piso firme de la plataforma, Kellan por fin soltó, primero a Emilie y enseguida, el perno central del reloj. El mercurio volvió a adoptar la forma de una mano y cayó a su costado, tan inerte y pesada como un trozo de roca.

Emilie estaba temblando con su sencillo vestido de lino, que se adhería húmedo a su delgado cuerpo.

—Gra-gracias —dijo.

Kellan descubrió que él también estaba temblando… pero no estaba seguro de si era a causa de la humedad y el frío, o de la repentina disminución de la adrenalina. Miró su mano plateada y dijo:

—Gra-gracias a la ma-maga que hizo esto para mí.

—Si alguna vez la co-conozco, se lo agradeceré —dijo Emilie. Luego añadió—: Mi habilidad es m-mucho más limitada, sólo soy b-buena tramando ilusiones, pero p-puedo hacer esto.

Tomó su mano izquierda entre las suyas y comenzó a trazar un patrón en ella. Un hechizo fiero. Kellan había visto trabajar a Rosetta docenas de veces haciendo bucles y giros complicados con delicados dedos danzarines. El hechizo de Emilie era mucho más rudimentario y consistía en una serie simple y repetida de líneas: una espiral, seguida de un trazo de arriba abajo y de lado a lado. Como un sol, o una estrella. El efecto, también, fue lento… una calidez progresiva que pasó de las yemas de sus dedos a su piel.

Ella le sonrió tímidamente cuando la magia comenzó a funcionar. Era una sonrisa torcida, jalada un poco hacia abajo por las cicatrices en su lado izquierdo, y la cosa más hermosa que jamás había visto.

★

Pasaron la noche en su gélido sitio, acurrucados juntos, mientras las inundaciones amainaban lentamente, tratando de no pensar en el tipo de devastación que les esperaba cuando terminara la noche.

—Lamento lo de tu capa —dijo Kellan, poniendo sus brazos alrededor de ella para ayudarla a aliviar algunos de sus escalofríos—. En verdad desearía que la tuvieras ahora. ¿Era... importante?

—Un proyecto que mi madre comenzó antes de morir. Una capa de protección, hecha con pieles de mil animales diferentes y cosida con hechizos fieros. Tuve que descubrir cómo terminarla por mi cuenta, y para ello recurrir a cualquier trozo de piel y cuero que pudiera encontrar.

—¿Protección?

—De las mismas personas sobre las que traté de advertirte a ti y a Conrad. El Círculo de la Medianoche.

—El mensaje en mi habitación. La cita con Conrad en la tumba. La invitación de Pelton al baile... ¿Todo eso fue obra tuya?

Ella asintió con un gesto sombrío.

—Y yo fui demasiado ignorante para verlo. Y ahora... —a través del círculo vacío de la carátula del reloj podía ver las torres del castillo, las únicas partes que quedaban sin sumergir— es demasiado tarde.

—El Círculo no suelta fácilmente las cosas que busca, ni desperdicia un recurso que podría resultar útil en el futuro —dijo Emilie—. Si ellos lo tienen, podemos confiar en que lo mantendrán con vida. Fidelis no querría ahogar a un rey si puede reclutarlo primero. Eso debería ser un poco de consuelo, al menos.

—¿Cómo sabes todo eso?

—Porque —dijo con tristeza— yo era uno de ellos.

Kellan se tensó y Emilie desvió la mirada.

—Me crie en el Círculo. En secreto, claro. Tuvieron que mantenerse en la clandestinidad ante la organización del Tribunal y su ascenso al poder, pero las prácticas del Círculo nunca se extinguieron. Han prosperado en la oscuridad, con pequeñas sectas en cada ciudad, miembros en cada corte. Incluso tenían agentes dentro del Tribunal, que trabajaban de forma encubierta para proteger la orden. Cuando tuve la edad necesaria, mi madre y yo fuimos enviadas a Syric con la misión expresa de acercarme a la princesa Aurelia de alguna manera. Fidelis quería que la observara y les informara de sus movimientos. Ganarme su confianza, si era posible, e introducirme en su círculo primario. Tomó años: cuando se alcanzó la meta, mi madre había sido juzgada y colgada como bruja.

—No entiendo —dijo Kellan. Se incorporó con la cabeza dándole vueltas. Empezó a caminar—. Tú ayudaste a Aurelia. Estrellas, te quemaron en la hoguera por ella...

—Ella fue amable conmigo —los ojos de Emilie se empañaron y oprimió el pendiente de dragón que colgaba alrededor de su cuello—. Ella no me veía sólo como una sirvienta o un... peón, como lo hacía el Círculo. Así que la ayudé. Y pagué el precio, sí, pero no cambiaría mi decisión. Tú tampoco, espero.

Los ojos de Kellan se posaron en su mano plateada.

—Esa noche, usé una ilusión para escapar de la pira y luego esconderme en el castillo. Robé ungüento y gasas para mis heridas de la despensa de la señora Onal. Ella nunca dijo nada, pero creo que sabía que yo estaba allí de alguna manera, y se desvivió para reponer lo que necesitaba y mantenerlo abastecido en sus repisas. Estoy viva gracias a ella.

Kellan asintió.

—Eso suena como algo que ella haría.

—Cuando los clérigos del Tribunal que intentaron matarme se dieron cuenta de que la pira estaba vacía decidieron que era mejor encubrir mi desaparición que admitir mi fuga.

Así que llenaron una urna con cenizas de la hoguera y la enterraron en una fosa común del Tribunal. Un golpe de suerte, pensé. Podría curarme sin miedo a que me persiguieran. Pensé que, cuando me recuperara, volvería con Fidelis y el Círculo y les diría lo que había hecho y cómo había mantenido viva a la princesa, pero él llegó primero a Syric. Cuando fui a verlo, uno de los miembros de los primeros niveles del Círculo me dijo que había ido a visitar mi tumba.

"Me conmovió. Y pensé: lo sorprenderé allí. Me haré invisible y luego abandonaré la ilusión justo en el momento adecuado. Me convencí de que estaría impresionado. Tal vez incluso me haría avanzar dentro de las filas del Círculo. ¿No había mostrado yo buen juicio? ¿No había sido obediente? ¿No había ejemplificado la firmeza?

—¿Qué pasó? —preguntó Kellan, con voz más suave ahora.

—Estaba usando esa ilusión cuando Fidelis se paró con otros miembros del Círculo sobre mi tumba vacía y se lamentó por la decepción que yo había sido. Dijo que había desperdiciado la oportunidad que me habían dado cuando habían entregado a mi madre al Tribunal —tomó una respiración temblorosa—. Hasta entonces, no lo sabía... Hicieron ejecutar a mi madre, ¿sabes?, con el expreso propósito de congraciarme con la princesa. Para que pudiéramos tener algo en común.

—Lo siento mucho —dijo Kellan.

—No lo sientas —dijo ella apretando la mandíbula—. El gran don mágico de Fidelis gira en torno a la manipulación de los pensamientos, pero se ha vuelto tan bueno en el arte de la subyugación que después de los primeros encuentros con alguien, ni siquiera tiene que usar magia para ejercer su control. Despoja a las personas de todo lo que las hace ser quienes son… hogar, familia, historia, identidad… y las mete en un ciclo interminable de castigo y alabanza. Se convierten en marionetas vacías, entrenadas para seguir todas sus órdenes, para someterse a todos sus caprichos, tan llenas de miedo y amor que ya no pueden distinguir uno del otro. Para entonces, yo ya había estado alejada de su influencia el tiempo suficiente para no verme limitada por su magia, y enterarme de que él había hecho ejecutar a mi madre a propósito… fue suficiente para sacudirme lo último de mi condicionamiento.

Se detuvo aquí, para recuperarse. Luego tragó saliva y continuó.

—Finalmente entendí por qué mi madre había accedido a llevarme a Syric, tan lejos de su influencia, y por qué había comenzado a fabricar la capa que podía proteger a una persona de los efectos de la alta magia. Quería alejarme del Círculo. Aun así, si no fuera por lo que yo había tenido que pasar, no estoy segura de que hubiera tenido la audacia de dejarlo ese día en la fosa común. Pero para entonces había atravesado el fuego y salido con vida al otro lado. Yo había cambiado.

Kellan la miraba fijamente, apenas capaz de comprender cómo debía haber sido.

—Después de eso, fue como si me hubieran quitado un velo de los ojos, y mis pensamientos fueran completamente míos por primera vez en mi vida. Empecé a pensar que estaba a salvo. Pero luego cayó el Tribunal y Fidelis se volvió más audaz. Empezó a reclutar en serio. Puso su mirada en Conrad, y supe que ya no podía quedarme quieta.

—Eres muy valiente —observó Kellan en voz baja.

—Pensé que lo era —dijo—, pero en el baile, Fidelis miró en mi dirección y salí corriendo aterrorizada —levantó la cara. Dos lágrimas corrían en finas rayas por sus mejillas, una suave y tersa, la otra marcada con parches irregulares de antiguas quemaduras—. ¿Qué hechizo puede protegerte de tu pasado?

—Ojalá lo supiera —dijo Kellan, sentándose a su lado una vez más—. ¿Tal vez el tiempo?

—No queda mucho, me temo —dijo, apoyando la barbilla en su brazo—. Para ninguno de nosotros. El reloj fue la primera señal del Ajuste de Cuentas consignado en los Papeles de la Medianoche. Esta inundación es la siguiente. Pronto, la fiebre amarga se extenderá por la tierra, seguida de disturbios, y terminará con una gran batalla. Entonces, Empírea descenderá y limpiará la tierra con fuego. El Círculo cree que todo, la inundación, la fiebre, la guerra, es un sacrificio por ella. Una ofrenda de sangre. Y si ella lo acepta, serán recompensados en el mundo venidero.

—¿Es verdad?

—¿Qué importa? —respondió Emilie—. *Ellos* lo creen. Y no se detendrán ante nada para asegurarse de que todo suceda exactamente como lo predijo Fidelis Primero.

—¿Y qué papel juega Conrad en todo esto?

—No es Conrad a quien quieren —dijo Emilie—. Sino a Aurelia. Creen que ella es la reencarnación de la Tejedora, una maga que podía usar las tres magias a la vez. La Tejedora es la ofrenda definitiva: un ser humano con un poder casi igual al de la propia Empírea. Sospecho que quieren a Conrad porque saben que pueden usarlo para controlar a Aurelia.

Kellan estaba negando con la cabeza.

—Aurelia está muerta. Estuve allí cuando pusieron su cuerpo en el sepulcro.

—Su cuerpo *mortal* —dijo Emilie—. Eso también es parte de la profesía de la Tejedora. Que se despojará de su piel mortal y resurgirá, triunfante, en las horas finales de la humanidad.

—¿Para salvarla?

—Para gobernarla. Para convertirse en reina del nuevo mundo de Empírea, con la reencarnación de su amado consorte, Adamus, a su lado.

Kellan se quedó en silencio, horrorizado.

—El Círculo no quiere matarla —dijo Emilie, levantándose para contemplar la ciudad inundada—. Ellos quieren *coronarla*.

31

ANTES

CHYDAEUS

Chydaeus sabía que el Gran Maestro Fidelis no confiaba en él, aunque no estaba muy seguro de por qué.

Como miembro del Círculo, Chydaeus no tenía igual en su devoción por Empírea. Siempre era el primero en arrodillarse en el culto todas las mañanas y el último en retirarse. Era diligente en sus tareas y cuidadoso en sus palabras: un miembro modelo del Círculo en todos los sentidos. ¿Por qué, entonces, Fidelis seguía manteniéndolo a distancia? Durante meses, Chydaeus se había visto obligado a observar cómo otros iniciados avanzaban en las filas. Muchos de los que habían entrado en el Círculo después de él ya habían superado el sexto rito de su iniciación, mientras que Chydaeus se había quedado estancado en el cuarto desde la caída de Morais.

La respuesta, lo determinó por fin durante uno de sus turnos de día, mientras acarreaba madera a los sitios de construcción naval, debía ser su edad. Sabía que era joven, pero también que era notablemente inteligente. Y era muy trabajador y ponía el doble de esfuerzo en sus tareas diarias, en comparación con otros que le doblaban la edad. Eso tampoco era un alarde, ya que la vanidad era una de las debilidades de los hombres que más irritaban a Empírea. Era verdad. La verdad era un factor intrínseco del orden.

En el siguiente culto, se prometió comentárselo al Gran Maestro.

—Amigo Fidelis —dijo, acercándose al Gran Maestro después de completar las oraciones y postraciones requeridas—, deseo hablar con usted. Me ha llamado la atención que no se me ha permitido el mismo nivel de participación en las ministraciones de la voluntad de Empírea que otros que están en el mismo nivel que yo, aquí en el Círculo. Quisiera saber por qué.

—Vamos, amigo Chydaeus —dijo Fidelis—. Es indecoroso desear elevarse por encima de tus compañeros, porque ¿no somos todos iguales a la vista de...?

—No tengo ningún deseo de elevarme por encima de mis compañeros —interrumpió Chydaeus con seriedad—. Sólo de elevarlos junto a mí, para que todos podamos ser glorificados por Empírea. Pruébeme, Gran Maestro. Permita demostrar la sinceridad de mi compromiso con la causa de Empírea.

Fidelis lo observó, en guardia.

—Está bien —dijo—. Esta noche, los decanos y yo te administraremos los ritos de iniciación del quinto y sexto grados: el juicio y la obediencia. Sin embargo, si fallas, serás degradado al segundo grado. ¿Entendido?

Chydaeus respondió en voz baja:

—Sí, Gran Maestro —pero por dentro se estaba pavoneando. ¿El quinto y el sexto ritos? Sólo había ocho en total. Estaría a sólo unos pasos de ser miembro de pleno derecho del Círculo; tal vez incluso podría ser considerado para un puesto como decano en la cuarta facción. Sin embargo, desechó la idea en cuanto se le ocurrió; nunca se sabía qué pensamientos extraviados podría captar Fidelis.

Terminó su trabajo de la tarde en un tiempo récord. Dejó caer su última carga de madera en el astillero justo cuando el sol comenzaba a ponerse, mientras que los otros miembros del cuarto nivel apenas estaban en su segunda y tercera ronda. Esto le dio tiempo suficiente para limpiarse el sudor y la suciedad de la cara, y vestirse con su segundo conjunto de túnicas antes de dirigirse a la tienda del Gran Maestro. Tenía que pasar por los campos de práctica de los niveles quinto y sexto, e intentó reprimir la envidia que sentía al verlos moverse a través de sus maniobras de entrenamiento de batalla. Todo eso era en preparación para el séptimo rito, porque después del juicio y la obediencia, venía la paciencia. Al menos, razonó, ya no era un tercer nivel, que debía hacer todo el trabajo pesado requerido para aprender la fortaleza. O un segundo, que trabajaba todo el día bajo el calor sofocante de los hornos, por lo general con sólo una pequeña cantidad de comida y agua, para aprender la abnegación. Los del primer nivel ni siquiera recibían tanta responsabilidad: si tenían suerte, trabajaban todo el día moviendo madera sobre sus espaldas; si la suerte no los favorecía, limpiaban retretes. Parecía cruel, pero Conrad sabía que era para enseñarles la humildad que necesitaban para aprobar el primer rito. Se debía quebrantar la voluntad de algunos hombres para que aceptaran completamente la de Empírea.

Y aquellos que no conseguían aprender a someterse... eran eliminados de las filas del Círculo.

Era como tenía que ser.

El Gran Maestro Fidelis y el resto de los magos ascendidos residían en el edificio que una vez había sido la casa solariega del barón Aylward de Achleva. Si bien Fidelis menospreciaba su grandiosidad sentía que era útil para que los iniciados inferiores visualizaran las alturas a las que podrían ascender en el nuevo mundo de Empírea. Cuando Chydaeus llegó a la puerta, un iniciado de primer nivel la abrió, luego se hizo a un lado con la mirada apartada mientras Chydaeus cruzaba el umbral hacia un ostentoso salón. Era absurdamente grande, con un techo de seis metros y dos escaleras alfombradas de rojo que se curvaban hacia un segundo piso, donde la vanidosa estatua de Aylward había sido reemplazada por una de Empírea en su forma equina, con sus grandes alas arqueadas tan alto por encima de su cabeza que casi se tocaban.

Otro iniciado, esta vez de segundo nivel, le indicó sin decir palabra que lo siguiera. *Ah*, pensó Chydaeus. Probablemente le habían asignado una prueba de silencio y debía renunciar a hablar durante un tiempo predeterminado. Una de las tareas más difíciles, por lo general asignada a los miembros del Círculo de la Medianoche más obstinados, aquellos propensos a las maldiciones y las quejas. Pero el fracaso significaba ser degradado de nuevo al primer nivel, o peor: ser expulsado del Círculo.

El iniciado de segundo nivel se detuvo frente a la entrada de lo que alguna vez había sido el Gran Salón de Aylward, el lugar donde éste habría celebrado fiestas y banquetes o conducido sus asuntos provinciales. Ahora estaba vacío, salvo por un cuarteto de sillas negras de respaldo alto situadas en el estrado. Estaban ocupadas por el primer decano de cada una de las cuatro facciones; la silla del Gran Maestro Fidelis se ubicaba prominentemente delante de las otras tres.

—Ah, amigo Chydaeus —Fidelis le hizo señas para que entrara, y Chydaeus se inclinó profundamente. Si estuviera en un nivel más bajo, se esperaría que se arrodillara o se postrara por completo en el suelo. Pronto, sólo tendría que asentir cuando el Gran Maestro le hablara.

Lo siguiente era parte de un guion; Chydaeus sabía cada palabra de memoria.

—Bienvenido, iniciado —dijo Fidelis y se levantó de su silla—. ¿Qué es lo que te trae hoy ante nosotros?

—Deseo demostrar mi lealtad hacia Empírea —respondió Chydaeus— y, por extensión, mi lealtad hacia el Círculo de la Medianoche, una sociedad de sus discípulos dedicada a facilitar su regreso a la tierra y la subsiguiente purificación de ésta.

—Recibo tu solicitud —dijo Fidelis—. ¿Mis colegas la reciben?

Los otros tres líderes asintieron con gesto solemne.

—La solicitud ha sido escuchada y recibida. Yo, Fidelis Decimocuarto, por la presente te doy permiso, amigo Chydaeus, para proceder a la quinta tarea de iniciación que he elegido para ti y que ahora describiré.

Chydaeus permaneció inmóvil cuando Fidelis se acercó a él.

—El quinto rito, como sabes, consiste en determinar tu habilidad para emplear de manera acertada los valores del Círculo al emitir un juicio. Para hacerlo, te presentaremos a tres personas que han sido sorprendidas recientemente infringiendo nuestras reglas. Te diré la naturaleza de sus crímenes y tú decidirás sus sentencias. Dos serán exonerados. Uno debe ser condenado. Depende de ti la decisión.

Hizo una señal al iniciado de segundo nivel que esperaba en la puerta, quien asintió y la abrió. Dos quintos niveles, vestidos con las armaduras asignadas por el Círculo, condujeron a tres prisioneros al frente empujándolos con la punta de sus lanzas como si fueran ganado. Dos hombres y una mujer, todos encadenados de tobillos y muñecas.

Fidelis había dicho que las personas a las que juzgaría Chydaeus también eran miembros del Círculo de la Medianoche, pero estaban vestidos como forasteros, con viejas vestiduras en lugar de sus túnicas. Chydaeus intentó no burlarse; no sería bueno mostrar ningún tipo de juicio prefabricado antes de haber escuchado los crímenes de los prisioneros, sin importar su apariencia.

—Latro, da un paso al frente —dijo Fidelis, y el primer hombre obedeció—. Cuéntanos, amigo Latro, ¿qué hiciste para caer en esta… desagradable… situación?

Latro miró sus pies mientras hablaba con voz baja.

—Le robé, Gran Maestro.

—¿Qué robaste?

—Su medallón, Gran Maestro. Yo estaba destinado aquí, como su asistente personal. Y una noche, mientras dormías, me colé junto a su cama, donde estaba su medallón.

—¿Y luego…?

—Tomé el medallón, Gran Maestro. Y hui.

—¿Qué ibas a hacer con el medallón?

—Pensé que podría venderlo, Gran Maestro. No lo sé —las lágrimas corrían por su cara sucia—. Fue un error. Me atraparon casi en cuanto salí del edificio. Por favor, Gran Maestro. Degrádeme de nuevo al primer nivel. Trabajaré en los hornos. O en los retretes. Ninguna tarea será demasiado baja para mí. Permítame mostrar mi humildad.

—Puedes dar un paso atrás, Latro —dijo Fidelis con un movimiento de su mano.

—Caedis —llamó a la mujer adelante—. Amiga Caedis, tu pregunta es la misma. ¿Qué crimen cometiste para terminar aquí?

Caedis no se miró los pies. En cambio, miró directamente a los ojos de Fidelis.

—Asesinato, Gran Maestro.

—Por favor, explica un poco más.

—Había una mujer con la que trabajaba en la armería. Una nivel tres, igual a mí. No sé cuál es su nombre, o era. Mientras nuestra vigilante de quinto nivel estaba presente, se portaba perfectamente bien, obediente y callada, pero en cuanto nos quedábamos solas, empezaba a murmurar. Todo tipo de cosas.

—Por favor, dime qué decía la mujer.

Caedis tragó saliva y frunció la boca.

—Prefiero no repetirlo, Gran Maestro.

—En este caso —dijo—, puedes hacerlo.

La amiga Caedis asintió.

—Decía que el Círculo de la Medianoche era una organización ignorante dirigida por un charlatán.

—¿Y entonces qué hiciste, amiga Caedis?

—Tomé una de las espadas del arsenal —dijo—, y se la clavé.

—¿Dónde se la clavaste?

Caedis no se inmutó.

—Justo en su cara mentirosa.

Fidelis asintió.

—Retrocede, amiga Caedis —volteó hacia el último hombre de la fila—. Meraclus. Es tu turno. Cuéntanos tu crimen.

Meraclus no miró a Fidelis: fijó su mirada en Chydaeus.

—Puedo decirle por qué me detuvieron —respondió—. Aunque todavía no puedo ver cómo tal cosa constituye un crimen.

—Bien —dijo Fidelis—. Cuéntanos por qué te detuvieron.

—Yo… soy un miembro de la segunda facción, Gran Maestro. Un mago fiero.

—¿Y?

—He sido miembro del Círculo durante seis años, Gran Maestro. Otros miembros del Círculo se acercaron a mí después de que mi hermano, también un mago fiero, fue ejecutado por brujería por el Tribunal. Me reclutaron. Ya era un iniciado de quinto nivel un año después, y un miembro con plenos derechos después de dos.

—Y, sin embargo, aquí estás ante nosotros. ¿Por qué? —Fidelis golpeteaba con el dedo el brazo del sillón, impaciente por la reticencia del hombre.

—Estoy aquí —dijo Meraclus—, porque conté a otros miembros de mi facción sobre un proyecto en el que trabajé con el Gran Maestro el año pasado. Era… era una especie de veneno, a base de *sangre* como base… No sé de quién era la sangre, pero la alteramos con hechizos y la convertimos de un veneno mortal a una temible plaga. Ni siquiera sé todo lo que se hizo, ya que había gente de todas las facciones trabajando en el proyecto y no se nos permitió fraternizar entre nosotros. Como mago fiero, siempre me he dedicado al equilibrio y a la apreciación del orden natural de las cosas. Y esta… cosa… que creamos fue exactamente lo contrario. Fue… impío.

Chydaeus sintió que un escalofrío le recorría la espalda cuando Meraclus volteó hacia él y dijo con urgencia:

—Cuando escuché sobre la fiebre que se había estado extendiendo por los Reinos Occidentales supe de inmediato que se trataba del mismo veneno. ¿Cómo podría no saberlo? ¿Cuántas enfermedades puede haber que acaben con los infectados llorando lágrimas negras? No fue obra de Empírea. Fue obra *nuestra*.

—Suficiente —dijo Fidelis.

Los dos centinelas de quinto nivel dieron un paso adelante, metieron una mordaza en la boca de Meraclus y lo jalaron de vuelta a la fila con los otros dos prisioneros. Sin embargo, no pudieron amordazar la intensidad de su mirada, que no vaciló ante Chydaeus.

—Bueno —dijo Fidelis, recuperando rápidamente la compostura—. Ahora has oído los crímenes, amigo Chydaeus. Emite tu juicio.

Chydaeus caminó hacia el primer prisionero, el hombre que había intentado robarle al propio Gran Maestro.

—Amigo Latro —entonó—, quedas perdonado —dio otro paso adelante y se detuvo frente a la asesina—. Amiga Caedis —dijo—. Tú también estás perdonada.

Frente al último hombre, se detuvo.

Fidelis preguntó:

—Sólo queda una opción, Chydaeus, pero debes pronunciarla. Al amigo Meraclus, ¿qué le dices?

—Estás condenado —dijo Chydaeus, en tanto mantenía en su rostro una máscara de calma.

—Que así sea —Fidelis se levantó—. Llévense a esos dos —ordenó a los de quinto nivel—. Dejen aquí al condenado para que reciba su castigo.

Meraclus gemía detrás de su mordaza, retorciéndose con sus cadenas en un lastimoso intento de enganchar el dobladillo de Chydaeus, como un gusano.

—Dime, amigo Chydaeus —dijo Fidelis—. ¿Qué te hizo decidir condenar a este hombre y dejar en libertad a los otros dos?

—Latro y Caedis hicieron mal, lo admito libremente —dijo Chydaeus—. Pero Latro no buscó frustrar las enseñanzas del Círculo: entendió su lugar y agradeció la oportunidad de permanecer en él, incluso si ésta venía con una degradación en el rango de iniciado. El crimen de Caedis fue aún más grave, pero se hizo en defensa del Círculo de la Medianoche. En cambio, este hombre... —Chydaeus lanzó una mirada abrasadora a Meraclus—, él ha divulgado mentiras activamente... sobre nuestra organización y sobre la naturaleza de la fiebre amarga, que todos sabemos que fue enviada por la misma Empírea como un medio para purgar la tierra, en preparación para su inminente llegada. Incluso, al estar frente a mí trató de sembrarme la duda. No. Tal hombre nunca será uno de nosotros. Es una plaga para el Círculo de la Medianoche y, por lo tanto, debe ser eliminado.

Fidelis sonrió.

—Bienvenido, amigo Chydaeus, al quinto nivel de iniciación. Has pasado con gran éxito.

—Mencionaste antes que me enfrentaría a los ritos quinto y sexto —dijo Chydaeus.

—En efecto, lo harás —Fidelis sacó un cuchillo del interior de su túnica y se lo entregó a Chydaeus—. El sexto rito es el de la obediencia. Has juzgado y condenado responsablemente a este hombre. Ahora, serás tú quien ejecute su sentencia.

Chydaeus agarró el mango del cuchillo y vio que los ojos de Meraclus se agrandaban ante la longitud de la hoja.

—Obedece, Chydaeus —dijo Fidelis—. Obedece y acércate un paso más a la membresía plena dentro de nuestra gran orden.

Chydaeus respiró hondo y levantó el cuchillo.

ANTES

ZAN

Ya había oscurecido en la abadía cuando Zan se detuvo ante una ventana que daba al promontorio del que sobresalía el faro, y se sorprendió al ver a la hermana Cecily sola en una franja plana de pasto quemado por el viento. No llevaba velo, tenía las mangas arremangadas y el delantal atado para que no se arrastrara por la tierra.

Estaba rellenando una tumba.

Bajó cojeando las empinadas escaleras talladas en piedra hacia ella, pero la hermana ni siquiera levantó la mirada cuando se acercó.

—No deberías estar fuera de la cama —dijo, echando tierra sobre el cuerpo envuelto en el sudario que yacía en la parte inferior del rectángulo, a escasa profundidad.

—Déjame ayudarte —ofreció Zan. Agarró una segunda pala que estaba apoyada contra la pared de la abadía. Todavía estaba un poco débil, pero no podía quedarse allí mientras ella sola realizaba tal trabajo—. Es una tarea terrible, no deberías hacerla sin ayuda.

—Me ofrecí como voluntaria —dijo Cecily, con los ojos empañados—. Sólo para alejarme por un minuto. Y prestar

un servicio a estas hermanas que no pude hacer por Prudence. Se podría pensar que después de tantos años, no debería
estar tan dolida por su pérdida —sollozó—. Pero ella siempre
fue mi favorita, ¿sabes? Incluso después de que tuvo que
irse.

—Déjame adivinar —dijo Zan suavemente—. ¿Sacerdotes?

Cecily rio, pero la risa se convirtió enseguida en otro sollozo.

—Ahora *sé* que la conociste —se limpió la nariz con la
manga y dijo—: Primero Syric, y ahora esto...

—¿Qué pasó en Syric? —preguntó Zan, al arrojar otra pa-
lada de tierra sobre el ataúd de abajo.

—Una inundación, eso se dice.

Zan se quedó inmóvil con el pie en el dorso de la pala,
medio enterrada en el montículo de tierra desplazada.

—¿Dijeron algo sobre el rey?

—No —dijo Cecily—. Nada —le dirigió una mirada curio-
sa—. ¿Eres de Renalt? Por tu acento habría creído que eras
de Achleva.

—Tengo... familia... en Syric —dijo Zan—. Espero que estén bien.

—Si quieres enviar un mensaje —dijo Cecily—, puedes
usar una de nuestras palomas. Aveline es nuestra cuidadora
de pájaros, pero tal vez no se dé cuenta si te prestamos una.

— ¿Es buena idea? —preguntó Zan—. A ella no parece que
yo le agrade mucho.

—A ella no le agrada nadie. No lo tomes como algo personal. No en un buen día como hoy.

—¿Crees que hoy fue... un *buen* día?

—Sólo tres tumbas —dijo, apoyándose en su pala—. ¿Y con
la mejoría de tu amiga? Yo lo llamaría un buen día.

—¿Cuántas otras has…? —comenzó, pero se detuvo cuando siguió su mirada por la franja de hierba, que estaba marcada a intervalos regulares por parches de tierra recién removida.

Docenas.

—Si las cosas siguen como hasta ahora —dijo Cecily—, no tendremos suficientes anacoretas para mantener la abadía en funcionamiento.

—Me sorprende que sigan teniendo suficientes —añadió Zan—. No puedo imaginar que las arañas y el celibato sean un gran atractivo para las nuevas reclutas.

Eso provocó otra risa.

—¡Con qué facilidad has resumido nuestra hermandad en dos palabras! —dijo Cecily—. Dime, Tom, ¿qué crees que es esta antorcha sagrada a la que hemos jurado nuestras vidas?

Los ojos de Zan se posaron en el faro, parpadeando mientras la lámpara giraba sobre su pista.

—Una buena suposición —dijo Cecily—. Pero equivocada.

—Está bien —dijo Zan—. ¿Qué es la antorcha sagrada sino el faro sobre el cual ustedes se mantienen vigilantes?

—Estás pensando demasiado concretamente. ¿Qué más podría ser una antorcha? ¿Qué más trae luz a la oscuridad?

Sin más, el primer pensamiento de Zan fue para Aurelia.

—¿Amor? —preguntó con voz casi inaudible.

—Ya estás más cerca —contestó Cecily—. Y es encomiablemente dulce. Pero no, la respuesta que buscas es: conocimiento. Las fundadoras de nuestra hermandad iniciaron la orden para proteger un conocimiento sagrado que temían que pudiera perderse en el tiempo o ser destruido por las fuerzas contrarias. Me parece una pena haberlo mantenido resguardado durante mil años para que se pierda ahora por causa de una fiebre.

¿Se entendía por "fuerzas contrarias" el Tribunal?

—¿Fueron las primeras hermanas magas? —preguntó Zan.

—¿Magas? —se burló Cecily—. Los magos se desvían con demasiada facilidad por su poder… son corrompidos con demasiada facilidad debido a sus tentaciones, controlados con demasiada facilidad por su necesidad de controlar. No, mi querido. Este asentamiento fue iniciado por las viudas de los magos. Aquellas que vieron a sus seres queridos perderse en la magia, y se vieron obligadas a continuar con el dolor que ésta siembra —inclinó la cabeza, estudiando al hombre—. ¿Qué pasa? ¿Dije algo inquietante?

—No, no —se apresuró a responder Zan—. Es sólo que… sé cómo se siente. Amar a alguien… dotado… con magia. Y luego perderla. Por eso. A causa de eso.

—Bueno, entonces tal vez te encuentras en el lugar correcto aquí en la Isla de las Viudas —dijo Cecily—. Bienvenido a la hermandad —había echado el último puñado de tierra y ahora la estaba alisando con el dorso de su pala—. La abadesa, estoy segura, no lo aprobaría. Pero estamos bastante cortas de personal en estos días.

—Todavía tengo que conocer a la abadesa —dijo Zan.

—Oh, pero ya la conoces —dijo Cecily, arrodillándose para acariciar la parte superior de la nueva tumba—. Ahí lo tienes, abadesa. Que tu alma encuentre paz en el Más Allá.

—Hubiera pensado que alguien de tal posición habría sido enterrado con más… ceremonia —dijo Zan con torpeza.

—Por lo general, ése habría sido el caso. Tendríamos una semana de luto, con su cuerpo en reposo sobre el altar del santuario, y cada noche una hermana escribiría y presentaría unas palabras en homenaje a la difunta. Al final de la semana, el códice de la difunta hermana: sus propios escritos, junto con los tributos escritos después de su fallecimiento, sería encuadernado y depositado en nuestro Sagrado Archivo, donde se quemaría Incienso de Aranea en su honor. Pero cuando debes enterrar a varias hermanas cada día, las tradiciones se arrojan por la ventana.

—Todavía podríamos hacer algo por ellas —dijo Zan—. Aunque sea pequeño.

—Sé dónde se guarda el Incienso de Aranea —Cecily se tocó la barbilla con gesto reflexivo—. Aunque no es algo que solemos compartir con extraños.

—Pero yo no soy un extraño —dijo Zan—. Recordarás que hace poco me dieron la bienvenida a la hermandad.

—Ahí está, es verdad —asintió ella—. Bueno, Tom, permíteme mostrarte lo que las Hermanas de la Antorcha Sagrada tienen para ofrecer, además de arañas y celibato.

★

Resultó que el Incienso de Aranea era un poco más potente que la típica bolsita perfumada o el cirio de madera. Era un rollo de resina y polvo de madera impregnado de hierbas aromáticas, inocuo a primera vista, que las Hermanas guardaban en una caja cerrada con llave, en la parte trasera de un armario cerrado con llave, en la parte trasera de una habitación cerrada con llave. Y Cecily no tenía ninguna de las llaves, así que abrió las tres cerraduras con dos alfileres.

Ésa debería haber sido la primera pista de Zan.

—¡Ajá! —dijo cuando la caja de seguridad hizo clic y la tapa se abrió—. Ahora, al archivo. Ahí se guardan los braseros.

Se colocó la caja bajo el brazo y susurró:

—Sígueme y mantente en *silencio*.

—¿Debería preocuparme de que lo que estamos haciendo nos meta en problemas?

—Quizá —dijo ella, sacando una lámpara de su gancho en la pared y entregándosela—. Pero estoy bastante segura de que la abadesa no se opondrá.

En la oscuridad, todo dentro de las paredes blancas de la abadía parecía como si estuviera pintado en tonos de frío cobalto. La linterna de Zan era un diminuto punto amarillo contra el tapiz azul, que entraba y salía de los serpenteantes pasillos de la abadía. Se mantuvo cerca de Cecily sabiendo que si se separaba de ella nunca podría volver sobre sus pasos. Cuando entraron en un atrio, la luz fue captada y dispersada por nubes de hilos entrecruzados que cubrían todas las superficies.

—Hermana Cecily —siseó Zan—. ¿Esto es…?

—Relájate —susurró ella—. Quédate en el camino y las arañas te dejarán en paz, te lo prometo. Las criamos para que sean dóciles y podamos recoger su seda sin que nos muerdan. ¿Ves? —se detuvo y puso su dedo en una rama que sobresalía, y una araña del tamaño de una moneda se arrastró hasta ella. Su abdomen era brillante y negro, como un cabujón de ónix pulido. Sus patas eran delgadas e imposiblemente largas, y se estrechaban en delicadas puntas como dagas. En la oscuridad, la marca semicircular en su espalda brillaba como plata etérea de una estrella en invierno.

—¿No son hermosas? —preguntó Cecily, y la levantó para que él la viera.

Zan estaba hipnotizado. ¿Cómo algo que le había causado tanto dolor podía tener el derecho de ser tan hermoso? Y, aunque todavía le dolía la mordedura en el cuello, extendió la mano y preguntó:

—¿Puedo sostenerla?

—Ciertamente —dijo Cecily—, si no tienes miedo.

Se quedó muy quieto mientras ella engatusaba a la araña para que se colocara en el dorso de su mano.

—Son muy especiales —añadió Cecily, en tanto permitía que la araña vagara lentamente a lo largo de su brazo—. No se encuentran en ningún otro lugar del mundo. La tradición de Abbey dice que fueron creadas cuando la Tejedora estaba aprendiendo a usar su magia. Cuenta la historia que estaba cosiendo hebras de azogue y luz de luna en un nudo de hechizo fiero cuando se pinchó el dedo con la aguja, de donde brotó una sola gota de sangre. Cuando la sangre cayó sobre el hechizo transformó el nudo en una araña, una creación nueva para el mundo hecha sin el permiso o la interferencia de ninguna diosa. Algunos lo llamarían un milagro. Otros, una abominación —Cecily inclinó la cabeza—. Creo que es ambos y ninguno.

—¿La Tejedora? —preguntó Zan, interesado. Volteó la mano y la araña se movió con ella—. Nunca había escuchado esa historia o ese nombre, y mi tío, quien fue muy cercano a mí, era un ávido coleccionista de esos cuentos. Era un mago de la Asamblea antes de su caída.

—La Asamblea cayó a causa de su propia arrogancia —dijo Cecily—. Creían saber todas las respuestas cuando ni siquiera tenían claras las preguntas.

La araña se posó en el hueco de la palma de Zan, una estrella negra de ocho puntas. Cuanto más tiempo la sostenía, más fácil era creer que un hechizo la había traído a la vida con *sangre*.

—¿Ustedes conocen bien las preguntas? —preguntó, y levantó la mano para dejar que la araña volviera a su hogar en los árboles cubiertos de seda.

—No —dijo ella—. Pero todos los días nos acercamos un poco más —entonces le hizo una seña—. Por aquí.

En cualquier otro lugar de culto, el foco de la construcción era siempre la capilla del santuario. Pero en la Abadía de las Hermanas de la Antorcha Sagrada, el archivo de la biblioteca era la pieza central alrededor de la cual se había construido el resto del complejo; en comparación, el santuario era apenas una ocurrencia tardía, más útil para las Hermanas como enfermería que como capilla.

En lugar de madera y yeso, la biblioteca se había construido con cantera; incluso las repisas, de las que había cientos, estaban hechas de mármol en lugar de modesta madera. Y en cada centímetro del piso, se habían colocado baldosas de esmalte de colores, recubiertas con plata. Los diseños eran tan fantásticos como gráficos, con formas orgánicas de animales que se mezclaban con líneas geométricas entrecruzadas y figuras alquímicas: un mapa celestial, se dio cuenta Zan mientras caminaba, con todas las constelaciones dispuestas en sus cuadrantes correspondientes, y viejas palabras alineadas en los bordes de un círculo: *Humilitas, Abnegatio, Fortitudo...*

—Si crees que eso es impresionante —dijo Cecily, al notar los ojos de Zan fijos en el suelo—, sólo espera.

Habían llegado al centro mismo de la habitación, donde un brasero de latón esperaba sobre una mesa circular de piedra. Ella sacó un rollo de incienso de la caja de seguridad y lo colocó en el brasero, luego tomó la vela de la lámpara de Zan para encenderlo. Le tomó un segundo prender, pero luego dejó escapar un humo que olía a aceite de bergamota y cedro, con un toque de hojas de enebro y lavanda helada... y algo más... un olor rico y vívido que no podía ubicar del todo. De hecho, *todo* esto tenía un extraño aire de familiaridad para él.

Zan seguía tratando de entender, y Cecily se había movido a través de la habitación para tocar la mecha de la vela de otro quemador. Éste chisporroteó cuando se encendió, y una línea de llamas trepó por una columna hasta que alcanzó otro quemador, que colgaba a tres metros y medio del suelo. El fuego se bifurcó allí en dos líneas que ardían a lo largo de un canal de latón sobre sus cabezas. Se juntaba y se separaba, se juntaba y se separaba, y pronto toda la habitación resplandecía.

Zan se quedó boquiabierto. Porque, aunque increíble, el radiante sistema de iluminación sólo servía para iluminar otra maravilla.

Era un planetario a gran escala que se extendía de un lado al otro del techo de la biblioteca. Planetas de latón, de casi un metro de diámetro, estaban montados sobre anillos circulares, mientras que estrellas de vidrio como espejo colgaban entre ellos. Rodeaba un punto central del suelo, donde había un pedestal con un libro antiguo, abierto bajo una campana sellada de luneocita.

—Nunca había visto algo así —dijo Zan en una reverencia silenciosa. Su mirada iba y venía del planetario al pedestal. Era imposible asimilarlo todo a la vez—. Nunca en toda mi vida. ¿Se mueve?

—Solía hacerlo —respondió Cecily—. En el día de la Tejedora.

—Es ia segunda vez que mencionas a la Tejedora —dijo Zan.

—Eso es porque aquí es donde se crio ella —dijo Cecily—. Antes de que esto se convirtiera en un convento, era un puesto de avanzada construido por ocho magos que creían que, algún día, nacería una niña mortal con un poder que podría rivalizar con el de Empírea. Una maga que podía usar los tres tipos de magia a la vez. Éste es su Códice —exclamó Cecily, indicando el libro en el pedestal—. Todas las monjas los hacen ahora, pero éste fue el primero. Es una recopilación de sus escritos, hechos por su propia mano.

—La Tejedora —dijo Zan, y dio un paso hacia el libro para mirarlo a través del cristal. Pero era difícil distinguir las palabras; la luz del brasero radial comenzó a diluirse en volutas que bailaban a través de su visión. Parpadeó varias veces, pero la luz sólo se difuminó más, tomando nuevas formas—. ¿Estás viendo esto? —cuestionó.

—Sí —dijo Cecily, sonriendo—. Significa que el incienso funciona.

—¿Qué hay en él —preguntó, cuando uno de los rayos de luz tomó forma humana—, que me hace empezar a ver cosas?

—Un poco de esto, otro poco de aquello —Cecily estaba extendiendo su mano para tocar algo frente a ella, que él no podía ver—. Esencia de gravidulce, veneno de las arañas medialuna, sangre de virgen, leche de semilla de amapola.

—Dijiste que queman estas cosas en los funerales —la cabeza de Zan se sentía ligera y su corazón había comenzado a latir con fuerza.

—Lo hacemos —dijo Cecily con tono ensimismado—. ¿Qué mejor manera de despedirnos de nuestros muertos que hacerlo cara a cara?

Zan tosió sobre el humo de olor dulce, enojado de pronto.

—*¿Estás llamando a los muertos?*

—No a los muertos reales —dijo Cecily—. No a *fantasmas*. Sólo la ilusión de ellos. Dijiste que perdiste a alguien, ¿no? ¿No quieres volver a ver a esa persona? ¿Para decirle cuánto la extrañas?

Y fue entonces cuando Zan se dio cuenta de por qué el diseño del piso le había parecido tan familiar: lo había visto antes, en una escala más pequeña. Era el patrón que Rosetta había tejido con hilo de mercurio en la parte superior de la torre de Aren, mientras llenaba el aire con humo de gravidulce. El hechizo que había enviado a Aurelia al Gris.

Cuando bajó la mirada a sus pies vio que un charco de líquido como un espejo había comenzado a extenderse por el suelo.

33

AHORA

AURELIA
Seis días antes de Pleno Invierno
1621

Intenté no mirar la cicatriz de la araña, mientras aplicaba ungüento en el corte debajo de la barbilla de Castillion, pero descubrí que mis ojos se desviaban de todos modos. Parecía una marca, arrugada y morada.

—Tal vez tú no me recuerdes —estaba diciendo Rosetta—. Nunca me viste. Pero yo sí te vi.

El rostro de Castillion se había tensado al escuchar a Rosetta relatar tan hábilmente hechos que habían existido, hasta ahora, sólo en su propia memoria. Traté de mantener mi propia expresión en blanco y tranquila, pero cada nuevo detalle de esa noche, trece años atrás, hacía la tarea más y más difícil. La historia se unía en pedazos dispares: escarcha y nieve. El tintineo de los cascabeles a lo lejos. Un árbol con una araña de siete patas tallada en su corteza. Un claro en el Ebonwilde, algo terrible sellado en su interior.

—Ésa es la razón por la que ninguno de ellos volvió jamás —susurró Castillion—. No fue porque los mataban *ellos*. Fue porque lo hicieron *ustedes*. Las guardianas, quiero decir. ¿Por qué?

—Si hubiera sabido todos los porqués —dijo Rosetta—, podría haber sido más fácil mantener la tradición. Pero me nombraron guardiana sin formación. Sólo sabía lo que vi hacer a mi abuela y mi hermana esa noche en que me escabullí para seguirlas. Imagina mi sorpresa cuando regresé al lugar un siglo después y descubrí que mi presa no era un hombre de ocho décadas, sino un niño de doce años —apartó la mirada, con los nudillos contra los labios mientras murmuraba—: Debería haberlo hecho. Debería haberlo hecho de cualquier forma. Y ahora son libres.

—Ellos no son lo que crees —siseó mientras yo pasaba un paño frío por el corte, pero mantuvo los ojos fijos en el techo—. Los llamamos los Verecundai. Siete magos que fueron maldecidos por Adamus Castillion para permanecer atrapados en ese claro del Ebonwilde, en tanto existiera la línea Castillion para mantener el hechizo de Adamus. Cada cien años, mi familia enviaba a uno de sus hijos con los Verecundai como sacrificio para que siguiera funcionando. Por lo general, era el hombre mayor de la línea, pero mi padre murió en un accidente minero unos meses antes —se encogió de hombros—. Yo tenía dos medio hermanos cercanos a mi edad que podrían haber calificado, pero mi madrastra me eligió. Como sea, yo era el mayor y, si no estorbaba, sus hijos heredarían todo.

—Estrellas supremas —susurré.

—No estaba enojado —dijo—. Fui pensando que estaba haciendo algo bueno. Por el mundo. Por mi familia. Esperaba encontrar la muerte en esos árboles. Lo que encontré, en cambio, fue la verdad.

—*Su* verdad —dijo Rosetta—. No puedes confiar en nada de lo que te hayan dicho...

—*Ellos* me ayudaron a orientarme después de que mi madrastra murió y mis hermanastros bebieron y pelearon entre sí hasta acabar prematuramente en la tumba —respondió Castillion con vehemencia—. Sin la previsión de los Verecundai, no existiría el Tesoro. No habría grano almacenado, ganado, trabajos en metal... Todo lo que tenemos ahora en el Fuerte Castillion se lo debemos a sus advertencias.

—Todo ese tiempo conquistaste las provincias de Achleva y subyugaste a sus ciudadanos a la servidumbre... ¿actuabas con el conocimiento de que eventualmente todo esto sucedería? —traté de contener mi ira—. ¿Por qué no lo dijiste? ¿Por qué no advertir a los demás?

—¿Y qué habrías dicho tú o cualquier otro monarca si les hubiera llamado la atención sobre tales cosas?

Me mordí el labio.

—Al menos podrías haberlo intentado.

—Lo intenté una vez —dijo—. Organicé una reunión con el rey Domhnall durante el Día del Peticionario, justo antes de que cayera el muro.

Me llegó un recuerdo de Kate conmigo en la plaza del mercado el Día del Peticionario, mientras ella nombraba a los señores de Achleva que estaban en el estrado y señalaba a uno con el cabello blanco, Castillion. Era raro ahora que lo recordaba. Castillion había sido tan sólo un extraño en ese entonces. Un nombre. Y ahora era... ¿qué?

Lo miré de reojo, tratando de entender cómo este hombre, con sus ojos oscuros y su cabello blanco, había pasado de ser un extraño, un antagonista, a un aliado, un... ¿amigo? ¿*Era* mi amigo ahora? ¿O sólo un enemigo fastidiosamente simpático? ¿O... algo por completo diferente? Era una posibilidad que no estaba preparada para examinar, y mucho menos nombrar.

Castillion seguía hablando, sin darse cuenta de mis ojos puestos en él.

—Domhnall se burló de mí y me sacó de la habitación, así que me fui. Tres días después, él estaba muerto.

—Todos tus barcos, edificios y planos... —pregunté— ¿todo eso vino de los Verecundai?

—Me hablaron de lo que estaba por venir —dijo Castillion—. Tenía que decidir qué hacer al respecto.

—Así que te ayudaron a navegar por estas calamidades —rugió Rosetta—, pero ninguno de estos preparativos habría sido necesario si ellos se hubieran quedado encerrados en el claro al que pertenecían.

—Nada permanece encerrado para siempre —dijo Castillion—. Incluso si me hubieras matado esa noche, ¿podrías haber regresado cada cien años? ¿Matar una y otra y otra vez? ¿Y quién habría asumido la tarea después de ti? ¿Tu hija? ¿Tu nieta?

—Nunca tendré una hija —contestó Rosetta de manera rotunda.

—¿Ves? —dijo él—. El sistema habría fallado finalmente, en algún momento.

Castillion estaba tratando de consolarla, me di cuenta con sorpresa. De aliviar su culpa por haber elegido no ejecutarlo.

—Eras tan pequeño —dijo en voz casi inaudible—. Estabas tan asustado. Temblando de frío y susurrando cosas para ti mismo. Y yo estaba tan enojada. Con mi abuela y con Galantha por haberme dejado la tarea a mí, y contigo, por ser tan joven. Pero si hubiera sabido que los liberarías...

—Yo no los liberé —respondió—. No, en realidad. Ellos siguen atrapados, sólo... atrapados conmigo, en lugar de en el Ebonwilde. Eso es lo que es esta cicatriz —se golpeó el pecho, sobre el corazón—. Todavía puedo llamarlos, si así lo decido. Pero no estoy seguro de cómo resultará si lo hago. Tú tienes una... historia con ellos, Aurelia.

—Nunca los he conocido. ¿Cómo podemos tener una "historia"?

—¿Eso significa…? ¿Ella es… ? —preguntó Rosetta.

—¿Soy *qué*? —exigí—. ¿Qué tengo que ver yo con todo esto?

Rosetta me miraba con una nueva expresión en el rostro.

—Tiene sentido ahora. Esos sueños que solías tener… de los que me hablaste, allá en Achleva… Pensé que eran sólo destellos del futuro que habías obtenido del Gris… un efecto secundario de haber estado a punto de morir… pero lo que te he visto hacer ahora mismo, con Nathaniel…

—¿De qué estás hablando? —pregunté, cada vez más exasperada con cada segundo que pasaba.

—Y la sanación —continuó—. Podías tomar las heridas de otros como si fueran tuyas. Era una anomalía, sin duda, pero no le di importancia. No presté suficiente atención… una imposibilidad tras otra…

Castillion tomó mi mano y me ayudó a ponerme de pie.

—Debería habértelo dicho antes —añadió—. Esa noche en el *Humildad*, tal vez. Y cuando te desperté en el Jardín Nocturno, ciertamente. Pero siempre había razones para posponerlo… estabas en tal estado cuando despertaste, y luego corriste…

—Castillion —dije en voz baja, suplicante—. Por favor. ¿De qué se trata todo esto?

—La estatua —exclamó—, en el Jardín Nocturno. ¿La recuerdas?

—Sí. Dijiste que era de una pareja de amantes. Adamus y Vieve. Y que tú eras descendiente de la línea de su hermano, y que yo soy descendiente de la línea de su hermana.

—Tú y yo —recalcó llevándose las manos a la cara— no somos simplemente descendientes de ellos. Nosotros *somos* ellos.

No dije nada, y Castillion continuó.

—Parte de la maldición sobre los Verecundai fue que permanecerían en su prisión forestal hasta que aquellos a quienes habían traicionado, Adamus y Vieve, renacieran en esas líneas familiares. La tradición que siguió mi estirpe, de enviar a sus hijos con los Verecundai, se originó como una prueba, para verificar si el alma de Adamus había renacido o no.

Rosetta caminaba de un lado a otro ahora.

—Y mi familia debe haber comenzado su propia tradición para evitar que esos hijos llegaran al claro. Entonces, incluso si el octavo mago de los Verecundai renacía, nunca conocería su verdadera naturaleza, y los siete restantes nunca serían liberados —sus ojos amarillos brillaron a la luz del fuego—. Hasta que la tarea recayó sobre mí, y no pude lastimar a un niño de doce años, abandonado en la oscuridad.

—Entonces... —empecé, tratando de juntar las extrañas piezas—. ¿Ustedes creen que *yo* soy la reencarnación de... Vieve?

—Vieve era conocida como la Tejedora —dijo Rosetta—. Capaz de hilar los tres tipos de magia a la vez y tejerlos juntos. Y por lo que te he visto hacer... —dejó que la frase quedara inconclusa.

—Estoy seguro de que eres quién eres —dijo Castillion en voz baja—. Y no sólo porque los Verecundai querían que te matara. No sólo porque tus habilidades son extraordinarias... Estoy seguro porque en el momento en que te vi, te *reconocí* —su voz se volvió un murmullo—. Te conozco, Aurelia.

★

Pasé esa noche en la habitación de Galantha una vez más, aunque sólo logré flotar en las aguas de la etapa crepuscular del sueño, sin hundirme nunca en sus profundidades. Cada vez que mis pensamientos se las arreglaban para vagar más allá del tenue borde hacia algo cercano a un sueño, mis pensamientos volvían a la Tejedora, Vieve, esta figura formidable del pasado lejano, capaz de hilar los tres tipos de magia a la vez, que de alguna manera estaba atada a mí.

No, no sólo atada a mí. Si lo que decían Castillion y Rosetta era cierto, ella *era* yo.

Me senté en la cama y puse los pies en el suelo, permitiéndome sentir la solidez bajo los pies antes de ir al tocador donde estaba el espejo de Galantha, cubierto por un sudario.

Vacilante, enrosqué mis dedos en la tela y la quité, poco a poco, del marco. Luego, me senté en el taburete frente a él y examiné su reflejo vacío.

—Muéstrate —dije en voz baja.

Lentamente, la extraña versión de mí comenzó a materializarse en el desgastado vidrio.

Levantó la mano y colocó cada dedo contra su lado del espejo. La seguí, hasta que ella y yo parecíamos un fiel reflejo de la otra, las manos juntas, separadas por dos planos: uno de vidrio, el otro, un estado de existencia.

—¿Quién eres? —pregunté.

Yo soy tú, fue la respuesta. Y, a través del espejo y en la parte posterior de mis párpados, comenzaron a formarse imágenes.

Estaba viendo a través de un par de ojos que no eran los míos, accediendo a recuerdos de cosas que nunca había experimentado.

Muchos eran tremendamente maravillosos —una máquina dorada de planetas en movimiento, la oleada de alegría al lanzar un nuevo hechizo, el sabor de un beso en mis labios, el rostro borroso de quien me lo estaba dando, visto a través de los ojos entrecerrados y una cortina de pestañas—, antes de que se tornaran oscuros. Pronto me abrumaron los recuerdos del frío y la nieve flotando, un dolor agudo en las costillas y la vista de un cielo turbio por el fuego blanco de la ira de una diosa.

Lancé un grito, aparté la mano del espejo y todo se redujo al vidrio plateado. Cuando se aclaró, una serie de pensamientos distantes vinieron a mi mente, espontáneamente, y con una voz que no era la mía.

Sé fuerte, hija mía, porque en Ebonwilde
los lazos se romperán y la sangre fluirá
Levántate, hijo mío, aparta tus miedos,
acera tu corazón y da el golpe.

Agarré mi capa y bajé corriendo las escaleras, pasé junto a Nathaniel —todavía inconsciente sobre la mesa de la cocina— y salí por la puerta hacia la nieve. Me dirigí al campo de gravidulce. Era un lugar mágico, el lugar donde la diosa Madre, Ilithiya, había muerto después de formar el mundo, dejando atrás la flor de gravidulce y una hija mortal, Nola. La última vez que había estado aquí, las flores estaban en plena primavera a pesar de que se acercaba el final del otoño fuera de la granja. Era un lugar sagrado y protegido, había dicho Rosetta en ese momento. Uno que nunca dejaba de florecer. Y necesitaba un recordatorio de que todavía había belleza en el mundo, que todavía había vida.

Pero cuando llegué, la escena no era en absoluto lo que esperaba ver. En su lugar, un mar de flores marchitas y tallos secos se habían doblado bajo el peso de la nieve.

Incluso este prado, otrora inflamado de la divinidad de la diosa Madre, estaba muerto.

Escuché el sonido de sus botas en la nieve antes de girarme y verlo.

—Sé que es mucho para asimilar —dijo.

—Toda mi vida —dije— he luchado contra los lazos que me atan. Con la magia no pude evitarlo, contra un sistema que no construí, impulsado por un camino tras otro que no elegí. Y ahora me dices que ni siquiera soy *yo*.

—Sigues siendo la persona que siempre has sido —dijo Castillion—. Tú sigues siendo tú. Tan sólo eres también...

—La Tejedora.

—Sí.

—¿Y tú eres...?

—La persona que amaba a la Tejedora —al ver mi expresión, preguntó—: ¿No se me permite preocuparme por ti?

—Desearía que no lo hicieras.

—¿Te importa lo que pase conmigo?

—Desearía que no me importara —dije.

Dio unos pasos cautelosos hacia mí; la línea de sus cejas oscuras formaban una V bajo la caída de su cabello blanco. Siempre había habido realeza en sus rasgos (pómulos altos, mandíbula afilada, labios generosos), pero contra la nieve dorada por la luna y las sombras teñidas de lavanda del bosque, él era algo de otro mundo. Lentamente, con cuidado, tomó mi mano entre las suyas y luego la llevó a los labios. Su suave beso contra mis dedos hizo que el calor floreciera a través de mi piel fría, como los pétalos de una rosa de albaricoque.

—Dime cuáles son tus órdenes, mi reina —murmuró—. Yo obedeceré.

34

ANTES

KELLAN

Un granjero en un barco de pesca encontró a Kellan y a Emilie dos días después del desastre en Syric.

Cuando escuchó sus gritos y levantó la mirada para encontrar a dos personas que lo saludaban desde el interior de la carátula rota del reloj, estuvo a punto de caer del bote por la sorpresa.

Primero tuvieron que bajar por el exterior de la torre del reloj, luego nadar unos cuantos metros en el agua helada para llegar adonde él pudiera alcanzarlos y subirlos a su bote.

Emilie se inclinó sobre el borde para mirar la ciudad sumergida mientras pasaban sobre ella; sus techos de hojalata y calles empedradas eran sólo visibles como formas fantasmales en el agua turbia y verde.

—¿Has encontrado muchos otros supervivientes? —preguntó Kellan con esperanza.

El granjero sacudió la cabeza entre remo y remo, triste y cansado.

—Ustedes son los primeros.

Los llevó a un punto de encuentro en una parcela de tierra a menos de dos kilómetros de la ciudad, donde la gente de los pueblos de los alrededores que habían quedado fuera del camino de la inundación, se había reunido para ver qué podían hacer. Había hileras sin fin de cuerpos cubiertos con sábanas, alineados para que amigos y familiares pudieran mirarlos por turnos, buscando reconocer los rostros hinchados por el agua. Resultaba insoportable verlo, ya que lo único peor que encontrar a un ser querido entre los muertos era no encontrarlo, porque eso significaba que quizá nunca se recuperaría, lo que trazaba un enloquecedor signo de interrogación donde debería yacer un punto final.

Kellan y Emilie encontraron la sección de los cuerpos sacados del palacio, donde el agua había retrocedido lo suficiente para permitir que los rescatistas buscaran en los niveles superiores. La mayoría de los que habían sido recuperados allí eran cortesanos y personal de servicio; Kellan conocía a algunos, de sus días junto a Aurelia. Emilie, también conocía a más de unos pocos.

Kellan se unió a ella cuando se inclinó para retirar la sábana del último cuerpo en la fila del palacio.

—Oh, Pelton —murmuró Emilie cuando el rostro apareció a la vista—. Era excéntrico, pero nunca fue desagradable —dijo con tristeza—. Empírea, acompáñalo.

—No hay señales de Conrad —dijo Kellan, mientras ayudaba a Emilie a cubrir otra vez el rostro de Pelton—. Ya revisé arriba y abajo de estas filas dos veces.

—Te lo dije —respondió Emilie—. No estará aquí. Él está con el Círculo —como si decir su nombre pudiera convocarlos de alguna manera, miró nerviosa a su alrededor.

—Entonces ahí es adonde debo ir —dijo Kellan, sabiendo que era verdad—. Debo encontrarlo, rescatarlo, traerlo a casa… —se calló y luego dijo con voz más suave—: Me gustaría que vinieras conmigo.

Los ojos de Emilie se nublaron con un terror instintivo.

—No —dijo—, no puedo. No puedo enfrentarlos. Tú no sabes...

—No —dijo Kellan con ecuanimidad—. No sé. Necesito que alguien me enseñe. Necesito que alguien me *ayude* —decir tal cosa en voz alta se sintió extraño; no estaba acostumbrado a pedir ayuda—. Por favor, Emilie. Ayúdame —más tranquilo, agregó—: No dejaré que te suceda nada. Lo juro.

Ella respiró dos veces de forma irregular y buscó su rostro.

—Está bien, lord Greythorne —dijo—. Te ayudaré.

—Gracias —Kellan tomó su mano con el apéndice humano que aún conservaba—. Y por favor... llámame Kellan.

—Como desees, lord Kellan Greythorne —respondió ella con una sonrisa irónica.

Y a pesar de su ánimo sombrío y del entorno funesto, Kellan rio.

★

Salieron del campamento de supervivientes esa misma noche, solos en la oscuridad, sin comida, con apenas abrigo, por entero faltos de provisiones. Pero aquélla no era la primera vez que Kellan se veía obligado a sacar provecho de las peores circunstancias. De camino a Achleva con Aurelia, había cazado urogallos y había cocinado berros. Al menos esta vez el enemigo estaba adelante de ellos y no tras ellos.

Emilie creía que los próximos movimientos del Círculo serían barrer la costa y apoderarse de tantas ciudades y pueblos lo más rápido que pudieran, sin dejar tiempo para que se corriera la voz y otros asentamientos se prepararan. Con eso en mente, se dirigieron al noroeste, hacia Graves y De Lena.

Después de tres días de caminar y sobrevivir, comiendo las nueces y semillas que saquearon del escondite invernal de una pobre ardilla, llegaron a una granja solitaria. Se detuvieron, con la esperanza de mendigar una comida y un lugar seguro para pasar la noche. Cuando nadie respondió, entraron.

Emilie había dado sólo unos pocos pasos dentro de la puerta cuando se detuvo de pronto.

—¡Espera, Kellan! ¿Hueles eso?

La habitación estaba impregnada de olor a descomposición, y no pasó mucho tiempo para que averiguaran de dónde venía: la dueña de la casa yacía muerta en la puerta de la cocina, aunque no parecía haber signos de algún golpe. Kellan se inclinó para darle la vuelta, pero Emilie lo agarró del brazo antes de que pudiera hacerlo.

—No. La. Toques —dijo ella—. Nada de contacto piel con piel, ¿entiendes?

Kellan tomó un palo grueso de un árbol y con eso empujó el cuerpo. Vio que a la mujer le caían lágrimas negras de los ojos ciegos.

—¿Qué *es* esto? —preguntó a Emilie—. ¿Qué podría haberle causado esto a esta mujer?

—La fiebre amarga —contestó ella, como si las palabras estuvieran oxidadas en su lengua por desuso—. Fidelis Primero escribió al respecto en sus Papeles de la Medianoche. Es... una plaga como ninguna otra, una enfermedad que mata al mostrar a una persona sus pecados, y mueren llorando las impurezas de su alma.

Durmieron en el pajar del granero, acurrucados juntos para mantener el calor. Por la mañana engancharon los dos caballos del granjero y llenaron las alforjas con alimentos secos que encontraron en el sótano antes de prender fuego a la casa. El rastro de humo en el cielo era visible a kilómetros de distancia.

Durante semanas viajaron siguiendo la estela ennegrecida y llena de cadáveres sembrados por el Círculo, atentos a cualquier señal de que el niño-rey de Renalt pudiera estar con ellos. Pero cuanto más veían, más empezaba a albergar Kellan el sombrío pensamiento de que tal vez habría sido mejor que Conrad hubiera muerto en las inundaciones de Syric.

Llegaron hasta Gaskin cuando el Círculo comenzó a cerrar su territorio, enviando sus tropas para patrullar los bordes todas las noches, en busca de fugitivos que hubieran eludido el reclutamiento y la asimilación en la rígida jerarquía del Círculo. Kellan y Emilie acamparon fuera del alcance de la patrulla, mientras planeaban cómo llegar al otro lado y qué harían cuando estuvieran allí.

Kellan regresaba de una caza exitosa para la cena de esa noche, con dos codornices colgadas del hombro, cuando escuchó voces provenientes de su campamento. Se agachó entre los árboles más cercanos justo a tiempo para ver a un pequeño escuadrón de seis miembros del Círculo con armadura que se llevaban a Emilie del campamento. Su rostro pequeño y pálido estaba rígido a causa del miedo, y Kellan sintió que se le encogía el corazón al verla. Le había prometido mantenerla a salvo y, en cambio, la había dirigido justo a la puerta del peligro.

No había tiempo para esperar o planear; no podía permitir que se llevaran a Emily de vuelta al culto del que tanto le había costado escapar.

Entonces, dejó las codornices. Se arrastró tras ellos y en cuestión de minutos atacó por la espalda. Le rompió el cuello a un soldado e incrustó su daga en la espalda de otro, antes de que los cuatro restantes escucharan un sonido siquiera. Pero cuando el segundo soldado cayó, se llevó la daga de Kellan con él, dejándolo desarmado.

Bueno, casi desarmado.

Kellan se imaginó de vuelta en la arena de Syric y permitió que la emoción de la pelea drenara el miedo de sus miembros. Y, casi sin darse cuenta, su mano derecha se convirtió en espada, y sus puñetazos en estocadas. La sangre voló con cada lance.

Pronto, cinco miembros del Círculo yacían muertos en el camino, pero el sexto estaba retrocediendo, con el cuchillo contra las costillas de Emilie.

—No tenemos que pelear, amigo —dijo el hombre—. Únete a nosotros. Únete y la dejaré ir. Empírea podría servirse de un luchador como tú; ella espera darles la bienvenida a ambos en su redil.

Kellan no tuvo que mirar la cara de Emilie para saber que preferiría morir antes que regresar al Círculo, pero cedió de todos modos.

—Está bien —contestó, dejó que su mano de mercurio volviera a su forma normal y luego levantó ambas manos en el aire en señal de rendición—. Haremos lo que pides. Sólo déjala ir.

—Sabia decisión… —empezó a decir el hombre del Círculo, pero las palabras terminaron en un gorgoteo lastimero cuando una fina lanza de metal le atravesó el cuello y salió por el otro lado. Un chorro de sangre salpicó la cicatriz de la mejilla de Emilie. La transformación del mercurio había sido muy rápida, tanto que el hombre ni siquiera la había visto venir. Fue casi un reflejo: Kellan había pensado lo que quería que hiciera el mercurio, y éste había obedecido. El hombre se derrumbó en el fango del camino.

Emilie se precipitó a los brazos de Kellan y hundió la cara en su pecho, mientras él la abrazaba con fuerza y acariciaba su cabello.

—Te tengo —murmuró al apoyar la mejilla contra su cabeza. Usó su manga para limpiar la sangre de su mejilla—. Te tengo.

Regresaron al campamento y empacaron todo.

—¿Adónde vamos ahora? —preguntó Emilie, subiéndose a su caballo.

—Esta vez —dijo Kellan—, a Greythorne.

—¿Ya no iremos tras el Círculo? —preguntó, sorprendida.

—Te prometí que te mantendría a salvo —dijo Kellan con gravedad—. Y te fallé una vez. No permitiré que vuelva a suceder.

35

AHORA

ROSETTA
Seis días antes de Pleno Invierno
1621

Rosetta escuchó los pasos en la escalera, un golpeteo ligero que debía ser Aurelia, seguido poco después por el andar más pesado de Dominic Castillion. El ruido no la despertó porque no estaba durmiendo. Pero eso no era sorprendente: nunca dormía. La mayoría de las noches se transformaba en zorro y pasaba las horas oscuras patrullando el Ebonwilde. En esa forma, por lo general podía olvidar su humanidad lo suficiente para que se *sintiera* como un sueño... un descanso temporal de sus preocupaciones, al menos.

Sin embargo, desde el último Pleno Invierno, sus viajes nocturnos se habían convertido cada vez menos en un respiro y más en un recordatorio de sus continuos fracasos. Los animales y las aves escaseaban, la vegetación nunca florecía más allá de los primeros y frágiles brotes de la primavera, y el bosque se estaba cubriendo rápidamente de caravanas de harapientos refugiados de Renalt que escapaban de la desolación de sus pueblos, asolados por la fiebre y sus campos baldíos, y de la amenaza inminente del Círculo de la Medianoche, en busca de la promesa de prosperidad en el reino de Dominic Castillion. En cualquier otro año, le habría molestado la invasión de su tranquilo refugio alpino, pero ahora no podía culpar a nadie por ello. Y entonces, se quedaba despierta en su cama, atrapada en un ciclo interminable de ira, autorreproche, preocupación y miedo.

Cuando escuchó que la puerta se cerraba por segunda vez renunció incluso a mantener la apariencia de estar dormida y bajó las escaleras para avivar el fuego antes de dirigirse a la cocina para revisar a su débil paciente.

Allí, se sorprendió al ver los ojos de Nathaniel abiertos y fijos en el techo de la cocina.

—Hola —saludó con torpeza; no había esperado que él estuviera consciente todavía—. Soy Rosetta. La... prima de Aurelia. Ésta es mi casa, estás a salvo aquí.

Sus ojos se posaron en los de ella. Eran negros desde la pupila hasta el iris, una señal segura de que era uno de los pocos afortunados que fueron afectados por la fiebre amarga y habían sobrevivido.

—Nathaniel —graznó a modo de presentación, y trató de sentarse.

—Si tienes que moverte, hazlo despacio —dijo—. Te vendamos bien, y deberás sanar bastante rápido, pero cuanto más tiempo puedas evitar estresar esas puntadas, mejor. Pero toma —se apresuró a servirle un vaso de agua y le puso la mano debajo de la cabeza para ayudarlo a llevárselo a los labios—. Escapaste por muy poco, Nathaniel —dijo, colocando la taza vacía en el fregadero—. Tienes suerte de estar vivo.

—¿La tengo? —preguntó él. Su voz era más fuerte ahora, un estruendo de barítono que le daba a ella la sensación de piel de oso y café robusto... rico, caliente y cargado.

Ella no respondió, sólo se echó el cabello detrás de los hombros mientras se inclinaba sobre su pecho para comprobar sus vendajes. Exploró uno con los dedos y él inhaló con fuerza.

—Lo siento —dijo Rosetta, con una voz demasiado seca para que sonara como una verdadera disculpa—. No hago este tipo de cosas a menudo. No estoy acostumbrada a... la gente.

—No eres tú. No es eso.

—Este alojamiento deja mucho que desear —exclamó—. Tus puntadas parecen estar bien. Hay un sofá en la otra habitación. Si quieres, puedo ayudarte para ir allá.

Él asintió lentamente y ella lo ayudó a maniobrar para sentarse. Luego, Rosetta le pidió que pasara el brazo por sus hombros, mientras él ponía ambos pies en el suelo. Un leve gemido escapó de sus labios cuando cambió su punto de apoyo.

—Despacio, despacio —murmuró ella en respuesta.

Cojearon lentamente hasta el sofá acolchonado junto a la chimenea, y ella se alegró de haber pensado antes en avivar el fuego, porque había una llama agradable y constante crepitando cuando lo ayudó a acostarse; luego, llenó de mantas y cojines el espacio bajo su espalda, para sostenerlo.

—Gracias... —dijo y, después de un momento, recordó su nombre—. Rosetta.

Ella le dedicó una tímida sonrisa.

—Buena memoria —comentó con aprobación.

—¿Dónde estamos? —preguntó, al mirar alrededor de la habitación, fijándose en los pesados aleros de madera y el yeso agrietado pintado a mano en las paredes.

—La cabaña de mi familia —dijo en respuesta, de pronto consciente de las excentricidades del edificio—. En el Ebonwilde. Nada lujoso, me temo.

—No, no —dijo él apresuradamente—. Estaba pensando cuánto me recordaba a otra cabaña en la que solía vivir.

—Tan… ¿pequeña y humilde? —ella soltó una leve risa avergonzada.

—Muy pequeña —contestó él con una sonrisa pálida y un asentimiento—. Muy humilde. La extraño. Fui feliz allí.

Hubo una pausa, y sus ojos adquirieron una mirada lejana, mientras se perdía en esos recuerdos felices del pasado. Después de un momento, se contuvo y se aclaró la garganta.

—Aurelia —dijo—. ¿Ella está…?

—Todavía está aquí —respondió Rosetta—. Ella y Castillion acaban de salir. Estoy segura de que volverán pronto. Después de lo que me dijeron que vieron en el Círculo de la Medianoche, estoy segura de que pronto querrán volver al Fuerte Castillion, para llevar a cabo los preparativos de su defensa, si un ataque es inminente.

—Sí —aceptó Nathaniel—. Estoy seguro de que te alegrará deshacerte de nosotros.

—Oh, no —dijo Rosetta—. No estoy segura de que estés en condiciones de… es decir, puedes quedarte aquí todo el tiempo que necesites. Para recuperarte.

—Eso es muy amable de tu parte, pero me iré cuando ellos se vayan. Si hay una pelea, necesito estar ahí.

Rosetta conocía esa mirada, ese tono: la compulsión tensa e inexpugnable de lanzarse uno mismo a la batalla desde la línea del frente, a pesar de, o quizá debido a, las lesiones o la mala preparación o la imposibilidad de un resultado favorable. Lo había visto antes en Kellan, después de que perdiera su mano. Y se dio cuenta, de repente, de que Nathaniel también había perdido recientemente algo irremplazable. Algo de lo que él creía que no podía prescindir para vivir. Y frunció el ceño deseando ser el tipo de persona que sabía qué tipo de palabras decir para consolar. Para dar esperanza. En cambio, se sentó ociosamente frente a él, torpe y con los labios apreta-dos, mientras la luz del fuego pulía su piel morena con cálidos destellos cobrizos.

—¿Sabes qué le pasó a la mochila que llevaba? —pregun-tó él.

—Todavía está en la cocina, creo —y cuando él se mo-vió para incorporarse, ella le lanzó una mirada fulminante—. *Siéntate.* Te acabamos de instalar, ni siquiera pienses en tratar de moverte hasta que yo lo apruebe —se dirigió a la cocina y la encontró al asomarse por debajo de la mesa; todavía la llevaba puesta cuando lo trajeron, y había sido lo primero que habían desechado cuando comenzaron su trabajo para salvarle la vida. Se agachó para recogerla. Del cuero sobresalían dos flechas; si hubieran logrado en su cuerpo, ningún esfuerzo hubiera po-dido salvarlo.

Trajo la mochila y se la entregó.

—Espero que no haya nada importante adentro —dijo Rosetta a la ligera, pero cuando sus ojos se posaron en el bul-to perforado por la flecha, Nathaniel dejó escapar un gemido bajo, herido.

—Oh, no. No —dijo.

Sin prestar atención a sus puntadas, agarró el paquete y rompió las flechas por la punta, luego las sacó con mucho más cuidado que el que ella había usado cuando extirpó las flechas de su carne. Arrojó los ejes sueltos al suelo y sacó con cuidado un rollo de lona del interior. Sus ojos estaban húmedos mientras tocaba las desgarraduras donde las flechas habían atravesado.

—¿Qué son? —preguntó ella con cautela.

—Retratos —dijo— de mi esposa y mi hija. Es lo único que me quedó de ellas.

Lentamente, las desenrolló y Rosetta se inclinó para ver mejor. La primera estaba cortada por un costado, dividiendo el cuello y la mejilla de una mujer con ojos gentiles como los de una cierva y una dulce sonrisa.

—Kate —dijo, al tocar ligeramente su otra mejilla—. Y Ella —levantó el retrato de Kate revelando otro de una niña muy pequeña, pero la hendidura pasaba justo por la mitad de la cara de la niña, dejándola sin rasgos.

—¿Puedo? —preguntó Rosetta en voz baja, y Nathaniel asintió.

Ella tomó los dos lienzos y los colocó sobre la alfombra trenzada, uno al lado del otro. Luego comenzó a invocar un hechizo de sanación, no muy diferente al que había usado para sanarlo. Sus dedos bailaron lentamente sobre los lienzos, tejiendo, atando, volviendo a unir los hilos trozados. Y lentamente, las desgarraduras volvieron a trenzarse; las imágenes fragmentadas estaban, una vez más, completas.

—Gracias —dijo Nathaniel cuando terminó—. Empírea te bendiga.

—En realidad —dijo Rosetta, levantando los lienzos—. Yo no adoro a... —sus palabras se apagaron—. Nathaniel. Conozco a esta niña.

—¿Qué? —preguntó Nathaniel, y arrugó la frente.

—Esta niña —dijo Rosetta con más urgencia—. La conozco.

Nathaniel negaba con la cabeza.

—Espera, no, ¿Ella? No puedes... eso no es posible.

—Fue hace sólo unos meses. Había una mujer... una mujer mayor, que no consiguió sobrevivir. Pero la bebé... —Rosetta volvió a mirar el retrato recién reparado. Reconocería esos ojos en cualquier parte—. Nathaniel —dijo ella, con la garganta cerrada—. Nathaniel, tu hija está viva.

ANTES

ZAN

Al encender incienso infundido con gravidulce sobre un antiguo hechizo de azogue a través del piso del archivo de la biblioteca de la abadía, Cecily había abierto un portal hacia el Gris.

Y Zan había caído de espaldas en él.

Había sido testigo de este ritual antes, en lo alto de la torre de Aren. Él era sólo un espectador entonces, de pie en ansiosa agonía, mientras Aurelia se acostaba sobre un nudo de cuerda de plata que se derretía en un espejo de agua. Había visto cómo su cuerpo se aflojaba, su conciencia se deslizaba de una dimensión a otra, en una misión para encontrar y recuperar la reliquia perdida de las guardianas, la Campana de Ilithiya.

Nunca, desde su apacible reposo, Zan podría haber adivinado lo que ella había experimentado al otro lado de ese reflejo.

El Gris era un nombre demasiado simple para este mundo sin reglas. Sin arriba ni abajo, sin luz ni oscuridad. Sin tiempo. Sin espacio. Sin *yo*. Todo y nada a la vez. ¿Cómo había enfrentado Aurelia esta locura? ¿Cómo había nadado en estas profundidades imposibles y salido con vida del otro lado?

Aurelia.

Una onda atravesó las nubes del caos. *Aurelia*, pensó de nuevo, tratando cada suave sílaba como un salvavidas. Se aferró al sonido de su nombre, dejó que lo atara a algo que sabía que era real.

Y entonces escuchó su voz.

Lo terrible de un pájaro de fuego es que no se acopla bien con la muerte.

Antes de que pudiera detenerse, Zan giró hacia el sonido mientras el humo se arremolinaba a su alrededor y se solidificaba en columnas blancas en una tranquila capilla del santuario, la luz plateada de la luna entraba a raudales a través de una ventana de vidrio pintado.

¡No!, gritó Zan, pero ya era demasiado tarde.

Un chico y una chica abrazados en los escalones del estrado de la Stella Regina, atrapados en un momento tan frágil como un copo de nieve iluminado por el sol, su belleza más desgarradora debido a su fugacidad. Aunque estaban rodeados por el frío resplandor azul de la ventana, la luz que surgía del cuerpo de la chica era cálida y dorada. Ella tocó suavemente con las yemas de los dedos la cara del chico, que bajó su frente hacia la de ella.

Una vez me dijiste que dejara de correr y te permitiera alcanzarme.

No me muestres esto, pensó Zan, con el corazón hecho jirones. *Cualquier cosa menos esto. No puedo verla morir. No otra vez.*

Pero aquí, no era nada. Era un fantasma.

Enterró su rostro en sus manos incorpóreas mientras ella pronunciaba sus últimas palabras en un susurro, pero no sirvió de nada; este evento quedó grabado indeleblemente en su memoria. Todavía podía ver su rostro vuelto hacia él, sus ojos azules rebosantes de un dolor que no podía mitigar, una confianza inmerecida y un amor demasiado tierno para soportarlo.

Así que ven y encuéntrame.

Cuando abrió los ojos, la escena había cambiado. El chico y la chica habían desaparecido y el ventanal ahora estaba vacío, a excepción de algunos fragmentos recalcitrantes que bordeaban el marco como dientes irregulares. Aun así, el tímido desafío de Aurelia permanecía en el aire desolado: *Ven y encuéntrame. Ven y encuéntrame. Ven y encuéntrame.*

Fue entonces cuando Zan vio al sacerdote. El padre Cesare estaba enmarcado por la ventana rota, con expresión apacible y vacía, como si sus entrañas no estuvieran saliendo de una herida sólo unos centímetros más abajo. Era como la aparición que Zan había atestiguado en la Noche de Pleno Invierno, la que se había convertido en Isobel Arceneaux.

El padre Cesare continuó en el laberinto espinoso, la luz de su vela brillaba en pequeños hilos a través del seto de espino sin hojas.

—¡Espera! —dijo Zan, pero su voz era extraña y resonante. Volteó para ver otra versión de sí mismo siguiendo la luz oscilante. Se encogió al verse a sí mismo; sabía que había estado en mal estado, pero observarlo hacía innegable el alcance de su miseria. Los ojos enrojecidos rodeados de círculos purpúreos, la ropa sucia, el cabello apelmazado y las mejillas hundidas… resultaba difícil verlo.

Siguió de cerca a su yo de Pleno Invierno, a pesar de que sabía lo que vendría a continuación. Y en efecto, sucedió justo como lo recordaba: Alcanzó a la aparición pensando que era alguien que había estado robando en la propiedad de la Stella Regina. La aparición se había girado mostrándose primero como el padre Cesare antes de fundirse en la forma tan alterada de Isobel Arceneaux. Vio a su otro yo retroceder aterrorizado, saltar a la espalda de Madrona y cabalgar hacia la relativa seguridad del Canario Silencioso.

Cuando su otro yo se hubo ido, Arceneaux se giró y fijó sus ojos de ónix en él.

—Por fin —dijo, con una voz como el siseo del vapor de la tapa de una tetera hirviendo—. Por fin podemos hablar.

Su imagen cambió una vez más revelando su verdadero yo: una mujer abandonada, casi sólo piel y huesos, con ambas manos presionadas contra la piedra al pie de la torre del reloj de la Stella Regina. En los pocos meses que habían transcurrido desde el Día de las Sombras había envejecido décadas. Sus ojos aún estaban negros, y sus venas aún se mostraban a través de su piel, pero la verdad sobre ella era mucho menos aterradora y, de alguna manera, mucho más terrible.

Él se acercó lentamente y ella lo miró como un animal asustadizo a través de los finos mechones de su otrora oscuro cabello. Un dije colgaba alrededor de su cuello huesudo: una campana metálica con la forma de una flor de gravidulce.

Él se arrodilló a su lado, con las cejas fruncidas.

—¿Arceneaux? —preguntó tratando de reconciliar a esta lamentable criatura con la poderosa líder del Tribunal que lo había colgado dentro de la Stella Regina y torturado durante horas.

—Yo era ella —dijo la niña abandonada—. Pero ahora soy otra. Alguien… nueva.

—Tú eres Maléfica —dijo, comprendiendo.

—Ése es el nombre de la otra parte de mí. O al menos como *ellos* la llaman —dijo. Su cabeza se movió, y se arrastró hasta quedar sentada, con sus rodillas huesudas dobladas entre sus manos fijas—. Los que la han odiado. Su verdadero nombre es mucho más antiguo e impronunciable para la lengua humana.

—¿Qué quieres de mí? —preguntó.

—Que me liberes —contestó, simplemente—. Lo que reconoces como días han sido, para mí, años. Tus semanas han sido mis siglos. Tus meses, mis eones. He estado atrapada aquí durante mil vidas humanas, que ocurren todas a la vez. Quería vivir —dijo, con el balido lastimero de un cordero hambriento— para saber lo que es vestirse de carne mortal. Y ahora lo hago. Conozco el dolor. Y el frío. El hambre y la sed. Una terrible, terrible sed.

—No puedo liberarte —dijo Zan—. No tengo magia para romper el hechizo.

—Entonces, ten piedad, muchacho, y acaba con mi vida.

Zan negó con la cabeza.

—No puedo.

—Es lo que merezco por lo que he hecho. Yo no sabía … antes. Yo no era humana, y no podía comprender. Pero ahora soy humana. Y comprendo, ahora comprendo —su tono se agudizó, sus labios temblaban—. *Dame mi final* —siseó. Y añadió—: Por favor.

Zan se puso en pie, sus ojos se dirigieron a la fuente de la Stella Regina, no muy lejos, detrás de ella. A medida que avanzaba hacia ella ésta cambió a través de una multitud de iteraciones: ahora sólo a medio construir, ahora un campo vacío, ahora rota y cubierta de musgo, ahora limpia y fluyendo libremente. Sabía que él no era real aquí, pero metió las manos en el agua centelleante y se obligó a ser lo suficientemente corpóreo para poder tomarla. Le tomó algunos intentos, tuvo que calcularlo bien, de modo que elevar el agua cuando la fuente se parecía más a la de su propia época, pero pudo llevar una pequeña cantidad de agua a Maléfica.

—Toma —dijo, al extender sus manos ahuecadas hacia ella, quien lo miraba con desconfianza—. Bebe.

Regresó tres veces a la fuente y, tras cada trago de agua, la expresión de ella perdía parte de su animosidad feroz. Maléfica no le agradeció —él no creía que ella supiera cómo hacerlo—, pero cuando la última gota se hubo vaciado de sus manos, dijo:

—Has obrado para mí un servicio, aunque no sea el fin que te pedí. A cambio, ofrezco esto —ella inclinó la cabeza y la campana en forma de flor se balanceó hacia delante—. Te permitirá moverte a través del Gris sin dejar atrás tu cuerpo material —cuando ella sintió su renuencia, agregó—: Te llevará adonde ella duerme, donde ella espera tu llegada.

—¿Ella? —preguntó—. ¿Aurelia? ¿No está muerta? —Zan susurró la pregunta y sintió que se transformaba en una declaración en su lengua —. No está muerta.

Maléfica sonrió, y las nubes del Gris comenzaron a arremolinarse y a hincharse, adelantándose a ambos en una tempestuosa carrera. Cuando se despejó, la versión huesuda y desaliñada de Maléfica había desaparecido, reemplazada por una ilusión de Isobel Arceneaux en toda su intimidante belleza, ya no clavada en el suelo. Dio un paso adelante y Zan vio que ya no estaban fuera de la Stella Regina, sino dentro de una gran capilla. La capilla de la Asamblea, se dio cuenta mientras miraba a su alrededor con asombro. Coincidía con la descripción de su tío Simon, pero la superaba con creces en todos los aspectos: sus techos altos eran más altos, sus ventanas brillantes más brillantes eran, sus colores llamativos más intensamente te recibían. Las bancas estaban repletas con los restos esqueléticos de magos perdidos mucho tiempo atrás, los cuales se inclinaban como en una súplica hacia el ataúd de oro y cristal que descansaba al final de la nave.

—Mira y verás —dijo Arceneaux.

Los pasos de Zan comenzaron lentos, pero ganaron velocidad con cada zancada, hasta que ya estaba corriendo, casi tropezando consigo mismo, por el pasillo.

A través del ataúd de cristal, pudo seguir las elegantes líneas del perfil de Aurelia y la cascada de su cabello oscuro, muy oscuro. Su única cubierta era una seda marfil que se acumulaba en delicados pliegues alrededor de su cuerpo. Sus manos descansaban suavemente sobre ella, entre el hundimiento de su ombligo y la prominencia de sus senos. Mientras se acercaba, un rayo de luz capturó los bordes biselados del panel superior y se dividió en una matriz de mil colores. Levantó la mano para proteger sus ojos del resplandor y lo vio:

Su pecho se movía lenta, suavemente. Arriba y abajo. Arriba y abajo.

Aurelia estaba respirando.

Aurelia estaba *viva*.

Zan se arrodilló junto al ataúd y apretó ambas manos y la frente contra el cristal, mientras la ilusión de Arceneaux se acercaba a él.

—Aurelia —dijo sin aliento.

—Ése es el nombre por el que la conoces —dijo Maléfica—. Pero ella también tiene muchos nombres. Aurelia. Vieve… la Tejedora.

—¿Qué? —Zan apartó los ojos de Aurelia en el ataúd.

—Aurelia es la Tejedora. Ver el tiempo correr y desenrollarse lo ha dejado aún más claro. Ella es el alma de Vieve, renacida en la estirpe de su hermana y destinada a reunirse con su amado consorte, Adamus. Estarán juntos, una vez más, a la medianoche de la Noche de Pleno Invierno. Y, de un modo u otro verán el sol ponerse en un tiempo viejo y resurgir en uno nuevo.

Zan retrocedió cuando el ataúd se desintegró en el Gris, y todas sus nuevas y frágiles esperanzas con él.

—¿Adamus?

—Él, tú lo conoces también —y Zan tuvo una visión de Dominic Castillion al salir de una tienda de campaña, mientras un trabajador ansioso se acercaba a él.

—¡Mi señor! —dijo el sirviente—. ¡Mi señor, la hemos encontrado! ¡Está aquí!

—No —exclamó Zan, incrédulo.

Maléfica se inclinó a su lado y lo estudió con sus ojos de obsidiana.

—No te digo esto para lastimarte, sino como una bondad en agradecimiento por la que tú has ofrecido. Te revelo la verdad sobre ella para que no te quebrante su nueva pérdida —colocó una mano ilusoria sobre su hombro en un torpe intento de consolarlo.

Él miró fijamente su mano; no podía sentirla.

—Toma la campana —dijo, después de un largo momento, y la ilusión se transformó de la hermosa magistrada del Tribunal en la criatura pálida y enfermiza clavada por sus manos en el suelo del Gris—. Tómala y haz lo que quieras con ella. Levántala, sabiendo que la perderás, o déjala dormir cómodamente hasta que su consorte renacido pueda hacerlo por ti.

Zan pensó que podía escuchar una voz a lo lejos... gritando, preocupada.

Tom, Tom, despierta. ¡Despierta! Tenemos que irnos...

—Date prisa, chico. Están tratando de llevarte de regreso. Toma la campana, mantenla escondida; pronto la necesitarás.

Justo cuando los dedos de Zan se cerraron alrededor de la cadena de plata, agregó:

—Recuérdame aquí, chico. Recuerda la bondad que te he otorgado. Recuerda lo que...

Pero no consiguió escuchar el resto; en el instante en que tocó la campana, su forma espectral salió disparada hacia atrás a través de las nubes silbantes del Gris, antes de volver a chocar con su cuerpo material recostado con los brazos extendidos en el suelo del archivo de la biblioteca.

Cecily estaba inclinada sobre él y trataba de devolverle la conciencia con una bofetada.

—¡Tom! —ella lo llamaba—. ¡Oh, gracias a las estrellas! Date prisa, ahora. Levántate. Alguien viene...

Gimió y se dio la vuelta, mientras su mano intentaba cerrarse sobre la Campana de Ilithiya, pero estaba vacía. ¿Dónde estaba? Rodó sobre sus rodillas y trató de palparla, pero las luces del techo se habían apagado y su visión todavía estaba borrosa debido al humo del incienso.

Cecily envolvió sus brazos bajo los de él, tratando infructuosamente de levantarlo, pero ya era demasiado tarde. Una voz resonó dentro del archivo como el chasquido de un látigo.

—¿*Qué* significa esto?

Era demasiado tarde para esconderse, incluso si Zan había recuperado suficiente control sobre sus sentidos para intentarlo. En cambio, parpadeó para disipar las nubes en su visión y encontró el rostro indignado de la hermana Aveline, que lo miraba fijamente.

Cecily se aclaró la garganta.

—Puedo explicártelo, Aveline...

—No es necesaria una explicación —respondió Aveline—. Puedo verlo todo con bastante claridad —volteó para mirar a alguien detrás de ella, entonces le indicó que avanzara—. ¿Es éste el individuo que está buscando, capitán Gaspar?

Un hombre salió de detrás de la monja enfadada, con una sonrisa en su rostro adusto.

—Así es, hermana. El mismo.

ANTES

CHYDAEUS

E l rito de resistencia de Chydaeus tuvo lugar menos de un mes después de sus ritos de juicio y obediencia; El gran Maestro Fidelis, al parecer, había quedado bastante impresionado con su desempeño y ahora buscaba activamente llevarlo a los escalones superiores del liderazgo del Círculo, para convertirlo en un ejemplo.

—A los rangos inferiores les hará bien —dijo— ver qué pueden lograr si se adhieren estrictamente a los preceptos del Círculo, sin importar su edad o cualquier otra circunstancia atenuante.

Una vez que se completara el rito de resistencia, Chydaeus sólo estaría a un paso de convertirse en un miembro con plenos derechos del Círculo: elegible, incluso, para convertirse en decano dentro de la cuarta facción. Él no *quería* eso, por supuesto, porque querer era el primer paso para entregarse al camino del pecado, pero no podía negar que aspiraba a tal éxito. Después de todo sería para conducir las almas hacia Empírea.

Ellos verán de lo que yo soy capaz, pensaba. *Aurelia estará orgullosa de mí.*

Aurelia, ¿de dónde venía ese nombre? Nadie dentro de las filas del Círculo tenía ese nombre. Era ante *Empírea* que quería probarse. Ante Empírea y nadie más.

Fidelis se mantuvo muy callado sobre lo que implicaría el rito. Chydaeus había oído a otros del nivel siete hablar de haber sido privados de comida durante varios días, u obligados a mantener el equilibrio en un pilón durante veinticuatro horas, o de escalar un acantilado sin cuerdas. La mayoría eran pruebas físicas que requerían perseverancia y valentía, por lo que se sorprendió cuando lo llevaron a una pequeña habitación dentro de la casa del Gran Maestro. Estaba en el piso más alto, y estaba amueblada mucho más espléndidamente que los barracones, con una cama de aspecto suave y un gran espejo, y una ventana que daba a los campos de entrenamiento de batalla.

—No entiendo —dijo Chydaeus al Gran Maestro, mientras examinaba la habitación—. ¿Qué estoy destinado a soportar aquí?

—Tu rito de resistencia —dijo Fidelis—, es uno que reservamos para los más importantes de nuestros iniciados. Eso es porque es el más difícil de enfrentar. Tu rito de resistencia, amigo Chydaeus, será permanecer cien horas sin dormir. Comenzará con la salida de la luna esta noche y terminará al amanecer dentro de cuatro días.

¿Sin dormir? Parecía bastante fácil, aunque mucho menos impresionante que escalar acantilados.

Fidelis continuó:

—Pasa este rito y tendrás garantizado un puesto como decano en la cuarta facción.

Chydaeus quedó boquiabierto y Fidelis se dirigió hacia el balcón.

—Como dije, éste es uno de los retos más difíciles. Porque el éxito no se juzga simplemente por si sobrevives o no, sino por si sobrevives o no con tus facultades intactas.

—¿Hay alguien que haya pasado por esta prueba antes que yo? —preguntó Chydaeus.

—Uno o dos —respondió Fidelis—. Vesanius, más recientemente.

Los ojos de Chydaeus se agrandaron. Vesanius había sido miembro de la primera facción, un alto mago que podía mover objetos con la mente. Había pasado su séptimo rito, pero antes de que pudiera emprender el octavo, irrumpió en la armería y se apoderó de ella, despotricando y delirando durante horas antes de subir al techo y usar su poder para sacar todas las armas de los miembros del Círculo que lo rodeaban y empalarse a sí mismo con ellas.

No soy Vesanius, se dijo Chydaeus. *Soy más fuerte que eso.*

—En un esfuerzo por garantizar una mayor… suavidad… en la administración de esta prueba —dijo Fidelis—, te hemos dado un alojamiento más cómodo que el que usó Vesanius. ¡Te complacerá saber que ésta solía ser la habitación que ocupaba un tal Meraclus! Lo recuerdas, ¿verdad?

Meraclus. El hombre al que había condenado durante su rito de juicio. Todavía podía escuchar el grito final del hombre, todavía podía sentir el cuchillo en su mano, resbaladizo a causa de la sangre. Pero mantuvo su rostro impasible y aceptó impávido:

—Por supuesto, Gran Maestro.

—Si pasas esta prueba, Chydaeus, esta habitación será tuya. ¿Qué te parece?

—Excelente, Gran Maestro. Espero poder honrarlo.

—Estoy seguro de que así será —Fidelis llamó a una iniciada que llevaba un medallón de plata; una maga fiera—.

Ésta es la amiga Ensis. Extiende tu brazo, por favor, amigo Chydaeus. Ella va a urdir un hechizo en ti. Cada vez que te duermas, el hechizo intervendrá y te despertará de nuevo.

Ensis trazó un patrón alrededor de la muñeca de Chydaeus y, donde ella lo tocaba, apareció una marca negra con un diseño entrelazado de bordes duros. Cuando terminó, Fidelis la despidió y le dijo a Chydaeus:

—La comida será enviada tres veces al día, y hay un orinal en la esquina para tu uso. Todavía no es de noche, pero el rito comenzará con la salida de la luna. Mi sugerencia es que intentes dormir lo más que puedas hasta entonces.

—¿Cómo sabré cuándo haya comenzado el rito? —preguntó Chydaeus—. ¿Vendrá alguien a decírmelo?

Fidelis sonrió.

—Oh, querido amigo, lo sabrás.

★

El nerviosismo de Chydaeus hizo que su sueño fuera irregular. Se las arregló para deslizarse en un sueño más profundo en algún momento después del anochecer, pero eso hizo que su despertar a la salida de la luna fuera aún más angustioso. Se despertó gritando, agarrándose el brazo marcado por el hechizo, creyendo que estaba en llamas. Pero no había llamas en esa habitación oscura y silenciosa. La agonía disminuyó al instante en cuanto estuvo completamente despierto, y dejó a Chydaeus jadeando y aliviado.

El primer día transcurrió lentamente mientras el aburrimiento se apoderaba de él, pero se mantuvo ocupado explorando la habitación que una vez había sido de Meraclus. Quedaban algunos papeles en un cajón del escritorio, en su mayoría notas y hechizos fieros garabateados. Los cajones todavía contenían sus túnicas ceremoniales; el hombre había alcanzado en algún punto el nivel ocho de pleno derecho de la segunda facción. El solo hecho de que le hubieran dado una habitación como ésta demostraba que había sido un valioso miembro del Círculo antes de su descenso a la apostasía, y su posterior caída y muerte. Podría haber sido un decano si se lo hubiera propuesto. En cambio, se había vuelto contra el Círculo, blasfemando contra el Gran Maestro y sembrando semillas de duda. Un completo tonto.

Chydaeus hojeaba los libros de hechizos fieros de Meraclus cuando comenzó a caer la noche. Los dejó a un lado para ver la puesta de sol. *Ya ha pasado un día*, pensó para sí, con bastante aire de suficiencia, antes de volver a los libros.

Sólo se durmió una vez esa primera noche, sentado ante el escritorio de Meraclus, después de que las palabras del libro de hechizos comenzaran a desdibujarse y su cabeza comenzara a hundirse. Sin embargo, nunca golpeó el escritorio; en cuanto sus ojos se cerraron, su brazo se sintió como si estuviera siendo desollado por un cuchillo afilado. Despertó por completo con un gemido de pánico y el dolor desapareció.

El segundo día fue más duro.

Había hojeado todos los libros, leído cada trozo de papel suelto y dado la vuelta a los armarios y cajones al menos dos veces para entonces. Se quedó dormido una vez, a última hora de la tarde, y despertó con la sensación de mil picaduras de abejas simultáneas a lo largo de todo su brazo.

Al final del segundo día había perdido su última pizca de seguridad en sí mismo.

Se durmió tres veces esa noche, y el dolor que lo despertó cada vez había sido peor que el anterior.

Al tercer día ideó un juego. Se quitó el medallón, lo escondió y se vendó los ojos, se dio la vuelta veinte veces dejando volar el medallón en algún lugar de la habitación. Luego tenía que girar otras veinte vueltas antes de quitarse la venda de los ojos para ir a buscarlo, más mareado y desorientado de lo que ya lo había dejado la falta de sueño.

El cuarto día fue una rotación de pesadilla entre el delirio y el dolor. Empezó a ver cosas: rostros sin nombre con ojos arrancados, cintas de colores alternados atadas a árboles que no existían, lobos que hablaban y un laberinto de ramas espinosas que conducían, una y otra vez, a la ventana.

Se encontró así mismo cuando subía a la cornisa. Sólo quería dormir. Si saltaba, podría dormir.

Fue entonces cuando sintió que lo empujaban de regreso a la habitación. Otra aparición, esta vez, de un hombre vestido con un largo abrigo negro, con ojos que brillaban dorados.

—Conrad —dijo el hombre, arrodillándose—. Conrad, ¿puedes oírme?

Chydaeus no sabía quién era Conrad, pero no podía encontrar las palabras dentro de su mente confundida para negarlo. El hombre maldijo y levantó a Chydaeus como a un bebé.

—No puedo llevarte —dijo—, no con ese hechizo sobre ti; lo usarían para torturarte en el instante en que vieran que te has ido. Pero tal vez pueda darte un respiro en el Gris.

Acunando a Chydaeus, el hombre atravesó el espejo y entró en otra habitación igual, en el lado opuesto, y colocó a Chydaeus en la cama de la habitación del espejo.

—Por lo que he visto, una fracción de segundo separa el momento en que cierras los ojos y el hechizo que hace que el dolor te despierte —dijo el hombre—. Éste es ese momento.

Lo estiraré todo lo que pueda. Descansa ahora, Conrad. Voy a vigilarte.

Lo siguiente que supo Chydaeus fue que el dolor en su brazo había comenzado de nuevo, como si su piel estuviera siendo carcomida por el ácido esta vez. Se sacudió completamente despierto y el dolor se detuvo. Se encontraba solo en la habitación, la verdadera habitación. Su mente, aunque todavía nublada por la confusión y el cansancio, estaba un poco más despejada de lo que había estado.

Cuando el Gran Maestro Fidelis regresó a la mañana siguiente, encontró a un cansado Chydaeus acurrucado en un rincón, extenuado y tenso, pero con la mayoría de sus sentidos aún intactos.

—Has superado el séptimo rito —dijo Fidelis, y luego hizo una pausa, con una expresión en su rostro que significaba que estaba tratando de mirar la mente de Chydaeus en busca de una reproducción del rito. Un revoltijo de delirios sin sentido fue lo que recibió a cambio, y pronto asintió—. Felicitaciones, amigo Chydaeus. Ahora puedes dormir todo el tiempo que quieras. Cuando te hayas recuperado, discutiremos los próximos pasos en tu viaje.

Esa noche, dormido en la blanda cama, Chydaeus soñó con un hombre que lo miraba desde el espejo, un hombre de cabello negro y ojos dorados.

38

AHORA

AURELIA
Seis días antes de Pleno Invierno
1621

—Dime cuáles son tus órdenes, mi reina —murmuró Castillion—. Yo obedeceré.

Las palabras cayeron como piedras en el estanque quieto de mi memoria, enviando ondas de reconocimiento a través de mí.

Lo miré fijamente, todavía inclinada sobre mi mano, y susurré:

—Te he oído decir eso antes, ¿no?

Sus ojos estaban velados mientras se enderezaba.

—Fue una de las primeras cosas que me mostraron los Verecundai. Una visión de quién era yo… antes. Contigo.

—¿Podrían ellos…? —comencé—. ¿Podrían mostrármelo?

Él palideció.

—Aurelia, no puedo aconsejarte tal cosa. No cuando …

—¿No cuando tienen tantas ganas de matarme? No tengo miedo —dije.

—Lo creo —respondió y levantó su mano libre hacia mi cara—. Dudo que alguna vez hayas tenido miedo de nada. Pero, Aurelia…

—Por favor —insistí al posar mi mano sobre la suya—. Por favor, Dominic.

Era la primera vez que lo llamaba por su nombre. Eso resquebrajó su resistencia.

—Está bien —dijo—. De acuerdo. Si eso es lo que quieres. Si estás segura.

—Estoy segura —respondí—. ¿Qué debemos hacer?

—Tendré que convocar a la niebla —dijo—. Parte de la maldición de los Verecundai es que no pueden salir de la oscuridad. Con el paso de los años descubrí que, siempre que no estuvieran expuestos a la luz directa (a través del sol o la luz de una lámpara), ellos podían tomar forma, incluso si no les gustaba.

—La *niebla* —repliqué comprendiendo que se refería al amanecer—. Cuando estábamos en el *Humildad* hubo un día en el que viajamos a través del parche de niebla más sobrenatural. Los otros pasajeros lo llamaron un "día blanco".

—No sabía qué más hacer, estaba tan confundido. Nunca esperé conocerte en persona, y mucho menos que aparecieras de la nada y me rogaras que te llevara a bordo. Llamé a los Verecundai para que me guiaran.

—¿Y qué dijeron?

—Lo mismo que habían dicho antes: que serías mi final.

—¿Y qué dijeron después, cuando les mencionaste que yo estaba durmiendo en un ataúd de cristal en tu jardín mientras averiguabas cómo despertarme?

—Nada —respondió Castillion tímidamente—. Porque nunca les dije. Ese día en el *Humildad* fue la última vez que los llamé.

—¿Por qué?

Desvió la mirada hacia los árboles.

—Porque ya había decidido lo que iba a hacer, y no quería que me dijeran lo contrario. A veces —agregó—, es mejor no saber.

—No lograrás disuadirme —dije con firmeza—. Si ésta es la única forma de obtener respuestas, que así sea.

—Sólo quiero que estés preparada —contestó—. No es fácil. Ciertamente no será bonito —miró a su alrededor—. Éste podría ser un lugar tan bueno como cualquier otro. Por lo menos aquí las ramas de arriba son más gruesas; menos luz de luna de la que preocuparse por cubrir.

Sostuvo el cuchillo con cautela sobre su palma.

—Podría haber sido mejor si la magia de sangre requiriera menos sangre —dijo—. Pero, por desgracia, parece ser una parte intrínseca de la práctica.

—¿Es el dolor lo que temes? —pregunté—. ¿O el poder?

—Nunca le había temido al poder —respondió. Supuse que tenía razón. Pero mirarlo ahora, con la cabeza inclinada bajo la techumbre de ramas desnudas, con un simple abrigo de lana y sin un gran castillo, flota de barcos o ejército de soldados cerca... era difícil creer que este hombre, Dominic, era el mismo que el gran conquistador, lord Castillion.

—Aquí —dije, acercándome más—. Lo estás sosteniendo mal. Vas a cortar demasiado profundo de esa manera —volví a colocar el cuchillo, tratando de no recordar ese momento, mucho tiempo atrás, cuando Zan me enseñaba esta lección.

—Gracias —dijo Castillion—. Ahora, tal vez querrás dar un paso atrás.

Lo vi extraer la sangre, pero tuve que apartar la mirada cuando cayó el rojo brillante sobre la nieve blanca. Su olor, una mezcla embriagadora de hidromiel dulce y metálico, me dejó con dolor de garganta.

—*Operimentum in nebula* —dijo Castillion. *De las nubes, un sudario.*

La niebla se acumuló primero a nuestros pies, como si se levantara desde el suelo. Pronto, sin embargo, comenzó a descender desde arriba y, en cuestión de minutos, ya no podía ver los árboles. No mucho después de eso, no podía ver mi propia mano frente a mi cara. Castillion, a sólo un metro de mí, había sido tragado entero.

Me sentí a la vez expuesta y sofocada, como si estuviera siendo presionada por todos lados y todavía de alguna manera ingrávida y a la deriva. Tuve la extraña sensación de estar perdida en un aislamiento total y de ser observada por mil ojos invisibles, las dos cosas a la vez.

—¿Castillion? —llamé a la niebla, pero no respondió.

Retrocedí lentamente, todo sentido de dirección borrado, así como ruidos —crujidos y susurros, viento y pasos arrastrándose— rebotaban erráticamente a mi alrededor.

Y luego, con un grito de sorpresa, me estrellé con él.

Él no se fijó en mí; sus ojos estaban en blanco y lejanos, como si estuviera en trance.

—¿Dominic? —aventuré y moví mi mano frente a su rostro, pero él permaneció impasible, sin reconocerme. Se abrió la camisa hasta la mitad y presionó su mano ensangrentada contra la cicatriz de araña en su pecho, dejando una mancha carmesí en la marca de color púrpura plateado.

Entonces, comenzaron los susurros.

—¿Quién está ahí? —llamé a la blancura, pero las voces no respondieron. En cambio, continuaron con sus murmullos suaves y rasposos entre sí, como el aleteo de las alas de una polilla. Los sonidos me rodearon, acercándose con cada giro, envolviéndome fuertemente en los hilos de telaraña de sus murmullos.

Bienvenida, hija de la hermana.

—Muéstrense —dije, tensa debido al temor, sin saber si lo decía en serio o si sólo quería escuchar el sonido mundano y tranquilizador de mi propia voz.

Si quieres vernos, sólo tienes que mirar.

Parpadeé, luchando por dar sentido a las impresiones fugaces que percibía sólo en los bordes de mi vista: una mano aquí, una cara allá. Dientes largos, dedos afilados. Y difusos huecos rasguñados, donde alguna vez pudieron haber estado los ojos.

—Los veo —dije, mi voz temblaba en la parte posterior de mi garganta como un ratón demasiado asustado para salir de su agujero.

Bien.

Ahora, necesitamos una gota de tu sangre.

A regañadientes, levanté el frasco que colgaba de mi cuello y lo destapé, dejando que una sola gota de sangre rodara desde el borde estrecho hacia la niebla, que se disipó cuando cayó la gota, por lo que pude verla chapotear contra la nieve. La gota rubí brilló contra el blanco. Se hundió y se extendió en un rayo de luz carmesí. Lo seguí mientras se movía bajo la nieve hasta que llegó al centro del campo de gravidulce, donde un árbol comenzó a crecer.

Di vueltas con asombro raíces negras que sobresalían del suelo helado y un tronco nudoso se estiraba alto, desplegando ramas desnudas y retorcidas. Observé cómo un solo brote florecía y luego se marchitaba al surgir una fruta. La escarcha se formó en hojas brillantes como dagas a su alrededor, y cuando la manzana estuvo madura, tuve que romper un estuche de hielo antes de poder arrancarla de su tallo.

Nunca había visto una fruta tan hermosa, perfectamente redonda y roja como el vino, brillante como el vientre de una viuda negra.

Come, dijeron las voces.

Dominé mi miedo, llevé la manzana a mis labios y le di un mordisco. Era a la vez dulce y amarga, teñida con el sabor cobrizo de la sangre. La tierna pulpa de la manzana se disolvió en mi lengua y se deslizó por mi garganta, ardiendo como la escarcha y el más fuerte de los espíritus. No era una manzana real, había sido conjurada a partir de la magia de mi propia sangre.

Ahora, dijeron, *¿qué ves?*

La niebla blanca se agitó. Pasaron escenas, impresiones de un tiempo perdido mucho tiempo atrás. Vi una biblioteca llena de aparatos mecánicos y mapas de las estrellas colocados sobre hechizos fieros, marcados con tinta dorada y sangre roja. Vi a una niña de cabello oscuro, a quien su madre despertó en la noche y la hizo bajar las escaleras y pasar junto a su padre, quien contaba una bolsa de monedas, y a una niña más pequeña, que lloraba y tiraba de la falda de su madre. Envolvieron a la niña en un abrigo y la llevaron afuera, al aire de la penumbra, donde ocho magos con túnicas y tres trineos negros esperaban para llevarla a la noche.

Verla fue extraño y desgarrador, más como un recuerdo que como una visión.

Cuando se subió al segundo trineo, el más joven de los magos se deslizó en el asiento junto a ella y bajó su capucha para revelar una cabeza de cabello rubio canoso. Cuando sonrió, la aprensión de la niña se disolvió como el azúcar en el agua, transformándose en una mezcla vertiginosa de nerviosismo y emoción.

Sabía que así se sentía, porque así me sentía *yo* al verla.

Recordándolo.

El tiempo pasó en un torbellino de imágenes. Los dos crecieron juntos, aprendieron juntos, entrenaron juntos, durmieron juntos. Eran hilos de urdimbre y trama, tan fuertemente trenzados entre sí que nunca más podrían desenredarse.

Si voy a ser reina, le dijo ella, entrelazando sus dedos en su cabello blanco como la nieve, *tú debes ser mi consorte.*

Dime cuáles son tus órdenes, mi reina, le susurró en respuesta, contando las estrellas reflejadas en sus ojos azules. *Yo obedeceré.*

La siguiente imagen fue en otra parte del bosque, esta vez en invierno. La mujer estaba erguida en un prado níveo. Las flores encaje de escarcha de ocho pétalos estaban completamente desplegadas en los bordes exteriores, marcando el día como Pleno Invierno. Ocho magos la rodeaban, como los rayos de una rueca. Estaba tejiendo un hechizo con sangre y luz de las estrellas, hilando febrilmente; un fuego blanco comenzó a destellar y acumularse en el cielo sobre su cabeza. Un hilillo rojo comenzó a brotar de su nariz cuando la luz se reunió bajo sus agitados párpados y comenzó a gotear por sus mejillas como lágrimas fundidas. A través de sus ojos brillantes, vio a Empírea descender del cielo.

Su amado salió del círculo y se acercó sigilosamente a ella, pero ya era demasiado tarde. Los otros magos ya habían terminado el hechizo; ella había sido empalada por sus siete delgadas espadas. Su hechizo terminó con su vida.

Lo vi, roto y desconcertado, tomándola en sus brazos, mientras la sangre se derramaba roja como una manzana en la nieve.

Tomó su propia espada y sostuvo la punta contra su pecho. Luego miró a los otros siete y pronunció una maldición sobre ellos:

Así como me han despojado, así los despojaré yo a ustedes. No morirán, pero tampoco vivirán. Los maldigo a caminar por esta

tierra yerma hasta su final, cuando yo y mi amor hayamos renacido
y nos reunamos por fin, monarca y consorte, para regir en el nuevo
mundo perfecto de Empírea, libre de dolor y de muerte.

La maldición fue sellada con su sangre y la de ella, y los últimos hilos del hechizo atraparon a los magos como moscas en una telaraña. Sus cuerpos se retorcieron en ramas y raíces mientras que sus espíritus, separados de su carne, quedaron gimiendo en el tormento, atrapados en el hechizo hasta el día en que ellos, Adamus y Vieve, renacieran.

Cuando abrí los ojos, la visión terminó y la manzana se convirtió en nieve en mi mano y se diluyó como arena entre mis dedos en la niebla.

Ahora lo has visto, dijeron las voces. *Sabes la verdad. ¿Estás satisfecha?*

—No —contesté, y descubrí que no sólo no estaba satisfecha, sino que me sentía furiosa—. Me mostraron lo que pasó, pero no por qué. Una breve explicación de quiénes somos Castillion y yo el uno para el otro, pero no por qué me querían muerta. Antes o ahora.

La niebla siseó y las formas ocultas en su interior comenzaron a retorcerse y agitarse.

Pensamos no sólo en nosotros, exclamaron. *Sino en toda la humanidad.*

—No entiendo.

Es mejor matar a la araña antes de que ésta muerda.

—No soy una amenaza para nadie —dije—. Sólo quiero que me dejen en paz.

Lo que tú quieres es intrascendente.

El poder es veneno.

Aquellos que lo deseen te encontrarán, de una forma u otra.

Como nosotros lo hicimos una vez.

—Puedo defenderme —repliqué, obstinadamente, con gesto desafiante—. Puedo contraatacar.

Eso dice la Araña, fue la respuesta.

Inofensiva hasta que es amenazada.

Cuéntanos, pequeña Araña, ¿qué harías por los que amas?

¿Por el hermano, el amante, el amigo?

Las voces se hicieron más profundas, pasando de susurros a gemidos. *Es tu amor lo que te hace débil.*

Eso te hace aprovechable.

Es tu amor el que detuvo tu mano hace mil años.

Es tu amor el que te condenó.

La temperatura, ya fría, descendió aún más, de modo que el solo acto de respirar resultaba doloroso, como inhalar alfileres o fragmentos de vidrio.

Tu amor nos condenó a todos.

Vieve.

—¡No! —grité—. ¡Yo no soy ella! ¡Su destino no es el mío!

Como fue, así será.

Los relojes se han detenido, pero las ruedas están girando.

Pleno Invierno está cerca.

Empírea vendrá, como lo hizo antes.

Y te pararás ante ella una vez más.

Y deberás elegir:

Eternidad o mortalidad.

Perfección o defecto.

Paz o dolor.

Amor... o muerte.

El viento se convirtió en un grito estridente, azotando a mi alrededor en un embudo, más y más apretado, hasta que quedé atrapada en una columna de aire furioso y retorcido, con el cabello como cintas negras sobre mí. Levanté la cabeza y vi un círculo de cielo estrellado que encerraba la constelación de Aranea. La araña.

Las últimas palabras casi se perdieron en la furia del nevado estruendo, pero se alojaron silenciosamente en mi pecho como la punta de una daga silente.

Los lazos se romperán.

La sangre fluirá.

Afila tu corazón.

Da el golpe.

ANTES

ZAN

La hermana Aveline respondió a las protestas de Cecily con altiva indiferencia.

—Como el miembro más antiguo de nuestra orden, tengo derecho al título de abadesa. Y como tal, me corresponde decidir qué se debe hacer con los intrusos y profanadores de nuestros consagrados jardines.

—¡No puedes tomar ese título sólo porque crees que lo mereces! —alegó Cecily mientras Gaspar y sus hombres sujetaban los brazos de Zan detrás de él—. ¡Primero debe haber una elección! ¡Hay que llevarla a votación entre todas las monjas!

—¿Entre todas? ¿Qué, seis de nosotras? —Aveline respondió, su débil barbilla temblaba de ira reprimida—. Una elección sería una burla ahora, cuando hemos perdido tantas y hemos caído tan bajo. Nuestra última abadesa también fue permisiva: se hacía de la vista gorda ante las hermanas débiles y descarriadas como tú, y permitió que la escoria y la gentuza entrara en nuestros sagrados salones. Fue ese extravío lo que trajo esta enfermedad a nuestras costas para empezar. No cometeré esos mismos errores.

—Está bien, Cecily —dijo Zan, pensando tan rápido como se lo permitía su vacilante mente—. No... —pero fue silenciado por el puño de Gaspar, que lo golpeó en un lado de la cabeza.

—¡Detente, bruto! —exigió Cecily, y se apresuró hacia Zan preocupada. Ella fingió revisarlo en busca de piel herida y moretones, pero aprovechó la oportunidad para deslizar algo pequeño en su bolsillo: la Campana de Ilithiya.

—Le diré a Jenny lo que ha sucedido —dijo.

—No dejes que ella venga tras de mí —pidió Zan—. Cuando se haya recuperado, asegúrate de que se vaya a casa al Canario Silencioso. ¡Prométemelo!

Cecily asintió y Gaspar tiró de Zan hacia atrás con las cuerdas. Él puso una bolsa de monedas en las manos de la hermana Aveline. Ella la sacudió, al parecer insatisfecha con su peso.

—Hey —protestó—. Estás tratando de engañarme.

—La mitad ahora —dijo Gaspar—. La otra mitad después de que recolectemos la recompensa. ¿Hay algún problema con ese arreglo? —se movió para parecer más grande y cruzó sus brazos sobre el pecho.

—No —dijo ella, intimidada.

—Bien —dijo Gaspar—. Es un placer hacer negocios con usted, *abadesa*.

✸

El *Contessa* estaba esperando a su capitán dentro de una pequeña ensenada de la isla, casi oculta, lo suficientemente lejos para que no se pudiera ver desde las ventanas de la abadía. Cuando Gaspar empujó a Zan a la bodega inferior de la nave, éste vio que estaba vacía. Trató de decirse que tal vez Gaspar había dejado a los otros pasajeros en Fuerte Castillion y había regresado a la Isla de las Viudas para reclamarlo, a pesar de que no había pasado el tiempo suficiente para permitir que el *Contessa* cruzara tanta agua y regresara.

Las esperanzas de Zan se desvanecieron en cuanto vio la pila de pertenencias desechadas en el otro extremo de la bodega. Parecía que alguien las había examinado recientemente, ya que un segundo montón más pequeño estaba junto al primero, compuesto por relojes de bolsillo y joyas, y una extraña variedad de monedas de Renalt y Achleva.

—¿Los hiciste mirar mientras revisaban sus pertenencias como buitres? —preguntó Zan con voz tensa—. ¿O al menos les diste la cortesía de arrojarlos por la borda primero?

—Cállate —dijo Gaspar y lo golpeó—. No puedo permitir que la enfermedad se propague entre mi tripulación.

Zan lamió la sangre de sus labios.

—Diría que ya hay una enfermedad mucho peor entre ustedes —luego se mordió los labios, temeroso de que si contrariaba demasiado al hombre, tomarían lo que llevaba en sus propios bolsillos, y no quería que supieran sobre la Campana de Ilithiya. Tal baratija parecía bastante valiosa, incluso ignorando su verdadero propósito.

Gaspar volvió a levantar la mano, pero lo pensó mejor cuando su primer oficial dijo:

—Será mejor que lo mantenga con vida, capitán, y deje que Castillion decida qué hacer con él.

Castillion. El nombre por sí solo fue suficiente para desinflar el poco valor que le quedaba a Zan. Se desplomó contra el poste de la litera mientras el capitán y el primer oficial gruñían y subían las desvencijadas escaleras del *Contessa*. Cerraron la escotilla detrás de ellos y lo dejaron en la oscuridad, sin lámparas, con sólo una pila de objetos de personas muertas y sus propios pensamientos taciturnos para hacerle compañía. Pronto, el barco se estaba moviendo.

Aurelia está viva. Aurelia es la Tejedora. Aurelia está viva. Aurelia es la Tejedora. Su mente era un torbellino dando vueltas y vueltas alrededor de una nueva verdad que se alojaba como un arpón en su corazón: la chica que había amado tan desesperadamente y llorado tan ferozmente le había sido devuelta, y la había perdido para siempre.

★

Durmió de forma irregular y despertó con las muñecas lastimadas y las manos entumecidas por las cuerdas demasiado apretadas, cuando uno de los marineros vino a traerle un plato de bazofia y un mendrugo de pan para la comida.

—No podré comerlo así —dijo Zan al levantar las manos atadas.

El marinero gruñó.

—No puedo desatarte. Al capitán no le gustaría.

—El capitán no me quiere entregar a Castillion muerto de hambre, perderá dinero. Sólo afloja un poco las ataduras, para que no rocen tanto. ¿Qué diferencia haría aquí abajo? No hay lugar al que pueda ir, no hay armas de ningún tipo cerca. Por favor —dijo Zan, tan suplicante como pudo.

El marinero cedió.

—Bien —dijo, y retorció el nudo hasta que las cuerdas se soltaron de las muñecas de Zan—. Pero si al capitán no le gusta, o intentas alguna cosa rara, regresarán las cuerdas, sólo que esta vez te ataremos las manos a la espalda y también los pies. ¿Entendido?

—Entendido —dijo Zan—. No intentaré nada —estiró los dedos y giró las muñecas antes de recoger el cuenco que era su desayuno o cena. No tenía idea de qué hora era. El marinero se dirigió hacia las escaleras y la luz le iluminó la cara. Zan vio el brillo del sudor en su frente—. Lo siento, amigo, pero... no te ves muy bien.

—Estoy bien —dijo el marinero—. Encárgate de ti, prisionero —y escupió en el suelo como para enfatizar su punto antes de cerrar la escotilla y dejar a Zan solo una vez más.

Zan devoró el contenido del cuenco, pero se guardó el trozo de pan en el bolsillo después de sacar la Campana de Ilithiya con cuidado, para que no tintineara. Era, en su totalidad, un poco más pequeña que su palma, y estaba hecha de metal teñido de rojo que brillaba en la oscuridad, incluso sin ninguna luz que reflejar. La joya de gota de rocío chisporroteó cuando le dio la vuelta, recordándole el cristal del ataúd de Aurelia.

Maléfica dijo que la campana lo ayudaría a moverse a través del Gris sin dejar su cuerpo atrás en el mundo material, pero se olvidó de decirle exactamente cómo se suponía que debía manejar eso sin ningún hilo de mercurio para trazar un portal ni magia fiera para abrirlo. Por hermosa que fuera, era tan inútil para Zan como un trozo de arcilla.

Pero, bajo su pálida luz, pudo distinguir la forma y la anchura de la bodega, y logró avanzar hasta la orilla, donde estaban apilados los efectos personales de los demás pasajeros, sin magullarse las espinillas en las literas. La mayoría de los objetos de valor reales ya habían sido reclamados por el capitán y su tripulación. Lo único que quedaba eran los restos: una mochila que contenía un camisón a rayas y un gorro de dormir, un baúl gastado que contenía calcetines remendados y una bufanda mal tejida, una maleta de mujer con un cepillo para el cabello con el mango roto y un espejo de hojalata barato que estaba demasiado empañado para devolver un reflejo.

Y entonces vio la pequeña muñeca de trapo. Margarita. Dejó el espejo a un lado y la sacó de donde estaba escondida, debajo de una manta manchada de sangre que envolvía una botella rota.

Verla fue como si le arrojaran un puñado de cenizas aún calientes a los ojos. Ardían por el calor, y tuvo que apretar los dientes y contar las respiraciones para evitar volcar las literas y traer de vuelta a los marineros responsables de esto para que lo ataran una vez más. En cambio sostuvo la muñeca con cautela, con la esperanza de que le hubiera dado a la niña que la había sostenido por última vez un poco de felicidad antes del final.

Se sentó durante un largo rato con la cabeza entre las manos, la Campana de Ilithiya se escapó de su agarre y quedó colgando de su fina cadena de plata, todavía ensartada entre sus dedos. Se sorprendió al ver el movimiento captado en el espejo de hojalata que había dejado a un lado sólo unos minutos antes había estado demasiado empañado para devolverle un reflejo. Ahora relucía con un brillo impresionante, y vio su propio rostro bañado por la suave luz de la campana que colgaba.

Extraño, pensó, volviendo a levantar la campana para alcanzar el espejo, pero en cuanto la tocó, su reflejo fue tragado una vez más por una arremolinada neblina gris. Y cuando sostuvo la campana sólo por la cadena, el espejo se aclaró y su propio rostro, magullado y desaliñado como estaba, le devolvió la mirada.

Con la campana en la mano... el espejo se convertía en una ventana hacia el Gris.

Se puso la cadena en el cuello y metió la campana debajo de su camisa para que descansara junto a su piel. El espejo seguía empañado cuando lo levantó con ambas manos: una pantalla incolora. Con curiosidad, con cautela, Zan tocó el plano frío. Sintió que cedía, la superficie lisa se acumuló alrededor de cada uno de sus dedos como un líquido. Sus dedos pudieron entrar y metió la mano hasta su muñeca, pero luego se atascó.

Voy a necesitar un espejo más grande, pensó.

★

Zan comprendió con bastante rapidez que, aunque el espejo de hojalata era demasiado pequeño para que le sirviera para escapar, si se concentraba lo suficiente, podría ordenarle al Gris que se revelara dentro de él. Pequeñas ráfagas al principio, Jessamine y Cecily, sus cabezas juntas en la enfermería del santuario; los niños del Canario Silencioso jugando en la hierba fuera de la taberna; Castillion y sus hombres en el Ebonwilde, al parecer en busca de la Asamblea. La mayor parte de lo que vio había pasado, pero no tenía forma de saber si lo que estaba viendo había sucedido segundos, minutos, días o semanas atrás. El futuro, cuando trató de conjurarlo, era más difícil de discernir, confuso como estaba por miles y miles de posibilidades que se transformaban y retorcían con cada decisión o cambio de opinión. Pero descubrió que si se enfocaba, podía vislumbrar fugazmente el presente, y podía precisarlo el tiempo suficiente para verlo bien antes de que volviera a alejarse.

Fue a través del espejo que vio a los marineros en las cubiertas superiores moviéndose a través de sus rituales diarios en un ritmo muy marcado, al compás de la lenta inmersión y el oleaje del plácido mar. Fue a través del espejo que vio enfermar a los marineros, primero uno, luego otro y otro. La fiebre amarga se movió entre las filas como un reguero de pólvora, tan rápido que, al cuarto día de su encarcelamiento a bordo del *Contessa*, Zan no tenía que preguntarse por qué nadie bajaba a traerle su plato diario de comida. Para entonces, no quedaba nadie. Estaba encerrado bajo cubierta en un barco fantasma a la deriva.

Si no quería morir de hambre, tendría que liberarse. Lo más parecido a una herramienta que tenía a su disposición era la botella de cerveza rota, que había apartado por si la necesitaba para defenderse. Ahora envolvió sus manos en un poco de la tela sobrante de la pila de efectos personales y usó el fragmento más afilado de la botella para cortar la puerta de madera en la parte superior de las escaleras. La madera era vieja y se desprendió en largas astillas. Pronto, cuando empujó su hombro contra ella, sintió que las tablas se agrietaban y se apartaban de la cerradura de hierro. Unos cuantos empujones más, y fue capaz de abrirse paso a través de las tablas con un brazo. Se estremeció cuando buscó a tientas el pestillo y tocó una piel fría y húmeda en su lugar. Fue necesario maniobrar, una vez que giró el pestillo, para empujar el cuerpo del marinero por la escotilla y salir, parpadeando, a la pálida luz por primera vez en días.

La escena que se materializó cuando sus ojos se acostumbraron fue de horror. La cubierta de armas estaba llena de cuerpos. Estaban tirados sobre barriles, desplomados contra los cañones, colgando entre las hamacas enredadas. Los rostros de los muertos estaban retorcidos en máscaras grotescas de dolor y espanto; sus rostros morados estaban manchados con lágrimas negras. Zan agarró el fragmento de botella con más fuerza y usó su chaqueta para cubrirse la nariz, mientras se abría paso entre los cadáveres hacia las escaleras que conducían al aire fresco de arriba.

Había más cuerpos en cubierta, pero éstos estaban en peor estado: aunque el rocío del océano había lavado las amargas lágrimas de sus rostros, las aves marinas les habían arrancado a muchos los ojos, dejando vacíos huecos en la piel pálida.

La tripulación había sido un horror para sus pasajeros, pero la fiebre amarga los había visitado de todos modos.

Hubo un crujido en la cubierta detrás de él. Zan se dio la vuelta. Vio al capitán Gaspar salir tambaleándose de las dependencias de los oficiales, arrastraba los pies y se aferraba con las manos a una cuerda suelta para evitar tropezar.

El capitán levantó un dedo acusador, su boca se abrió en un silencioso grito de rabia. Por un minuto, Zan pensó que se trataba de otra de las apariciones de Maléfica. Pero no, Gaspar todavía estaba vivo y echaba espuma como un bulldog rabioso, y furioso, mientras corría hacia Zan.

—Tú —dijo con un gruñido áspero, cuando por fin encontró su voz—. Tu hiciste esto. Tú… ¡nos lanzaste una maldición!

Sus ojos eran pequeños y negros, pero no había lágrimas en sus mejillas. Había sobrevivido a la fiebre, pero no lo había dejado intacto; algo se había resquebrajado en su interior, y la malevolencia que había estado hirviendo a fuego lento bajo la fina capa de respetabilidad de su vocación, ahora fluía libremente.

Había sobrevivido a la plaga, pero había perdido la cabeza.

Zan, cansado después de días en la bodega con escasa comida y agua, tardó en responder a los puños de Gaspar, y sólo logró esquivarlo en el último segundo.

—Escucha —trató de razonar con el rabioso capitán—. Sólo somos nosotros ahora. No sé si puedes llevar el barco a puerto tú solo, pero sé que yo no puedo. Nos necesitamos si queremos sobrevivir...

Gaspar respondió lanzando otro puñetazo, esta vez conectó con el vientre de Zan. Le sacó el aire. Sin embargo, el movimiento hizo perder el equilibrio a Gaspar, que cayó sobre el cuerpo inerte de uno de los finados contramaestres. Agarró la bota de Zan y tiró de él hacia abajo. Zan luchó contra el peso del hombre, pero Gaspar lo agarró del cuello y comenzó a estrangularlo. Incapaz de respirar, Zan echó mano de la botella rota y sintió cómo el golpe conectaba.

Gaspar miró a Zan, perplejo cuando una fuente de color rojo brotó de la herida lateral en su cuello, y luego su agarre disminuyó y se soltó. Sus ojos negros rodaron hacia arriba y se dejó caer sobre el cuerpo del contramaestre.

Zan, jadeando por aire, soltó el fragmento de la botella y gateó, como un cangrejo, alejándose de los cuerpos hasta que alcanzó la barandilla de la cubierta y no pudo retroceder más. Esperó allí por un momento para dejar que su acelerado corazón se calmara, balanceando sus brazos sobre sus rodillas, antes de incorporarse temblorosamente. La campana y el frasco de la sangre de Aurelia se habían soltado de su camisa y envolvió sus dedos alrededor de ambos, como para sacar consuelo o fuerza cuando le quedaba tan poco dentro de sí mismo.

La sangre de Gaspar se extendía sin cesar por la cubierta del *Contessa*. Zan llegó al borde, con la campana en la mano, y vio que lo que le devolvía el brillo desde la creciente mancha no era el cielo acerado del océano, sino un extraño remolino humeante de nubes carmesí.

Con un último y tranquilizador suspiro, Zan aferró la campana con más fuerza y avanzó hacia el Gris.

40

AHORA

AURELIA
Seis días antes de Pleno Invierno
1621

La niebla se disipó y Dominic cayó de rodillas, presa del agotamiento. Traté de ayudarlo a levantarse, pero me hizo señas y se negó:

—Estoy bien, de verdad. Siempre toma un minuto adaptarse después —se incorporó lentamente, encogiéndose mientras lo hacía, como si sus huesos fueran frágiles—. ¿Encontraste las respuestas que estabas buscando?

—Obtuve algunas —dije con ligereza— y mil preguntas más. La primera es: ¿Por qué no pudiste decirme quién creías que era cuando me despertaste? ¿O en cualquier momento antes de ahora?

—¿Qué iba a decir? "Hola, Aurelia. Buenos días. Soy yo, el alma renacida de tu antiguo amante."

—Tienes razón —convine a regañadientes—. Nunca te hubiera creído. Todavía no lo creo, ni siquiera ahora.

—Sin embargo, es verdad —dijo—. Todo. Y sé que ellos son extraños y aterradores, pero los Verecundai han pasado cientos de años pagando penitencia por lo que nos hicieron…

—Y al menos trece años murmurando en tu oído, tratando de ganarte, ¡a *ti*! ¡El alma que los maldijo en primer lugar!

Para que los vieras como tus amigos, tus guías, tus ayudantes... lo que sea que creas que son ahora.

—Puedo ver por qué eres escéptica con ellos...

—Te dijeron que yo sería tu fin —dije en voz baja.

—Lo fuiste una vez. Quizá lo seas de nuevo. Pero ¿parezco asustado?

—Tal vez deberías estarlo.

—Si me lastimas, será porque yo lo permito —puso mi cabello detrás de mi oreja, luego trazó la línea de mi mandíbula con su dedo índice—. Incluso podría quererlo.

—No lo hagas.

—¿Qué? —preguntó en voz baja—. ¿Dejar que me lastimes? ¿O decirte que me alegraría? Haz lo que puedas, Aurelia —se le cortó la respiración, sus dedos se deslizaron hacia mi cuello, su pulgar suavemente contra mi labio inferior—. Rompe mi corazón.

Puse mi mano en la suya y luego la aparté de mi rostro, pero no la solté, aunque sabía que debería hacerlo. Llevó nuestras manos entrelazadas a su pecho y las mantuvo allí por un momento, con una solemnidad que rozaba la reverencia, sus ojos oscuros como un bosque otoñal.

Cuando finalmente retiré mi mano de la suya, fue para mover la superficie desabrochada de su camisa a un lado para que la cicatriz de la araña manchada de sangre quedara a la vista. Había algo extraño en la marca, y dejé que mis dedos se deslizaran suavemente sobre ella. Cuando las yemas de mis dedos fríos rozaron su piel, Dominic se estremeció involuntariamente.

Pero bajo mi tacto, atravesando el hechizo de la niebla y el bosque y la piel cálida y el cielo blanco, pude escuchar las voces como de papel de los Verecundai en mi cabeza.

Los lazos se romperán.

La sangre fluirá.

Acera tu corazón.

Da el golpe.

Retiré mi mano con una sacudida.

—Lo siento —dije, y me animé a mirar directamente a sus ojos en lugar de al suelo, donde la vergüenza se enroscaba alrededor de mis pies y luego subía por mi cuerpo apretándose lentamente alrededor de mi pecho.

—Ya puedes bajar la guardia, Aurelia —inclinó la cabeza, sus labios muy cerca de los míos—. Puedes permitirte sentir de nuevo.

Hazlo, Aurelia, me dije, inclinándome. *Suelta lo que fue y abraza lo que es.*

Nuestras almas han esperado siglos para estar reunidas.

Pueden volver a ser esos amantes que observaste en la visión.

Finge. Finge hasta que lo recuerdes. Finge hasta que sea real.

Su beso fue cálido y dulce, y lo devolví con todo el calor que pude reunir, tratando de no recordar el rostro de Zan en la oscuridad de su habitación en Achlev, mientras esperaba que los soldados de su padre vinieran por él. O la mirada en sus ojos cuando levantó la vista y me vio allí, observándolo. O el insoportable resplandor de mi corazón cuando cruzó la habitación y me besó por primera vez, tan desesperado y temerario y arruinado y valiente.

Cuando Dominic se apartó, su sonrisa era exquisitamente tierna. Obligué a mi rostro a reflejar la expresión, rezando para que no pudiera ver la implacable incertidumbre detrás.

Finge hasta que ya no sea fingido.

Y entonces lo besé de nuevo. Cerré la protesta de mi corazón, enterré mis preocupaciones sobre lo que había pasado o lo que podría suceder a continuación, y condensé la suma de mi existencia en ese momento único. Me perdí en la sensación sin reproches, permitiéndome disfrutar del simple calor de sus brazos a mi alrededor, el suave cosquilleo de su aliento en mi cuello, el tranquilizador latido de su corazón bajo las frías yemas de mis dedos.

—¡Aurelia!

La voz de Rosetta la precedió a través de los árboles, dándonos tiempo suficiente para separarnos y tratar de calmarnos en una apariencia de indiferencia, como si sólo hubiéramos estado hablando y no usando nuestras caras para ninguna otra actividad relacionada con los labios.

—Aurelia —dijo sin aliento—, Nathaniel ha despertado.

Evitando los ojos de Dominic, metí las manos en los bolsillos y le permití que nos condujera de regreso a través de la nieve.

Encontramos a Nathaniel sentado en el salón, con los retratos de Kate y Ella en su regazo.

—Comandante Castillion —dijo—, debo solicitar formalmente un permiso de trabajo.

—Por supuesto. Se le concede que se tome todo el tiempo que necesite para sanar —dijo Dominic.

—No es eso —respondió, con los ojos brillantes—. Necesito ir a ver a mi hija.

—… ¿Nathaniel? —lo llamé con incertidumbre.

—Está viva, Aurelia —sonrió—. Mira —levantó una pequeña manta, cosida a mano con pequeñas flores soleadas. Reconocí el trabajo de Kate de inmediato. Me había sentado con ella cuando la bordaba.

—¿De dónde sacaste esto? —pregunté, conmocionada.

—Hace unos meses —comenzó Rosetta— regresé a la casa y encontré que una mujer y una niña habían logrado pasar mi vallado. La mujer estaba muerta. Había sobrevivido sólo lo suficiente para llevar a la niña a un lugar seguro —tocó el borde de la pintura en las manos de Nathaniel—. Esta niña.

—¡Eso es increíble! —exclamé—. ¿Dónde está ahora?

—La dejé en manos de las mujeres del Canario —dijo.

—¡No podrías haber elegido mejores cuidadoras! —respondí—. Debemos ir a buscarla de inmediato.

—Aurelia… —Dominic estaba negando con la cabeza—. No podemos permitirnos otro retraso. Tenemos que volver al fuerte.

—La he visitado periódicamente —dijo Rosetta—, y la última vez que lo hice, estaban a punto de unirse a un tren caravana hacia el Fuerte Castillion.

—¿Estarán allí? —preguntó Nathaniel.

—No —dijo Rosetta—. Tomaron una ruta más larga, pero más segura, por el lado este del reino. Todavía tardarán varios días en llegar.

—Bien —dijo Nathaniel, tratando de incorporarse—. Ustedes dos pueden regresar al fuerte directamente. Yo me desviaré hacia el este, a ver si puedo hallar ese tren.

—Nathaniel —dije preocupada—, no estás en condiciones de…

Rosetta habló.

—Yo iré con él. Puedo cuidarlo. Me refiero a sus heridas.

Mirar la cara ansiosa de Nathaniel me disuadió de cualquier deseo de objetar. No había descanso ni medicina que hiciera bien a su salud que reencontrarse con su hija.

—Haz lo que puedas por él —dije a Rosetta, y ella asintió solemnemente. Pero entonces sus ojos se agrandaron.

—¿Qué? —preguntó Dominic.

—Las protecciones. En la frontera. Alguien está tratando de desmantelarlas —me miró, aprensiva—. Alguien está tratando de entrar.

Salimos a toda velocidad cuando el sol comenzaba a despuntar detrás de los árboles altísimos, proyectando largas sombras color lavanda contra la nieve teñida de rosa. Rosetta se dirigió hacia el cuadrante noreste, donde sus nudos de protección ondeaban con la brisa fresca, cada uno equidistante a lo largo de la línea del borde del territorio. Se movió con la misma rapidez de su forma de zorro, mientras comprobaba cada uno por separado.

—No entiendo —dijo después de unos momentos—. Sentí un empujón contra el hechizo. Sentí que alguien probaba sus límites.

—¿Podría haber sido un pájaro? —preguntó Dominic—. ¿O algún animal pequeño?

—No —dijo Rosetta con voz tensa—. Los animales pueden entrar y salir libremente. Es la humanidad contra quien me protejo —una sombra cruzó su rostro, y recordé lo que había presenciado en el Gris, cuando un grupo extraviado de soldados de Renalt se había infiltrado. La habían dejado sangrando en el suelo de su propia casa; la única razón por la que ella estaba aquí ahora era porque su hermana Galantha había invocado un hechizo para salvar su vida, sacrificando la suya en el proceso—. De vez en cuando, tengo una falla, eso fue lo que sucedió cuando Ella y su abuela llegaron aquí, pero he estado muy atenta desde entonces, inspeccionándolas todos los días.

—Aurelia nos trajo aquí sin problemas —dijo Dominic—, con un hechizo.

—Lo sé —dijo Rosetta—. Y cuando todo esto esté resuelto, tendré que fortalecer mi conjuro.

Pero Dominic no estaba escuchando. Sus ojos se habían fijado en algo no muy lejos de la línea de protección.

—¿Ves eso? —preguntó, al cruzar la frontera.

—Es sólo Holly —dijo Rosetta.

—No, eso no —Castillion rodeó el arbusto de aceto. Extendió la mano a través de sus hojas espinosas para sacar una cinta de un rojo intenso y oxidado. Había sido atado a las ramas, sus dos largos extremos ondeaban suavemente por el costado—. Esto.

Se me cortó la respiración cuando me acerqué.

—El juego de los listones —dije en voz casi inaudible—. Solía jugarlo con Conrad. Ataríamos listones de colores alrededor del palacio como pistas que conducían a un premio —extendí la mano para tocar la franja de tela y retrocedí de inmediato, tropezando varios pasos antes de caer de espaldas en la nieve.

—¿Qué pasa, Aurelia? —dijo Dominic, y se apresuró a ayudarme a ponerme en pie—. ¿Qué acaba de suceder?

—Es sangre —dije, con un nudo en la garganta—. Estaba teñido de ese color con sangre.

Por la magia furibunda y agonizante que sentí cuando lo toqué, quizá sangre involuntaria.

—¿Qué significa? —preguntó Dominic.

—Es del Círculo de la Medianoche, probablemente —dije—. Sabemos que tienen a Conrad. Y cuando estuve allí, traté de llegar a él al recordarse este juego. Los colores de la cinta tenían significados. Amarillo, arriba; azul, abajo; rojo, al norte; verde, al sur; lila, al este; anaranjado, al oeste. El negro significaba que la sorpresa se hallaba a lo sumo a diez pasos y estaba oculta, en tanto que el blanco revelaba que estaba a veinte pasos y a la vista.

Mirando de Rosetta a Dominic, dije:

—Creo que es un mensaje. Y una amenaza. Observé el listón manchado de sangre. Quieren que vayamos al norte, de regreso al Fuerte.

41

AHORA

CHYDAEUS
Seis días antes de Pleno Invierno
1621

——**G**ran Maestro —dijo el caballero de quinto nivel con una profunda reverencia—. Los infiltrados escaparon, pero nosotros pudimos localizar y arrestar al saboteador que provocó las explosiones en nuestros hornos.

Chydaeus todavía se estaba recuperando de los acontecimientos de la tarde, cuando la manifestación del sexto sector se desvió después de que alguien comenzó a enviar mensajes a través de las conexiones de pensamiento del Gran Maestro Fidelis, interrumpiéndolas con palabras, canciones e imágenes extrañas que eran por completo indescifrables y, sin embargo, de alguna manera desconcertantemente familiares.

Este recorrido por los sectores fue la primera experiencia de Chydaeus como uno de los líderes del Círculo. Fidelis lo paseaba frente a los luchadores de quinto y sexto nivel para que visualizaran lo que podían lograr con dedicación y perseverancia. La gira estaba destinada a ser un punto culminante para todos, una forma de inyectar entusiasmo por la causa en las filas del Círculo antes de partir hacia el Fuerte Castillion, el último bastión de resistencia al poder del Círculo. O, como lo llamaba Fidelis, la joya de la corona de Empírea.

Pero ahora, todo había dado un vuelco. Estaban de regreso en el cuartel general, y Fidelis se había dado a la tarea de caminar de un lado a otro del Gran Salón, con su túnica púrpura rozando el azulejo blanco y negro.

—Tráiganlo, entonces —dijo Fidelis al hombre del quinto grado—. Veamos quién se atreve a sabotearnos.

Los miembros del Círculo arrastraron al hombre al pasillo. No estaba vestido con la túnica de un miembro, sino con un largo abrigo negro. Su cabello era oscuro y largo, casi hasta sus hombros, y cuando levantó la mirada, Chydaeus vio que sus ojos eran dorados.

Se apresuró a sofocar su sorpresa, manteniendo el rostro impasible para no llamar la atención de Fidelis y la exploración de su mente que sin duda seguiría. Lo reconoció de inmediato: éste era el hombre que había visto en medio de su delirio en el rito de resistencia. Un producto nacido de la privación extrema del sueño, había pensado, que ahora estaba de pie ante los líderes del Círculo, en carne y hueso.

Y sangre, que abundaba. Una herida en su mejilla goteaba y había salpicado la camisa de lino que usaba bajo su chaqueta larga. Resolló mientras estaba allí, y Chydaeus se preguntó si se habría perforado un pulmón.

Fidelis dejó de caminar para rodear al hombre, cuyas manos estaban atadas a la espalda.

—Valentin Alexander de Achlev —dijo el Gran Maestro con deleite—, qué agradable sorpresa. Cuán honrados estamos en el Círculo de contar con una presencia real.

—Creí que ya estarías acostumbrado —dijo el hombre, Valentin, lanzando una mirada a Chydaeus.

La sonrisa de Fidelis se arrugó, como si hubiera probado algo amargo. Miró a Valentin durante un largo momento, con una mirada de absorta concentración en su rostro.

—Si estás tratando de leer mi mente —dijo Valentin—, no funcionará. Verás, una amiga mía me mostró cómo resistir la influencia de tus grandes dones mágicos.

—Bueno —dijo Fidelis, obviamente irritado—, supongo que tendremos que hacer las cosas a la antigua usanza, ¿cierto? —chasqueó los dedos y los de quinto nivel dieron un paso adelante—. Llévenlo al calabozo —ordenó el Gran Maestro—. Bajaré en breve. Me gustaría mucho saber más sobre lo que él y sus amigos estaban haciendo aquí esta tarde. Sobre todo —sus ojos brillaron—, la chica. Sí, querido Valentin, me interesa *mucho* tu Aurelia.

★

A Chydaeus se le había ordenado que se mantuviera alejado del calabozo y del hombre que ahí tenían cautivo. Pero no podía olvidar esos ojos dorados, ni ignorar ese nombre que había usado Fidelis: Aurelia. Recordó el rostro que había visto en la multitud, entre el mar de miembros del Círculo: el brillante, serio, temerario y *familiar* rostro de Aurelia.

Su curiosidad suplantó todos sus instintos de precaución. Bajó sigilosamente las escaleras que conducían a la pequeña hilera de celdas de detención de la mansión y entró como una flecha en una que estaba abierta, antes de que Fidelis lo atrapara. Él y Cruentis, primer decano de la tercera facción, estaban en una feroz discusión sobre el prisionero.

—Disculpe, Gran Maestro —dijo Cruentis—, pero si lo desangro más, morirá. Y los hombres muertos no son buenos cebos, lamento decirlo.

—Todavía tenemos al niño —dijo el Gran Maestro—. Y estuviste allí esta tarde. Ella trató de hacer una conexión con él.

—Ella *hizo* una conexión con él —dijo Cruentis—. Ella anuló su control por completo durante varios minutos.

—Lo dices como si hubiera sido algo malo, amigo Cruentis —dijo Fidelis—. Yo lo veo como una confirmación. Aurelia Altenar es la Tejedora, tal como lo he creído por años. Y allí estaba ella hoy, tan cerca... y ahora que tenemos el Códice de la Tejedora...

Los hombres pasaron junto a la celda en la que se escondía Chydaeus, y él presionó la espalda contra la piedra, con la esperanza de que las paredes que los separaban impidieran que Fidelis captara pensamientos extraviados. Cuando se fueron, Chydaeus salió y se apresuró por el pasillo de celdas. No había otros guardias. El Círculo funcionaba con tal disciplina interna que apenas había necesidad de ellos.

La celda del hombre sólo estaba cerrada desde el exterior. Chydaeus abrió la puerta lentamente y se deslizó dentro. Valentin estaba atado a una silla en el centro de la habitación, desnudo hasta la cintura, dejando al descubierto la piel entrecruzada por cortes y abrasiones de un látigo. Cuando vio a Chydaeus, jadeó:

—Conrad. No deberías estar aquí. No es seguro.

—¿Quién eres? —Chydaeus exigió sin preámbulos—. No debería conocerte, pero te conozco. Me ayudaste durante el rito de resistencia, ¿verdad? Tú... me llevaste a través del espejo.

—Tú me conoces, Conrad —hablar era una lucha, sus labios estaban hinchados y sangrando, pero siguió adelante—. En algún lugar, en el fondo de ti. Sé que te hicieron olvidar, lo más probable es que te hayan dado encaje de escarcha, pero sabes algunas cosas. Piensa, Conrad. Piensa.

—Mi nombre es Chydaeus —corrigió.

—Tu nombre es Conrad. Conrad Costin Altenar. Rey de Renalt.

—No —insistió Chydaeus, cada vez más angustiado.

—Eres el hijo del rey Regus y la reina Genevieve de Renalt. Tienes una hermana —su voz se acalló, volviéndose casi reverente—. Aurelia.

—¿La Tejedora? —murmuró Chydaeus.

Eso es lo que acababa de escuchar de Fidel. Aurelia era la Tejedora.

—Sí.

—Todavía no has respondido a mi pregunta —dijo Chydaeus—. ¿Quién eres?

—Nadie —respondió el hombre, y Chydaeus recordó el significado de su propio nombre. Nada. Ninguno. Ordinario. Nadie. Y, sin embargo, este hombre estaba tratando de decirle que era un rey.

Era una idea ridícula. Pero aun así…

—Fidelis te llamó Valentin. ¿Ése es tu nombre?

—No deberías estar aquí —dijo el hombre de nuevo, sin responder a la pregunta—. Él leerá tus pensamientos. Descubrirá que hablaste conmigo.

—Dijiste que él no puede leer los tuyos. ¿Cómo?

—Tengo … una amiga muy inusual —dijo—. Ella me hizo inmune a la alta magia. Fue un regalo.

—¿Podría ella dármelo? —preguntó Chydaeus.

El hombre lo miró atentamente con un ojo abierto; el otro estaba casi cerrado por la hinchazón.

—No sé.

—Si tuviera que liberarte, ¿podrías llevarme con ella?

—¿Cómo, exactamente, planeas liberarme?

—Durante mi rito de resistencia —dijo Chydaeus— usaste un espejo.

Eso atrapó su atención.

Lo primero que tenía que hacer Chydaeus era recuperar algo del lugar de la explosión.

—La cadena debe haberse roto cuando fui lanzado por la explosión —dijo Valentin—. Es una campana, del tamaño de mi mano, con forma de flor de gravidulce.

Debería ser bastante fácil encontrarla, pensó Chydaeus.

Eso fue antes de que llegara al lugar de la detonación.

Donde una vez había estado el horno, se había abierto un cráter en la tierra. Los escombros del edificio y los ladrillos que se habían contenido en su interior estaban alojados en toda la circunferencia cercana; Chydaeus sintió compasión por los miembros del Círculo que habían sobrevivido a la primera explosión sólo para ser atacados por esos misiles mortales que caían del cielo.

El área estaba repleta de iniciados de primer y segundo nivel, que recogían partes de cuerpos y fragmentos de huesos en carretillas, y arrastraban sus macabras cargas a un cuartel cercano, donde los iniciados de tercer nivel recolectaban los pedazos y colocaban algunos como un espantoso rompecabezas.

En su conmoción inicial por la escena, Chydaeus se olvidó de ser furtivo, y una del tercer nivel levantó la mirada y lo vio. Ella hizo una rápida reverencia.

—¡Amigo Chydaeus! —dijo—. Qué honrados nos sentimos de tenerlo en nuestra presencia. ¿En qué podemos ayudarlo, señor?

—¿Por qué están haciendo esto? —preguntó Chydaeus —. ¿No deberíamos... enterrar los restos? ¿Mostrar algo de respeto por los muertos?

—Órdenes del Gran Maestro —respondió la tercer nivel—. Vamos a recoger todos sus medallones y otros restos, y devolver el metal a la armería para que sea reforjado en armas para las próximas batallas. ¿No se lo dijo cuando lo envió a observar?

—Lo hizo —dijo Chydaeus—. Simplemente estaba probando tu conocimiento. Felicidades, lo hiciste bien —era una mentira poco convincente, pero cierto era que parte de la vida en el Círculo era una prueba, así que la obrera no pareció sorprendida en absoluto; en cambio, se sonrojó por el placer de los elogios—. ¿Puedo ver lo que ya has recogido?

Ella asintió y lo condujo a una mesa llena de artefactos rescatados: medallones derretidos, hebillas de zapatos rotas, incluso algunos dientes cubiertos de oro. La mayoría de los atrapados en la explosión eran sujetos desarmados de primer y segundo nivel, por lo que no había muchas armas entre sus restos. Mientras él se inclinaba sobre los hallazgos, los iniciados inferiores siguieron trayendo más cosas, con los ojos vacíos de cualquier emoción, a pesar del hecho de que los caídos eran, ciertamente, personas que conocían y con las que habían trabajado a diario.

Fue en una de estas entregas que Chydaeus vio algo incongruente: un destello de color rojo violeta entre los trozos carbonizados de otro metal. Apartó las piezas que la rodeaban y casi se quedó boquiabierto: era, en efecto, una campana en forma de flor, con una joya parecida a una gota de rocío colgando del centro. Brillaba con su propia luz etérea, sin manchas de hollín, suciedad o rasguños, aunque Valentin tenía razón, la cadena estaba rota. Además, estaba enredada en otro collar, un anillo de piedra blanca y un extraño amuleto que representaba a un pájaro de fuego con ojos de cornalina. Tomó ambos.

Miró furtivamente a su alrededor, asombrado de que nadie más se hubiera dado cuenta de estas cosas. Tan mecánicos eran estos iniciados, tan automatizados en sus tareas, que objetos tan exquisitos podían pasarse por alto y agruparse con otros desechos como si fueran la misma cosa. Se había ordenado a los iniciados que recolectaran metal, y eso era lo que hacían. Sin preguntas, dudas o ningún deseo de investigar más allá.

La campana tenía un peso agradable en su mano y un calor reconfortante. La sostuvo de modo que quedó cubierta por las largas mangas de su túnica hasta que estuvo lejos de la tienda y fuera de la vista del ingenuo grupo de trabajadores. Mientras caminaba de regreso a la casa grande desenredó las cadenas y dobló los ganchos en su lugar para poder colgarlas alrededor de su cuello. Eran más fáciles de ocultar de esa manera, metidas en los pliegues sueltos de su túnica.

Valentin, cuando Chydaeus regresó, estaba de nuevo con Cruentis. Incluso antes de que hubiera bajado las escaleras del calabozo, pudo escuchar el chasquido del látigo del mago de sangre.

—Vamos a usar tu sangre, amigo, para enviarle un mensaje a tu princesa. ¿No será agradable? ¿Darle a la niña un bonito listón rojo como muestra de tu afecto? Fidelis dijo que le gustan mucho los listones. Lo ha visto en la mente de su hermano, ese pequeño juego que ellos tenían.

Amarillo, arriba. El pensamiento llegó a Chydaeus espontáneamente.

—Vete al infierno —dijo Valentin.

—¿Sabes? En realidad, me siento mal por ti. Después de que tus compañeros te dejaran aquí solo, sin pensarlo dos veces —Cruentis chasqueó la lengua—. Pobrecito.

Chydaeus podía oírlo cuando palmeaba la rodilla de Valentin.

—Bueno, no por mucho tiempo. Fidelis los ha rastreado, ya ves, usando la sangre que dejaron atrás —rio—. La Tejedora será atrapada, sin duda alguna.

La voz de Valentin cambió entonces, de desafío a postración.

—No les hagas daño —suplicó—. Por favor.

—Nunca lastimaríamos a la Tejedora —respondió Cruentis—. Ella está destinada a unirse a nosotros. Es lo que está escrito en los Papeles de la Medianoche —se detuvo en la puerta, y cuando Chydaeus se asomó por la esquina, pudo ver el largo listón que colgaba de sus manos, mojado con la sangre fresca de Valentin—. Ella —explicó el decano— será nuestra reina. Sin embargo, no puedo hablar de lo que sucederá con el resto de tus amigos —y entonces se fue, sonriendo.

Cuando Cruentis se perdió de vista, Chydaeus se apresuró a entrar en la celda de Valentin, donde el hombre estaba tan magullado y ensangrentado que apenas parecía humano.

—¿La encontraste? —preguntó él. Su voz salió en jadeos silbantes.

Chydaeus sacó las cadenas de su túnica y las colocó sobre el cuello de Valentin.

—Y ésta también —dijo, señalando la que tenía el anillo y el pendiente de pájaro de fuego.

—Gracias —dijo Valentin—, no pensé que alguna vez recuperaría esto. Buen trabajo.

Chydaeus se sintió de pronto más orgulloso de este logro que de todos sus ritos de iniciación juntos.

Se apresuró a desatar las cuerdas alrededor de las manos de Valentin.

—Mi habitación está en el último piso —dijo—. Cuatro tramos de escaleras arriba. Pero hay un espejo allí...

—No llegaré tan lejos —jadeó Valentin—. No hay forma.

—Entonces... —Chydaeus buscó una alternativa—. Tal vez pueda bajar el espejo aquí. Eso sí, es bastante grande y pesado... —se detuvo. Había voces bajando las escaleras del calabozo. Fidelis, según parecía, hablando con Cruentis.

—No hay tiempo para eso —dijo Valentin—. Tendremos que conformarnos con lo que tenemos.

Gimió cuando Chydaeus lo ayudó a levantarse de la silla.

—Tal vez algún día pueda agradecerle a ese bruto por sangrarme tanto. Esto no sería posible de otra manera.

—¿Qué no sería posible? —preguntó Chydaeus. El miedo volvía su voz más aguda.

—Vamos a viajar a través del reflejo en la sangre —dijo Valentin. Lo hice una vez antes. Toma, trae esa linterna. Ahora aférrate a mí. No me sueltes.

En el instante en que Valentin tomó a Chydaeus, el reflejo en la sangre cambió de sus rostros a un vórtice de nubes arremolinadas.

—¿Ves cómo cambia? Es la campana.

—¿Quieres que entre en *eso*? — chilló Chydaeus.

Las voces se acercaban.

—No mires —dijo Valentin—. No pienses. Sólo confía. ¿Listo? Ahora... salta.

42

ANTES

ZAN

Aquí había una ráfaga de viento, y Zan se sintió caer, caer, caer... pero cuando miró a su alrededor, ya no caía. Seguía erguido en la cubierta del *Contessa*, pero el paisaje a su alrededor estaba cambiando. Era el océano y, luego, estaba amarrado en una bahía, rodeado de picos nevados, y después, estaba a la deriva a dos kilómetros, tal vez más, de una playa escarpada de piedra negra. Conocía esa playa, estaba en el lado este de Achleva, cerca de la frontera con Renalt.

Con la mano todavía envuelta con fuerza alrededor de la campana, Zan frunció el ceño y se obligó a concentrarse en esa orilla. En esas rocas y el sonido que harían las olas al romper contra los acantilados cercanos. Cuando volvió a abrir los ojos, ya no estaba en el *Contessa*, sino que lo miraba desde la orilla. se sobresaltó lo suficiente como para soltar la campana, y el mundo pareció moverse bajo sus pies, solidificándose en un solo segundo desde las cambiantes nieblas del Gris a una realidad completamente formada. Cuando volvió a tomar la campana, no pasó nada.

Está bien, pensó. *Necesito un reflejo para entrar en el Gris, pero sólo tengo que soltar la campana para salir de él.*

Para probar su teoría caminó penosamente a lo largo de la orilla hasta que encontró un charco de agua ahuecado en la curva de una piedra, huérfano de la marea baja y esperando plácidamente su regreso. Era el hogar de anémonas en remolino y racimos de mejillones, y una diminuta estrella de mar rosada que se enroscó alejándose de su alcance. Pero cuando Zan volvió a agarrar la campana, la poza de marea se convirtió en una ventana al Gris.

Al entrar, ni siquiera se mojó. Se tomó un momento para orientarse, fijando la ubicación a la que quería ir en su mente. El Gris le mostró el Canario Silencioso, luego la torre de Aren, entre las ruinas de Achlev, y luego el faro en la Isla de las Viudas. Cuando estuvo seguro de dominarlo, se permitió imaginar la capilla del santuario de la Asamblea, tal como le había mostrado Maléfica.

Y entonces, ya estaba allí. Mantuvo agarrada la campana, se incorporó lentamente y observó su entorno mientras se enfocaba y el suelo se solidificaba debajo de él. Las ricas alfombras. Los techos altos, las altísimas columnas de piedra y los frescos pintados. Durante siglos, éste había sido el lugar donde los magos de todas las variedades eran entrenados en sus disciplinas de otro mundo, donde aprendían, enseñaban y rezaban.

De hecho, algunos de ellos habían muerto aquí, rezando, cuando la Asamblea fue atacada por Cael todos esos siglos atrás. Los ojos de Zan se deslizaron sobre los suplicantes muertos hacía tanto tiempo, congelados para siempre en sus postraciones, y luego volteó hacia la cabecera del santuario, y el ataúd que descansaba en su altar.

Zan no se atrevió a respirar mientras se acercaba, temeroso de que si se movía demasiado rápido o cerraba los ojos, la ilusión se rompería y se encontraría de nuevo solo, borracho, en la cripta de la Stella Regina, o dormido con la cabeza recargada en el escritorio en el Canario Silencioso, o dando vueltas febrilmente en un catre en la enfermería de la abadía.

Pero la visión no se desvaneció cuando se acercó lo suficiente para ver por fin lo que había al otro lado del cristal reluciente.

Aurelia.

—Hermosa —dijo una voz detrás de él—. ¿Acaso no lo es?

Zan se dio la vuelta, todavía aferrando la campanilla, y vio a Isobel Arceneaux, como si hubiera estado allí desde su último encuentro esperando a que él llegara.

—Sí —dijo, con el corazón en la garganta—. Ella es hermosa.

Maléfica paseó su ilusión de Arceneaux hasta el ataúd de cristal.

—¿Sabes? Nunca antes entendí la belleza. No hasta que viví dentro de una piel humana —ladeó la cabeza y miró a Aurelia con algo parecido a la nostalgia en sus ojos de ónix—. Solía pensar que todo era equilibrio, orden y simetría. Y esas cosas pueden ser hermosas —tocó el cristal, trazando el contorno del rostro de Aurelia: ojos, nariz, labios, barbilla, con la punta de su dedo fantasma—. Pero las cosas más bellas son las que se desvían de esa simetría. Esa uniformidad. Las cosas que son diferentes, defectuosas, extrañas y memorables. Ahora lo veo. Lo entiendo.

La Asamblea se había ido, y él se encontró mirando hacia abajo, una vez más, a Maléfica, todavía encadenada por la magia al suelo fuera de la Stella Regina. Para Zan sólo habían pasado unos días desde que la vio por primera vez, cuando tomó la campana por primera vez, pero parecía como si hubiera envejecido años en ese tiempo. Su piel comenzaba a hundirse en los huecos de sus huesos; su cabello raleaba y se había vuelto blanco.

—Libérame, muchacho —pidió ella.

—No puedo —respondió Zan—. Pero puedo darte esto —se arrodilló a su lado y sacó de su bolsillo el duro mendrugo de pan que había guardado y se lo ofreció.

—Lo siento, no es mucho —dijo mientras ella lo devoraba.

—Me tratas con amabilidad —replicó—. Por eso también debo pagarte. Primero, te di la campana. Este regalo no es tangible, será un hechizo. Extiende tu mano otra vez, para que te lo conceda.

Zan no sabía qué esperar, pero hizo lo que se le pedía. Ella sonrió y luego lo mordió y deslizó sus dientes por la carne de su palma. Él gritó y retrocedió, pero ella dijo:

—Quédate quieto, muchacho. Mi poder siempre ha fluido a través del derramamiento de sangre, aunque no tengo ninguna propia para ejercerlo —con la sangre de él en los labios, pronunció una palabra en un idioma que él no reconoció, pero con el acento de una bendición. Se sintió extraño y mareado por un minuto, y cuando volvió a mirarla, ella se estaba lamiendo los labios, como si la sangre la hubiera restaurado mucho más que el pan.

—Ahora estás protegido —dijo— del poder de mi hermana. Ningún gran mago podrá escuchar tus pensamientos, ni implantar alguno ajeno.

—Gracias —contestó, aunque la declaración llevaba la cadencia de una pregunta.

Cuando se levantó de nuevo, Maléfica dijo:

—No vuelvas con la Tejedora, muchacho. Con ella sólo encontrarás dolor.

Pero Zan no escuchó: había fijado en su mente el santuario de la Asamblea, y la escena ya estaba cambiando. Maléfica no se molestó con una ilusión esta vez, sino que mantuvo su verdadero yo contra el nuevo fondo: un espectro encorvado y miserable en el piso del santuario.

—El dolor también puede ser hermoso —dijo Zan, girando de nuevo hacia el ataúd.

—He visto las posibilidades, muchacho —pero él ya estaba caminando por el pasillo—. Se mueven y cambian, son inconstantes, hasta que se viven y se fijan. ¡Pero en esto no me equivoco! Para que la humanidad sobreviva, una humanidad hermosa, horrible y maravillosa, la Tejedora debe estar con su consorte bajo el cielo de la Noche de Pleno Invierno en el Ebonwilde. Ella debe completar el hechizo que comenzó hace mil años. Ella debe hacer todas estas cosas, o todo morirá…

Si dijo algo más, Zan no la oyó, porque soltó la campana, y la Asamblea se solidificó a su alrededor, y Maléfica se fue con el Gris. Pero aunque ella no estaba allí, sus palabras resonaron en las vigas.

La Tejedora debe estar con su consorte.

Su consorte era Adamus, renacido como Dominic Castillion.

Por mucho que Zan la amara, por mucho que sufriera por ella, su destino ya estaba trazado. Ella salvaría el mundo, y lo haría sin él.

Volteó hacia el ataúd y se preparó para despedirse por última vez.

43

AHORA

CHYDAEUS
Cinco días antes de Pleno Invierno
1621

Caer en el reflejo de la sangre de Valentin fue más aterrador que todo lo que Chydaeus había experimentado jamás. Era como ser tragado por una tormenta o un pozo sin fondo, o ser arrastrado a un océano de nada. Peor aún fue el hecho de que Valentin, su única guía, parecía haber perdido el conocimiento en la caída. Aterrorizado, Chydaeus gritó al vacío:

—¡Ayuda! ¡Ayuda! ¿Hay alguien ahí? ¿Alguien puede ayudarnos?

Y para su sorpresa, la niebla se abrió. Ya no caían más… yacían en el suelo de una plaza bajo un santuario blanco. Una torre de reloj se alzaba sobre sus cabezas, con las manecillas clavadas en el doce.

Una mujer esperaba allí, impresionante en una capa blanca, con una dulce sonrisa rosada y brillante cabello castaño. Sus ojos, sin embargo, eran negros, no como los ojos de los recuperados de la fiebre amarga, sin diferenciación entre pupila e iris; éstos eran del color de la obsidiana de un lado al otro.

—Ten cuidado de no soltarlo, ni dejar que renuncie a la campana —dijo—. Él es lo que los retiene a los dos aquí, y el

Gris puede ser caótico si estás perdido en él, sin ancla. Podrías volverte loco.

—¿Eres amiga de Valentin? —aventuró Chydaeus—. ¿La que hizo que Fidelis no pudiera leer su mente?

—Lo soy —respondió ella, inclinándose para honrarlo con su encantadora sonrisa—. Puedes llamarme Lily.

—Lily —pronunció el nombre. Era bonito. No quedaban muchas flores en la Zona de la Medianoche; todas habían sido arrancadas para dejar sitio a los campos de batalla, los cuarteles, los astilleros y las herrerías—. ¿Él estará bien?

—Lo enviaré con alguien que pueda ayudarlo —dijo—. Ha sido amable conmigo en más de una ocasión. No deseo verlo morir.

—Yo tampoco —coincidió Chydaeus—. Él también me ayudó. Durante el rito de resistencia. Y creo que, tal vez, en algún momento anterior. A veces, tengo problemas para recordar.

—Sí —dijo Lily—. Lo he visto.

Se le ocurrió que tal vez ella había visto toda su vida. Que tal vez... ¿podría estar mirando a la mismísima diosa de la que tanto hablaba Fidelis?

—Lo ves... ¿todo? —preguntó—. ¿Eres Empírea?

—No —respondió Lily—. Yo no soy ella, pero sí veo mucho, desde aquí, en el Gris. Mira —ella hizo un gesto con la mano y ya no estaban frente a una capilla del santuario, sino en el estudio del Gran Maestro Fidelis. Chydaeus aulló, pero ella dijo—: No te preocupes, pequeño. No puede verte ni oírte.

El Gran Maestro estaba leyendo un libro escrito con tinta descolorida. El Códice de la Tejedora, supuso Chydaeus, después de lo que les había oído hablar antes. Un hombre entró en la habitación y Fidelis levantó la vista.

—¿Lo encontraste? —preguntó.

Cruentis negó con la cabeza.

—Ha desaparecido, Gran Maestro. Al parecer, sin dejar rastro.

Fidelis trató de ocultar su ira, obligándola a calmarse a fuego lento.

—Déjalo ir, entonces. No lo necesitamos. No mientras tengamos al chico. ¿Y el mensaje?

—Entregado —dijo Cruentis—. El amigo Geminus de la segunda facción pudo llegar lo suficientemente lejos para atarlo a las afueras de la tierra de la bruja. Ellos lo verán.

—Bien —dijo Fidelis, inclinándose hacia atrás—. El momento se acerca, Cruentis. El nuevo día está cerca. Después de mil años, la Tejedora finalmente se reunirá con su consorte.

Chydaeus se encontró temblando, aunque no sabía por qué. ¡El Gran Maestro Fidelis era su amigo! Lo había nutrido, lo había guiado a través de todos los ritos de iniciación, lo había apuntalado como líder entre el Círculo de la Medianoche. ¿Por qué, entonces, escuchaba estas palabras y temblaba?

Lily volvió a cambiar la escena, llevándolos de regreso a la plaza debajo de la torre del reloj del santuario.

—Tienes dos caminos por delante, pequeño. Dos opciones. Puedes ir con Valentin ahora y dejar atrás el Círculo, o puedes regresar a él y permanecer cerca de sus líderes y, cuando llegue el momento, estar listo para tomar tu rito final.

—¿Cuál elegirías —preguntó—, si fueras yo?

—No lo sé —dijo Lily, como si estuviera sorprendida—. Nunca he tenido la oportunidad de elegir. Pero esto diré: te has ganado el camino fácil del primero, pero eres lo suficientemente valiente y fuerte para soportar el camino del segundo. Lo he visto.

—Entonces, ése es el que elijo —dijo Chydaeus—. Quiero ser valiente.

Lily asintió.

—Entonces, pequeño, valiente serás —la hermosa y reluciente mujer se desvaneció y en su lugar se sentó una vieja demacrada. Sus manos estaban clavadas al suelo, las venas negras se retorcían bajo la piel casi translúcida—. Extiende tu mano.

TERCERA PARTE

LA MÁS
LARGA NOCHE

44

AHORA

AURELIA
Cinco días antes de Pleno Invierno
1621

Rosetta lanzó un hechizo de invocación al borde del bosque y cuatro caballos respondieron, uno de cada punto cardinal. Eran salvajes y hermosos, y aparecieron de entre los árboles como espíritus nacidos del mismo Ebonwilde. Bueno, todos menos uno.

—¿Madrona? —dije, ahogando una risa mientras la vieja bestia cascarrabias trotaba hacia nosotros con amarga desgana, como si la hubieran molestado en medio de su cena. Me di cuenta de que había estado corriendo libremente por un tiempo por el aspecto descuidado de su melena y pelaje, pero la libertad parecía haber hecho maravillas con su temperamento. Cuando la ensillé, sólo intentó morderme una vez.

—¿Sabes? —exclamó Rosetta, al tiempo que me miraba regañarla—. Podrías transformarte en un caballo, si quisieras. O un águila. O...

—... ¿un zorro? —pregunté—. No sé cómo, Rosetta —dije, apartando la mirada.

—Es natural —dijo—. La transformación es sólo... algo que haces. Tan fácil como respirar.

—O tan duro —le dije—. Intenta enseñar a respirar a alguien que aún no sepa cómo hacerlo.

—Tú eres la Tejedora —argumentó ella—. Deberías ser capaz de hacer todo lo que ella hacía. Ya sabes cómo. Sólo tienes que recordar.

—Bueno, tal vez Vieve debería haber elegido a alguien un poco más inteligente en quien reencarnar —dije con tristeza.

—Tal vez —dijo Rosetta vacilante—, cuando tengas un poco más… practicadas … tus capacidades, podrías usarlas para… deshacer lo que se hizo.

—¿Quieres que nos haga mortales de nuevo? —pregunté—. No sabría por dónde empezar.

—Pero al menos podrías intentarlo —respondió ella. Lanzó una mirada rápida y reflexiva a Nathaniel antes de detenerse y obligarse a apartar la mirada.

Antes de partir, ayudé a Rosetta una vez más con sus hechizos curativos sobre Nathaniel; sin embargo, sin la urgencia de la última situación de vida o muerte, lo hice tan mal que finalmente ella me despidió y lo terminó por su cuenta. Nathaniel ya se veía mejor, animado como estaba por los dedos sigilosos y mágicos de Rosetta y la perspectiva de volver a ver a su pequeña muy pronto.

Ese amor que tenía por Ella… Lo temía casi tanto como lo envidiaba.

—Ve rápido —dijo Nathaniel, dándome un abrazo de despedida.

—Ve con cuidado —respondí, devolviendo el abrazo con fiereza.

—He doblado los caminos —dijo Rosetta, y frenó su caballo junto al de él—, para hacerlos más cortos para los dos. Esperemos que nos ayude a ahorrar algo de tiempo.

Asentí.

—Nos vemos pronto, en el Fuerte.

—En el Fuerte —respondió, y ella y Nathaniel comenzaron su viaje por un camino que giraba hacia el este, mientras que Dominic y yo nos dirigíamos directamente al norte. Dejamos el listón manchado de sangre en el árbol, y lo observé mientras pasábamos a medio galope, preguntándome quién había derramado la sangre que lo impregnaba, y si el perpetrador que lo había atado allí para mí todavía estaba en algún lugar cercano, al acecho.

Cabalgamos todo el día por la pista acortada por Rosetta de forma preternatural y acampamos durante unas pocas horas, sobre todo para que nuestros caballos descansaran y para que Dominic pudiera dormir unas horas mientras yo pretendía hacer lo mismo, con la cabeza sobre la mochila, a varios metros de distancia. Hacía más frío de esa manera, pero no podía acercarme a él. Había apagado mis aprensiones e inhibiciones para besarlo, pero no se habían quedado encerradas por mucho tiempo. Me atormentaba la sensación de que había hecho algo malo, pero si había pecado contra Dominic, contra Zan o contra mí… no estaba segura.

A la mañana siguiente, mientras levantábamos nuestro pequeño campamento, Dominic finalmente dijo:

—Me estás evitando.

—No puedo evitarte —dije, con una risa ligera y débil—. Somos los únicos aquí.

—Sabes lo que quiero decir.

Giré para mirarlo.

—Lo siento —dije—. Todo ha sido muy… confuso.

—No tienes que darme una respuesta hasta que estés lista —respondió—. No te pediré nada para lo que no estés preparada o que no te sientas dispuesta a ofrecer, Aurelia. Pero por favor, te lo ruego, no me dejes fuera —levantó una mano enguantada hasta mi mejilla—. Dime tus dudas y temores, para que pueda tener la oportunidad de sosegarlos.

Asentí. ¡Estrellas! Todo esto sería mucho más fácil si todavía fuera ese hombre que conocí en el *Humildad*, al que sabía cómo odiar. Cuando lo conocí como un simple villano, y no como este complicado tapiz de daños, determinación y obstinado compromiso con ideales irritantemente virtuosos. Y sentía algo por él, lo sentía... simplemente no sabía qué era, ni cuán intenso.

Otro medio día después, nos detuvimos junto a un arroyo para descansar y dar de beber a los caballos. Los llevé al banco cubierto de nieve, mientras Dominic estudiaba detenidamente el mapa y trataba de averiguar adónde nos habían llevado nuestros viajes truncados y cuánto nos quedaba por recorrer. El viento se había levantado, y aunque el cielo había sido, hasta ahora, de un azul brillante e invernal, las nubes comenzaban a acumularse en franjas oscuras que me recordaron al Gris.

—Deberíamos darnos prisa —dije—. Si no queremos quedar atrapados en una tormenta.

Volvimos a montar los caballos y los guiamos al galope, corriendo bajo el dosel distante del Ebonwilde. El silbido del viento y el estruendo de los cascos de nuestros caballos eran fuertes, pero no tanto como para no escuchar el chasquido y el crujido de las ramas más adelante, cuando algo voló por el aire y aterrizó con un ruido sordo en el suelo, para rodar enseguida hasta detenerse como un águila extendida en la nieve del crepúsculo, unos treinta metros más adelante.

—Malditas estrellas —maldijo Dominic. Luego—: ¡Aurelia! ¡No! ¡Podría ser una trampa! ¡Podría ser peligroso!

Pero ya me había bajado del lomo de Madrona y avanzaba penosamente contra el viento hacia el cuerpo inerte.

Dominic también desmontó, y corrió detrás de mí tratando de interponerse entre el peligro potencial y yo, pero lo aparté. Ya podía sentir la magia susurrante que pasaba junto a mi lado en el viento, el signo seguro de la sangre cercana.

—Están heridos —dije—. Y podría ayudar.

—¿Se te ocurrió, por un momento —gritó Dominic—, que éste podría ser el hombre del Círculo que dejó ese listón ensangrentado en el árbol? ¡Déjame ir primero al menos! ¡Aurelia!

—Olvidas —grité por encima del hombro— que nada puede lastimarme —pero mientras lo decía, mis botas se engancharon en algo que emitía un suave tintineo al moverse.

Me agaché para ver y saqué dos cadenas entrelazadas de la nieve. De una colgaba una campana con forma de flor de gravidulce, de la otra, un colgante de pájaro de fuego y un anillo de piedra blanca.

Y recordé, mucho tiempo atrás, la visión que me dio una reina fantasmal de un niño sangrando en un montón de pétalos blancos arremolinados.

—Sangre en la nieve —susurré. Sólo que esta vez era nieve real, y no había flores milagrosas cerca para curarlo.

Zan.

Metí las cadenas en mi bolsillo y corrí el resto del camino hasta su lado. Caí de rodillas para sacarlo de la nieve y me arranqué la capa para envolverla alrededor de sus hombros desnudos, como si eso fuera a hacer mucha diferencia. El frío era una preocupación secundaria, ya que moriría a causa de sus heridas antes de que la hipotermia tuviera la oportunidad de consumirlo; estaba cubierto de cortes, hematomas y magulladuras moteadas de púrpura y amarillo. Lo habían golpeado y torturado, y luego lo habían arrojado aquí, en un banco de nieve, para que lo encontráramos.

No. Para que *yo* lo encontrara.

—Es él —exclamé, mientras Dominic me alcanzaba—. Zan.

—Aurelia —dijo él, tratando de levantarse—, es demasiado tarde. Aléjate. Déjame...

—¡No! —grité y lo empujé hacia atrás—. No. No es demasiado tarde. No lo es —acuné la cabeza de Zan en mi regazo. Su rostro estaba destrozado, hinchado y magullado, pero le rocé la mejilla y dije—: Zan. Zan, ¿puedes oírme? Despierta. Por favor, despierta.

La llamada de la magia en su sangre se estaba desvaneciendo, para mi un mejor indicador de su precaria posición que su respiración superficial o su pulso lento. No podía usar su sangre para salvarlo; la magia que quedaba en lo que ya había perdido se estaba desvaneciendo, y usar más lo mataría con seguridad.

Con dedos fríos y torpes, saqué el frasco de sangre de debajo de mi camisa; tenía que usar la mía.

—No, Aurelia —dijo Dominic, apremiante e intranquilo—, no desperdicies tu sangre con el hombre que no pudo dedicar ni un solo pensamiento a ti.

—Debo hacerlo —dije—. No importa lo que él haya hecho, yo no puedo dejarlo morir. Por favor, Dominic. Trata de entender.

No dijo más y me dio la espalda mientras, yo destapaba el frasco y vertía el líquido rojo en mis manos, cálido como el día en que fue liberado de mis venas vivas. La música familiar de mi propia magia comenzó a moverse, canturreando ante la alegría de su liberación. Había hecho esto antes; sabía qué hacer. De hecho, la sangre de mi cuerpo mortal parecía tirar hacia la fuerza vital de Zan, reconociendo lo que una vez había sido suyo.

Mi sangre decía una verdad que yo no podía. Había muerto mientras le daba lo último de mi vida junto al altar de la Stella Regina, y lo haría una y otra vez hasta que no me quedara más sangre para dar.

Colocando mis manos sobre su pecho desnudo, justo debajo de su clavícula, le di a la magia mi orden.

—*Exsarcio* —recité. *Arreglar*—. *Restitutio* —*reparar*. Luego dibujé un patrón con la sangre, un nudo como el que vi que Rosetta había hecho para Nathaniel, tirando de las tenues cuerdas de poder que, cuando parpadeé, se iban entrelazando a través de todo. Las tomé del aire y las redirigí hacia el hechizo, fijándolas en puntas a la piel de Zan. Arriba, abajo, alrededor, al otro lado, atrás otra vez, adelante otra vez, abajo. Una y otra vez. *Atar*, pedí al nudo. *Curar*, ordené a la sangre.

Fue una tarea más torpe que la que habíamos obrado con Nathaniel en la mesa de la cocina de Rosetta. No tenía nada de la sencilla elegancia del hilado de Rosetta, pero lo que me faltaba en gracia lo ganaba en contundencia; funcionó porque yo lo deseé. Funcionó porque no podía soportar lo que sucedería de otra manera.

Muy lentamente, los cortes comenzaron a cerrarse. Los moretones comenzaron a desvanecerse. La hinchazón comenzó a disminuir, y luego los ojos de Zan se abrieron, sus iris se encendieron y brillaron como el oro fundido.

Levantó una mano hasta mi mejilla.

—Te encontré —dijo en un susurro más ligero y entrecortado—. Al fin.

45

AHORA

KELLAN
Tres días antes de Pleno Invierno
1621

Kellan había pasado los días desde la intrusión de Aurelia en su reunión con Castillion y su posterior ausencia en un estado de gran ansiedad. Continuó, en público, de la misma manera que lo había hecho durante meses: moviéndose entre los refugiados harapientos, ofreciendo condolencias o animándolos, según lo requería la situación, y ayudando a levantar una carpa o para ir a buscar agua o arreglar una rueda de carreta cuando un refugiado o una familiar necesitaba ayuda práctica, más que frases comunes y huecas. Pero en privado, cuando cada día llegaba a su fin, regresaba a su propia tienda fuera de las empalizadas del Fuerte Castillion para alimentar sus miedos privados a solas.

Acababa de terminar sus raciones de la noche cuando un sonido fuera de la lona hizo sonar campanas de alarma en su cabeza. Su cuerpo se puso tenso y levantó su brazo plateado en preparación para pelear, cuando tres figuras apartaron la solapa de la antecámara y entraron. Dos mujeres con capas de lana gris y un joven vestido con la librea de un guardia del Fuerte Castillion.

—Oh, gracias a todas las estrellas —estalló, acercándose primero al joven y atrayéndolo con fuerza contra su pecho—. No he sabido nada de Zan en días, y sin sus actualizaciones, estaba empezando a pensar que lo peor te había pasado. ¿Hiciste el cambio?

—Lo hicimos —dijo Jessamine quitándose la capa. A su lado, Cecily sacó un fajo de papeles envueltos en cuero y atados con una cuerda—. Con suerte, la abadesa no notó la diferencia antes de vender el Códice a Fidelis.

—No lo notará —dijo Cecily—. Aveline sólo veía su valor como una mercancía, no como un texto para leer y aprender. En todos los años que viví y trabajé junto a ella en la abadía, nunca la vi mirarlo, ni siquiera una vez —frunció el ceño—. Pero ¿qué dices de Zan? ¿No has oído nada de él? —la frente de Cecily se arrugó con preocupación—. Con el Círculo en movimiento y Pleno Invierno tan cerca…

Jessamine tomó su mano y la sostuvo, un gesto de consuelo.

—Él estará bien —dijo ella tranquilizadoramente—. Es demasiado obstinado para fallar —pero después de que lo mencionó, se quedó callada; nadie quería saber qué pasaría si perdieran los ojos y oídos entre el Círculo de la Medianoche ahora.

—Pero tenemos esto —dijo Kellan, mirando el fajo envuelto en cuero—. Tenemos el verdadero Códice de la Tejedora.

—Ahora sólo necesitamos a la Tejedora para volver al Fuerte —añadió Jessamine—, para que podamos dárselo.

✶

Con la ayuda de los caminos acortados de Rosetta, ella y Nathaniel vieron por primera vez el tren de caravanas del este en menos de dos días, una franja larga y delgada de color negro contra la costa nevada, la lúgubre agua azul del mar del norte extendiéndose sin fin más allá. Estaba atardeciendo y alcanzaron a ver los diminutos puntos parpadeantes de las fogatas salpicando la línea. La caravana se había detenido para pasar la noche y estaban armando sus tiendas en preparación para la nieve que se avecinaba.

Rosetta y Nathaniel condujeron sus caballos junto a la cresta para observarla por un momento.

—¿Estás listo? —preguntó ella.

—Creo que sí —en algún lugar allí abajo, su hija lo estaba esperando, y aunque Rosetta se estaba dando cuenta de que era un hombre de pocas palabras, su expresión decía mucho: era amable, melancólica y cálida, sus ojos oscuros y febriles desbordaban emoción.

Pero mientras estudiaba su rostro, la sonrisa de optimismo se desvaneció, reemplazada por preocupación.

—¿Qué es eso? —preguntó, y ella siguió la línea de su mirada más allá de la caravana hasta el océano donde, uno por uno, barcos negros aparecían como de la nada. Ondeando sobre ellos estaba la bandera del Círculo de la Medianoche, con su luna acunada en el centro de una estrella de ocho puntas. Eran dos, luego seis, luego doce... y luego, demasiados para poderlos contar.

Corrieron montaña abajo, con el corazón latiendo al ritmo de los cascos de sus caballos. Las curvas que bajaban de la montaña eran empinadas, pero sus caballos del Ebonwilde eran firmes y valientes, e hicieron lo que debería haber sido un descenso de tres horas en menos de una, aunque se sintió como una eternidad. Cuando llegaron al fondo del valle, el viento se había convertido en un vendaval, aprisionándolos entre su furiosa fuerza y la ladera de la montaña. Lo superaron, sin embargo, estimulados por el creciente olor a humo y el inquietante sonido de gritos distantes. Era terrible.

Sin embargo, lo peor fue cuando cesaron los gritos.

En el silencio que siguió, la ceniza comenzó a soplar sobre sus rostros, atrapada en el viento como un enjambre de polillas. Pronto, el humo era tan denso en el aire que comenzaron a toser, con los brazos en alto para proteger sus ojos del escozor de las cenizas voladoras.

La caravana estaba ardiendo.

Tuvieron que desmontar cuando sus aterrorizados caballos no pudieron avanzar más, y caminaron los últimos treinta metros para salir de entre los árboles. Cuando lo hicieron fueron recibidos con una visión de pesadilla: un cielo tragado por nubes furiosas, un valle ahogado por carros y carretas en llamas.

Y a lo largo del tren, listones ensangrentados azotados por el viento sulfuroso.

—Misericordiosa Empírea —exclamó Rosetta, pero en la sombra de la escena que se extendía ante ellos, la frase carecía de significado; una deidad que permitiera una atrocidad de esta escala nunca podría llamarse misericordiosa.

El olor amargo del humo mezclado con tierra húmeda y sangre densa. Cuando Rosetta escudriñó de un extremo al otro del panorama vio cuerpos sin extremidades, cabezas sin cuerpo, entrañas regadas por doquier; los recuerdos de sus vidas interrumpidas (ropa y cestas, comida, herramientas y baúles, platos y reliquias familiares) estaban esparcidos como basura entre las brasas de sus carros. Y de vez en cuando, el viento separaba el humo para revelar los botes largos de madera negra que se movían a través del agua hacia los galeones que esperaban.

Rosetta tocó el brazo de Nathaniel cuando él miraba fijamente la escena, sólo para recordarle que ella estaba allí. Y entonces él giró hacia ella y su compostura se desmoronó. Lanzó sus brazos alrededor de Rosetta mientras sus rodillas se doblaban. Ella se tambaleó bajo su repentino peso, pero aguantó, apretando la cabeza de él contra su pecho, Nathaniel se arrodillaba a su lado con los dedos retorcidos en su capa como garras, sollozaba y su cuerpo se estremecía de dolor, en tanto la nieve empezaba a caer... Ella lo abrazó y no lo soltó, ni siquiera cuando ambos comenzaron a temblar empapados hasta los huesos. Mientras él purgaba su dolor, ella trazó pequeños hechizos de consuelo en su espalda y hombros: conjuros de calidez y relajación de los músculos adoloridos, encantamientos para aliviar los huesos cansados. No podía expulsar el dolor de su corazón, e incluso si tuviera tal habilidad, no la usaría en él. Tal dolor era prueba de que su hija había vivido y de que había sido muy amada. Ella nunca le quitaría eso.

Cuando el sufrimiento de Nathaniel pareció agotarse, se incorporó en silencio y dijo:

—Esos botes se dirigirán al Fuerte Castillion. Tenemos que llegar allí primero.

46

AHORA

AURELIA
Tres días antes de Pleno Invierno
1621

Superamos la tormenta en nuestro camino al Fuerte Castillion y llegamos a la mañana siguiente, antes de que saliera el sol. Aunque Zan ya no estaba en peligro inmediato, no podía curarlo por completo sin gastar las últimas gotas de la preciosa sangre que quedaba en mi frasco. Lo había sacado del borde del abismo, pero su cuerpo tendría que hacer el resto del trabajo por su cuenta. Sin embargo, debido a que estaba entrando y saliendo de la conciencia, no podía permanecer erguido en una silla de montar, así que colgamos su cuerpo sobre el caballo de Dominic mientras éste caminaba a su lado para evitar que se resbalara. Me ofrecí para ser yo quien lo hiciera (si Zan iba a ser una carga, debería ser mía), pero Dominic no quiso ni oír hablar de ello. Así que cabalgué detrás de ellos mirándolos con cautela: el hombre al que estaba destinada a amar, pero no amaba —no, todavía no—, y el que no debería amar, pero no sabía cómo dejar de hacerlo.

La ciudad de tiendas de campaña había crecido un kilómetro y medio desde la última vez que la había visto, pero estaba tranquila mientras la atravesábamos, salvo por los trabajadores que se movían entre las tiendas marcadas por la fiebre, recogiendo a los muertos de la noche para llevarlos al fuego. Pasamos por delante de la empalizada y luego cruzamos el puente levadizo inferior, con ascuas que subían a la deriva desde el foso siempre en llamas a ambos lados, girando como confeti de color naranja brillante contra el amanecer.

Al final de la puerta superior, el portón se fue levantando a medida que nos acercábamos. Una fila de soldados de Castillion nos esperaba al otro lado. Debían haber observado nuestra llegada desde las torres de vigilancia, porque tomaron nuestros caballos y descargaron a Zan en una litera preparada sin esperar órdenes.

—Por favor, asegúrense de que sus heridas sean tratadas —dijo Dominic mientras cuatro soldados levantaban las asas de la camilla—, y luego transfiéralo a una celda adecuada.

Me mordí los labios para no protestar. Dominic ya había mostrado piedad dada la situación, y difícilmente podría exigir una lujosa suite para alojar a su rival político, el hombre que me había traicionado.

—Señor —dijo uno de los soldados—, tenemos un informe completo listo para usted en el salón principal.

—Gracias, estaré allí —respondió. Luego, a otro de sus soldados—: Por favor, acompaña a la princesa a mi estudio.

—Espera… —exclamé mientras se giraba para retirarse—. ¿No quieres… que vaya contigo?

—Descansa —dijo—. Relájate. Haré que te envíen ropa nueva. Al menos uno de nosotros debería descansar un poco.

Podría haber discutido, pero por mucho que deseara ser incluida en conversaciones importantes, más quería que me dejaran sola con mis pensamientos tumultuosos. Encontrar a Zan me había hecho caer en picada; la poca estabilidad que había reservado para mí desde que desperté se había esfumado en una bocanada de humo. Así que me retiré en silencio y dejé que me condujeran hacia el estudio de Dominic sin quejarme. Cuando por fin estuve sola saqué las cadenas que había recuperado de la nieve junto a Zan y las puse una al lado de la otra sobre el escritorio de Dominic, desconcertada por su presencia. ¿Cómo había terminado Zan exactamente donde yo lo encontraría? ¿Cómo había llegado a tener la campana en su poder? ¿Por qué todavía usaba mi amuleto de pájaro de fuego? Y el anillo...

El anillo.

Caminé y caminé, tratando de darle sentido, pero fue en vano.

Tenía que saber qué había pasado. Lo que significaba. Y así, antes de que pudiera dudar de mí, agarré las cadenas y corrí por las escaleras de la torre, casi derribando en mi camino a un trío de doncellas que subían con la ropa nueva que Dominic había ordenado que me entregaran.

—¿Mi señora? —una llamó, pero seguí moviéndome, con los ojos fijos al frente. Si dudaba, incluso un momento, podría perder los nervios.

Nathaniel me había dado una vaga idea de en qué dirección se encontraba el calabozo, cuando escapamos a través del Tesoro, así que no fue difícil encontrarlo. Era pequeño y estaba más limpio que la mayoría de los calabozos en mi experiencia, con escaleras bien barridas y cómodas celdas talladas en línea recta de la peña, rodeado de barrotes de hierro y puertas cerradas con candado. Todas las celdas estaban vacías, y por un momento me pregunté si había llegado demasiado pronto y si Zan todavía estaba siendo tratado en otro lugar del Fuerte. Pero al final del corredor, en la última celda, pude ver la silueta de un hombre recortada en el frágil haz de luz de una estrecha claraboya. Ahora estaba despierto, apoyado con la espalda en los barrotes, con la cabeza inclinada y ambos brazos apoyados sobre las rodillas. Vestía un traje de prisionero, lo que ocultaba a la vista sus heridas en proceso de curación.

Me detuve en seco, flotando a una distancia segura, incapaz de salvar ese último tramo entre nosotros.

—Sé que estás ahí —dijo él, sin moverse—. Aurelia —su voz resonó baja y desigual, con todo su brillo principesco desgastado por la grava.

Tragué saliva y di un paso adelante.

—Hace frío aquí —exclamé—. Me aseguraré de que alguien te traiga una capa. O una manta.

—Qué amable —contestó manteniendo su mirada fija en la pared al frente. Su cabello caía al frente en mechones, ocultando sus ojos ante mi vista, como una cortina. Ahora era más largo y llegaba casi hasta sus hombros, que, a pesar de la despreocupación hostil de su respuesta, estaban rígidos. Como si se estuviera preparando para un golpe.

—Haré que te envíen algo para que comas. Y un catre, tal vez... Estoy segura de que Dominic no querría que...

—Estoy seguro de que a *Dominic* —enfatizó oscuramente el nombre de pila de Castillion— no podría importarle menos la calidad de mi alojamiento.

Sentí la ira crecer en mi pecho.

—¿Y qué hay de mí? ¿Debería importarme?

—No me interesa lo que sientes por mí.

—Parece algo extraño para decirle a alguien que acaba de salvarte la vida... otra vez.

—No te pedí que lo hicieras.

418

—La próxima vez que te encuentre semidesnudo y sangrando en la nieve, me aseguraré de esperar tu permiso expreso antes de intervenir.

—Sería un buen cambio —dijo—, por una vez.

—¿Preferirías que te dejara muerto?

—Preferiría que me dejaras en paz.

—Me encantaría —espeté—. Me encantaría olvidarte tan fácilmente como tú lo hiciste. Por favor, enséñame cómo.

Se quedó en silencio, inmóvil, mirando a la pared.

—¿Guardas silencio ahora? Contaba contigo —dije—. Yo apuesto mi vida por ti. Y tú... tú sólo...

—Te abandoné —dijo—. Te fallé. Puedes decirlo, Aurelia.

Desde lo más profundo de mi alma, pregunté:

—*¿Por qué?*

—Ya sabes por qué, si leiste mi carta...

—No lo hagas —dije—. No me des más excusas de porquería. Date vuelta, Zan. Mírame a los ojos. Y luego, dime la verdad.

Con cautela, se incorporó y se sostuvo de las barras para apoyarse. Estábamos cara a cara ahora, separados sólo por unos cuantos palmos y unas pocas barras delgadas de hierro. Sus ojos brillaban dorados, como el sol a través del ámbar miel, pero su rostro era una máscara de piedra cincelada.

—Amaba a una chica llamada Aurelia —dijo, cada palabra cuidadosamente escogida y pronunciada con frialdad—, pero ella murió en mis brazos. No te perseguí porque *tú* no eres *ella*.

Sin apartar la mirada levanté mi puño al nivel de mis ojos. La cadena estaba atada a mis dedos, y aflojé mi agarre lo suficiente para dejar que el anillo de piedra blanca de su madre cayera y colgara girando a la luz.

—*Mentiroso* —acusé.

Inhalando bruscamente, sus ojos se posaron en el collar y luego en mí, un desliz de una fracción de segundo en su máscara que me dio una visión desconcertante del tormento que tan cuidadosamente había escondido debajo.

Di un paso firme hacia atrás, como si la verdad fuera un peso inesperado que no me había preparado lo suficiente para soportar.

—¿Qué no me estás diciendo? —susurré buscando su rostro.

—Aurelia —murmuró al inclinarse para presionar su frente contra las barras—. Es mejor si... No puedo simplemente... —y luego—: Vete. Sólo vete.

Eso quería. Quería huir. Esconderme. Encontrar una almohada en la que pudiera enterrar mi cara y gritar. Pero antes de que pudiera hacer ni un solo movimiento, se oyó el sonido de pesadas botas sobre las escaleras de piedra del calabozo, y Dominic, seguido por un trío de soldados de Castillion, apareció al final del corredor de celdas.

Al verme levantó una ceja oscura, no exactamente emocionado de encontrarme allí, pero tampoco sorprendido.

—Sáquenlo —dijo con un movimiento de mano, y uno de los soldados se movió para abrir la celda de Zan, mientras que otro entró y comenzó a atarle las manos.

—¿Qué sucede? —pregunté.

—Lord Greythorne quiere reunirse con nosotros. Todos nosotros, eso te incluye a ti —la mirada de Dominic pasó de mí a Zan, que lo observaba con cautela detrás de los párpados entrecerrados— y a él. Dice que es demasiado importante y no puede esperar.

El soldado empujó a Zan frente a él, y él se tambaleó hacia delante, todavía inseguro sobre sus pies.

—¡Cuidado! —dije indignada—. ¡Está lesionado!

El soldado lanzó una mirada inquisitiva a Dominic, quien asintió.

—Haz lo que ella dice.

Los seguimos, subimos las escaleras y salimos al patio nevado hacia las pesadas puertas de roble y hierro del torreón principal del fuerte, donde Dominic levantó una mano para despedirse.

—Podemos seguir solos desde aquí —dijo.

—Señor —acató el soldado.

Con la puerta cerrada detrás de nosotros, Dominic quitó las cuerdas de las muñecas de Zan.

—Si intentas cualquier cosa, no llegarás muy lejos —era una débil advertencia; Zan apenas podía mantenerse en pie, y mucho menos, salir corriendo. Pero Dominic tampoco necesitaba dejarlo ir sin ataduras; lo hizo por mí, y yo estaba agradecida.

El Gran Salón del Fuerte Castillion era un espacio cavernoso hecho de granito frío, anclado en el lado occidental de la habitación por una chimenea tan grande que tal vez podría tenerme parada en su interior sin necesidad de agacharme. La luz entraba por las altas ventanas en forma de rendijas que se alineaban en el piso superior de la sala rectangular, brillando sobre una mesa de banquete vacía hecha de madera oscura del Ebonwilde. Cuatro personas ya estaban sentadas a su alrededor: Kellan en el otro extremo, flanqueado por un joven soldado que vestía una librea de flor de lis de Renalt en su lado derecho y una mujer que no reconocí en el izquierdo. Estaba vestida con un sencillo caftán de seda color crema que realzaba su hermosa piel de ébano, su cabello estaba cubierto por un chal de seda a juego. A su lado, sin embargo, había alguien a quien reconocí, y casi grité de alegría al verla.

—¡Jessamine! —exclamé, y ella se levantó de su asiento para abrazarme con fuerza.

—Es tan bueno verte de nuevo, mi querida, querida amiga —dijo, y se inclinó hacia atrás para tomar mi barbilla con ambas manos. Luego le hizo una seña a la otra mujer en la mesa—: Permíteme presentarte a la hermana Cecily de la Isla de las Viudas. Es una de las Hermanas de la Antorcha Sagrada.

—Encantada de conocerte —añadió Cecily, extendiendo la mano y sonriendo con gesto cálido.

—Igualmente —contesté.

Kellan también se había levantado, aunque no era a mí a quien se dirigía, sino a Zan.

—Gracias a las estrellas —dijo, y le dio una palmada a Zan en el hombro con una camaradería que nunca hubiera creído si no la hubiera visto—. Después de que dejaste de comunicarte, comencé a temer lo peor. Y luego, cuando Emilie dijo que había visto a Aurelia y Castillion traerte…

Me congelé, dejando caer la mano de la hermana Cecily para girar y mirar a Kellan.

—Acabas de decir… ¿Emilie?

Kellan y Zan intercambiaron miradas, y el joven al final de la mesa también se levantó. Dio varios pasos hacia mí y luego hizo una profunda reverencia. Mientras lo hacía, el aire a su alrededor comenzó a brillar, y cuando se levantó de nuevo, vi que no era un guardia de Renalt en absoluto, sino una mujer joven de mi edad y talla, con el cabello rubio atado en una trenza larga y gruesa. Su rostro fue reconocible al instante, incluso dañado como estaba por una serie de cicatrices en el cuello y la mejilla; había quedado grabado en mi memoria para siempre. Incluso tomé su nombre durante un tiempo, allá en Achleva, para no olvidar a la chica a la que había pertenecido ni lo que había hecho por mí.

Y alrededor de su cuello colgaba un pendiente, como el que acababa de devolverle a Zan, con la forma de un dragón esmeralda.

—¿Emilie? —susurré, incapaz de convencerme completamente de que era real. De todas las muchas cosas extrañas que habían sucedido en las últimas horas, ésta era la más inesperada. La criada que había cambiado de lugar conmigo la noche en que dejé Renalt por Achleva, y había sido quemada en la hoguera en mi lugar, estaba viva. Y delante de mí.

Ella sonrió.

—Hola de nuevo, princesa.

47

AHORA

AURELIA
Tres días antes de Pleno Invierno
1621

Cuando terminaron las presentaciones, fui a la silla a la derecha de la cabecera de la mesa, concluyendo de que Dominic, por supuesto, tomaría ésa. Pero Cecily se aclaró la garganta y dijo:

—No, mi señora. Deberías sentarte en el lugar de honor.

Avergonzada, dije:

—Ésta es tierra de Dominic, su Fuerte. Debería ser él quien...

—No —atajó Dominic—, la hermana Cecily tiene razón. Tú eres la Tejedora, Aurelia. Es hora de que reclames el lugar que te corresponde —me acercó la silla y me hizo un gesto para que me sentara. Todos los demás me miraban, esperando ver qué haría, y yo, demasiado nerviosa para encontrar un argumento en contra, me apresuré a sentarme, sólo para que el momento incómodo terminara. Castillion se movió a la silla a mi derecha, y sin otras opciones disponibles para él, Zan se sentó con cautela en la dispuesta a mi izquierda—. Ahora —dijo Castillion, todavía capaz de dirigir el cónclave desde la segunda silla—, creo que es hora de que todos pongamos nuestras cartas sobre la mesa.

—Una metáfora del juego —dijo Jessamine—. Lo apruebo.

—Deberíamos empezar con esto —declaró Cecily tras colocar un tomo de papeles, encuadernado en cuero en el centro de la mesa y tirar de las cuerdas que lo ataban. Luego, con cuidado, lo abrió. Las páginas del interior estaban quebradizas y amarillentas por el paso del tiempo, la tinta estaba descolorida, pero aún era legible.

—¿Qué es? —pregunté, tratando de descifrar por qué un manojo de papeles viejos me resultaría familiar. Pero así era, y cuando me pasó una de las frágiles páginas, entendí por qué.

Estaba escrito de mi puño y letra.

—Cada hermana que ha vivido en la Isla de las Viudas, desde que se fundó la orden de la Antorcha Sagrada, reúne los escritos de su vida en una compilación llamada códice. A su muerte, se encuaderna y se guarda en el archivo de la abadía. Éste es el texto inaugural de la colección —sus ojos se posaron en los míos—. El Códice de la Tejedora.

—¿Éstos son los escritos de Vieve? —pregunté.

—De hecho, lo son —respondió Cecily—. Es un registro de su vida con los magos que la sacaron, cuando era niña, de la casa de sus padres, y fueron sus mentores y maestros desde ese momento y hasta su muerte.

—Los Verecundai —dije mirando a Dominic.

—No eran conocidos por ese nombre entonces —dijo Cecily—. Eran simplemente ocho eruditos y magos que querían estudiar en soledad, por lo que construyeron el complejo que eventualmente se convertiría en la abadía de las Hermanas de la Antorcha Sagrada. Fue allí donde comenzaron a hacer coincidir las visiones de sus altos magos con los patrones estelares que predecían el poder de la Tejedora y su eventual papel como primera reina en un mundo que sería reconstruido tras el descenso de Empírea de los cielos. Toda esta información está incluida en los Papeles de la Medianoche.

—¿Cuáles son...? —pregunté.

Emilie habló esta vez.

—Los Papeles de la Medianoche son el manifiesto escrito por el fundador de Círculo de la Medianoche, Fidelis Primero. Comienza con la historia de Vieve, relatando su descubrimiento, luego su educación y entrenamiento por parte de los Verecundai, y su eventual historia de amor con su miembro más joven, Adamus. Habla del plan de los Verecundai de usar a Vieve para invocar a Empírea, con el pretexto de comenzar una nueva y mejor era del mundo. Pero en realidad querían usar a Vieve para robar el poder de Empírea, es decir, su inmortalidad. Entonces, la llevaron a un lugar sagrado en la Noche de Pleno Invierno y le pidieron que comenzara el hechizo que habían alterado. Pero la ira de Empírea fue terrible y asesinaron a Vieve para interrumpir el hechizo y mantener a raya a Empírea. Adamus, en su dolor...

Dominic juntó los dedos.

—Nada de esto es nuevo —dijo—. ¿Qué tiene que ver todo esto con el Círculo de la Medianoche?

—Porque —dijo Emilie—, Fidelis del Círculo de la Medianoche cree que *él* es la reencarnación de Adamus. Está orquestando un complot para asegurarse de que sea él quien esté al lado de Vieve cuando Empírea descienda. Y, de hecho, todo lo que él y el resto de Círculo de la Medianoche han hecho en el último año ha sido para alcanzar esa meta. Cada desastre, cada muerte, cada enfermedad... todo ha sido dispuesto tal como se describe en los Papeles de la Medianoche, y en nombre de Empírea.

—Supongo que eso explicaría esto —dijo Castillion mientras sacaba una carta de su propio bolsillo que colocó sobre la mesa junto al Códice de la Tejedora—. Mis guardias me dicen que esto llegó hace tres días. Es una confirmación de que el rey Conrad está, de hecho, en poder del Círculo, y una demanda de que Aurelia se reúna con Fidelis en Punta Extrémitas en la Noche de Pleno Invierno para intercambiar su libertad por la de él —se rascó la barbilla—. ¿Pero por qué Punta Extrémitas? No tiene nada que ver con esto.

—Eso es fácil —dijo Jessamine—. Eligió Punta Extrémitas porque le dijimos que ahí sería el descenso.

—Sabíamos que estaría tras el Códice de la Tejedora que se encuentra en la abadía de la Isla de las Viudas —agregó Cecily—, así que falsificamos una copia, modificamos algunas cosas y lo intercambiamos antes de que lo tuviera en sus manos.

—Sabía que el Triste Tom sería un excelente falsificador si se lo proponía —dijo Jessamine, sonriendo a Zan.

—No te defraudó —agregó Kellan—: Punta Extrémitas fue sólo un desvío conveniente. Un lugar lo suficientemente remoto para mantener a Fidelis lejos de donde ocurrieron los hechos reales.

Casi tiro mi silla en mi prisa por atrapar la misiva.

—Pero ¿cómo ayuda eso en algo? Sólo significa que tengo que irme más lejos para cambiarme por Conrad.

—No, Aurelia —dijo Kellan—. No es tan simple.

—¿Qué podría ser más simple?

Esta vez, fue Zan quien habló.

—Porque si llega la medianoche de Pleno Invierno y no estás con Castillion en el claro de los Verecundai —sus ojos se oscurecieron hasta convertirse en un topacio sombrío—, todo por lo que hemos pasado el último año, todo por lo que hemos luchado, lo que hemos sacrificado... habrá sido en vano.

La única persona que parecía más sorprendida que yo era Dominic.

—¿Qué significa eso? —preguntó, entrecerrando los ojos.

Jessamine decidió actuar como intermediaria, gesticulando con calma mientras explicaba:

—Significa que usted, y el Círculo, han estado operando con sólo la mitad de la información necesaria para comprender lo que se avecina.

—¿Y supongo que ustedes tienen esa "información necesaria"? ¿Qué fuente podrían tener que sea más confiable que los mismos Verecundai? —los desafió Dominic.

—*Cualquier* fuente sería más confiable —espetó Zan, sólo para que Jessamine lo volviera a silenciar con una mirada mordaz.

—Nuestra fuente es alguien —Kellan hizo una pausa, buscando la descripción correcta—, en una posición única para brindar respuestas —miró alrededor de la mesa, como pidiendo permiso a los demás antes de seguir. Los aludidos asintieron y él continuó—: Ella existe en un lugar que le permite ver el pasado y el presente. Y, en determinadas circunstancias, las posibilidades que pueden dar forma al futuro.

—Estás hablando del Gris, ¿no? —saqué la Campana de Ilithìya y la puse sobre la mesa frente a mí—. ¿Ahí es donde conseguiste esto, Zan? Tú se la quitaste a *ella* —traté de reprimir mis emociones, pero ya estaban hirviendo, derramándose calientes por debajo de la tapa—. ¡No se puede confiar en ella! ¡Es un monstruo! Únicamente motivada por sus propios intereses...

—¿No podría decirse lo mismo de todos nosotros? —Zan estaba tranquilo, imperturbable.

—Ella es la razón por la que yo... que nosotros... —estaba en pie ahora, hirviendo. Tomé aire y continué—: Ella me mató.

—Ella no te mató —dijo Zan—. Yo lo hice.

Eso me dejó aturdida en el silencio. Era cierto, pero sólo en parte. Me había drenado lo último de mi vitalidad, pero no era su culpa. Esa elección y sus consecuencias me pertenecían sólo a mí.

—El hecho es —fue Emilie quien habló esta vez— que ella, Maléfica, Arceneaux o como quieras llamarla, es la única razón por la que hemos llegado tan lejos.

—Ella es la que me envió a ti por el camino —dijo Zan—. Si no fuera por ella, y por Conrad, estaría muerto en una celda de Círculo de la Medianoche en este momento.

—Te atraparon —murmuró Jessamine—. ¿Cómo? Hemos sido tan cuidadosos... después de todos estos meses...

—Estaba en la Zona de la Medianoche —dijo Zan—. Buscando a Conrad. El rito de resistencia fue duro para él, y desde entonces lo había estado vigilando más de cerca. Fidelis lo ha estado paseando por los regimientos durante varias semanas. ¿Qué mejor manera de demostrar su poder que hacer ejemplo de un rey depuesto y adoctrinado? Ése es el tipo de intimidación que persiste incluso sin el control del pensamiento, pero las cosas se torcieron cuando alguien decidió infiltrarse en la alta magia de Fidelis con algo de la suya propia.

—¿Tú estabas ahí? —pregunté.

—Sí —dijo Zan—. Y también vi que estabas a sólo unos segundos de tener una horda de miembros del Círculo con mente de colmena cerniéndose sobre ti. Durante meses hemos estado tratando de mantenerte fuera de sus manos, sólo para que tu decidas deslizarte hasta la puerta de su casa y básicamente ofrecerte como un regalo de invierno para Fidelis —sacudió la cabeza con exasperación—. Tuve que generar una distracción, así que preparé uno de sus hornos para que explotara.

—La explosión —dije en voz baja—. ¿Fuiste tú?

—Sí —respondió Zan, con total naturalidad—. Y funcionó bastante bien, escapaste. Fui noqueado por la fuerza de la explosión, y así fue como el Círculo me atrapó. Digamos que no fueron amables.

—Sabiendo cómo opera Fidelis —intervino Emilie—, me sorprende que todavía estés vivo.

—Fue obra de Conrad —repuso Zan—. Me reconoció del rito de resistencia. Creo… Creo que hay fragmentos de su vida pasada que quieren resurgir. No sabe su propio nombre o quién solía ser, pero a pesar de los efectos del encaje de escarcha y del control de Fidelis sobre sus pensamientos, el chico que conocíamos todavía está allí. Encontró la campana para mí y me acompañó al Gris. No estoy seguro de lo que pasó después. Sólo puedo suponer que Arceneaux envió a Conrad de vuelta al Círculo y me dejó donde sabía que me encontraría a alguien que pudiera ayudarme.

—¿Por qué enviaría a Conrad de vuelta al Círculo? —preguntó Jessamine.

—Es difícil asegurarlo —dijo Zan—, pero lo más probable es que sea porque ella vio las posibilidades y decidió que los resultados eran mejores con él allí. De hecho, puede relacionarse directamente con el ultimátum de Fidelis para que Aurelia se encuentre con él en Punta Extrémitas. Si Conrad no estuviera con él, no tendría ninguna influencia para llevar a Aurelia hacia él.

—Acabas de decir que no puedo ir...

—No puedes —dijo Kellan con firmeza—, pero tal vez, alguien más podría hacerlo en tu lugar —volteó hacia Emilie y dijo—: Si estás dispuesta, por supuesto...

—Está bien —dijo ella y posó su mano sobre su brazo plateado—. Siempre supe que tendría que enfrentarlo de nuevo algún día —giró hacia mí y, con un rápido movimiento de los dedos, trazó un patrón en el aire. Antes de que pudiera reaccionar, me di cuenta de que estaba mirando una recreación perfecta de mi propio rostro. Sin un cristal en el que poder reflejarme, no había visto mi propio rostro desde que entré en el ataúd el Día de las Sombras. Me quedé atónita, por un minuto, al verla: cabello largo y oscuro en lugar de rubio ceniza, ojos azules en lugar de grises y una expresión de compostura fría que desmentía toda la confusión que sentía por dentro.

Sin embargo, lo más sorprendente de todo fue el hecho de que esta chica era... hermosa no, no exactamente. Atractiva. Me recordaba a alguien más. Alguien llena de confianza, alguien fuerte, serena y carismática.

Me recordó a *Arceneaux*.

La voz de Emilie salió de mis labios.

—En la Noche de Pleno Invierno iré a Fidelis disfrazada de ti, Aurelia, para que tú puedas estar donde necesitas.

—Emilie —dije con un nudo en la garganta—. Ocupaste mi lugar una vez antes, y pagaste un precio terrible por ello. No puedo pedirte que lo hagas de nuevo.

—No lo estás pidiendo tú —contestó, y mi imagen se desvaneció, revelando su propia cara llena de cicatrices—. Yo lo estoy ofreciendo. Y no estaré sola esta vez.

Miró a Kellan, quien asintió y dijo:

—Recuperaremos a Conrad, sano y salvo.

—Kellan… —mi corazón estaba rebosante como para decir algo más que su nombre.

—Soy un soldado de Renalt —dijo, su mano plateada transformándose en un puño—. Hice un voto a su familia real. A su legítimo rey. He cometido algunos errores terribles, pero es hora de dejarlos atrás. Es hora de honrar ese voto.

48

AHORA

AURELIA
Tres días antes de Pleno Invierno
1621

Cuando se levantó la sesión, Jessamine me acompañó al estudio de Dominic. En cuanto las puertas se cerraron detrás de nosotras soltó un suspiro soñador y se hundió en una de sus sillas mullidas.

—Después de pasar tanto tiempo viajando, no puedo comenzar a decir qué lujo se siente tener una silla y una chimenea —luego añadió—: No le digas a Cecily. Ella piensa que la austeridad es buena para el alma.

—*Cecily* —le dije mostrando una sonrisa irónica—. Cuéntame más sobre ella.

—Es una monja —dijo Jessamine y se levantó para inspeccionar la tina de cobre, de la que hizo girar las válvulas y cuando el agua caliente comenzó a salir del grifo soltó una risa complacida—. ¿No es encantadora?

—Pensé que Delphinia era la que disfrutaba corrompiendo a los santos.

—Delphinia… —su sonrisa se desvaneció.

—Jessamine —dije—. ¿Delphinia está…?

—Fue la fiebre amarga —señaló sus ojos. Una vez color avellana, ahora eran tan negros como cuentas de obsidiana—. Yo tuve la suerte de recuperarme. Pero Delphinia…

Cerré los ojos e imaginé el rostro en forma de corazón de Delphinia, su cabello de narciso y su sonrisa alegre.

—Ella murió en el camino —continuó Jessamine—. Zan y yo la enterramos lo mejor que pudimos.

—¿Zan? —pregunté con un sobresalto—. ¿Él estaba contigo?

Jessamine se veía como si acabara de divulgar un secreto que había jurado guardar.

—Sí. Estaba conmigo —metió la mano en el baño y la agitó—. El agua está lista.

Me desnudé la ropa sucia y entré en la tina, mientras Jessamine juntaba mis vestiduras en un bulto para que las doncellas lo recogieran por la mañana.

—Jessa —dije—. Zan… Por favor, dime qué pasó. Cuéntamelo todo.

Me miró largamente, como si estuviera sopesando las opciones. Por fin, asintió y acercó una silla a la tina.

—Después del Día de las Sombras, Zan estaba… destrozado. No comía ni dormía. Honestamente pensé que podría morir en esa cripta debajo de la Stella Regina. Donde nosotros… —se detuvo, sonrojada.

—¿Dónde qué?

—Donde te enterramos, querida.

Levanté las rodillas y equilibré la barbilla en mis brazos, observando cómo el agua se separaba en pequeñas gotas sobre mi piel.

—Estaba pintando un retrato tuyo —continuó Jessamine, —en tu tumba. Trabajó en ello día y noche, es decir, cuando no estaba bebiendo hasta perder la conciencia. Justo después de Pleno Invierno, apareció en el Canario; creo que quizá se quedó sin comida. Lo acogimos, tratamos de ayudarlo a recuperarse. Y luego, unas semanas más tarde, la fiebre amarga comenzó a extenderse. Zan, Delphinia y yo estuvimos expuestos, así que nos fuimos para evitar infectar a los demás y buscar ayuda. Delphinia dijo que su hermana favorita era sanadora, así que salimos a buscarla. Murió en el camino. Tuvimos que darnos cuenta después de que la "hermana" a la que se refería era una monja que conocía de sus propios días en la hermandad, aunque habían sido tan pocos.

—¿Cecily? —pregunté, y Jessamine asintió.

—Después de la muerte de Delphinia encontramos un barco que se dirigía a Castillion, pero que haría una parada en la Abadía de las Hermanas de la Antorcha Sagrada, así que compramos los pasajes, pero antes de que llegáramos a la isla, el capitán se enteró de que Castillion ofrecía una recompensa por Zan. Robamos uno de sus botes justo cuando se avecinaba una tormenta y conseguimos hacer el resto del camino hasta la isla de la abadía, para entonces yo me había contagiado.

—Pero te recuperaste —le dije—. Gracias a las estrellas.

—Gracias a las Hermanas. No recuerdo mucho de esos días, sinceramente, así que no puedo contarte todo lo que pasó. Pero cuando desperté, Cecily me dijo que el capitán del barco había regresado por Zan, y que él le había dicho que fuera conmigo al Canario. Yo sólo descubrí más tarde que antes de que el capitán regresara, ella y Zan habían usado un incienso alucinógeno que había enviado accidentalmente a Zan al Gris —sacudió la cabeza con desaprobación.

—¿Estabas enojada por eso?

—Enojada porque no me invitaron —contestó, haciendo un mohín—. Sé que todavía estaba enferma, pero podrían haber esperado.

Ahogué una breve risa y ella continuó:

—Cuando me recuperé por completo, Cecily y yo tomamos prestado uno de los botes de las Hermanas y regresamos a tierra firme y al Canario. Cuando llegamos, Kellan y Emilie ya estaban allí. Poco después, Zan también apareció, saliendo de la nada en medio del piso del comedor. La cosa más espectral que he visto. Tenía la Campana de Ilithiya con él: Arceneaux se la había dado en el Gris y, después de que todos los marineros del barco murieron de fiebre, la usó para escapar. Había descubierto que, al sujetarla, podía entrar en el Gris a través de una superficie reflectante. Para salir, sólo tenía que decirle al Gris dónde quería estar y luego, cuando llegara allí, soltar la campana.

Hizo una pausa en su historia para ayudarme a enjabonar mi cabello con un poco de jabón con aroma a lavanda y luego enjuagarlo vertiendo un recipiente lleno de agua sobre mi cabeza, con cuidado de que la espuma no entrara en mis ojos.

—Fue Maléfica, a través de Zan, quien nos dijo quién eras realmente y cómo la supervivencia, no sólo la nuestra, sino la de la humanidad entera, dependía de que tú y Castillion se reunieran, para que pudieran estar juntos en la Noche de Pleno Invierno.

—Y entonces —dije lentamente, viendo cómo el jabón de mi cabello se arremolinaba en un cordón blanco en la superficie del agua—, me dio la espalda.

—No —dijo ella—. Él te dejó ir, sí. Pero nunca te dio la espalda.

—Pero lo hizo tan fácilmente… envió una carta…

—Nada de lo que hizo ese chico fue fácil —dijo con severidad—. Hizo lo que pensó que tenía que hacer. Por ti.

—Por la humanidad…

—No. No por la humanidad. Él lo hizo por ti. Porque había aprendido que tu destino pertenecía a otra persona. Y creo que, en verdad, no lo sorprendió. Porque, en el fondo, nunca creyó merecerte. Realmente no —dejó el recipiente a un lado y se secó las manos en una toalla cercana—. Aurelia, creo que arrancarse el corazón podría haber sido más fácil que dejarte ir. Y no puedo asegurar que haya sido la mejor elección… Sólo puedo decir que lo hizo porque creyó que tenía que hacerlo. Para que lo olvides y estés con Castillion, el verdadero compañero de tu alma.

—¿Zan todavía me ama? —murmuré pensando en su rostro detrás de los barrotes de aquella celda cuando le mostré el anillo de su madre.

—Mi querida niña —dijo, mientras acomodaba un mechón de mi cabello mojado detrás de mi oreja—, él nunca ha dejado de amarte.

No sabía, hasta ese momento, si todavía era capaz de llorar.

Jessamine me ayudó a salir del baño y me vistió, luego me dejó recostar mi cabeza en su regazo mientras peinaba los enredos de mi cabello, todo mientras las lágrimas rodaban por mis mejillas.

—¿Qué hago ahora? —susurré, acurrucada como una niña, dejando que las cuidadosas caricias de Jessamine con el peine me calmaran.

—¿Qué es lo que quieres hacer? —preguntó—. Olvídate de las profecías y del destino del mundo. El amor es simple, incluso si las circunstancias no lo son. Cuando eliminas cada obstáculo, cada obligación, ¿qué queda? ¿A quién ves?

Quiero despertar todos los días con el brillo del sol. Quiero dormir contigo a mi lado. Quiero días de trabajo arduo, dolores musculares, discusiones y noches leyendo uno al lado de la otra junto al fuego. Quiero una vida, Aurelia. Una vida real.

Con voz temblorosa, dije:

—Vieve amaba a Adamus. Lo he sentido... lo recuerdo. Pero...

—Tú no eres Vieve —dijo Jessamine—. ¿Lo eres?

Me senté, miré a Jessamine a los ojos.

—¿Puedo decirte algo? —preguntó—. Yo no nací como me ves ahora. Sentí, en mis primeros años, que tal vez había ocurrido algún tipo de confusión. Como si hubiera recibido el cuerpo equivocado. Mi abuela, bendita sea, lo reconoció. Era una maga fiera, si recuerdas, y lanzó un hechizo de transformación para mí. ¿Ves? —extendió su muñeca, donde un nudo de hechizo había sido incrustado en la piel, casi en forma de mariposa. Brillaba con un tenue color blanco plateado, como una cicatriz, pero no del todo—. No creo que lo que somos esté grabado en piedra. Somos criaturas transitorias: todos los días despertamos como alguien nuevo, cambiado sólo un poco por las experiencias del día anterior. Quienes éramos es siempre una parte de nosotros, pero no determina quienes somos, ni quién podemos llegar a ser —sonrió inclinando la cabeza—. No eres la misma chica que conocí por primera vez en la sala de juego del Canario Silencioso. Si puedes cambiar tanto en tan poco tiempo, ¿cómo puedes esperar ser la misma que eras hace otra vida?

Negué con la cabeza. No lo sabía.

—Elige lo que es correcto para la persona que eres hoy —contestó, y enjugó una lágrima de mi mejilla con el dorso de sus dedos— y deja que te transforme en lo que serás mañana.

—Pero... ¿qué pasa con la Noche del Pleno Invierno? ¿Y con el Círculo de la Medianoche y la Tejedora? ¿Y....?

—No temo la venida de Pleno Invierno, ni al Círculo. Tengo fe en que de alguna manera nos llevarás al otro lado.

✶

Encontré a Dominic sentado solo en la mesa vacía del Gran Comedor. Estaba de espaldas a la puerta mientras contemplaba la enorme chimenea, una botella de licor era su única compañía, aunque el vaso estaba vacío a su lado.

—¿Dominic? —aventuré, al retorcer mis manos con nerviosismo.

—Sé lo que vas a decir —dijo poniéndose en pie—. Lo supe en el momento en que te vi con él, allá en el Ebonwilde.

—Lo siento —dije sinceramente—. Me preocupo por ti, Dominic. En verdad. Pero…

—Pero no te casarás conmigo.

—No.

Él asintió y cerró sus ojos oscuros. Su cabello estaba rodeado por la luz de la chimenea detrás de él, convirtiendo el hielo en fuego.

—Pase lo que pase —dije— estaré a tu lado en la Noche de Pleno Invierno. Acabaremos con la maldición y evitaremos la destrucción del mundo, y lo haremos juntos.

—Pero no *juntos*.

Negué con la cabeza.

—Vieve amaba a Adamus. Yo lo sé. Lo he sentido. Lo recuerdo, en cierto modo. Pero la verdad es… que yo no soy ella. Ya no. Lo que haya pasado en esa vida anterior no puede borrar la vida que tengo ahora. Y en ésta…

—Tú no me amas.

Asentí en silencio.

Soltó una risa cortante y autocrítica.

—Y pensé que lo peor que podías hacerme era dejar que me ahogara en el *Humildad* —traté de alcanzarlo, pero levantó la mano en un gesto de rechazo—. No —dijo—. No intentes consolarme. Estoy feliz por ti. En verdad —destapó la botella y llenó su copa hasta el borde—. Haré los arreglos necesarios para que dejen a Valentin bajo tu custodia.

—Dominic —dije, con la voz tensa—. Yo nunca habría sido una buena....

—Respeto la honestidad —dijo bruscamente—. No empieces a mentirme ahora.

Me ofreció una sonrisa herida desde detrás de su vaso antes de tomar un largo trago.

—Espero que no me consideres un hipócrita si dejo atrás toda apariencia de sobriedad, sólo por esta noche.

49

AHORA

AURELIA
Dos días antes de Pleno Invierno
1621

El Jardín Nocturno estaba en silencio, el aire dentro de las paredes de vidrio estaba cargado con los aromas de los pinos y las flores de la tarde. Esperé bajo la cúpula frente a mi ataúd, mi corazón fantasmal latía con fuerza en mi pecho mientras escuchaba las pisadas de Zan acercarse al claustro central. Cuando se detuvieron, finalmente me giré para mirarlo.

Había desaparecido la ropa de prisionero. Estaba limpio y recién afeitado, vestía una chaqueta de cuello alto color negro azabache bordada en cada hombro con hojas doradas que hacían juego con el color de sus ojos, cautelosos y desconfiados.

Él se veía… digno. Dueño de sí. *Real.*

Nos miramos largo rato, como si el silencio suspendido fuera una lámina de cristal y al romperla corriéramos el riesgo de sangrar.

Me giré hacia el ataúd, tocando el anillo de la cadena, y finalmente hablé.

—Tú viniste a mí —le dije—. En la Asamblea. ¿No es así?

Ya no tenía sentido mentirme, así que simplemente contestó:

—Sí.

—Tú abriste el ataúd.

—Sí.

—Pero luego tomaste el anillo —dije—. Tú habías decidido que yo estaba destinada a estar con Dominic y sólo… me dejaste allí para que él me encontrara.

Su voz era casi inaudible, poco más que una simple exhalación de aire.

—No.

—No entiendo.

—Sí entiendes —dijo—. El encaje de escarcha es poderoso, pero no puede borrar los recuerdos por completo. Todavía están allí, en alguna parte.

—¿Encaje de escarcha? —susurré mirando los capullos hinchados del Jardín Nocturno, recordando las flores abiertas alrededor del claro de los Verecundai, y una botella púrpura en la parte trasera de la vieja despensa de Onal, junto a la leche de tejón y los ojos de salamandra.

El encaje de escarcha sólo tiene un propósito: hacerte olvidar.

Me giré para enfrentarlo.

—¿Qué *significa* eso?

—Lo decidimos juntos —dijo, encontrándose finalmente con mis ojos—. Lo hicimos tú y yo, juntos. Nunca podría haberlo hecho solo.

Lentamente, las piezas comenzaron a encajar en su lugar.

—Tú me despertaste. Tú… no me abandonaste.

—No —contestó.

—Pero… sin Castillion… sin magia de sangre…

—Era tu sangre —exclamó—. Y la magia de Maléfica.

Esa imagen de Zan inclinado sobre mí en el ataúd de cristal, iluminado por una cascada de colores prismáticos… era real. No sólo un sueño, no sólo mi imaginación... era un *recuerdo*.

—Ella no quería hacerlo. Había visto muchas versiones del futuro en el Gris, y las únicas que estábamos viviendo, que la humanidad estaba viviendo, todas mostraban lo mismo: tú y Dominic Castillion, tomados de la mano en el Ebonwilde en la Noche de Pleno Invierno. Interponerse entre ustedes, dijo, pondría en riesgo el futuro. Pero aun así, hizo lo que le pedí.

Fragmentos de memoria giraban a mi alrededor como hojas al viento, demasiado lejos de mi alcance para atraparlos y sostenerlos, pero lo suficientemente cerca como para convencerme de que todo lo que estaba diciendo era verdad.

Continuó:

—Te dije, entonces, todo lo que sabía. Quién eres realmente, y quién es Castillion para ti, y lo que dijo Maléfica de lo que estaba por venir. El encaje de escarcha fue idea tuya. Tenía que hacerte creer que te había abandonado, para que pudieras recurrir a Castillion.

—La carta...

—Me ayudaste a escribirla. Tú misma elegiste las palabras... cada una diseñada para convencerte, esta tú, la futura tú, de dejarme atrás.

—¿Cómo pudiste soportarlo? —pregunté.

—Moriste en mis brazos, Aurelia —dijo, con la voz entrecortada—. Al menos de esta manera, sabría que estabas viva en algún lugar del mundo. Segura y amada. Para mí, eso era suficiente.

Por el espacio de una respiración, fui incapaz de moverme, pensar o incluso respirar. Estaba suspendida en un torrente de asombro y alivio, inmovilizada mientras la última

443

de mis dudas se desvanecía y todo lo que me quedaba era una alegría resplandeciente.

Y luego, crucé el suelo del claustro.

Se estremeció un poco ante el primer roce de mis labios, su boca se rindió lentamente mientras mi suave y escrutador beso se profundizaba en algo más decidido, más insistente. Y cuando sus brazos me rodearon, tirando de mí contra la firme longitud de su cuerpo, esa insistencia se transformó de nuevo, esta vez en un dolor sordo en mi interior, como un hambre.

—Aurelia… —dijo alejándose—. No podemos…

Susurré:

—¿Por qué no? ¿Por alguna historia lejana? ¿Una oscura profecía? ¿La predicción de un futuro que cambia minuto a minuto? Estrellas, ya ni siquiera puedo confiar en mi propia memoria —llevé mi mano a su rostro y me permití trazar suavemente la línea dura de su mandíbula, incluso mientras se tensaba cada vez más bajo mi tacto—. Pero confío en esto. Creo en esto.

—Tengo mucho miedo —confesó en voz baja—. De quererte. De perderte —su voz se hizo aún más baja—. De tocarte.

—No puedes lastimarme ahora —dije, mi pulgar rozando el borde tenso de su labio inferior—. Y no puedes hacerme cambiar de opinión. Todo lo que tengo, todo lo que soy, ya es tuyo. Yo te elijo, Zan. Y te seguiré eligiendo, cada día, cada hora, cada minuto, mientras aún respire.

Con una exhalación irregular, giró su rostro hacia mi mano presionando un beso en el interior de mi palma. Permanecimos así durante mucho tiempo, juntos, pero separados, incapaces de hablar incluso mientras la creciente rapidez de nuestra respiración comenzaba a decir una verdad que aún no podíamos poner en palabras.

Y luego, despacio, desabroché la araña en mi cuello y dejé caer mi capa roja.

Mi camisa fue lo siguiente. La levanté sobre mi cabeza y la dejé revolotear en el suelo a nuestro lado, mi cabello oscuro y revuelto era mi única modestia restante. Podía sentir el roce más ligero del aliento de Zan en la erizada piel de mi cuello mientras deslizaba su camisa fuera de sus hombros y examinaba las marcas restantes de la tortura del Círculo en su espalda. Cuidadosamente, toqué con mis labios cada una, trazando patrones de reparación en su piel mientras besaba los cortes y moretones. Comencé debajo de su oreja y luego los moví delicadamente a través de su cuello y hombros, disfrutando perversamente el cambio en su aliento mientras labraba mi camino hacia abajo: besando y provocando y sanando.

Cada paso de esa danza fue una elección tomada con delicadeza, deliberada. Me tomé mi tiempo. Lo hice esperar. Y cuando su boca volvió a encontrar mis labios entreabiertos, sabía como la manzana de los Verecundai: agria y empalagosa a la vez... tan maravillosamente amarga, tan terriblemente dulce.

—Estrellas misericordiosas —murmuró contra mi oído—. Puedo morir de esto.

—Te lo prohíbo —dije, y lo acerqué de nuevo.

Era una danza, sí, pero también un conjuro: una puntada, un nudo, una promesa tejida con nuestros cuerpos y escrita en nuestras almas, con las constelaciones estrelladas en la cúpula del invernadero como testigo. Todo lo que alguna vez nos había separado, cada mentira, cada pérdida, cada dolor, error y malentendido, ahora se convertía en aquello que nos arrastraba de regreso el uno a la otra.

Fluíamos juntos y nos separábamos, tocándonos y saboreándonos, besándonos y aferrándonos, solos bajo un dosel de ramas, rodeados de flores de luna y wisterias y los tiernos capullos de encaje de escarcha cercana a Pleno Invierno.

Cuando todo terminó y me acosté con él en el brumoso resplandor de nuestra unión, dulcemente agotada y ensoñadoramente complacida, su cuerpo se curvó de manera protectora alrededor del mío y la suave entrada y salida de su aliento alborotó mi cabello. Cerré los ojos.

Y por primera vez, desde que abandoné mi ataúd, dormí.

★

Cuando salimos del Jardín Nocturno, al amanecer, había una gran conmoción en el pueblo. Tomé el brazo de un soldado que pasaba y pregunté:

—¿Qué ocurre?

—El Círculo se acerca —dijo el hombre—. Recibimos noticias durante la noche de que interceptaron un tren de refugiados en la vía del este y que ahora se dirigen aquí. El comandante ha ordenado a todos entrar en la empalizada. Toda la gente de las tiendas, incluso los enfermos. Todos.

Agarré la manga de Zan mientras el soldado se alejaba a toda prisa.

—Rosetta y Nathaniel se dirigían a esa caravana. Él iba para ver a su hija, ella estaba con las mujeres del Canario.

—Ellas iban en el tren —dijo Zan—, pero sólo hasta la costa, donde Kellan las recogió en el *Contessa*.

—¿El barco en el que fuiste secuestrado de la isla? —pregunté. Habíamos pasado la mayor parte de las primeras horas susurrando entre nosotros en la semioscuridad, compartiendo las cosas que nos habíamos perdido. Todavía estaba tratando de acomodarlas en su sitio.

—Después de que regresaste al ataúd —dijo—, yo volví al Canario Silencioso y me reuní con las demás. No pude contarles todo pero, gracias a mi conexión con Maléfica, el conocimiento de Cecily del Códice de la Tejedora y la historia de Emilie con el Círculo, pudimos improvisar un plan de acción. Debía usar la campana para vigilar a Conrad mientras Jessamine y Cecily trabajaban para recuperar el Códice de la Tejedora original y reemplazarlo con nuestra versión alterada. Kellan se lanzó a la tarea de trasladar a los refugiados de Renalt a un lugar seguro mientras las fronteras del Círculo se expandían cada día. Supe por casualidad de un barco sin propietario ni tripulación que él podría utilizar —se encogió—. Estaba realmente emocionado por eso hasta que usé la campana para llevarlo. Requirió… un poco de limpieza antes de poder zarpar.

—¿Y así fue como se convirtió en "regente" de Renalt?

—Sí —dijo Zan—. Él ha estado navegando esa cosa arriba y abajo de la costa desde entonces. Las mujeres del Canario se mostraron reacias a abandonar su hogar, al principio… embarcaron tarde, en la última de sus excursiones antes de llegar aquí para los días finales previos a Pleno Invierno.

—Vamos —dije—. Nathaniel necesita saber esto.

Encontramos a todos los demás en el Gran Comedor. Esta vez, sin embargo, a Kellan, Jessamine, Cecily y Emilie se les habían unido Rosetta y Nathaniel, que estaban tan desaliñados y manchados de hollín como si hubieran pasado por una batalla. Dominic, en la cabecera de la mesa, se quedó de pie al vernos a Zan y a mí juntos, con expresión intensa e inescrutable.

—Los barcos están siendo camufladas por hechizos fieros —explicaba Rosetta—. Hay docenas, y todos se dirigen aquí.

Lo que hicieron a esa caravana… fue horrible. Devastación absoluta.

Nathaniel permaneció en silencio mientras ella hablaba, inclinado hacia delante en su silla para mirar el suelo, con la espalda doblada como si llevara una carga pesada e invisible.

—Kellan —dije sin preámbulos—, las chicas del Canario… llegaron contigo en el *Contessa*, hace días. ¿No es así?

—Sí —dijo—. Las recogí en Fimbria. Lorelai, Rafaella y todos los niños.

—Puedes decirme… ¿llevaban una niña con ellos? Habría sido más pequeña que el resto, ni siquiera dos años todavía.

La cabeza de Nathaniel se había alzado y tenía clavados sus ojos negros marcados para siempre por la fiebre amarga.

—Sí —intervino Jessamine, con las cejas levantadas con curiosidad—. La llaman Laurel. Deben estar con los refugiados, cruzando los muros del fuerte ahora mismo…

Nathaniel y Rosetta se levantaron de un salto y se dirigieron a la puerta. Los seguí, con Zan a sólo un paso detrás de mí. Tomó mi mano y entrelazó sus dedos con los míos (un gesto tan simple, pero que me provocó deseos de reír y de llorar al mismo tiempo). Seguimos a Rosetta y Nathaniel a través del patio y bajamos por el puente levadizo superior abriéndonos paso entre el enjambre de personas y los apresurados soldados. Abajo, las calles entre las casas y las tiendas del Fuerte Castillion estaban atestadas de refugiados aterrorizados que subían en tropel desde el puente levadizo inferior para apiñarse en cada rincón libre.

Nos detuvimos en el centro del puente levadizo superior. Los soldados pasaban a nuestro lado como un río alrededor de las piedras.

—Nunca las encontraremos —dijo Nathaniel—. Así no.

—Aurelia —dijo Rosetta bruscamente—. ¿Podrías localizarla con tu magia de sangre?

—Tal vez —dije—, pero me falta la sangre... y necesitaría algo de ella...

—Perdón por esto —le dijo Rosetta a Nathaniel mientras sacaba su cuchillo de hueso de su lugar escondido en su corpiño, y en un movimiento rápido, como un látigo, levantó la palma de su mano izquierda y la arrastró por el centro de ésta—. Te sanaré más tarde —luego me tendió la palma de la mano—. ¿Puedes usar la suya y cubrir ambas necesidades a la vez?

Miré desde el pequeño charco en el centro de la palma de Nathaniel hasta su rostro tratando de ignorar la llamada de la magia hasta que obtuve su permiso.

—Hazlo —dijo, con la urgencia entrelazada en sus palabras—. Toma lo que necesites.

Extendí las manos y él giró el puño para rociar el líquido rojo. Cerré los ojos como él para alcanzar la magia que había dentro. Emergió con entusiasmo y dejé que el poder me llenara, como vino espumoso en una copa vacía.

Cuando volví a abrir los ojos, me encontré con un mundo cubierto de esos hilos delgados y resplandecientes, que zigzagueaban para conectar a todos los seres vivos entre sí. Dejé que la sangre —la sangre de Nathaniel era la sangre de Ella— me guiara mientras alcanzaba los hilos y tiraba de la red de ellos como un arpista, escuchando las reverberaciones correctas a través de la red.

Encuéntrala, ordené. *Muéstrame dónde está.*

Cuando abrí los ojos, Rosetta me miraba boquiabierta.

—Un hechizo fiero —dijo—. Creado en el acto, y usando sangre. En verdad, eres la Tejedora.

—Ella está ahí —dije, señalando a través de la multitud—. ¿Ves esa botica con la chimenea de columna torcida en el techo? Ella está cerca.

—Vamos —dijo Zan y volvió a tomar mi mano sin importarle que todavía estuviera pegajosa con la sangre seca de Nathaniel.

La multitud, cuando estábamos en ella, se veía más estrecha de lo que parecía desde arriba, compuesta de gente asustada. No pude decir, mientras avanzábamos, quién de ellos era de Achleva y quién de Renalt, tal vez porque no había diferencia entre nosotros, no en realidad, no ahora. Quizá nunca. Todos éramos refugiados, agrupados, igualados por las circunstancias, todos presa del mismo dolor y el mismo miedo.

Yo estaba al frente ahora, dejando que el zumbido de las finas cuerdas y la llamada de sangre a sangre nos guiaran a través de la multitud espesa como la melaza.

Zan, a mi lado, dijo:

—La fiebre se extenderá como un reguero de pólvora por aquí.

—Una cosa de la que preocuparse a la vez —respondí—. ¡Mira! La botica —señalé al frente, hacia donde se veía una columna de chimenea torcida desde lo alto de un techo de tejas gruesas.

Fue a Rafaella a quien vi primero, bajo el alero del callejón entre la botica y la tienda mercantil contigua, con varios rostros pequeños acurrucados cerca de ella en busca de calor y consuelo. Levantó la vista cuando me acerqué, la sorpresa se registró en su rostro mientras bajaba la capucha de su capa para verme mejor.

—¿Aurelia? —preguntó ella, incrédula—. ¿Zan?

Al oír nuestros nombres, la mujer a su lado se giró para mirar.

—¡Lorelai! —llamé a los dos—. ¡Rafaella!

—¡Cielos misericordiosos! —Lorelai proclamó, cambiando el peso de la niña que sostenía de una cadera a la otra mientras giraba—. ¿Puede ser verdad?

La niña.

Nathaniel patinó hasta detenerse a mi lado cuando la niña en los brazos de Lorelai, envuelta en un cálido abrigo forrado de piel, giró su rostro angelical hacia nosotros. Tenía las mejillas redondas y enrojecidas por el frío, mechones de rizos negros sobresaliendo debajo de su capucha, ojos grandes y brillantes como madera plateada.

—Queridas estrellas —respiré. Agarré el brazo de Nathaniel—. *Es* ella.

—¿Conoces a nuestra Laurel? —preguntó Lorelai, sorprendida—. La hemos tenido durante casi un año. Apareció en nuestra puerta una noche, dulce corderito.

—Ella —dijo Nathaniel, con la voz entrecortada por la emoción. La niña se retorció en los brazos de Lorelai y se tambaleó sobre sus piernas regordetas hacia él, sin miedo, mirándolo con sus ojos extraños y luminosos. Cayó de rodillas, abrumado, y Ella sólo esperó un momento antes de tocar su rostro con una mano diminuta.

—Ella lo conoce —dijo Rafaella con asombro—. ¿Cómo es eso posible? Era tan pequeña cuando llegó con nosotras.

—Es su padre —dije—. Pensamos que estaba muerta.

Zan entrelazó sus dedos con los míos y vimos cómo Nathaniel extendía sus brazos y Ella caminaba directamente hacia su abrazo. Sostuvo a su hija contra su pecho con el mismo amor desesperado y devoto que mostró la primera vez que la puse en sus brazos, cuando era una bebé recién nacida, mientras el fantasma de Kate observaba.

Rosetta estaba de pie en silencio unos metros atrás, y puse una mano sobre sus brazos cruzados.

—Gracias —dije en voz baja.

—Yo no hice nada —dijo Rosetta, pero su voz tenía una extraña cadencia.

Cuando miré su rostro vi lágrimas en sus ojos. Rosetta, la bruja de mercurio del Ebonwilde, estaba llorando.

★

Los planes se trazaron con mucha prisa.

—He enviado un mensaje a mis naves restantes para que regresen al Fuerte de inmediato —dijo Dominic—, pero dudo que lleguen antes de que arribe el Círculo, lo que significa que seguramente habrá un asalto al Fuerte. Ya hay algunas defensas instaladas en la bahía, pero me temo que no harán mucha diferencia contra la flota del Círculo. Para mitigar las bajas civiles necesitaremos traer a cualquiera que no pueda pelear al Tesoro —dijo Dominic—. Es el lugar más seguro del fuerte —mirando a Nathaniel y Rosetta, agregó—: Ustedes dos se quedarán con ellos. La mayoría de los soldados serán necesarios para la batalla, por lo que dependerá de ambos proteger a los que estén dentro del Tesoro. Entre una maga fiera y un espadachín, estarán en buenas manos, estoy seguro.

Rosetta y Nathaniel asintieron y le lancé a Dominic una mirada de agradecimiento. Nathaniel era un hábil espadachín, y aunque asignarlo a un contingente de mujeres y niños en el lugar más seguro del fuerte era quizás un mal uso de su habilidad, Dominic lo había hecho para asegurarse de que el padre no tuviera que ser separado de su hija tan pronto, después de su reencuentro.

—Cecily y yo vamos a ir en el *Contessa* con Kellan y Emilie —anunció Jessamine—. Cecily tiene el Códice de la Tejedora real; podría resultar útil para negociar con Fidelis. Tal vez incluso convencerlo que él no es, de hecho, el Adamus renacido... lo que puede ayudar a que opte por retirarse.

—Improbable —dijo Emilie rotundamente—. Pero eres bienvenida de todos modos.

—Dominic y yo iremos juntos al claro de los Verecundai —exclamé—. Podemos ir por la parte de atrás, fuera del Tesoro, después de que Emilie haya tomado mi forma. De esa manera, los espías que el Círculo pueda tener observándonos no nos verán marchar.

—Tengo otra idea —dijo Zan—. Y antes de que la descartes... por favor, sólo escúchame. Creo que Dominic y tú deberían ir al claro a través del Gris.

—Pero —objetó Rosetta—, sin la Campana de Ilithiya, Aurelia no puede...

—Tenemos la campana —dije sacándola de mi cuello, donde descansaba junto a mi frasco de sangre. Giré hacia Zan—. Aunque no estoy segura de por qué crees que esto sería una buena idea...

—Arceneaux, Maléfica, me ha ayudado más de una vez. Ha actuado como una especie de guía, y creo que te ayudará si puede, antes de que te enfrentes a su hermana —bajó la voz—. Además, ella me entregó a ti, y ahora estoy en deuda con ella. Es mi deseo, Aurelia —dijo suplicante—, que puedas liberarla de donde permanece atada por tu magia de sangre.

—Si hago eso —le pregunté lentamente—, ¿consideraría ella su deuda saldada?

—Creo que lo haría —dijo Zan—. Si pensara que ella es un peligro para ti, o cualquier otra persona, no te lo pediría.

Asentí mirando a Dominic.

—Seguiré tu ejemplo, Tejedora —dijo él—. Pero contigo y yo en el claro y el regente Greythorne reuniéndose con Fidelis en Punta Extrémitas, el Fuerte quedará sin líder frente a su batalla más desesperada. ¿Quién encabezará la lucha aquí?

—Yo lo haré —dijo Zan en voz baja.

Conocía la expresión de su rostro: era la misma que vi cuando subió al escenario el Día del Peticionario, parado frente a su padre frente a una ciudad entera por primera vez en su vida. Su voz era tranquila y uniforme, y había una determinación en el movimiento de su mandíbula que me hizo pensar que mientras sus ojos eran dorados, su corazón estaba hecho de acero.

—Yo los guiaré —dijo—. La mitad de ellos son mi gente, después de todo.

—Mira eso —dijo Dominic, al recostarse en su silla—. El rey de Achleva, finalmente reclama su corona —lo dijo sin alegría ni sarcasmo, y me pregunté si, como poner a Nathaniel a cargo del Tesoro, éste sería otro de sus ingeniosos cálculos… como si todo lo que había hecho en el pasado no hubiera estado en conflicto con la corona de Achlev, sino al servicio de ella.

Dominic me dedicó una leve y astuta sonrisa, la cual confirmaba y confundía mi hipótesis, ambas cosas a la vez.

★

Abracé a Jessamine y Cecily para despedirme, y luego a Emilie.

—Ten cuidado —dijo ella—. Nuestros corazones van contigo.

—Y el nuestro con ustedes —respondí—. La última vez que nos despedimos, te di ese amuleto de dragón. Ojalá tuviera algo que darte ahora.

—Ya has dado suficiente —dijo—. Y ya tengo todo lo que podría desear —robó una mirada a Kellan, quien levantó la vista de los caballos que cuidaba y le sonrió. Era tan diferente ahora al guardia que había conocido. Todavía motivado, sí, todavía valiente... pero había una calma dentro de él ahora. Una seguridad que no estaba allí antes... como si finalmente hubiera aprendido que no tenía nada que probar.

—Cuida de él —le dije en voz baja.

Ella asintió.

—Lo haré —y luego trenzó su hechizo de ilusión, y me encontré mirando una réplica de mis propios ojos—. Nos cuidaremos entre todos.

Kellan la ayudó a subir por la empinada pasarela del *Contessa*, Jessamine y Cecily ya esperaban en cubierta, y luego me miró.

—Nunca debí dejar que Conrad fuera arrastrado por el Círculo —dijo—. Pero como no puedo deshacer lo que está hecho, me aseguraré de traerlo de regreso hacia ti.

—Sé que lo harás —le dije.

Él asintió y me dedicó una profunda reverencia. Cuando se levantó vi el destello de una joya de color ámbar justo debajo de su pesada capa de lana; él también llevaba el amuleto que le había dado hacía tanto tiempo, el grifo de topacio. No sabía, entonces, qué tan acertada resultaría esa elección. En parte león y en parte águila: audaz, valiente y fiel.

Estaba a punto de abordar detrás de Emilie cuando dije:

—¡Espera, Kellan!

Se giró justo cuando yo me arrojaba de cabeza a sus brazos y hundía la cara en su capa. Dudó por un minuto, atónito, y luego me devolvió el abrazo con la misma fuerza.

—Mi amigo más antiguo —dije mientras me alejaba, con los ojos brillantes—. Mi noble caballero. Gracias. Por todo.

—Te veré de nuevo pronto, princesa —dijo.

AHORA

AURELIA
El día previo a Pleno Invierno
1621

Al caer la noche, la ciudad de tiendas de campaña estaba vacía y todos los refugiados habían sido canalizados hacia el Fuerte. Detrás de la seguridad de la empalizada y el foso siempre en llamas, se había levantado el puente levadizo inferior. Aquellos incapaces de luchar, en su mayoría madres, niños, ancianos y enfermos, estaban siendo guiados hacia el Tesoro, donde ocuparon cada centímetro libre de terreno libre en cada uno de los niveles de la caverna. Nathaniel y Rosetta se encargaron de la mayor parte del acomodo, con Rafaella y Lorelai ayudando a crear una apariencia de consuelo y calma al distribuir alimentos y ofrecer palabras de esperanza entre quienes más asustados estaban. Nathaniel realizó la mayoría de sus responsabilidades con Ella dormida sobre su hombro; no se separaría de ella ahora, por nada. Mientras tanto, hombres y mujeres sanos, capaces de sostener una espada o tirar con arco, se reunían en el patio, donde cada uno estaba siendo armado. Gracias a la guía de los Verecundai, el arsenal de Dominic estaba mucho mejor equipado de lo que cabría esperarse, pero aun así, muchos al final de las filas terminaron con martillos, garrotes y hachas desafiladas.

—Todo ese trabajo durante tantos años —dijo Dominic—, y seguimos tan mal preparados.

—Hiciste cuanto pudiste —le dije—. Imagina dónde estaríamos sin ti.

Asintió sombríamente cuando un joven pasó sosteniendo lo que parecía un palo de escoba afilado.

—Recemos para que el Círculo no penetre más allá de los muros.

El estado de ánimo, mientras recorríamos los bordes de nuestras destartaladas tropas, era reflexivo. La inquietud latía entre ellos. Zan estaba de pie en la puerta superior trabajando a la luz de las antorchas, para asignar el número limitado de soldados de Castillion entrenados para supervisar diferentes sectores de los combatientes voluntarios. Dominic y yo nos quedamos en la periferia, escuchando mientras daba instrucciones. La mayoría aceptaba, sus asignaciones sin quejarse, pero otros no.

—Tú —dijo Zan, y señaló a un soldado grande y de aspecto rudo cerca del frente—, te necesitaremos en el nivel inferior del muro norte, con vistas a la bahía. Tu gente será en su mayoría arqueros de largo alcance, equipados con brea y braseros para encender sus flechas. Cuando los barcos del Círculo entren en la bahía estarás atento a mi señal en el nivel superior, antes de dar el visto bueno a tus hombres para que lancen la primera ráfaga de flechas.

—Con el debido respeto —respondió el soldado, su voz mezclada con burla—, ¿quién eres tú para hacer este tipo de juicios? Hace dos días estabas comiendo sobras en el calabozo —los soldados a su alrededor se sumaron, y eso lo animó—. Obedezco al comandante, y sólo al comandante. Nadie más tiene autoridad...

Zan levantó la barbilla, sus ojos se entrecerraron hasta convertirse en medias lunas doradas.

—Ahí es donde te equivocas —dijo, firme y llano—. Tengo la autoridad. Y cuando te dé una orden, obedecerás.

—Te atreves a… —el hombre hizo como si fuera a propinar un golpe y levantó el puño como un mazo.

Zan desenvainó desde su cadera y, con la rapidez de un látigo hizo apuntar su espada a la mandíbula del soldado.

Zan había sido entrenado por Nathaniel para usar una espada cuando apenas tenía la fuerza para levantarla; lo había olvidado, porque nunca lo había visto empuñar algo más afilado que su lengua. Ambas estaban en juego aquí, al parecer, mientras Zan miraba fijamente al hombre.

—Inténtalo de nuevo —dijo con tono amenazador—, y te arrepentirás.

Dominic puso su mano en mi codo y me eché hacia atrás a su lado esperando a ver qué pasaría a continuación.

El hombre levantó los brazos en señal de asentimiento y Zan alzó la voz para que todos pudieran oírlo:

—¿Quién más entre ustedes desea desafiar a su rey?

Un murmullo se extendió entre los guardias que escuchaban. *¿Rey? ¿Es verdad? ¿Puede ser él?*

Zan giró hacia la puerta y cruzó el puente levadizo. Se detuvo en el centro, una figura audaz contra el cielo frío de la noche, cabello negro, ojos dorados y una capa azul ondulante, imposible de ignorar, mientras permanecía erguido por encima de los edificios y la incómoda facción de luchadores recién armados. Cuando finalmente habló, su voz retumbó en la noche tranquila como el primer trueno en el silencio que precede a una tormenta.

459

—¡Escúchenme, gente de Fuerte Castillion! He aquí ante ustedes a Valentin Alexander de Achleva, legítimo rey de Achlev. Esta noche, reclamo el título que mi padre, Domhnall, dejó vacante hace dos años. No lo hago para elevarme por encima de ustedes, sino para tener el honor de luchar a su lado en la batalla que está por venir. Mañana nos enfrentaremos a un enemigo común. El Círculo de la Medianoche no viene simplemente para subyugar el último bastión independiente de los Reinos Occidentales, sino para asestar un golpe mortal contra toda la humanidad. Nos enfrentaremos a ellos hasta el final más amargo porque somos supervivientes. No hemos llegado hasta aquí, contra tanta adversidad, para acobardarnos en ésta, nuestra más larga noche. Nuestra hora más oscura. Lucharemos no para someter, sino para resistir. Juntos lucharemos contra el Círculo para juntos ver el amanecer que se avecina.

Por un minuto, el único sonido fue el de su capa azotada por el viento. Esperé, con la respiración atrapada en mi garganta, a que se rompiera el silencio. Que la multitud se conmoviera ante la fuerza de sus palabras como lo había hecho en mi propio corazón.

Pero entonces sentí a Dominic deslizarse a mi lado, sus botas pesadas sobre los tablones del puente levadizo. Zan lo miró por encima del hombro, cauteloso. Si quisiera, el comandante en jefe de Fuerte Castillion podría usar este momento como su último desafío público al gobierno de Zan.

No pensé que mi cuerpo pudiera soportar más tensión, pero al ver a Dominic marchar hacia Zan para pararse directamente frente a él en esa posición alta, frente a lo que quedaba de dos naciones, sentí como si mi pecho se contrajera fuertemente.

Cuando Dominic desenvainó su gran espada, pensé que la opresión podría partirme por la mitad.

—No —dije en voz baja—. No, Dominic...

Y entonces, ese alto caballero clavó su espada en la madera del puente levadizo frente a Zan. Quedé boquiabierta cuando cayó sobre una rodilla inclinando la cabeza en deferencia.

—He aquí a Dominic Castillion, alto comandante del Fuerte Castillion, quien por la presente espada promete dar vida y lealtad a Valentin Alexander de Achleva, legítimo rey de Achlev.

Estrellas misericordiosas.

La multitud estalló en aplausos y vítores, y Zan extendió la mano.

—Acepto tu entrega. Levántate ahora, lord Castillion, y ponte a mi lado como un aliado y un amigo —Zan ayudó a Dominic a incorporarse y se quedaron allí, juntos, bajo el viento invernal, con los brazos cruzados en señal de hermandad.

No existían bajo la faz del mundo, dos hombres más opuestos. Uno con el cabello blanco, el otro con el cabello negro; uno, mi destino y el otro mi realidad; el compañero de mi alma y la elección de mi corazón. Pero en ese momento los amaba a ambos. Por diferentes razones y de diferentes maneras, pero lo que sentí al verlos esa noche fue definitiva, innegablemente, amor.

Yo era, después de todo, la Reina de Dos caras.

La mañana de Pleno Invierno amaneció fría y tranquila, con todos los ojos vueltos a la bahía, atentos a la aparición de los barcos del Círculo en el horizonte ártico.

Dominic y Zan habían pasado las largas horas de la noche con los hombres y mujeres que ahora se alineaban a través de los bordes de los muros superior e inferior del fuerte, sin decirles nunca que el comandante en jefe no estaría, de hecho, luchando junto a ellos. Habíamos decidido que era mejor así: no aumentar sus preocupaciones o temores. Zan era su rey, y estaría con ellos, y tendría que ser suficiente. Los observé a ambos preguntándome cómo sería la vida al final de esta batalla y lo que fuera que nos esperaba a Dominic y a mí en el claro de los Verecundai.

A última hora de la tarde, un vigía en lo alto de la fortaleza gritó a todos los que esperaban abajo:

—¡Barcos! ¡Buques! ¡Llegaron!

Y toda la gente clamó hasta el límite de sus fuerzas mientras los navíos negros aparecían uno por uno, como conjurados de las nieblas acuosas, con las banderas ondeando la estrella de ocho puntas del Círculo y la astilla de luna suspendida dentro de su centro.

Con la señal dada, las puertas del Tesoro se cerraron y bajaron la tranca, y los arqueros se alinearon a lo largo de las almenas con sus arcos largos preparados.

Sentí una mano en mi codo.

—Hora de partir, Aurelia —dijo Dominic, y pude ver que le dolía dejar su hogar así, con la devastación navegando tan alegremente hacia el puerto. Asentí, antes de seguirlo por el patio hasta la torre de su estudio, donde Zan ya estaba esperando. Los tres subimos juntos y avanzamos en silencio por el estudio hasta el espejo que nos esperaba al otro lado.

Zan cerró mis dedos alrededor de la Campana de Ilithiya.

—Hagas lo que hagas —dijo—, no la sueltes hasta que estés donde debes.

—¿Y Maléfica? —pregunté—. ¿Arceneaux?

—Ella estará exactamente donde la dejaste —dijo—. Aunque la encontrarás muy alterada. El Gris no ha sido amable con ella.

—Haré lo que pueda por ella —dije—, para pagarle lo que hizo por ti.

Él asintió y lo miré con lágrimas en los ojos.

—¿Qué dice uno ante el posible fin del mundo? ¿Adiós?

—Eso no —dijo Zan, besándome—. Eso nunca. Nunca más.

—Entonces, ¿qué tal "*si vivis, tu pugnas*"?

—Mejor —dijo. Luego se desabrochó la cadena que rodeaba su cuello y dejó que el anillo de piedra blanca se deslizara hasta su palma—. Aurelia —dijo, casi con timidez—, esto te pertenece. Lo plantó en mi mano izquierda.

—Te amo, Triste Tom —le dije, y Zan rio.

—Yo también te amo, mi hermosa princesa bruja —respondió en un susurro, entrelazando sus dedos en mi cabello mientras se inclinaba para darme un último beso tierno y prolongado.

Dominic se aclaró la garganta y Zan se hizo a un lado para unirse a mí frente al espejo. Con la campana apretada en una mano, ya no podía ver el estudio en su reflejo; el marco estaba lleno de extremo a extremo con el tumultuoso y agitado humo del Gris.

—¿Estás lista? —preguntó Dominic. Cuando me vio asentir entrelazó sus dedos con los míos y juntos avanzamos a través del cristal hacia las profundidades turbias que nos esperaban más allá del velo de la realidad.

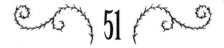

51

AHORA

Pleno Invierno
1621

Fidelis estuvo en silencio todo el camino hasta el lugar de reunión en Punta Extrémitas, demasiado preocupado por sus propios pensamientos para ocuparse de los demás. Chydaeus consideró esto afortunado; sin nadie alrededor para distraerlo, estaba seguro de que el Gran Maestro se daría cuenta de la vacuidad donde solían estar los pensamientos del chico, tan maleables. Tan fácil de ser extraídos. Pero el anciano no pareció captar la incongruencia. Tan confiado estaba en sus manipulaciones que ni siquiera consideró que Chydaeus pudiera haberse escapado de alguna manera de su yugo. Pero si lo hacía…

Elegí este camino, se dijo Chydaeus. *Elegí ser valiente.*

Estaba cerca del anochecer cuando un barco apareció a la vista.

Chydaeus entrecerró los ojos cuando cuatro figuras surgieron, y distinguió a un hombre con piel morena y cabello recogido en varias largas trenzas negras que iba al frente. Detrás de él, había dos mujeres, envueltas en pieles para protegerse del frío, una vagamente familiar, a la otra nunca la había visto. Y por último, una chica con cabello largo y negro, y los ojos como el azul de un lago.

Aurelia, pensó. Ése era su nombre: Aurelia. La Tejedora. Vieve renacida, la que Fidelis pensaba que se convertiría en su reina en el nuevo mundo.

Mi hermana.

—Bienvenidos —dijo Fidelis con una amplia sonrisa mientras se acercaban—. Qué bueno que hayan venido.

✦

Rosetta no supo, hasta que las puertas del Tesoro se cerraron y estuvieron atrancadas, lo desconcertante que sería para una criatura tan acostumbrada al cielo abierto del bosque quedar atrapada de repente bajo mil toneladas de roca. Peor aún, no había lugar en la caverna que no estuviera ocupado por personas: gente enferma, gente triste, personas sin esperanza. Algunas lloraban, otras rezaban, todas asustadas por lo que ocurría al otro lado de los muros de piedra.

Estamos indefensos aquí, pensó. *Atrapados. Arrinconados.*

Nathaniel, de alguna manera, pareció sentir su inquietud. Cambió a Ella a su otro brazo para poder colocar una mano tranquilizadora sobre la rodilla de Rosetta, que saltaba arriba y abajo al ritmo del pico de un pájaro carpintero contra un árbol hueco.

—Lo siento —dijo ella—. No estoy acostumbrada a estar confinada.

—No tenías que venir —dijo—. Estoy seguro de que podrían haberte usado afuera.

—No —dijo ella—. Quería estar aquí —miró con cariño a la niña, que babeaba sobre su manga—. Ella está aquí. Y... —lo miró— tú estás aquí.

—Si sirve de algo —dijo Nathaniel, sonriendo—, me alegro de que estés aquí.

★

Estaba oscuro cuando los barcos del Círculo de la Medianoche finalmente se acercaron lo suficiente a la costa para lanzar su primer ataque contra la defensa del fuerte. Madrona golpeó el suelo como si también estuviera impaciente por comenzar la batalla. Fue idea de Castillion que Zan cabalgara: era más fácil y rápido moverse adonde fuera necesario, y le confería un mayor aire de autoridad. No es que Zan lo necesitara ahora. La exhibición de lord Castillion la noche previa había sido exitosa: cimentó la posición de Valentin como rey de un solo golpe. Zan quería pensar que Dominic lo había hecho con algún motivo oculto, pero no podía encontrar ninguno. Dominic Castillion se preocupaba por su gente, y eso significaba hacer por ellos lo que más les conviniera, aunque no lo satisficiera.

Lo mismo sucedía con Aurelia. Si su afecto eran los restos del antiguo amor de Adamus por Vieve o algo recién forjado con Aurelia, no importaba; se había hecho a un lado por Zan porque eso era lo que ella quería, sin condiciones. Sin queja.

Cuando se trataba de Dominic Castillion, Zan había sentido casi todas las emociones: odio, miedo, ira, envidia… pero la más sorprendente de todas era la confianza.

Cuídala por mí, pensó. *Yo me ocuparé del Fuerte Castillion por ti.*

—¡Arqueros! —Zan llamó al otro lado de la línea—. ¡Enciendan sus flechas! Listos. Apunten —tomó aire, tranquilizándose. Entonces abrió los ojos—. ¡Disparen!

✳

No importaba cuántas veces había entrado en el Gris, era imposible no sentirme abrumada por ese primer paso en él, superada por un torbellino de remolinos, nubes incoloras sin arriba ni abajo, sin principio ni final, sin suelo debajo ni cielo arriba.

A mi izquierda, Dominic se tambaleó contra el tumulto desorientador, y apreté su mano con más fuerza.

—¡No te sueltes! —grité—. Cierra los ojos si es necesario —entonces fijé mi mente en la Stella Regina, reformándola desde mi memoria hasta que empezó a materializarse frente a mí.

—Estrellas sangrantes —maldijo Castillion cuando la niebla se despejó y nos encontramos en pie bajo la familiar torre del reloj de la catedral, construida en majestuoso mármol blanco.

—Hola, Aurelia —dijo una voz detrás de nosotros—. Ha sido un largo tiempo.

Isobel Arceneaux estaba luminiscente con su capa blanca, sentada en el borde de la fuente de San Urso con una hermosa sonrisa pintada en su semblante resplandeciente. Dominic quedó boquiabierto cuando ella se levantó y caminó hacia nosotros, toda ella gracia y elegancia.

—Me sorprende verte aquí —dijo—, en una hora tan oscura.

Aunque el reloj de arriba marcaba la medianoche, sabía que la hora de la que hablaba nada tenía que ver con la sombra de la noche.

—Arceneaux —dije.

—Lily —corrigió ella—. Llámame Lily.

—Lily —repetí con una punzada de nostalgia. Era el nombre que tenía Onal elegido para la hija que nunca llegó a criar—. Salvaste la vida de Zan cuando lo enviaste a mí —dije—. Antes de ir al claro de los Verecundai, vine aquí para pagar su deuda.

—¿Y cómo —preguntó— esperas hacer eso?

—Estoy aquí para liberarte —contesté.

Su expresión cambió, perdiendo algo de su radiante sublimidad ante el recelo.

—¿Por qué? —preguntó—. Tú fuiste quien me atrapó aquí.

—Lo sé —dije—. Lo hice porque te tenía miedo. Temía lo que le harías al mundo si se te dejaba libre en él. Eras una diosa, ya ves. Una deidad, demasiado alejada del mundo material para conocer su valor. Te vi como un peligro para aquellos a quienes amaba, todos humanos. Todos mortales.

—¿Y ahora?

—Y ahora... —la miré—. Creo que comprendes su valor. Has visto amabilidad y la has vivido sin esperar nada.

—La humanidad es imperfecta —dijo—. Pero lo que es imperfecto también es hermoso. Tenías razón en desconfiar de mí. No sabía, entonces, lo que sé ahora. Sólo quería lo que no podía tener.

—¿Y qué quieres ahora? —pregunté.

—Ser libre —dijo. Y con eso, la ilusión se desvaneció. Atrás quedaron la catedral de mármol impecable y el seto bien cuidado e Isobel Arceneaux, la hermosa y poderosa magistrada del Tribunal. Fueron reemplazados por un edificio olvidado, manchado de hollín, un techo de zarzas espinosas y cubiertas de maleza, y una vieja demacrada de piel veteada de negro y huesos protuberantes; su vestido alguna vez blanco colgaba ahora de su cuerpo débil en andrajos sucios. En el año terreno que había vivido más allá del mundo material, mil había observado atrapada aquí en el Gris.

—Libérame, Tejedora —dijo con una voz tan frágil como una hoja seca de otoño.

Dominic dijo en voz baja:

—¿Es éste el mismo hechizo que usaste conmigo, a bordo del *Humildad?* —asentí y él continuó—: No me di cuenta de lo afortunado que fue que vinieras por mí esa noche.

—No me di cuenta de lo cruel que fue dejarla aquí así en el Gris —respondí.

Colgué la Campana de Ilithiya alrededor de mi cuello, con cuidado de que nunca perdiera el contacto con mi piel. Cuando mi mano derecha estuvo libre, la moví hacia el frasco de sangre, abrí la tapa y la incliné para que algunas de las últimas gotas cayeran en mi mano. Incluso en el Gris, la magia envió una deliciosa sensación a través de mí, y respiré profundamente para robarle un momento de gozo. Después de esto, sólo quedarían una gota o dos de mi sangre mortal, la suficiente para un hechizo más si tenía suerte.

✱

Exhalé y dejé que la magia y la sangre se derramaran entre mis dedos, que puse sobre los de ella, extendidos en el suelo.

—*Libera* —dije. *Sé libre.*

Con un graznido de alegría, ella levantó sus manos del suelo y envolvió sus nudosos dedos alrededor de los míos para sostenerse mientras se estiraba para ponerse en pie.

—Debemos estar pronto en camino al claro de los Verecundai —le dije—. Pero si nos dices adónde quieres ir, te llevaremos allí primero.

—No —dijo ella con voz áspera—. Todavía no. Hay algo que debo mostrarte.

Mientras lo decía, el mundo frente a nosotros pareció dividirse, y nos encontramos de pie bajo un planetario de bronce en una habitación espaciosa llena de libros, botellas, mapas y modelos de artilugios fantásticos.

—¿Qué es esto? —pregunté asombrada.

—Conozco este lugar —dijo Dominic—. Es una de las cosas que los Verecundai me mostraron esa noche, cuando vine a ellos por primera vez, de niño. Es su taller, en lo que se conocería como la Isla de las Viudas.

—Y eso son... ¿ellos? —pregunté, mientras siete magos entraban en tropel en la habitación, con una mujer detrás. La reconocí de inmediato, tan bien como habría conocido mi propio reflejo. Vieve.

—¿Pueden vernos? —preguntó Dominic.

—No —respondió Lily—. Ustedes son fantasmas aquí. Intangibles, mientras Aurelia esté tocando la campana.

Los magos se desplegaron alrededor de un círculo colocado en el suelo con baldosas brillantes, sus largas túnicas negras formaban un charco en cada punta de una estrella de ocho puntas. Delgadas líneas plateadas de metal se entretejían a través de la imagen más grande, y las reconocí como el nudo fiero que Rosetta había usado una vez para enviarme al Gris.

También había palabras marcando cada sección entre las puntas de la estrella: *Humilitas, Abnegatio, Fortitudo, Integritas, Iudicium, Oboedientia, Patientia, Fidelitas.* Cuando los Verecundai se detuvieron, y Vieve se paró en medio de ellos, sólo quedó vacante una palabra: *Fidelitas.*

El mago faltante era Adamus.

—Has mirado hacia el futuro por ti misma —dijo uno de los magos—. Has visto la verdad de lo que está por venir.

—Empírea nos ha mentido —dijo otro—. Todo lo que hemos trabajado para llevar a cabo… todo se ha basado en la creencia de que ella desciende para edificar. Para elevar al mundo a una nueva fase de iluminación.

—En verdad —continuó otro—, ella no desea hacerte reina, nunca lo deseó. Estábamos en un error. Equivocados. Lo sabemos ahora. Su verdadera intención es destruir lo que ella no hizo, lo que ella no pudo controlar.

—Lo he visto —dijo Vieve con una voz libre de dudas—. He recorrido los senderos plateados para vislumbrar las posibilidades del futuro, y ahora sé que sólo nos queda una opción: debemos hacer lo que Empírea ha ordenado y encontrarnos en el claro en Pleno Invierno. Debemos tramar el hechizo según lo planeado. La dejaremos comenzar su descenso, que crea que estamos cumpliendo nuestra obligación con ella, y ejemplificando la obediencia que ella exige.

—¿Y luego? —preguntó uno de los magos—. Si ella viene a la tierra, la destruirá.

—Y luego —prosiguió Vieve con convicción—, usaremos el hechizo para atraparla. Para hacerla mortal —miró a cada uno de los rostros de los magos por turno—. Porque lo que es mortal puede morir.

Los magos comenzaron a murmurar entre ellos mientras asimilaban la propuesta de Vieve. ¿Matar a Empírea? ¿La diosa a quien habían dedicado sus vidas a servir? Pero ¿qué opción tenían? Quería acabar con el mundo que amaban y con todas las personas que lo habitaban.

Finalmente, uno de los magos habló.

—Tal hechizo requeriría una inmensa cantidad de poder. Más de lo que tenemos a nuestra disposición.

Vieve dijo con calma:

—Así es. Y tenemos mucho a nuestra disposición, pero exigirá...

—Un sacrificio —eso lo dijo el mago que se interponía entre las antiguas palabras de humildad y abnegación—. Tenemos suficiente poder para hacer esto, pero nos costará toda la vida.

—Sí —dijo Vieve solemnemente.

—¿Es por eso —preguntó el mago que ocupaba el espacio entre la obediencia y la resistencia— que has convocado esta reunión sin nuestro último miembro?

—El hechizo requeriría todas nuestras muertes, incluida la mía —dijo Vieve—. Adamus nunca estaría de acuerdo con eso. Para que esto funcione, debe mantenerse alejado de la verdad.

—Y, sin embargo —dijo el mago que se interponía entre la honestidad y el juicio—, ¿crees que tendrás la fuerza para quitarle la vida? ¿Dejarlo morir en la ignorancia?

—Sí —contestó Vieve de nuevo, tranquilizándose un poco—. Porque si no lo hacemos, todos morirán —enderezó los hombros—. Fui entrenada para ser reina, y la obligación de una reina está primero con las personas a las que sirve y, después, con su propio corazón —sus ojos brillaron cuando agregó—: Tengo fe en que él y yo nos reuniremos en el Más Allá.

El mago que estaba al borde de la resistencia dijo:

—Como habla la Tejedora, que así se haga.

—Ella lo sabía —respiré mientras observábamos la clausura de la reunión desde el borde de la sala cavernosa—. Ella sabía que al aceptarlo tendría que morir. Que *todos* tendrían que entregar su vida.

—Pero *él* no —susurró Dominic—. ¿Es esto lo que querías que viéramos? —preguntó a Lily—. ¿Que el hechizo que comenzaron hace mil años quedó sin terminar porque eligieron mantenerlo en secreto para uno de los suyos?

—Hay más —dijo Lily, y lo siguiente que supimos fue que estábamos en el claro en esa noche lejana. El hechizo había comenzado, con Vieve en el centro, entretejiendo la luz de las estrellas y las cuerdas de conexión de la magia fiera que extraían de su sangre voluntariamente, en una red de poder pulsante. Empírea comenzó a responder a su llamada descendiendo de los cielos hacia la trampa que le habían tendido.

Mientras Vieve hilaba, ella y los magos en su periferia comenzaron a encogerse y marchitarse, muriendo mientras ella arrastraba más y más de su vitalidad a su hechizo. Pero su octavo miembro, su último miembro, gritó confundido.

—¡Vieve! —dijo Adamus, con la voz casi perdida en el aullido del viento—. ¿Qué nos está pasando? ¿Qué te pasa?

Y Vieve levantó la vista de su hechizo y vio a su amado retorciéndose de miedo, en agonía y titubeando.

Las cuerdas de su magia comenzaron a romperse. El tapiz comenzó a desmoronarse. El descenso de Empírea estaba en marcha y la Tejedora estaba perdiendo el control. El poder era demasiado grande, y ella gritó cuando comenzó a consumirla, carcomiéndola de adentro hacia fuera.

Para poner fin al hechizo y la agonía de Vieve, los Verecundai levantaron sus cuchillos y se dirigieron hacia la mujer que habían criado desde que era niña. Aquella en la que una vez habían puesto todas sus esperanzas, aquella a la que habían aspirado a convertir en una amada reina.

—Por favor —le dijo Dominic a Lily, con la voz cargada de emoción—. Termina con esto. No es necesario que nos muestres el resto.

—Todavía no —dijo Lily—. Todavía hay algo más.

Adamus estaba ahora con Vieve, y pronunciaba su maldición sobre los hombres que la habían matado. Los siete magos lanzaron alaridos cuando sus cuerpos se desintegraron por el resto del camino, lo que los dejó en la forma espectral que aún habitaban. Aquí fue donde la visión había terminado antes, cuando los Verecundai me la habían mostrado.

—Mira —dijo señalando—. La tormenta terminó.

Empírea se retiró. Y entonces, Adamus se puso de pie.

Se incorporó y miró a su alrededor, la devastación que una noche le había traído, la noche que pensó que sería el comienzo de un nuevo mundo.

—Él no murió —dije tratando de darle sentido—. Vivió más allá de Pleno Invierno.

Las siguientes cosas que vimos pasaron en una rápida sucesión: destellos de las secuelas. Lo vimos enterrar a Vieve en el sitio donde había caído y luego plantar un manzano en el lugar. Lo vimos tallar las marcas de advertencia en los árboles alrededor del claro: una estrella con siete puntas.

O una araña con siete patas.

Dominic estaba mirando justo por encima del hombro de Adamus, con los ojos muy abiertos.

—No puede ser —susurró—. No puede ser verdad.

Pero la siguiente imagen que Lily nos mostró eliminó cualquier duda restante.

Adamus estaba sentado en una mesa, en una habitación iluminada con velas, encorvado sobre una pila de pergaminos mientras trabajaba furiosamente llenando página tras página con garabatos de araña. Observamos desde la oscuridad, fuera del alcance de su vela, hasta que Dominic se inclinó para inspeccionar la primera página de la pila.

—Éstos son los Papeles de la Medianoche —dijo.

—No puede ser —dije, pero era cierto: Adamus era el verdadero autor de la profecía prescriptiva del Círculo, que detallaba un futuro lleno de inundaciones, enfermedades, guerras y muerte, que comenzaba con los relojes deteniéndose a medianoche y terminaba. con el regreso de Empírea.

Cuando finalizó el volumen, lo vimos firmar la última página con un nuevo nombre, uno que él mismo había elegido.

Una parte de su pasado como miembro de los magos que se convirtieron en los Verecundai, y el que llegamos a conocer como el nombre del fundador del Círculo de la Medianoche.

Adamus era Fidelis Primero.

AHORA

Pleno Invierno, 1621

Chydaeus contuvo la respiración cuando los dos viajeros salieron del trineo y Fidelis se inclinó hacia él y dijo:

—Por fin.

El hombre se acercó primero.

—Soy Kellan Greythorne, el guardián jurado de la princesa Aurelia. Éstas son sus compañeras, Lady Jessamine, del Canario Silencioso, y la hermana Cecily, de la Isla de las Viudas.

—Una de las Hermanas de la Antorcha Sagrada —dijo Fidelis con aprecio—. Nuestra orden tiene una larga relación con la suya.

—Y la nuestra tiene una todavía más larga con la Tejedora —respondió Cecily—. Porque los terrenos que ahora habitamos fueron alguna vez su hogar.

—Sí —dijo Fidelis—. Antes de que los magos que lo construyeron la traicionaran. No quedó energía allí después de que partieron y sólo las viudas impotentes se quedaron. Ha sido, durante un milenio, una isla llena de arañas y solteronas.

—No estábamos impotentes —dijo Cecily—. Mantuvimos viva la llama. Protegimos el conocimiento que dejó la Tejedora. Tú lo sabes, amigo, porque fuiste allí después de eso —sonrió—. ¿No es así?

—La abadesa Aveline fue bastante útil, lo admito —dijo—. Pero menos que agradable para trabajar. Tal vez haya otra vacante para el puesto si estás interesada.

—No, gracias —dijo Cecily mirando a Jessamine—. Da la casualidad de que hace poco dejé la hermandad. Aunque —levantó un fajo de papeles para que Fidelis pudiera verlos—, no partí sin llevarme un recuerdo.

La sonrisa de Fidelis se desvaneció.

—Sí, Gran.Maestro. Esto es exactamente lo que crees que es —dijo Kellan—. Tenemos a la Tejedora y su Códice original.

El brazo de Fidelis rodeó los hombros de Chydaeus en lo que podría haber sido un gesto amistoso y protector, de no ser por el delgado cuchillo que tenía presionado contra su cuello.

—Y yo tengo al querido hermanito de la Tejedora.

Se quedaron en silencio.

—Ahora, amigos, hagamos un intercambio.

✱

Horas después de que se cerraran las puertas del Tesoro, Rosetta escuchó el primer estruendo.

La roca traqueteó, haciendo llover polvo y pedazos de grava suelta sobre la gente acurrucada debajo.

—¡Son las puertas! —gritó alguien—. ¡El Círculo está aquí, están tratando de entrar!

—No son las puertas —dijo Nathaniel, moviéndose para colocar a Ella en el regazo de Rosetta—. Todavía no estamos en peligro.

—¿Entonces qué es? —la pregunta vino de un hombre de edad avanzada, que sostenía una mano temblorosa sobre un bastón. Sus ojos, como los de Nathaniel, eran negros; él también había sobrevivido a la fiebre amarga.

—Supongo que las naves del Círculo están lanzando piedras —dijo Nathaniel—. Pero los muros del Fuerte fueron construidos para resistir y eso harán. Además —posó una mano en el hombro del anciano—, incluso si las paredes caen, la montaña no lo hará.

Rosetta deseó tener su confianza.

En sus brazos, Ella agitó sus espesas pestañas y abrió los ojos. Miró a Rosetta, frotándose el sueño pegajoso de los ojos.

—Hola de nuevo —dijo Rosetta—. ¿Me recuerdas?

Ella no habló.

Lorelai y Rafaella habían dicho que desde que estaba con ellas nunca había pronunciado una sola palabra, aunque estaban seguras de que entendía todo lo que le decían, pero en ese momento inclinó la cabeza un centímetro como para decir que sí. Luego, levantó las manos para taparse los oídos.

Dos segundos después, una segunda explosión sacudió el Tesoro.

—Sabías que eso vendría, ¿no? —dijo Rosetta.

Ella se bajó del regazo de Rosetta y tiró de su vestido, como si quisiera mostrarle algo o que la siguiera. Intrigada, Rosetta se puso en pie y dio unos pasos, justo antes de que ocurriera otra explosión y un trozo de roca se soltara del borde del segundo nivel por encima de sus cabezas, y se estrellara justo en el lugar donde Rosetta estaba sentada un segundo atrás.

—Está bien —dijo Rosetta—. Mensaje recibido.

Nathaniel había visto la llamada y se apresuró a regresar.

—¿Están bien? —dijo, levantó a Ella y jaló a Rosetta contra su pecho en un gesto protector. Aunque estaban rodeados de refugiados, Rosetta sintió que Nathaniel les había creado un espacio privado.

—Bastante bien —dijo Rosetta—. Aunque quizá deberíamos salir de debajo de esta cornisa. Podría ser aplastada por una roca y sobrevivir, pero tú o Ella...

—Eres como Aurelia —dijo Nathaniel—. Hecha de plata viva —otra explosión. Miró a su alrededor, limpiándose el polvo de los ojos con el dorso de la manga—. Escuché que le pedías que intentara cambiarte.

—Desafortunadamente para mí, ella no lo intentaría.

—¿Desafortunadamente?

—Puede parecer una bendición —respondió Rosetta con sinceridad—, vivir sin envejecer, sin morir... pero es mucho tiempo para estar sola.

—Tal vez —dijo—. Pero yo perdí a alguien que amaba, y... —su voz bajó—. Y sabiendo que no podrías ser tomada así... tan rápido, tan cruelmente... —su oración se apagó, y luego se aclaró la garganta, como si estuviera avergonzado—. No puedo lamentar el que no seas tan vulnerable.

Rosetta encontró su mirada inquisitiva. En verdad, se sentía más vulnerable que nunca.

Bum.

＊

¡Bum!

Los gritos se elevaron desde las almenas inferiores cuando otra ronda de proyectiles incendiarios se arqueó sobre su cabeza y aterrizó contra las paredes superiores del Fuerte, lo que hizo que las rocas y los restos ardientes llovieran sobre los combatientes de abajo.

—¡Apunten a las ballestas! —gritó Zan por encima del estruendo. Madrona se irguió debajo de él—. ¡Saquen las armas primero!

La siguiente ráfaga de flechas atravesó el cielo arrastrando finas líneas de luz mientras otra ronda de bolas de fuego del tamaño de una roca pasaba ardiendo junto a ellos y explotaba al impactar contra las murallas. Las cenizas salieron disparadas como insectos alrededor de la cara de Zan e instaron a Madrona a seguir adelante.

—¡Defiendan su posición! —gritó—. ¡Sólo un poco más allá!

Fue entonces cuando el primer barco del Círculo de la Medianoche se encontró con las cadenas que, ocultas por la oscuridad, se habían levantado a ambos lados de la bahía. Se hizo añicos en un caos de madera rota, y se incendió al hundirse. Era demasiado tarde para que los otros barcos al frente de la línea redujeran la velocidad o dieran la vuelta y, en pocos minutos, otros cuatro ya habían corrido la misma suerte.

—¡Ahhh! —dijo Zan levantando el puño, pero la victoria duró poco.

Las cadenas habían destruido cinco barcos, pero había docenas más detrás de ellos que no cometerían el mismo error. Esos botes ya se habían retirado, y ahora cientos de pequeños navíos estaban siendo bajados al agua, cada uno repleto de miembros del Círculo con armaduras completas.

—Vamos, vamos, vamos —murmuró en voz baja, mirando el horizonte.

Y luego los vio: los barcos de Castillion se acercaban por detrás de la flota del Círculo, y los cercaban. No eran iguales en número, pero habían sido hechos para ejercer un poder mucho mayor, construidos con metal en lugar de madera y alimentados con carbón. Todos llevaban los nombres de las virtudes predilectas de Castillion: el *Abnegación*, el *Honestidad*, el *Fortaleza*, el *Juicio* y el *Fidelidad*. El *Humildad* se había perdido en los fiordos de Achleva, hundido por la propia Aurelia, y el *Perseverancia* había llegado a su fin en una batalla anterior con el Círculo. Pero Castillion había aprendido de esas experiencias y mejorado sus tácticas, ahora mantuvo sus barcos en secreto hasta que los llamó de regreso a la costa.

Y ahora, gracias a las estrellas, finalmente habían llegado.

Podríamos lograrlo, pensó Zan. *De hecho, podríamos sobrevivir esta noche.*

Pero aún quedaba mucho por hacer.

✶

—Esto es todo —susurró Fidelis, retirando el cuchillo de su cuello—. Ha llegado el momento, amigo Chydaeus.

Chydaeus asintió, podía sentir el peso de su propia arma en el bolsillo. Hasta el momento, todo había ido exactamente como lo había planeado Fidelis.

Tu rito de fidelidad tendrá lugar en Pleno Invierno había dicho el Gran Maestro antes de que abandonaran la flota de barcos del Círculo y partieran solos. *Una vez hecho esto, serás un miembro de pleno derecho de nuestra sociedad.*

Fidelis empujó a Chydaeus hacia delante, al tiempo que Aurelia, que sostenía el fajo de papel envuelto en cuero en sus brazos, también dio un paso.

El canje se hará, dijo Fidelis en sus recuerdos. *Cruzarás de nuestro lado al de ellos. Pero en cuanto yo tenga a la Tejedora en mis manos, atacarás.*

481

Podría ser un miembro de pleno derecho del Círculo, pensó Chydaeus. *Lo único que tengo que hacer es matar a tres personas más como prueba de mi fidelidad al Gran Maestro y a Empírea.*

Podía recordar que hubo un tiempo en que tal perspectiva realmente lo habría tentado, pero ya no.

Dos pasos. Tres. Cuatro. Cinco. Chydaeus y Aurelia ahora estaban uno al lado del otro, lo suficientemente cerca para permitirle oler el aroma de su perfume, como violetas.

Violetas.

La chica del callejón, vestida con pieles. *¿Quién eres?*, le había preguntado. Y la respuesta: *Una amiga.*

La chica en el santuario del castillo. *Mantente alejado del Círculo. Son peligrosos.*

La chica en su habitación. *Si usted ve mi cara, él verá mi cara.*

Ella había estado tan asustada. Asustada del Círculo, asustada de Fidelis. Y ahora, se dirigía directamente a las manos del monstruo al que tanto se había esforzado por mantener alejado.

Él la miró fijamente, ahora que recordaba quién era. La chica de las pieles. La chica que podía crear ilusiones. La chica que había tratado de advertirle, y él no la había escuchado.

Al pasar junto a él, le dedicó un pequeño asentimiento. Ella no era Aurelia después de todo.

Antes de darse cuenta, el guardia —¡Kellan! ¿Cómo podría haber olvidado a Kellan?— extendió la mano y lo jaló, hasta abrazarlo con fuerza.

—Gracias a las estrellas —dijo Kellan—. Te tenemos de vuelta. Finalmente te hemos recuperado.

La Aurelia-que-no-era-Aurelia ahora también estaba en manos de Fidelis.

—¡Ahora! —gritó el hombre—. ¡Chydaeus! ¡Es hora de completar tu rito! ¡Demuestra tu verdadera fidelidad!

Chydaeus blandió la hoja, dio media vuelta y miró al Gran Maestro por encima del hombro.

—Mi nombre —dijo— es Conrad —y arrojó el cuchillo a la nieve.

El rostro de Fidelis se arrugó cuando extendió su mente y descubrió que los pensamientos de Conrad ya no estaban allí para que él los manipulara.

La chica en su poder empezó a reír.

—Has fallado, Gran Maestro. Aquí estás, al borde de tu mejor momento... fallaste.

Fidelis giró a la muchacha para que quedara frente a él, su infame cuchillo en su cuello, pero su desconcierto sólo pareció infundirle coraje.

—Deja eso —dijo ella—. Ambos sabemos que ignoras cómo empuñar un arma. Siempre tuviste a alguien más para que hiciera el trabajo sucio por ti.

Él bajó el cuchillo, con un ceño petulante en el rostro, mientras ella arrojaba los papeles a sus pies y decía:

—Ahí está el Códice que estabas buscando. Sé que sólo lo querías para destruir la última prueba de que no eres, de hecho, la reencarnación de Adamus. Para que cuando la Tejedora tuviera un final desafortunado e inoportuno esta noche y Empírea no llegara como lo habías prometido, ninguno de tus seguidores descubriera la verdad: que en realidad eres sólo el pobre Richard Crocker, el tercer hijo olvidado de un pobre comerciante con la valiosa habilidad mágica para leer e influir en los pensamientos ajenos.

La boca de Fidelis se torció a causa de la ira.

—¿Dónde escuchaste ese nombre? —gritó agitando débilmente su cuchillo en el aire—. ¿Dónde? ¿Dónde?

—Me lo contó mi madre —replicó ella—. Ella te conoció antes de que escucharas hablar de la Tejedora, o te unieras a la organización clandestina en decadencia llamada Círculo de la Medianoche, antes de que te establecieras como su nuevo líder, antes de que la pervirtieras para adaptarla a tu voluntad.

—¿Tu madre? —preguntó Fidelis.

—¿Qué? —preguntó ella—. ¿No me reconoces?

La imagen de Aurelia comenzó a disiparse, y los ojos de Fidelis se agrandaron como platos cuando el verdadero rostro de la chica comenzó a mostrarse debajo.

—Soy yo, padre. Emilie. Tu hija.

Tropezó hacia atrás como si hubiera recibido el mordisco de una víbora.

—Tú no eres mi hija —dijo—. Es sólo otra ilusión. Mi hija está muerta.

—Sí —dijo ella—. La hija que conociste está muerta. Se redujo a cenizas en la hoguera, al servicio de tu plan para acercarte a Aurelia. Después, por supuesto, de que entregaste a su madre, tu propia esposa, a las autoridades del Tribunal.

—No —dijo él—. No.

—¿No reconoces el perfume? —preguntó ella—. Mamá me enseñó a hacerlo. Le encantaban las violetas. ¿Te acuerdas, verdad?

Cecily y Jessamine se habían acercado a Kellan, que estaba irradiando ira como el calor ondulante de una estufa, con la mano plateada cerrada en un puño. Jessamine descansó ambas manos sobre el hombro de Conrad y tiró suavemente de él fuera del alcance de la pelea que se estaba gestando.

—Has perdido —dijo Emilie—. Esta noche, la verdadera Tejedora y el verdadero Adamus se enfrentarán a Empírea.

Ellos determinarán el destino del mundo. Y tú morirás aquí. Y serás olvidado... como el patético viejo Richard Crocker.

Y entonces, fue el turno de reír de Fidelis.

—Me has subestimado, hija mía. Tal como lo hicieron mis padres, y tu madre, y el mundo antes de que yo lo pusiera de rodillas. ¿Crees que estoy vencido? Soltó una carcajada que sonó un ladrido chirriante—. Sólo estoy comenzando —y entonces sus ojos se inundaron por completo de negro.

—¿Jessamine? —gritó Cecily, pero ya era demasiado tarde. Los ojos de la mujer del Canario también se habían vuelto negros, y todo rastro de expresión había desaparecido de su rostro. En su mano estaba la daga que Conrad había dejado caer, y antes de que alguien pudiera hacer algo para detenerla, se abalanzó sobre el chico.

Cecily gritó, y Kellan actuó. El cuchillo no alcanzó el cuello del niño, pero se clavó en el costado de Kellan hasta la empuñadura.

✱

Los heridos estaban siendo retirados de las almenas y llevados al Gran Comedor. Un hombre se arrastraba por el patio superior y sostenía el brazo que se había roto, con el hueso atravesando su piel, cuando se desplomó, sin fuerzas. Zan desmontó de Madrona y ayudó al hombre a ponerse en pie, colocando su brazo sano sobre sus hombros.

Aturdido, el hombre herido lo miró con ojos febriles y Zan lo reconoció al instante como el soldado que había desafiado su autoridad la noche anterior.

—¿Tú? ¿Por qué me ayudarías? —preguntó aturdido.

—Estamos luchando del mismo lado, teniente —dijo Zan.

Dentro de la fortaleza, Zan lo colocó contra la pared donde una de las mujeres podría venir y atenderlo.

—Gracias —dijo el hombre—, rey Valentin.

—Sobran los agradecimientos —dijo Zan—. ¿Cómo te llamas, soldado?

—Mi nombre es... mi nombre...

Pero algo en el rostro del hombre cambió. Su expresión se quedó en blanco y el negro de su iris y pupilas comenzó a extenderse al blanco de sus ojos. Zan dio un salto atrás: ¿era la peste que regresaba para reclamarlo? ¿Cómo podría ser tal cosa?

Pero esto no era la fiebre amarga; el hombre que unos momentos antes estaba atormentado por el dolor y necesitaba que Zan lo ayudara a arrastrar su peso hasta el Gran Comedor estaba ahora de pie, con la espada desenvainada por el mismo brazo del que sobresalía el hueso blanco. No había sudor febril cubriendo su piel, ni divagaciones delirantes. Simplemente estaba ausente, vacío de sentidos, y con un solo imperativo: atacar.

Zan pateó la espada fuera de la mano de aquel hombre, la fuerza del impacto arrancó el brazo roto con un crujido repugnante, y después colgaba de unas cuantas hebras de nervios y tendones, pero el hombre no vaciló ni emitió grito alguno de dolor.

Más sonidos de alarma rebotaron en el salón cuando enfermeras atacaban a otras enfermeras y otros combatientes heridos se levantaron de su reposo y, como el soldado que Zan acababa de ayudar, comenzaron a atacar a cualquier persona a su alcance. Y cada miembro de esa enloquecida multitud tenía el mismo rasgo distintivo: ojos negros, completamente oscuros.

Zan desenvainó y blandió su espada en las piernas del hombre, en tanto éste embestía de nuevo, luego lo empujó detrás de las puertas del Gran Comedor lanzando su peso contra él para inmovilizarlo allí mientras gritaba:

—¡No luchen contra ellos! ¡Corran! ¡Corran! ¡Corran! Aquellos que podían huir lo hicieron pasando a su lado en un frenesí de pánico. Sin embargo, antes de que los marcados por la fiebre pudieran seguirlos, Zan cerró las puertas y la atrancó con su espada.

Daba igual. Cuando Zan, jadeante, se dio media vuelta, el patio de Fuerte Castillion era un caos: todos los que habían sido alcanzados por la fiebre amarga, y no habían muerto por su causa ahora se movían como marionetas vacías con hilos invisibles y atacaban a su propia gente.

La batalla terminaría antes de que el Círculo de la Medianoche pusiera un solo pie en la orilla.

53

AHORA

Pleno Invierno

Cuando el claro de los Verecundai apareció ante nosotros solté la Campana de Ilithiya.

Fue un regreso violento a la realidad, los tres caímos y rodamos, aturdidos por la repentina erupción de sensaciones después del entumecimiento del Gris: el frío punzante, el dolor floreciente por el impacto de la caída, las astillas en nuestros pechos tras la primera inhalación de aire helado. Dominic era el más cercano a mí. Escupió nieve cuando le di la vuelta.

—¿Estás bien? —pregunté.

Asintió.

—Creo que sí. ¿Dónde está…?

—¡Lily!

Estaba tendida boca arriba bajo las ramas del nudoso manzano, muerta. Sus frágiles huesos rotos, su piel casi translúcida volviéndose azul. Mi corazón se hundió en la preocupación.

—Lily —repetí apresurándome a su lado—. Debería haberte agarrado más fuerte. Lo siento. No sabía que sería tan duro…

—Mira —dijo con reverencia, sus ojos de ónix reflejaban el cielo.

Seguí su mirada a través de las ramas deformes, donde la aurora se perfilaba en verde fosforescente y cereza rosada contra la bóveda tachonada de estrellas del firmamento de medianoche.

—Hermoso —susurró en una suave exhalación que, cuando llegó a su fin, no fue seguida por otra.

Después de un momento, Dominic se movió para cerrarle los párpados, pero antes de que pudiera hacerlo, el viento levantó una ráfaga de nieve sobre su frágil cuerpo, y cuando se despejó no quedaba nada más que unos pocos retazos que alguna vez habían sido blancos.

Ella se había ido. Lily Arceneaux... Maléfica... quienquiera que fuera, había querido experimentar la mortalidad, y por un pequeño y fugaz momento, había conseguido su deseo.

—Empírea te guarde —dije.

Era un sentimiento ridículo para alguien a punto de tender una trampa para bajar a esa mismísima diosa de su trono en el cielo, pero no tenía otras palabras a mano para ofrecer un tributo.

Ahora sólo éramos Dominic y yo.

Me levanté.

—Debe estar acercándose la medianoche —dije quitándome la nieve de las rodillas de los pantalones y sacudiéndola de mi capa—. Probablemente deberíamos llamar a los Verecundai pronto...

—Aurelia —dijo Dominic con solemnidad en sus ojos oscuros—. Tenemos que hablar sobre lo que vimos en el Gris.

—¿De qué hay que hablar? —dije.

—Tal vez podríamos comenzar con el hecho de que yo…
—su voz quedó atrapada—. Yo tengo la culpa de todo esto.

—Dominic —comencé—. No puedes…

—Sí puedo —dijo—. No soy sólo Adamus. Soy Fidelis. Soy quien escribió los Papeles de la Medianoche. Soy quien fundó el Círculo de la Medianoche. Todo lo que ha pasado… Todo es mi culpa.

—No —negué con la cabeza con vehemencia—. Tú no tienes la culpa de esto, Dominic. Hace dos días te dije que yo no era Vieve, y me creíste. Tomaste mi palabra. Ahora debes darte la misma cortesía. Olvídate de Adamus. Olvídate de Fidelis. Eres Dominic Castillion, señor comandante del Fuerte Castillion. Eres inteligente e inventivo y —llevó su mirada al cielo— increíblemente exasperante. Eres decente en el juego de Ni lo uno Ni lo otro, aunque seamos sinceros, yo soy mejor, y eres valiente. Y leal. Y… magnánimo. Y… No sé, elige tu favorita de esas otras virtudes de porquería de las que siempre hablas —me acerqué más—. El punto es que, todo eso, eres *tú*.

En lugar de consolarlo, parecía como si mi pequeño discurso sólo hubiera servido para causarle más dolor.

Inquieta, le di la espalda.

—Entonces —dije, tratando de hacer salir mi voz ligera y frívola—. Vamos a llamar a esos terroríficos amigos tuyos, ¿de acuerdo?

—Aurelia —me tomó la mano y metió algo en ella: una daga, en cuya empuñadura se había fijado una araña enjoyada con siete patas, extendida como la forma de una estrella.

De repente sentí un nudo en la garganta.

—*No* —dije.

—Los lazos se romperán —respondió, sus ojos castaños solemnes mientras se acercaba—. La sangre fluirá —tomó mi mano, aún sosteniendo la daga—. Acera tu corazón —colocó la punta contra su pecho y susurró—: Da el golpe.

Era lo que me habían dicho los Verecundai en el campo de gravidulce. Pensé que él no lo había escuchado, pero no sólo había oído: también lo recordaba.

—*No* —dije de nuevo, más fuerte esta vez, enojada.

—Tú no eres Vieve —dijo—. Y eso es bueno, porque el amor de Vieve por Adamus la hizo vacilar. No podía dejarlo morir, y todos pagaron el precio por ello —su cabello danzaba contra su mejilla—. Tú no cometerás el mismo error.

Cerré los ojos, dejando que dos lágrimas cayeran calientes debajo de mis párpados.

Estaba tan tranquilo.

—Está bien, mi Reina de Dos Caras. Me dijeron hace mucho tiempo que tú serías mi final. Adelante —dijo—. Atraviesa mi corazón.

✶

Después de la primera docena de explosiones en rápida sucesión, siguió un largo periodo de tiempo en silencio, y el Tesoro se quedó en calma escuchando atentamente. Todos adentro estaban demasiado nerviosos como para creer que la lucha ya podría haber terminado, tan rápido.

A medida que se alargaba el silencio, también lo hacían los nervios de Rosetta.

—No estoy segura de soportar esto mucho tiempo más —confió a Nathaniel, mientras caminaba al ritmo de sus respiraciones entrecortadas—. Tengo que salir. Necesito aire.

Ella estaba acostada boca abajo a sus pies. Él le había dado una piedra y le había enseñado a usarla para dibujar líneas en

491

el piso del Tesoro, y estaba muy ocupada dibujando pequeños trazos sin sentido en la piedra.

—Muy bien —aceptó Nathaniel antes de levantar a su pequeña en brazos una vez más—. Tendremos que conseguirte papel y gises de verdad —a Rosetta le dijo—: Conozco otra salida. Un túnel que conduce al otro lado de la montaña. Si crees que te ayudará, te mostraré dónde comienza.

Rosetta no pudo ocultar su alivio y se colocó detrás de Nathaniel, mientras él se abría paso entre la multitud que esperaba y la conducía escaleras arriba hasta el siguiente nivel. Nadie prestó mucha atención; todos estaban apáticos y angustiados.

—Está aquí atrás —dijo—. Aurelia y yo ya pasamos por ahí una vez, para escabullirnos bajo de las narices de Castillion y dirigirnos a la Zona de la Medianoche —hizo una mueca—. Ya sabes cómo resultó eso.

—Sí —dijo Rosetta. Se asomó al túnel y palideció; era tan estrecho, estaba tan oscuro. Sólo la perspectiva del aire fresco al otro lado la hizo considerar aventurarse dentro.

Ella hizo un leve y extraño graznido y comenzó a retorcerse fuera de los brazos de Nathaniel.

—Ella —la regañó, mientras se arrodillaba para evitar dejarla caer—. No es seguro para ti correr por aquí. ¡Ella!

La niña pasó corriendo junto a él y entró en la boca del túnel.

—Bueno, supongo que tenemos que continuar ahora —dijo Rosetta—. Parece tener sentido cuando algo está a punto de… ¿Nathaniel?

El cuerpo de Nathaniel se había puesto rígido de repente, su semblante se quedó en blanco. Los centros de sus ojos comenzaron a agrandarse rápidamente. Más allá de la cornisa, los gritos de alarma comenzaron a resonar desde el fondo del Tesoro. En unos momentos, el blanco de sus ojos desapareció por completo y su mano se movió mecánicamente hacia la empuñadura de su espada.

Rosetta giró sobre sus talones y se lanzó hacia el túnel, con Ella en brazos mientras corría.

—Está bien, te tengo —dijo una y otra vez, mientras se adentraban más y más en la oscuridad, aunque no estaba segura de si las palabras estaban destinadas a tranquilizar a la niña de dos años o a sí misma. Podía escuchar a Nathaniel en el túnel detrás de ellas, su espada golpeando entre pared y pared mientras cortaba a ciegas el espacio frente a él.

Cuando recibió la primera bocanada de aire fresco y frío comenzó a sentir algo de esperanza. Abrazó a Ella con fuerza cuando vio la abertura: un pequeño agujero circular. Empujó a Ella primero y se arrastró sobre su vientre detrás, sólo para sentir que la hoja afilada de Nathaniel le tajaba la pierna. Pateó hacia atrás tan fuerte como pudo y lo golpeó en el rostro. Eso lo detuvo el tiempo suficiente para permitir a Rosetta liberarse y salir rodando hacia la estrecha franja de la cornisa nevada.

Ella estaba llorando, con la espalda recargada en la ladera de la montaña.

—Te tengo —repitió Rosetta alcanzando a la niña, sólo para dejar escapar un grito ahogado cuando la espada de Nathaniel golpeó con fuerza su espalda. Instintivamente, enroscó su cuerpo alrededor de la niña mientras Nathaniel, fuera de sí, la golpeaba una y otra y otra vez.

—Detente —suplicó Rosetta—. Nathaniel, despierta. No la lastimes. La amas. Acabas de recuperarla.

Pero él no escuchaba, no podía oírla. Podía oler el hedor de la magia de sangre corrupta en él, enfermiza y sulfurosa,

493

pero no podía levantar las manos para lanzar un hechizo que lo anulara sin dejar a Ella expuesta al golpe de la espada de su padre.

—¡Nathaniel, detente! —gritó por última vez abrazando a Ella para después girar junto con la niña y alejarse del filo de la navaja. El golpe de Nathaniel silbó en el aire vacío, y el impulso lo envió hacia atrás, más allá del borde y hacia la oscuridad de abajo.

★

Cecily derribó a Jessamine al suelo, se sentó a horcajadas sobre su cuerpo y sujetó sus brazos, mientras Conrad miraba y Emilie gritaba corriendo al lado de Kellan.

Fidelis rio, al retroceder hacia su bote de escape.

La aurora boreal palpitaba en una variedad de colores vivos: verde, violeta y rosa, siguiendo caminos pretrazados que se cruzaban entre sí como una tela de araña.

—La fiebre amarga no se creó sólo para debilitar a sus antiguos e inicuos reinos. No sólo para reducir sus filas, no sólo para quebrantar su espíritu —dijo Fidelis, triunfante—. También tiene el valioso efecto secundario de poner a todos los que la sobreviven bajo mi control. Se conjuró con mi sangre. Yo *soy* la fiebre amarga.

—¡El cuchillo! —Cecily gritó a Conrad mientras Jessamine se retorcía debajo de ella—. ¡Toma su cuchillo!

Conrad se abalanzó y arrancó el cuchillo, resbaladizo por la sangre, de los dedos como garras de la chica.

Emilie había tomado a Kellan por la capa y lo había hecho rodar, en un intento desesperado y fallido de detener la sangre que brotaba de su costado tan sólo con sus manos. No había servido de nada; la herida seguramente era fatal.

Conrad se arrodilló junto a ellos.

—¿Kellan? —dijo, con voz baja y temblorosa—. Kellan, lo siento. Si yo hubiera sido mayor, y más inteligente... un mejor rey... —trató de tragarse su culpa, pero sólo gorgoteó de nuevo en breves hipos infantiles.

—Chydaeus —llamó Fidelis con su voz más tranquilizadora—. Todavía hay tiempo. Tienes el cuchillo. Puedes terminar el rito. No los necesitas, nunca los necesitaste.

Conrad apretó los dientes y agarró con más fuerza el cuchillo, luego se puso en pie, listo para atacar al hombre que una vez había reverenciado.

Pero no podía moverse; algo lo estaba reteniendo.

Se giró para ver que Kellan había estirado su mano plateada y agarrado la túnica de Conrad.

—No —dijo Kellan, jadeando—. Eres... eres un buen rey. Sólo necesitabas... un mejor... protector.

Soltó la túnica de Conrad, parte de la plata de su brazo se onduló y remodeló, fluyó alrededor de su hombro y sobre su coraza de cuero, se acumuló en la herida de su torso y la llenó.

Lentamente, Kellan se incorporó.

—Soy un caballero del reino de Renalt —dijo repitiendo el juramento que había hecho tiempo atrás, cuando recibió su primera asignación como guardaespaldas de Aurelia—. Juró proteger la corona y al monarca legítimo que la porta.

Levantó su mano plateada y una espada comenzó a formarse en su interior, una hoja reluciente con una empuñadura de rama de espino.

Pero Fidelis sonrió y empuñó la suya.

—Da la casualidad —le dijo a Emilie, quien había envuelto sus brazos alrededor de Conrad y lo había alejado de la pelea inminente, mientras Cecily continuaba sujetando a Jessamine, que se retorcía en el suelo— que estoy perfectamente dispuesto a ensuciarme las manos.

El sonido de una pelea de espadas comenzó a sonar cuando el Gran Maestro Fidelis y Kellan Greythorne se enfrentaron en una arena de hielo a cielo abierto. Lo que a Fidelis le faltaba en entrenamiento lo compensaba con loca determinación, pues se arrojaba a la pelea como un perro rabioso. Cada vez que sus espadas se encontraban, una lluvia de chispas brotaba de la colisión de metal contra metal y caía sobre ellos. Pronto, la túnica de lana de Fidelis estaba salpicada de diminutos agujeros humeantes.

Un par de movimientos más, y Kellan había robado a Fidelis su espada. El caballero apuntó su hoja de mercurio al pecho de su contrincante y le dijo:

—Retírate, Fidelis. No puedes ganar.

—¿Retirarme? ¿Retirarme? Oh, no. Tendrás que matarme, hijo —dijo Fidelis sonriendo a pesar de la sangre que fluía de su nariz—. O la fiebre nunca se detendrá.

—¡Hazlo! —dijo Cecily, mientras Jessamine se retorcía ciegamente debajo de ella—. ¡Kellan!

—No —dijo Emilie acercándose detrás de él—. Ésta tarea es mía.

Kellan dejó caer su espada y se apartó.

—No me harías daño —dijo Fidelis—. Soy tu padre.

—Tuviste la oportunidad —dijo Emilie haciendo eco de las palabras que le había oído decir cuando pensó que la habían quemado en la hoguera—, y la desperdiciaste—mientras hablaba trazó un veloz hechizo fiero en el aire, uno de calor, y de fuego, y el nudo se grabó en su túnica, conectando los puntos ardientes hasta que estalló completamente en llamas.

—No —comenzó a gritar Fidelis y trataba de apagar las llamas—. ¡No! ¡No! ¡Emilie!

Pero el fuego era un hechizo y no se apagaría fácilmente. Pronto, Fidelis fue engullido por completo, una columna de lenguas anaranjadas contra el cielo del norte, donde una tormenta de luz y color había comenzado a agitarse.

—Adiós, padre —dijo Emilie.

AHORA

Pleno Invierno, 1621

M iró a Dominic con ojos llorosos. Su rostro estaba bordeado de tristeza, pero también marcado con un propósito. Despacio, él se desabrochó la camisa y sacó el cuchillo, de modo que la punta se presionara directamente en el centro de la cicatriz de araña en su pecho.

—No puedo hacerlo —dije—. No puedo.

—Sí puedes —contestó él y me tocó la mejilla con una delicadeza que no merecía—. Y debes hacerlo.

Debajo de la punta del cuchillo había aparecido una fina gota de sangre. Y con ella, la primera llamada temblorosa de la magia.

—*Operimentum in nebula* —dijo Dominic. *De las nubes, un sudario.*

Bienvenidos, exclamaron los Verecundai. Sus ásperas voces barrieron la niebla.

Bienvenidos, Adamus y Vieve, reina y consorte, renacidos como fue escrito tiempo atrás en nuestra sangre y en la suya.

Las tenues y diáfanas siluetas de los Verecundai se marcaron cuando cada uno volvió a ocupar su lugar en el anillo exterior del claro, dejando con ello un solo espacio vacío cerca de la parte superior para el último miembro faltante de su grupo.

Es hora de terminar con esto. Es hora de corregir nuestros errores.
Mis manos, sobre el cuchillo, comenzaron a temblar incontrolablemente.

Acera tu corazón, da el golpe. Repetí el mantra en mi cabeza, una y otra vez. *Acera tu corazón, da el golpe. Acera tu corazón, da el golpe.*

Y, aun así, no podía hacer ningún movimiento contra él.

—Tal vez —dije—, tal vez no tenga que ser así.

—Vieve declaró que para que el hechizo vuelva a Empírea mortal, se requería el sacrificio de los ocho miembros de los Verecundai. Incluyendo a Adamus —dijo Dominic—. Incluyéndome. Está bien, Aurelia. Ya una vez vine a este claro esperando morir, y en cambio obtuve trece años más de vida. Logré más de lo que jamás soñé. Y te conocí —con voz todavía más suave, añadió—: Sólo quería ser recordado, y ahora lo seré.

Con los ojos llenos de dolorosa ternura, envolvió ambas manos alrededor de las mías, estabilizándome. Dándome fuerza. Luego, me ayudó a empujarlo, poco a poco.

Jadeó de dolor, pero no me soltó, hasta que lo forcé hasta el fondo entre sus costillas con un sollozo desgarrador, sólo para poner fin a su agonía. Caímos juntos al suelo, puse su cabeza plateada en mi regazo y sollocé, mi frente contra la suya mientras su sangre se derramaba sobre su pálido pecho y comenzaba a empapar la nieve debajo de él.

—Me equivoqué —exclamé cuando la luz en sus ojos comenzó a atenuarse. —Dije que no te amaba, pero me equivoqué —presioné un beso contra sus labios, saboreé la magia, y su corazón palpitó con fuerza en su último latido y quedó inmóvil.

Aurelia.

499

Levanté la vista del cuerpo mortal de Dominic y encontré su espíritu erguido sobre nosotros, vestido con una sombra fundida, como los otros Verecundai. Me dedicó una tierna sonrisa antes de voltearse para ocupar su lugar en el punto más alto del círculo: faltaban cinco minutos para la medianoche.

Con el regreso del octavo miembro de los Verecundai, la estrella estaba completa una vez más.

Una luz blanca azulada se agrupaba debajo de mí, moví suavemente el cuerpo de Dominic de mi regazo y puse sus manos sobre su pecho en reposo. Entonces me levanté llenándome con la magia dejada atrás en su fría sangre y estiré mis manos.

No tuve que preguntarme qué hacer: el conocimiento ya estaba allí, esperando que lo alcanzara, para liberarse de las partes más profundas de mi alma antigua.

El hechizo de la Tejedora despertó a mi llamado, y de pronto me vi rodeada por los filamentos incandescentes de luz y poder que habían estado esperando, inertes, durante un milenio. En tonalidad, eran de los mismos colores que las auroras boreales sobre mi cabeza, pero zumbaban como las cuerdas de un violín con cada uno de mis movimientos, una intrincada red de música y magia, lista para que su maestra completara las últimas estrofas de su sinfonía inconclusa.

Sabía qué hacer instintivamente, como si hubiera practicado este mismo hechizo mil veces. Porque había sido así en realidad. Vieve lo había hecho. Con cada movimiento, entrelazando un hilo sobre otro, cada hilo sobre otro, arrancando aquí y refinando allá, cada sucesiva trama del conjuro se hacía más clara. Comprendí el patrón: estaba tejiendo un tapiz de luz estelar, un destello de magia celestial que nacía y estaba ligada a la esfera terrestre. Estaba creando una estrella de la tierra que se podía ver desde el cielo, ofrenda y afrenta a partes iguales a la diosa de los cielos.

Y ella no tardó en notarlo.

Se reveló en el turbulento firmamento, una criatura de luz líquida, sus cascos golpeando con tanta fuerza contra el arco de la atmósfera que estaba esperando que se rompiera en pedazos debajo de ella para bañarnos con fragmentos de cielo.

Empírea se acercaba.

✱

Con Ella en brazos, Rosetta se deslizó, medio a trompicones, por la ladera de la montaña hasta el lugar donde yacía el cuerpo de Nathaniel, doce metros por debajo de la cornisa desde la que había caído.

Cuando lo alcanzó, los ojos de Nathaniel se habían aclarado, y él parpadeó hacia Rosetta con sus iris color ámbar.

Estaba vivo, pero apenas.

El daño en su interior, cuando Rosetta extendió la mano con un hechizo exploratorio, era catastrófico. La sola habilidad mágica era insuficiente para salvarlo. Nathaniel tosió, escupió sangre y Ella se soltó de las manos de Rosetta para hundirse en el hueco del brazo de su padre.

Rosetta, tragándose su propio dolor, se quitó la capa (todavía colgada a su cuello, a pesar de que estaba atravesada por nuevos cortes de la espada de Nathaniel) y la colocó alrededor de padre e hija, de modo que su último momento juntos fuera cálido. Luego trazó pequeños hechizos de consuelo sobre la piel de Nathaniel, para calmar su dolor.

—No puedo estar triste —dijo él entre respiraciones dificultosas, repitiendo así lo que ya había dicho en el Tesoro— de que seas invulnerable.

—Yo cuidaré de ella —susurró Rosetta tras acurrucarse en la nieve rocosa junto a ellos—. La veré crecer —besó su frente, descansó su mejilla contra su cabello y acunó a ambos mientras veía como la fuerza vital de Nathaniel parpadeaba y se desvanecía—. Te lo prometo. Ve ahora al Más Allá, con la certeza de que tu pequeña estará a salvo y será por siempre amada.

—Gracias... —añadió él y luego pareció dirigir la mirada a un plano que Rosetta no podía alcanzar. Entonces, el bravo guerrero que había sido Nathaniel susurró una última palabra—. *Kate.*

Arriba, las nubes comenzaron a acumularse y la aurora boreal se extendió por el cielo.

★

Ven y encuéntrame.

Todo se había ralentizado a paso de tortuga: la ceniza escocía las mejillas de Zan; el humo ondulante; el movimiento de su cabello, mojado por la nieve y el sudor; y el balanceo de su brazo mientras bloqueaba y esquivaba desesperadamente, superado en número por los adversarios en un mar de camaradas caídos. El asalto interior de los supervivientes de la fiebre había causado estragos en sus defensas, y los niveles superior e inferior del Fuerte Castillion estaban cubiertos de cadáveres. Cuando la locura febril se disipó inesperadamente y todos los rastros de la negrura amarga se despejaron de sus ojos, poco más de un tercio de sus combatientes conservaban la vida. Y los miembros del Círculo habían llegado a la orilla.

Ven y encuéntrame.

Zan.

Otro proyectil de fuego de las balistas navales del Círculo golpeó justo frente a Zan en el patio del Fuerte, y lo envió volando hacia atrás, a través de la pared del Jardín Nocturno, donde su cuerpo se detuvo en el centro del claustro sobre un lecho de cristal roto y restos de una cúpula, rodeada de flores encaje de escarcha que apenas comenzaban a desplegar sus pétalos de filigrana. Miró aturdido a través de los huesos de metal retorcidos del invernadero sin cristales, donde el viento soplaba con furia y el aire en el cielo parecía hervir. Una figura de aterradora majestad había comenzado a descender, hecha de humo y nube y llamas coloridas.

¡Zan!

La voz resonaba más urgente ahora, con el timbre del miedo.

La voz de Aurelia.

La había oído gritar así una vez antes, la noche del nacimiento de Ella y de la muerte de Kate, un grito que lo había enviado a través del bosque, que lo había hecho abandonar la cacería de su padre, sólo para llegar a su lado.

Le dolía cada parte del cuerpo, pero rodó sobre los cristales rotos y se incorporó apoyándose contra el ataúd agrietado y vacío. *Si vivis, tu pugnas,* se dijo. *Si no es por ti, por ella.*

Vive por ella. Lucha por ella.

Fuera del Jardín Nocturno, y debajo de la deidad equina que descendía, otro caballo venía galopando hacia él a través de la niebla.

—Madrona —dijo con los labios agrietados, y ella se inclinó para permitirle trepar sobre su lomo.

Ya voy, Aurelia.

55

AHORA

Pleno Invierno

Ahora Empírea era un caballo negro ahora, que se alzaba sobre sus poderosas patas medio corpóreas, y relinchaba con la fuerza de un huracán. Se abalanzó sobre mí, lista para estamparme en el polvo. Su poder era más vasto de lo que jamás podría haber soñado. E incluso mientras mi cuerpo plateado cantaba con la embriagadora alegría del hechizo de la Tejedora, encontré mi corazón mortal entregado a la duda. Porque, incluso tan aterradora y brutal como se mostraba en su descenso, esta criatura deífica era, también, exquisita.

¿Podría hacerlo? ¿Podría quitarle la inmortalidad a Empírea? ¿Podría convertirla en mortal y luego quitarle la vida?

¿Podría apagar todo este deslumbrante poder y luz?

Pero tenía que hacerlo, ¿no? Debía acabar con ella, para que el resto de la humanidad pudiera seguir viviendo. Porque los humanos eran imperfectos, defectuosos y hermosos: chispas que se encendían y estallaban en nuevas chispas antes de extinguirse y quedar en estado latente.

Las cosas más bellas son las finitas y efímeras. Una estrella fugaz. Un copo de nieve. Una estación fértil. Una vida mortal.

Un amor.

Todo lo que era bueno y maravilloso en el mundo tenía un final. Vivir para siempre con poder ilimitado había dado forma a Empírea, la había separado de las trampas y peligros de la humanidad. No podía conocer el amor, ya que nunca lo había experimentado. No sabía lo que era ser mecida para dormir con una canción de cuna, o escuchar el delicado latido del corazón en el pecho de un ser querido. No conocía la agonía de la pérdida, porque nunca había apreciado algo lo suficiente como para afligirse por perderlo.

Cerré los ojos y busqué la magia de la mortalidad. Podía sentirla por todas partes en el Ebonwilde: las hojas que se desmoronaban bajo la nieve, el roce de las alas de los escarabajos muy debajo de la tierra. Era el turno de cada estación, y los capullos helados se abrían ahora en la noche más fría, la más larga, en capullos que nunca conocerían el sol. Estaba en los árboles jóvenes que tal vez nunca alcanzarían la altura suficiente para despejar su propio trozo de cielo abierto, y en la lenta trituración de los huesos hasta convertirlos en polvo durante siglos.

Imaginé el cabello brillante de Conrad, sus cintas de colores y su risa al descifrar el truco final de una caja de acertijo que al abrirse desplegaba un tesoro de dulces de canela. Pensé en las mujeres del Canario y en su taberna repleta de niños alborotadores, en Jessamine y en Cecily, en las lágrimas de estrellas en los ojos de Rosetta mientras observaba a Nathaniel y a Ella juntos de nuevo. Imaginé la sonrisa maliciosa de Dominic al otro lado de la mesa, y las airadas protestas de Onal cuando volvía a confundir las hierbas. Pensé en Kellan y Emilie, aquellos que habían sufrido mucho por mi mano y en mi defensa y aún podían encontrar dentro de ellos el perdón. Pensé en la cálida chimenea y la cocina amarilla de

Kate, en una niña llamada Begonia a la que le encantaban las muñecas. Pensé en Vieve y Adamus, la desafortunada pareja que encontró su fin en este mismo lugar, cuyo infinito amor procuró su renacimiento diez siglos después. Y pensé en Zan, el chico triste y angustiado de ojos verdes, ahora dorados, que quería comprarme un caballo y por mí lo había robado. El príncipe que me había amado lo suficiente como para dejarme ir.

Ven y encuéntrame.

Zan.

Esto es lo que significa ser humano, pensé, reuniendo esos recuerdos para mí, que después dejé fluir a través de mí, de la forma en que lo había hecho antes mi sangre. Esto es en lo que Ilithiya empleó el último resplandor de su luz divina, para crearlo. Cientos y miles de historias. Desamores y triunfos. Dolores y alegrías. Y me sentí apenada, muy apenada, de que este ser de luz, esta criatura de las estrellas, nunca pudiera entender su belleza.

A menos que fuera capaz de experimentarla.

Recordé las palabras de Jessamine. *No creo que lo que somos esté grabado en piedra. Somos criaturas transitorias: todos los días despertamos como alguien nuevo, cambiado sólo un poco por las experiencias del día anterior. Quienes éramos es siempre una parte de nosotros, pero no determina quiénes somos, ni quién podemos llegar a ser.*

Si Maléfica había logrado convertirse en Lily, ¿no podría convertirse también su hermana en alguien nuevo?

Abrí el frasco alrededor de mi cuello y vacié las últimas dos gotas de mi sangre en mis manos.

Cuando Empírea embistió contra mí de nuevo, no la esquivé ni contraataqué. La dejé avanzar y, cuando se acercó lo suficiente, lancé mis brazos alrededor de su cuello y la estreché con fuerza mientras ella corcoveaba y gritaba. Los hilos del hechizo de la Tejedora comenzaron a disolverse a mi alrededor, rodeándonos a mí y a esta diosa que se agitaba en cintas de luz radiante. La sostuve con fuerza mientras cambiaba de caballo a dragón a una columna de fuego tan caliente que me preguntaba cómo no logró reducirme a cenizas. Se convirtió en un océano, una montaña, una estrella, y luego un vacío más negro que la más cerrada noche sin luna, y aun así me aferré a ella, derramando cada gramo de mi fuerza, y la de los Verecundai, y la de Dominic, y la de cada ser viviente en el Ebonwilde, para soportar. Y cuando alcancé el fondo del pozo de mi poder, clamé por la persona que sabía que me escucharía, que respondería a mi llamado.

¡Zan!

Y escuché su respuesta.

Ya voy, Aurelia.

Llenos de renovada fuerza, mis brazos y mi voluntad se apretaron alrededor de Empírea.

Abajo vi flores encaje de escarcha desplegar sus pétalos plateados antes de que la luz las envolviera en magia para olvidar.

Encaje de escarcha para olvidar.

Podía sentir que el brío de Empírea menguaba mientras yo continuaba vertiendo luz, amor y memoria en el vínculo entre nosotras.

Duerme, le comuniqué en un tono suave y tranquilizador.

Olvida.

Silencio, ahora.

Te tengo.

Olvida.

No te dejaré ir.

Olvida.

Te enseñaré todo lo que necesitas saber.

Te amaré.

Te lo prometo.

Ya lo verás.

Y, lenta, lentamente, su lucha contra mí se calmó. Su luz fue maleable en mis manos e hice lo que imaginé que haría Ilithiya tantos eones atrás, cuando moldeó por primera vez su luz divina en la forma de una vida humana. Nos hundimos más y más juntas, cansadas y débiles, y nos detuvimos en el centro del claro.

Me quité la capa y la envolví alrededor de su pequeño cuerpo. Su piel era rosada y nueva, y miré con asombro a esta criatura en mis brazos. Empírea transformada.

En algún lugar, a lo lejos, escuché el sonido de las campanas. Había pasado la medianoche. La Noche de Pleno Invierno había terminado.

De ahora en adelante, cada día sería más largo, más brillante, más cálido.

—¿Aurelia?

Levanté la mirada para ver a Zan desmontar de Madrona. Estaba demacrado por los efectos de sus propias batallas, pero sus ojos eran brillantes, como discos de sol de verano. Comenzó a cruzar el tranquilo claro, primero caminando con cautela, pero enseguida echó a correr. Me levanté para encontrarme con él, y aunque tropecé al hacerlo, Zan me abrazó y besó las lágrimas que habían comenzado a fluir libremente por mis mejillas, antes de enterrar su rostro en mi cabello.

Y entonces, el bulto en mis brazos comenzó a gemir.

—¿Esto es...? —preguntó, y yo asentí.

Con la boca entreabierta, movió la tela a un lado para revelar una faz diminuta y unos ojos del color de la medianoche, salpicados de diminutos fragmentos de plata incandescente: la gloria del cielo nocturno, atrapada dentro de un nuevo cuerpo humano.

—La llamaremos Aster —dijo, y me besó—. Tanto flor como estrella.

CUARTA PARTE

EL FINAL
DEL VIAJE

EPÍLOGO

La boda tuvo lugar el primer día de la primavera. La novia estaba radiante con un vestido de seda de araña color marfil, el novio vestía una capa dorada. Ambos llevaban amuletos en cadenas alrededor de sus cuellos: el de ella, con forma de dragón. El de él, la silueta de un grifo. El oficiante también estaba adornado de manera similar. Su pendiente forjado de granate y cornalina, con incrustaciones en forma de pájaro de fuego. Las joyas parpadeaban a la luz de las veinticinco velas que ardían en candelabros de plata en el centro del claustro, una por cada año de vida de Dominic Castillion. Habían ardido durante tres meses, pues se habían reemplazado todos los días: con la cera consumida se encendía la nueva.

Cuando los novios alcanzaron el centro del jardín, la luz caía en largos rayos dorados a través de los cristales dispersos del domo que todavía esperaba un vidrio nuevo. Allí, se tomaron de la mano —la de ella con cicatrices, la de él plateada— y se sonrieron cuando fueron declarados marido y mujer.

Mientras Kellan y Emilie se besaban, Zan me miró a los ojos por encima de ellos y le devolví la sonrisa suavemente antes de dirigir mi atención al bulto en mis brazos, que había comenzado a llorar.

Esa noche, el rey de los nuevos y unidos Reinos Occidentales se levantó al frente del salón de banquetes del Fuerte Castillion para brindar por los recién casados. En las semanas posteriores a su décimo cumpleaños había aumentado más de cinco centímetros. Su cabello también había crecido. Se había oscurecido a un tono más rubio arena, pero seguía tan rizado como siempre.

—Por Kellan y Emilie —brindó Conrad y levantó su copa—. Regentes del nuevo reino —su mirada era solemne: había recuperado muchos de sus viejos recuerdos, pero su tiempo con el Círculo de la Medianoche lo había cambiado mucho—. Sé que no es algo fácil lo que te he pedido, lord Greythorne: dejar de lado tus propios deseos para quedarte aquí y guiarme a través de los años venideros de reconstrucción. Pero no creo que pueda hacerlo sin ti. Así que gracias. Gracias a los dos.

Todos brindamos por eso.

Cecily, sentada al otro lado de la mesa frente a Zan y a mí, barajaba un mazo de cartas.

—¿Puedo interesar a alguno de ustedes en una partida de Ni lo uno Ni lo otro? —preguntó.

Jessamine vino detrás de ella y besó la parte superior de su cabeza antes de advertirnos.

—No se dejen engañar. Es un tiburón. Saldrán de aquí desnudos y descalzos si juegan con ella, recuerden mis palabras.

—Sólo está amargada —dijo Cecily—, porque soy mucho mejor que ella.

—Nunca debí haberte enseñado —dijo Jessamine con un movimiento de cabeza.

—Creo que nosotros pasaremos —dijo Zan—. Me gustan mucho estos zapatos.

Cuando la celebración estaba llegando a su fin, vi a Rosetta ponerse de pie para irse, así que transferí el bulto de mantas a los brazos de Zan mientras me apresuraba a alcanzarla en el patio.

—Rosetta —grité—. ¡Espera!

Se giró para mirarme, con cuidado de no molestar a la dormida Ella, que estaba babeando sobre su hombro.

—Antes de que te vayas —dije—. Eso que me pediste que hiciera... de vuelta en la casa... Creo que puedo hacerlo. Si quieres que lo intente.

Su voz era suave.

—Tal vez algún día aceptaré la oferta —dijo—. Pero por ahora... Creo que mantendré mi invulnerabilidad un poco más.

Cuando regresé a la reunión, escuché a Jessamine hablando con Zan.

—Bueno, Triste Tom. Después de todo, te convertiste en rey, aunque sólo fuera por unos pocos días. ¿Hacia dónde se dirigen ustedes tres ahora que han renunciado al poder, la fama y la riqueza incalculables?

—A casa —dijo simplemente, y sonreí.

Al día siguiente, nos despedimos de mi hermano y nuestros amigos, y comenzamos nuestra propia caminata hacia el Ebonwilde. Le tararee é una pequeña canción de cuna a Aster mientras avanzábamos, una vieja canción popular que me había cantado mi madre. Zan, escuchando, puso sus brazos alrededor de mí.

En algún lugar en lo profundo de ese mar boscoso, en las ruinas de lo que alguna vez fue una gran ciudad, una cabaña bordeada de flores amarillas esperaba nuestro regreso.

AGRADECIMIENTOS

El primero y más profuso de mis agradecimientos debe ser para mi editora, Cat Onder, quien guio el viaje de Aurelia —y el mío— de principio a fin. Estaré eternamente agradecida por tu conocimiento, tu motivación y tu paciencia.

Debo también agradecer a Gabby y a los equipos de HMH Teen y Clarion Books por todo el trabajo realizado en este libro y en la serie completa. Mucho amor y gratitud a mi agente estrella, Pete Knapp, y a la extraordinaria gente de Park and Fine Literary. Un sincero agradecimiento a la talentosa artista de la portada, Chantal Horeis, a la extraordinaria creadora de mapas Francesca Baerald y a la excelente diseñadora Celeste Knudsen. Y a todas las personas que han trabajado incansablemente en este libro y en la serie Hoja de sangre detrás de bastidores.

Gracias a Carolanne por saber siempre cómo arreglarlo, a Brandon por convertirlo en un juego, a Carma por el positivismo, a Melody por encargarse de proporcionar la banda sonora, y a Stacy, Katey y Tiffany por todos los ánimos. A mamá y a papá, por el apoyo constante y la generosidad infinita y alegre. Siempre están ahí para nosotros en caso de apuro y no puedo agradecérselos lo suficiente.

Gracias a Amy, Paula, Stan, Logan, Beth y Marcus: si intentara expresar lo mucho que aprecio todo lo que hacen, estoy segura de que esto terminaría siendo una cadena de textos sumamente divertida y que todos terminaríamos llorando de risa.

A Jamison y Lincoln: estoy muy orgullosa de ser su mamá. Gracias por aguantar y estar conmigo cuando estoy distraída y privada de sueño y ordenando comida a domicilio por décima vez en una misma semana. A Keaton, por mantener la cordura (e intentar que yo la mantuviera). No podría haberlo hecho sin ti.

Y a mis lectores: gracias por haberme acompañado en este viaje.

Esta obra se imprimió y encuadernó
en el mes de mayo de 2022, en los talleres
de Impregráfica Digital, S.A. de C.V.
Av. Coyoacán 100-D, Col. Del Valle Norte,
C.P. 03103, Benito Juárez, Ciudad de México.

Acera tu corazón,
da el golpe
PUNTA EXTRÉMITAS
Fuerte Castillion
Claro de los Verecundai
Percival
Bahía de Stiria
Asamblea
Silvis
Aylward
PROTECTORADO DE CASTILLION
Ruinas de Achleva
Ingram
Morais
BOSQUE DE EBONWILDE
Heredad de Rosetta
Gaskin
Hallet
RÍO URSO
ZONA DE MEDIANOCHE
El Canario Silencioso
Greythorne
De Lena
RENALT
Fimbria
Graves
RÍO SENTIS
Parik
Bahía de Cálidi
N
LAS ISLAS
O
E
Syric
S

REINOS
OCCIDENTALES
1621

El Tesoro

Estudio de
Castillion

Gran Salón

Jardín
Nocturno

Isla de
las Viudas

Aldea de
Castillion

Bosque de
Ebonwilde

Foso en llamas

Campo de refugiados

FUERTE CASTILLION